BASTEI
LÜBBE

Charles Williams
Die Trumpfkarten des Himmels

Ein phantastischer Roman

BASTEI
LÜBBE

BASTEI-LÜBBE-TASCHENBUCH
Phantastische Literatur
Band 72 043

Mit Innenillustrationen von Johann Peterka

Deutsche Lizenzausgabe
Bastei-Verlag Gustav H. Lübbe GmbH & Co., Bergisch Gladbach
Originaltitel: The Greater Trumps
Ins Deutsche übertragen von Ralph Tegtmeier
Titelillustration: Jim Laub
Umschlaggestaltung: Quadro-Grafik, Bensberg
Satz: ICS-Computersatz GmbH, Bergisch Gladbach
Druck und Verarbeitung:
Elsnerdruck, Berlin
Printed in Western Germany
ISBN 3–404–72043–1

Der Preis dieses Bandes versteht sich einschließlich
der gesetzlichen Mehrwertsteuer.

Vorwort

Charles Williams (1886–1945)

Der alte Satz, daß man einen Menschen am ehesten nach den Leuten beurteilen kann, mit denen er sich umgibt, trifft in ganz besonderer Weise auf den englischen Autor Charles Williams zu. Denn zu seinem engeren Freundes- und Bekanntenkreis gehörten so berühmte Zeitgenossen wie W. H. Auden, J. R. R. Tolkien, T. S. Eliot, Dorothy Sayers und C. S. Lewis. Dennoch war der heute relativ unbekannte Autor in diesem illustren Kreis kein Außenseiter. Den Berichten derer nach, die ihn gekannt haben, muß er eine faszinierende Persönlichkeit gewesen sein, ein Mann von warmer Menschlichkeit und tiefer Spiritualität, der andere in seinen Bann ziehen und ihnen die Augen für Dinge öffnen konnte, die sie nie zuvor gesehen hatten. Und etwas von der Faszination, die der Mensch Charles Williams ausstrahlte, läßt sich auch in den literarischen und anderen Werken finden, die er hinterlassen hat.

Im Gegensatz zu den oben genannten Autoren, die alle die Universität Oxford durchlaufen hatten, war Williams weitgehend Autodidakt. Er stammte aus einfachen Verhältnissen und verlor auch in späteren Jahren nie den Akzent seiner Heimatstadt London. Dort besuchte er zwei Jahre die Universität, mußte das Studium aber dann aus finanziellen Gründen aufgeben. Nach einigen Verlegenheitsjobs kam er ins Verlagswesen hinein und war dann sein Leben lang Angestellter der Oxford University Press, zunächst an deren Hauptsitz in London. Er gründete eine Familie und ließ sich häuslich nieder; daneben hielt er Vorträge in Erwachsenenbildungsinstituten, las, was er lesen konnte, und begann selbst zu schreiben. 1912 erschien ein Band mit Gedichten von ihm, die erste in einer Liste von nahezu dreihundert Veröffentlichungen.

Des weiteren fand der junge Williams zu dieser Zeit Kontakt mit okkultistischen Kreisen, einer jener Nachfolgeorganisationen des ›Order of the Golden Dawn‹ um A. E. Waite, der auch William Butler Yeats angehörte. Dies kam seinem Bedürfnis nach Ritus und Zeremonie entgegen, für das er in der anglikanischen Hochkirche, der er angehörte, nicht hinreichend Ausdruck fand. Viel von dem Symbolismus jener okkulten Liturgie findet sich in seinen späteren Werken wieder.

Erst der Zweite Weltkrieg zwang Williams dazu, London zu verlassen und mit den übrigen Mitarbeitern der Oxford University Press nach Oxford zu ziehen, wohin der Verlag nach den Luftangriffen der Deutschen nun die gesamte Produktion verlagerte. In den folgenden Jahren hielt dann dieser Mann, der, wie gesagt, niemals einen akademischen Abschluß erlangt hatte, Gastvorlesungen über Dante, Shakespeare und Milton an der Universität Oxford und wurde von dieser mit dem Titel eines Magister Artium ehrenhalber ausgezeichnet.

Ein literarischer Erfolg hingegen stellte sich nur allmählich und in bescheidenem Maße ein. Williams Werke hatten von Anfang an einen kleinen, interessierten Kreis von Lesern angesprochen, die seinen Ideen eine gewisse Sympathie entgegenbrachten. Der Grund hierfür mag darin liegen, daß die meisten seiner Werke sich in einer sehr originellen und unorthodoxen Weise mit sehr komplexen Themen befassen, die alle etwas mit Mystizismus oder Religion zu tun haben. Dennoch war Williams nicht elitär; er bemühte sich vielmehr, insbesondere in seinen Romanen, eine größere Leserschaft anzusprechen. Inzwischen hat mit der Popularität von Lewis und Tolkien auch das Interesse an Charles Williams zuzunehmen begonnen, so daß er allmählich seinen Status als Kultautor für Eingeweihte zu verlieren und in das allgemeine Bewußtsein zu rücken beginnt.

Zu den literarisch anspruchsvollsten Werken von Williams gehören seine beiden arthurischen Gedichtzyklen *Taliessin Through Logres* (1938) und *The Region of the Summer Stars* (1944), um deren deutsche Fassung sich derzeit der Aachener

Anglist, Theologe und Schriftsteller Dr. Gisbert Kranz bemüht, Präsident und *spiritus rector* der »Inklings-Gesellschaft für Literatur und Ästhetik e.V.« (1. Rote-Haag-Weg 31, 5100 Aachen), die sich unter anderem das Ziel gesetzt hat, Williams Werke zu fördern. Daneben schrieb er eine Reihe von Dramen mit historischem Hintergrund sowie biographische und historische Sachbücher, die er jedoch eher als Auftragsarbeiten ansah. Wichtiger waren ihm dagegen seine kritischen Studien zu Dante, insbesondere *The Figure of Beatrice* (1943). Außerdem hat er eine Reihe von philosophischen und theologischen Werken verfaßt, für die *Descent of the Dove* (1939), das den Untertitel »Eine kurze Geschichte des Heiligen Geistes in der Kirche« trägt, ein prägnantes Beispiel ist. Aber die bei weitem populärsten seiner Werke, über die sich auch am ehesten Zugang zu seiner Gedankenwelt finden läßt, sind die sieben »metaphysischen Thriller«, die er in den dreißiger und vierziger Jahren schrieb und die der Bastei-Lübbe-Verlag mit diesem Band in einer ersten deutschen Gesamtausgabe vorzulegen beginnt. Es sind, in der Reihenfolge ihres Erscheinens: *War in Heaven* (1930), *Many Dimensions* (1931), *The Place of the Lion* (1931), *The Greater Trumps* (1932), *Shadows of Ecstasy* (1933), *Descent Into Hell* (1937) und *All Hallows Eve* (1945).

Alle sieben dieser Romane handeln von der Wirklichkeit des Übernatürlichen – und diese mag ebenso diabolisch wie göttlich, ebenso böse wie wohlgesonnen sein. Um diese Wirklichkeit zu verdeutlichen, bringt Williams die übernatürliche Welt mit der natürlichen zur Deckung. Alles, was seine Figuren auf der »physischen« Ebene tun, hat zugleich eine »metaphysische« Signifikanz. Und diese Doppelnatur des Geschehens sorgt zugleich für eine ganz eigentümliche Art von Spannung, die in der Literatur wenig Vergleichbares hat.

Hinzu kommt, daß auch diese Romane ein durchaus ernstzunehmendes theologisches Anliegen haben. Es ist der Grundsatz, daß wir kühn genug sein sollten, das Gebot der Schrift, ein jeder trage des anderen Last, wörtlich zu nehmen, sowohl auf der physischen wie auf der metaphysischen Ebene. Williams Anwendung dieses Grundsatzes – er spricht von »Stellvertretung« – in seinen Geschichten führt zu einigen sehr reizvollen Entwicklungen.

Wie auch immer man diese Romane lesen mag, als Lehrstücke, als – sehr britische – Kriminalgeschichten (bei denen die Tradition G. K. Chestertons Pate gestanden haben mag), als Allegorien oder als moderne ›horror fiction‹, eines sollte man vorab wissen. Charles Williams zu lesen ist ein Abenteuer. Vielleicht werden Sie dieses Buch nach einiger Zeit als absurde Spinnerei zur Seite legen. Vielleicht wird es Ihnen eine sehr ungewöhnliche literarische Erfahrung vermitteln, die sich nur schwer beschreiben läßt. Und vielleicht werden Sie am Ende aus diesem Buch auftauchen und nie mehr ganz derselbe Mensch sein wie zuvor.

Bergisch Gladbach, im September 1985

Helmut W. Pesch

I Das Vermächtnis

». . . das vollkommene Babel«, sagte Mr. Coningsby verdrießlich, ließ sich in einen Sessel fallen und nahm die Abendzeitung auf. »Aber Babel war doch eigentlich nie vollkommen, oder?« fragte Nancy ihren Bruder mit leiser Stimme, doch nicht leise genug, als daß ihr Vater es nicht hätte hören können, wenn er gewollt hätte. Doch er zog es vor, nicht zu wollen, weil ihm im Augenblick keine hinreichend knappe Antwort einfiel; eine Minute später kam er darauf, daß er hätte sagen können: »Dann ist es eben jetzt vollkommen geworden.« Aber das war unwichtig; Nancy wäre nur wieder frech geworden, und ihr Bruder auch. Das waren Kinder immer. Er musterte seine Schwester, die lesend auf der anderen Seite des Kaminfeuers saß. Sie wirkte zufrieden und interessiert, so daß er sich natürlich dazu entschloß, sie zu stören.

»Und was hast du am heutigen Tag so alles gemacht, Sybil?« fragte er mit falschem Wohlwollen, und als sie den Blick hob, dachte er zornig: »Ihre Haut wird von Tag zu Tag reiner.«

»Ach, eigentlich nicht viel«, sagte Sybil Coningsby. »Ich habe einige Einkäufe erledigt und einen Kuchen gebacken, bin spazierengegangen und habe die Bücher in der Bücherei umgetauscht. Und seit dem Tee habe ich gelesen.«

»Ein netter Tag«, erwiderte Mr. Coningsby, zwischen Frage und Spott schwankend, und wünschte sich, daß es keiner gewesen wäre, obwohl er genau wußte, daß es in diesem Fall . . . Aber wie sollte er anders gewesen sein? Sybil schien immer nur nette Tage zu verbringen. Er blickte wieder in seine Zeitung. »Ich lese hier, daß die Regierung mal wieder einen neuen Zoll erhebt«, schnaubte er. »Auf Trockenfrüchte.«

Sybil versuchte etwas zu erwidern, doch es gelang ihr nicht. Sie wurde langsam dumm, dachte sie, oder (was wahrscheinlicher war), träge. An sich hätte man doch etwas dazu sagen müssen, daß die Regierung einen Zoll auf Trockenfrüchte erhob. Statt dessen ergriff Nancy das Wort.

»Du bist zu langsam, Tantchen«, sagte sie. »Die richtige Antwort lautet: ›Das heißt wohl, daß die Preise steigen werden!‹ Und die Erwiderung darauf heißt: ›Unter dieser vermaledeiten Regierung wird doch alles teurer!‹«

»Würdest du mich bitte für mich selbst reden lassen, Nancy?« fauchte ihr Vater sie an.

»Dann rede doch bitte wenigstens über irgend etwas, das nicht so tot ist wie der Trauermarsch in *Saulus*«, konterte Nancy.

»Du bist mal wieder hinterm Mond, Nancy«, höhnte ihr Bruder. »Heute spielt doch kein Mensch mehr diese alte Klamotte.«

»Ach, geh zum Teufel!« sagte Nancy.

Mr. Coningsby erhob sich sofort. »Nancy, du sollst in diesem Haus keine derartigen Ausdrücke gebrauchen«, rief er.

»Ach, na schön«, sagte Nancy, schritt ans Fenster, öffnete es, steckte den Kopf hinaus und sagte zur Welt, allerdings (wie sie mit Verärgerung festellen mußte) mit etwas leiserer Stimme: »Geh zum Teufel.« Dann zog sie den Kopf wieder ein und schloß das Fenster. »Bitte schön, Vater«, sagte sie, »das war nicht im Haus gesagt.«

Sybil Coningsby meinte freundlich: »Nancy, du hast wohl schlechte Laune?«

»Und wenn schon«, erwiderte Nancy. »Wer hat denn angefangen?«

»Gib deiner Tante keine frechen Widerworte!« sagte Mr. Coningsby, immer noch laut. »Sie ist wenigstens eine Dame.«

»Sie ist noch mehr als das«, sagte Nancy. »Sie ist eine Heilige. Und ich bin nur ein Wurm und das Kind eines . . .«

Zu spät brach sie ihren Satz ab. Ihr Vater nahm seine Zeitung, schritt zur Tür, drehte den Kopf, brummte: »Wenn jemand nach mir verlangt, ich bin in meinem Arbeitszimmer, Sybil«, und verließ den Raum. Ralph grinste Nancy an; ihre Tante musterte die beiden mit einem Ausdruck weiser Ironie.

»Welch eine Energie!« murmelte sie, und Nancy drehte sich, halb zornig, halb bewundernd, zu ihr um.

»Geht dir mein Vater eigentlich *nie* auf die Nerven, Tantchen?« fragte sie.

»Nein, meine Liebe«, sagte Miss Coningsby.

»Gehen *wir* dir denn nie auf die Nerven?« fragte Nancy weiter.

»Nein, meine Liebe«, sagte Miss Coningsby.

»Geht dir denn nie irgend jemand auf die Nerven, Tante?« stimmte Ralph in den Gesang ein.

»So gut wie nie«, erwiderte Miss Coningsby. »Was ihr Kinder für ungewöhnliche Gedanken habt! Warum sollte mir irgend jemand auf die Nerven gehen?«

»Na ja, Vater gehen wir jedenfalls ganz schön auf die Nerven«, bemerkte Nancy, »und dabei habe ich nie die Absicht, wenn ich damit anfange. Aber Ralph und ich haben wirklich nicht so viel Lärm gemacht – und außerdem war Babel tatsächlich nicht vollkommen.«

Sybil Coningsby nahm ihr Buch wieder auf. »Meine liebe Nancy, du fängst nie mit etwas an; du bist einfach so«, sagte sie und senkte ihren Blick derart resolut auf die Buchseite, daß Nancy zögerte, sie zu fragen, was sie wohl damit meinte.

Einmal mehr begann die gleiche Ruhe den Raum wieder zu

erfüllen, die vor Mr. Coningsbys Eintritt geherrscht hatte, als plötzlich die Haustürklingel schellte. Nancy sprang auf und rannte in die Diele hinaus. »Schon gut, Agnes«, flötete sie. »Ich kümmere mich drum.«

»Das wird Henry sein«, meinte Ralph, als sie verschwand. »Wollte er nicht zum Abendessen kommen?«

»Ja«, murmelte seine Tante ohne aufzublicken. Eine der Eigenschaften Sybil Coningsbys, die anderen Menschen – darunter auch Ralph – gelegentlich irritierten, war ihre Fähigkeit, schlicht und einfach »Ja« oder »Nein« zu sagen und dem nichts mehr hinzuzufügen, was manchmal so wirkte, als würde sie Christi Maxime wortwörtlich befolgen. Wenn nötig, gab sie durchaus Geselliges von sich, ja sogar Umgängliches, wenn sich die Gelegenheit dazu ergab, doch alles in allem schien sie gut zurechtzukommen, ohne eine Menge ansonsten üblicher Dinge zu sagen. Deshalb wirkte sie auf ihre Bekannten auch oft, als sei sie von einer Art freiem Raum umgeben. In ihrer Gegenwart schien die Welt ganz unvermittelt für einen Augenblick zu verschwinden und Miss Coningsbys Gesprächspartner in einer unangenehmen Leere zurückzulassen.

»Deine Tante«, hatte Mr. Coningsby einmal gesagt, »ist unfähig zum bloßen Plaudern. Es ist ein Jammer.« Ralph hatte ihm zugestimmt, Nancy jedoch nicht – und so hatte es wieder einmal eine dieser ständigen kleinen Auseinandersetzungen gegeben, die ihren Vater zugleich verärgerten und versöhnten. Sie verärgerten ihn, weil sie seinen Stolz verletzten; sie versöhnten ihn, weil sie ihm wenigstens einen Stolz bescherten, der verletzt werden konnte. Dann war er für ein paar Minuten ein Jemand, und kein merkwürdig schwärendes Bewußtsein. Gewiß, er war auch ein Beamter von Rang, nämlich Amtsleiter einer Heilanstalt. Aber – seine Gefühle nagten mit einer Frage an ihm, die sein Intellekt zu definieren sich weigerte – worin, worin genau lag wohl die Befriedigung, Leiter der Heilanstalt zu sein? Achtundfünfzig, neunundfünfzig. Doch Sybil war älter; sie war über sechzig. Vielleicht würde dieses Nagen in einigen Jahren verschwinden. Sie war zufrieden; zweifellos würde die Zeit auch ihn seinen Frieden finden lassen.

Das war es nicht, woran er dachte, während er in dem Raum

saß, den man sein Arbeitszimmer nannte, in der Abendzeitung blätterte und auf das Abendessen wartete. Er dachte daran, wie schändlich Nancys Betragen gewesen war. Es fehlte ihr an Respekt, es fehlte ihr an Bescheidenheit – fast wollte er sagen, es fehlte ihr an Anstand. Nach allem, was er getan hatte . . . kein Zweifel, ihre Verlobung mit – ihre Vereinbarung mit –, was immer es sein mochte, was sie nun mit diesem jungen Burschen Henry Lee hatte, hatte sie sich jedenfalls verhärtet. Es hatte ein ziemlich vages Einverständnis gegeben, ein Ring war aufgetaucht, und Henry auch, recht oft sogar. Doch worauf die Verlobung hinauslief oder wozu die Vereinbarung tauglich war – all dies hatte Mr. Coningsby nicht zu begreifen vermocht, oder man hatte es ihm verwehrt. Wie er so da saß und darüber nachdachte, tröstete er sich mit der Überlegung, daß es ihr eines Tages leid tun würde. Sie war nicht . . . sie war . . . verwirrt; völlig verwirrt . . . in Verwirrung verstrickt . . . ja. . . . Plötzlich stand Nancy im Raum – »Hör mal, Schwamm drüber«, – nein, er schlief nicht, sie sagte es tatsächlich. Er haßte es, dabei ertappt zu werden, wie er kurz vor dem Abendessen einnickte; vielleicht hatte sie es auch nicht bemerkt – »und so weiter. Komm und unterhalte dich ein bißchen mit Henry, bevor wir essen.«

Wenn ihr Vater genau gewußt hätte, wie weit die Entschuldigung gegangen war, hätte er auch gewußt, ob er sie als vernünftiger Mensch akzeptieren sollte. Doch er wußte es nicht, und er wollte auch keinen Streit darüber, ob er nun eingeschlafen war oder nicht. Also räusperte er sich und stand auf, wobei er mit einem majestätischen Großmut hinzufügte: »Aber sei nicht frech zu deiner Tante. *Das* dulde ich nicht.«

Nancy, die noch von ihrem bisherigen Gespräch mit Henry strahlte und voll Vorfreude der unmittelbaren Zukunft entgegensah, unterdrückte ein Verlangen, darauf hinzuweisen, daß schließlich sie es gewesen sei, die Sybil eine Heilige genannt hatte, und so kehrten sie beide ins Gesellschaftszimmer zurück.

Obgleich Mr. Coningsby den Verlobten seiner Tochter – sofern er das wirklich war – bereits seit einigen Monaten kannte, wirkte sein Anblick auf ihn noch immer jedesmal wieder wie ein kleiner Schock. Denn obwohl Henry Lee ein

Rechtsanwalt war – zwar nur ein junger Rechtsanwalt ohne Klienten, aber immerhin ein Rechtsanwalt –, war er in seinen Augen doch so offensichtlich ein Zigeuner, daß es schien, als habe er seinen Beruf nur ergriffen, um damit irgendein finsteres Ziel zu verfolgen. Er war einigermaßen groß, dunkelhaarig und dunkelhäutig, und seine Augen schimmerten stechend; sein weicher Kragen wirkte beinahe wie ein um den Hals gewickeltes Taschentuch, nur gerader, und seine langen Finger mit ihren schnellen, verstohlenen Bewegungen – »Hühnerstangen«, dachte Mr. Coningsby, wie er es schon zuvor getan hatte. Schöne Aussichten für Nancy, über die Landstraßen zu streichen – und Nancy war ein Zigeunername. Das war ihre Mutter schuld gewesen. Namen hatten für ihn eine schreckliche Faszination, was zum großen Teil an seinem eigenen lag, der Lothair lautete. Dieser katastrophale Name hatte etwas mit der Taufpatin seines Vaters zu tun, einer reichen alten Dame mit einer leidenschaftlichen Bewunderung für Lord Beaconsfield. Um dieser Bewunderung zu genügen, war das erste Kind ihres Patenkinds Sybil genannt worden, und das zweite Lothair. Es hätte auch Tancred oder Alroy werden können, ja sogar Endymion. Mr. Coningsby mußte selbst zugeben, daß Endymion Coningsby noch schlimmer gewesen wäre. Die anderen Titulierungen wären mit Sicherheit ebenfalls nach und nach verliehen worden, wären da nicht zwei Tatsachen gewesen: erstens, daß die Patin der Politik zugunsten der Religion entsagte und große Geldsummen auf anglikanische Schwesternschaften verwandte; zweitens, daß es keine weiteren Kinder gegeben hatte. Doch das jüngere Kind war sofort nachgekommen, und zwar zu früh, um schon von der Bekehrung zu profitieren, welche die anderen Nachkömmlinge gerettet hätte. Lothair – ein ganzes dokumentenunterschreibendes, bankkorrespondenzführendes, scheckausstellendes, briefeschreibendes, formularausfüllendes, adressiertes, vorschriftenbestimmtes und wichtiges Leben lang »Lothair Coningsby«. Wenn er doch nur hätte Henry Lee heißen können!

Einmal mehr dachte er daran, als sie sich zum Essen an den Tisch setzten. Während der ganzen Suppe dachte er daran. Irgend etwas war immer ungerecht zu ihm gewesen, das Glück oder das Schicksal oder was auch immer. Manche Menschen waren eben so, schuldlos geschlagen, schon verwundert, noch bevor die Schlacht begonnen hatte; nicht jeder hatte es so weit gebracht wie er. Doch wie es ihn verfolgte – dieses üble Glück! Selbst im vergangenen Monat, als Duncannon (und jeder wußte, daß Duncannon wohlhabend war) von ihnen geschieden war . . . keine ehrliche, nützliche, ernstzunehmende Erbschaft, sondern eine Sammlung von Spielkarten, mit der Auflage, daß der Vermächtnisnehmer, sein alter Freund Lothair Coningsby, diese vollständig bewahren möge, und mit einer weiteren Auflage, daß die Sammlung mit dem Tode des besagten Vermächtnisnehmers an das Britische Museum übergeben werden solle. Daran mochte der Vermächtnisnehmer gar nicht denken; manche der Blätter waren, so glaubte er, ziemlich wertvoll. Doch vorläufig ließ sich einige Jahre (oder zumindest ein Jahr) lang nichts unternehmen: Zu viele Leute wußten davon. Es war sogar in einer der Zeitungen in einem Absatz darüber berichtet worden. Er konnte sie nicht verkaufen – Mr. Coningsby zuckte zusammen, als dieses Wort ihn zum ersten Mal wie ein Peitschenhieb traf –, jedenfalls vorläufig und wohl noch eine ganze Weile lang nicht.

»Vater«, fragte Nancy, »zeigst du uns nach dem Essen Mr. Duncannons Spielkarten?« Mr. Coningsby unterdrückte mit Mühe ein böses Hohnlächeln. »Henry«, fuhr Nancy fort, »hat in der Zeitung darüber gelesen.« Vor seinem geistigen Auge sah Mr. Coningsby einen Zigeuner, der unter einer Hecke lag und zerfetzte Zeitungsausschnitte las. »Und er versteht etwas von Karten. Du weißt aber wirklich *viel*, Henry!« Ja, auf einem Jahrmarkt, wo er mit Taschenspielerkünsten oder Wahrsagerei den Bauerntölpeln ihre Pennys aus der Tasche zog: Unter welcher Karte liegt die Erbse? Irgend etwas in dieser Art jedenfalls. Bah!

»Meine Liebe«, sagte er, »das ist eine recht schmerzliche Sache. Duncannon war mein lieber Freund.«

»Trotzdem, Vater, sei so gut . . . Es hätte ihm große Freude gemacht, wenn sich Menschen so sehr dafür interessierten.«

Mr. Coningsby, der an dieser Stelle plötzlich aufblickte, entdeckte ein schnelles, zärtliches Lächeln auf Sybils Gesicht und fragte sich, worüber sie lachte. Nancy hatte den Finger auf die einzige unleugbare Tatsache gelegt, die sich über den verblichenen Mr. Duncannon sagen ließ, und er wußte nicht mehr, wie er nun noch um die Sache herumkommen sollte. Doch warum wirkte Sybil amüsiert?

»Ich wäre Ihnen sehr dankbar dafür, Sir«, sagte der junge Mann. »Ich interessiere mich wirklich sehr für solche Dinge – liegt wohl im Blut, nehme ich an«, fügte er hinzu und lachte Nancy dabei an.

»Kannst du auch die Zukunft lesen? Kannst du meine lesen?« gab sie frohgemut zurück.

»Manchmal mit Karten, manchmal aus den Händen«, sagte er. »Und manchmal auch in den Sternen.«

»Oh, Handlesen kann ich manchmal auch«, antwortete sie. »Ich habe Vater und Tantchen aus der Hand gelesen. Nur daß ich Vaters Lebenslinie nicht verstehe – sie scheint mit vierzig aufzuhören, dabei lebt er immer noch.« Mr. Coningsby, der sich eher wie ein Totenschädel fühlte als wie ein lebender Amtsleiter der Heilanstalt, senkte wieder den Blick.

»Und Miss Coningsby?« fragte Henry und beugte sich zu ihr herüber.

»Oh, Tantchens Linie hört überhaupt nicht auf, so weit ich das sehen kann«, erwiderte Nancy, »rundherum bis unter den Finger.«

Henry blickte Sybil einen Augenblick ein wenig merkwürdig an, doch er sagte nichts, und das Geplauder über die Handlesekunst ging in Ralphs lautstarker Verkündung unter, daß diese Dinge, wie der Spiritismus auch, nur ein einziger großer Humbug seien. »Wie soll man mir an der Handfläche ansehen, ob ich mit fünfzig krank werde, mit sechzig ein Vermögen erbe oder mit siebzig nach Sansibar reise?«

»Hände sind etwas sehr Seltsames«, meinte Henry. »Bisher weiß noch niemand sehr viel über sie.«

»Eh?« machte Ralph überrascht.

»Tantchen hat die wunderschönsten Hände, die ich je gesehen habe«, sagte Nancy und warf Henry einen Seitenblick zu, um dem schnellen Erstaunen seiner Augenbrauen zu begegnen. Ebendies war es, was auch von ihm erwartet wurde –

denn sie glaubte wirklich, daß sie schöne Hände hatte, während der Rest von ihr halbwegs erträglich, aber unscheinbar war, Haare, Gesicht, Figur und alles –, und so gestattete sie ihrer eigenen Hand einen Augenblick, die seine zu berühren, und fügte hinzu: »Schau sie dir nur an.«

Alle schauten hin, selbst Sybil, die leise meinte: »Sie sind wirklich recht nett, nicht wahr?«

Ihr Bruder dachte bei sich, daß diese Bemerkung schrecklich geschmacklos sei; man lobte nicht seine eigenen Besitztümer, und schon gar nicht sich selbst. Was würden die Leute von ihm denken, wenn er behauptete, daß sein Gesicht »recht nett« sei?

»Sie sind allerliebst«, sagte Nancy.

»Ganz hübsch«, meinte Ralph.

»Sie sind äußerst schön«, bemerkte Henry.

»Im Britischen Museum gibt es eine sehr beeindruckende Hand«, sagte Mr. Coningsby, der das Gefühl hatte, daß es an der Zeit war, das Schweigen zu brechen. »Sie gehört einem ägyptischen König oder so ähnlich. Nur ein riesiger Kopf und davor ein großer Arm mit geschlossener Faust – so.« Er machte es vor.

»Die kenne ich, Sir«, sagte Henry, »das ist die Hand des Bildnisses von Ramses. Die Hand der Macht.«

»Die Hand der Macht! Ich dachte, die hätte irgend etwas mit Mördern zu tun. Nein, natürlich nicht, das war die der Pracht«, sagte Nancy und fuhr beinahe ohne Pause fort: »Und jetzt laß uns doch mal deine Karten anschauen, Vater, während wir Kaffee trinken.«

Mr. Coningsby, der keinen mühelosen Ausweg aus dieser Situation sah, willigte mürrisch ein. »Wo hast du sie hintun lassen, Sybil?« fragte er, während sich die ganze Gesellschaft erhob.

»In die Truhe in deinem Arbeitszimmer«, gab sie zur Antwort. »Der Katalog liegt dabei.«

»Der Katalog?« wiederholte Ralph. »Er ist aber wirklich stilvoll vorgegangen, wie? Wenn ich mir vorstelle, ich würde einen Katalog für meine alten Tennisschläger anlegen . . .«

»Diese Karten«, sagte Mr. Coningsby mit beachtlicher Selbstbeherrschung, »sind nicht irgendwelche abgenutzten Spielzeuge gewesen. Es handelt sich um eine sehr wertvolle und ungewöhnliche Sammlung bemerkenswerter Karten, die mit großer Mühe zusammengestellt wurde und in gewissem Sinne, wie ich glaube, von unschätzbarem Wert ist.«

Nancy zwickte Henry in den Arm, als sie ihrem Vater aus dem Eßzimmer folgten. »Der Gute!« sagte sie. »Ich habe ihn selbst gehört, wie er genau dasselbe gesagt hat, noch bevor sie in seinen Besitz übergingen.«

Ralph stieß einen anerkennenden Pfiff aus. »Oh, unschätzbar, eh?« sagte er. »Dann müssen sie aber wohl ziemlich teuer sein, wie?«

»Ich weiß zwar nicht den genauen Wert, den sie für einen Sammler haben dürften, aber er ist mit Sicherheit beachtlich«, sagte Mr. Coningsby, während er die große Holztruhe öffnete. Und als ihm plötzlich wieder das Britische Museum einfiel, fügte er mit etwas düsterer gewordenen Stimme hinzu: »Beachtlich.«

Sybil entnahm der Truhe ein dickes Schreibheft. »Soll ich vielleicht die Beschreibungen vorlesen?« fragte sie. »Wenn einer von euch wohl die Nummern aufruft.« Denn jedes Blatt befand sich in einer eigenen Lederhülle, auf der ein weißes Etikett mit einer Nummer klebte.

»Wird gemacht!« sagte Ralph. »Ich rufe die Nummern aus. Sind sie geordnet? Sieht nicht so aus. Nummer vierundneunzig.«

»Ich glaube, ich sollte vorlesen, Sybil«, meinte Mr. Coningsby. »Ich habe Duncannon oft darüber sprechen hören, und es ist wohl angemessener, wenn ich es tue. Vielleicht holst du sie hervor und nennst die Nummern, dann können die jungen Leute sie betrachten.«

»Dann seien Sie doch bitte so freundlich, mir den Stuhl dort hierherzustellen, Henry«, willigte Sybil ein. Ihr Bruder nahm auf der gegenüberliegenden Seite des Tischs Platz, und die »jungen Leute« scharten sich darum.

»Nummer –«, begann Sybil und hielt inne. »Ralph, wenn du nichts dagegen hast, dann stell dich doch bitte neben Nancy und Henry, damit ich auch etwas sehen kann.«

Ralph gehorchte, ohne zu merken, daß er damit einerseits ein

Sehhindernis für seine Tante aus dem Weg schaffte, gleichzeitig aber auch selbst den Blick auf die beiden Liebenden verlor. Sybil, die dergestalt das Optimum an Bemühung erreicht hatte, sagte erneut: »Nummer –«

»Ich dachte nicht, daß du dich sehr dafür interessieren würdest«, warf Ralph plötzlich eine verspätete Entschuldigung ein.

Sybil lächelte ihn an und sagte wieder: »Nummer –«

»Ich habe noch nie erlebt, daß die Tante sich *nicht* für irgend etwas interessieren würde, mein Junge«, sagte Mr. Coningsby streng und hob den Blick, jedoch mehr, um Sybil anzusehen als Ralph, als wollte er hinzufügen: »und wie sie das, zum Teufel, anstellt, weiß ich auch nicht!«

»Liebster«, sagte Nancy, »Tante ist wirklich ein wandelndes Wunder, aber können wir sie nicht mal einen Augenblick beiseite lassen und mit den Karten weitermachen?«

»Wir sind bereits im Begriff, damit ›weiterzumachen‹, wie du es ausdrückst, Nancy«, erwiderte ihr Vater. »Es wäre mir lieb, wenn du im Auge behalten würdest, daß dies für mich in gewissem Sinne schmerzhaft ist, und die Sache mit ein wenig mehr Ernst angehen könntest.«

Nancys Hand gab ihrer Ungeduld unter dem Tisch mit einem kräftigen Druck in Henrys Hand Ausdruck und machte es ihrer Zunge damit leichter zu schweigen. Als die nun einsetzende kurze Stille zwar genug Ernst, aber noch keine Peinlichkeit hergestellt hatte, sammelte und beendete Sybils Stimme es gewissermaßen mit den Worten: »Nummer vierundneunzig.«

»Vierundneunzig«, las Mr. Coningsby vor, »›französisch; um 1789. Soll von David entworfen worden sein. Eine besondere Revolutionssymbolik. In diesem Blatt sind die Buben als Bauer, Bettler, *Aubergiste* und *Sansculotte* dargestellt; die Königinnen (Marie Antoinette) weisen ausnahmslos eine rote Linie um den Hals auf, als seien sie guillotiniert; die Könige sind auf dem Kopf stehend dargestellt; über dem As befindet sich die rote Mütze der Freiheit. Der Rand jeder Karte trägt die Aufschrift: *La République, une, libre, indivisible.*‹«

»Nummer neun«, sagte Sybil und legte ein weiteres Blatt auf den Tisch.

»Neun«, las Mr. Coningsby, »›spanisches Blatt, achtzehntes

Jahrhundert. Die Hofkarten weisen kirchliche Motive auf – Kardinäle, Bischöfe und Priester. Es gilt als unwahrscheinlich, daß dieses Blatt jemals zum Spielen verwendet wurde; wahrscheinlich wurde es als Akt der Frömmigkeit oder der Danksagung gemalt. Mögliche Porträtdarstellungen siehe Anhang.‹«

»Nummer dreihunderteinundvierzig«, sagte Sybil.

»›Sehr selten‹«, las Mr. Coningsby vor. »›Sehr frühes Tarot-Blatt. Ich konnte den Ursprung dieser Karten nicht ermitteln; sie weisen gewisse Ähnlichkeiten mit einem Blatt aus dem fünfzehnten Jahrhundert auf, welches sich inzwischen im Besitz des Louvre befindet, scheinen aber noch früheren Ursprungs zu sein. Das Material, aus dem sie gefertigt wurden, ist ungewöhnlich – Papyrus? Die vier Farben sind, wie üblich, Zepter, Schwerter, Kelche und Münzen; die Großen Trümpfe weisen folgende Reihenfolge auf (am Fuß der Karte in römischen Ziffern): (I) Der Gaukler, (II) Die Kaiserin, (III) Die Hohepriesterin oder Päpstin –‹«

»Die *was?*« rief Nancy. »Hör ich recht? Die Päpstin Johanna? Entschuldigung, Vater, ich wollte nicht unterbrechen.«

»›(IV) Der Papst – oder Hierophant, (V) Der Kaiser – oder Herrscher, (VI) Der Wagen, (VII) Die Liebenden, (VIII) Der Einsiedler, (IX) Mäßigung, (X) Kraft, (XI) Gerechtigkeit, (XII) Das Glücksrad, (XIII) Der Gehenkte.‹«

»Damit könnten wir schon eine hübsche Partie Bridge spielen«, bemerkte Ralph. »Ich spiele als erstes den Gehenkten aus.«

Ein gewaltiges Schweigen setzte ein. »Ralph, wenn du dich darüber nur lustig machen kannst –« fing Mr. Coningsby an und brach ab.

»Ach, mach doch bitte weiter«, bat Sybil Coningsbys Stimme. »Wenn Ralph es nicht getan hätte, hätte ich selbst wohl irgend etwas Dummes sagen müssen. Es ist ja so aufregend!«

Mr. Coningsby gab ein unterdrücktes Grunzen von sich, überhörte glücklicherweise Nancys gehauchten Kommentar (»Der Gehenkte!«), mit dem sie es bedachte, und fuhr fort.

»›(XIV) Der Tod, (XV) Der Teufel, (XVI) Der Einstürzende Turm, (XVII) Der Stern, (XVIII) Der Mond, (XIX) Die Sonne, (XX) Das Jüngste Gericht –‹«

Mr. Coningsby machte eine Pause, um seine Brille zurechtzurücken; die anderen verharrten in völligem Schweigen.

»›(XXI) Das Universum, (0) Der Narr.‹«

»Meistens kommt die Null doch am Anfang«, meinte Ralph.

»Nicht unbedingt«, erwiderte Sybil. »Eigentlich kann sie überall auftreten. Null ist gar keine Zahl, sondern das genaue Gegenteil davon.«

Nancy blickte von den Karten auf. »Erwischt, Tante!« sagte sie. »Was ist denn mit der Zehn? Da ist die Null sehr wohl eine Zahl – nämlich ein Teil der Zehn.«

»Stimmt genau, Nancy«, sagte Mr. Coningsby mit einer freudeähnlichen Empfindung. »Ich glaube, das Kind hat dich wirklich ertappt, Sybil.«

»Nun, wenn du sagst, daß jede mathematische Anordnung von eins und null wirklich zehn ergibt –« Sybil lächelte. »Kann es nicht möglicherweise mehr bedeuten als eine Darstellung der Zehn?«

»Ist ja sowieso nicht wichtig«, warf Nancy hastig ein. »Sind sie nicht faszinierend? Aber warum eigentlich? Und was bedeuten sie alle? Henry, warum schaust du sie so an?«

Henry war in der Tat damit beschäftigt, die erste Karte, den Gaukler, sorgfältig zu betrachten, als wollte er auch die kleinste Einzelheit untersuchen. Sie stellte einen Mann in einem weißen Rock dar, doch das zurückgebeugte Gesicht wurde von der Krempe einer Art schwarzen Kappe verkürzt und verdunkelt, die er auf dem Kopf trug: eine Kappe von solcher Schwärze, daß es den Anschein hatte, als habe man einen Teil der Nacht selbst dazu benutzt, sie darzustellen. Der schwere Schatten und der kurze Spitzbart verbargen das Gesicht vor dem Auge des Betrachters. Die Brustpartie des Rocks war mit drei Kreisen bestickt – der erste bestand aus Schwertern, Stäben, Kelchen und Münzen, die aufeinander balancierten, von der zuunterst liegenden Münze bis zu den Spitzen zweier Schwerter im oberen Teil; und darin wiederum befand sich ein Kreis, der, soweit Nancy dies erkennen konnte, aus kleinen runden Darstellungen von zwanzig der Hauptkarten bestand; und innerhalb dieses Kreises war ein weiterer Kreis mit einer Gestalt, die allerdings so klein war, daß sie sie nicht richtig ausmachen konnte. Anscheinend war der Mann dabei, zu jonglieren: eine Hand schwebte in der Luft, die andere hing unten am Leib, zur Erde geöffnet, und zwischen ihnen, in einem Bogen, als wären sie hochgeworfen, aufgefangen und wieder emporgeworfen worden, zahllose glänzende Bälle. In der linken oberen Ecke der Karte befand sich ein kompliziertes Gebilde aus merkwürdig ineinander verschlungenen Linien.

Henry legte die Karte langsam auf den Tisch, als Nancy ihn ansprach, und wandte den Blick zu ihr. Doch ihre Augen, die seinem Blick begegneten, um in der Tiefe des anderen zu versinken – ein Ozean, der sich in einen anderen leert und selbst einen Ozean empfängt –, sahen ihr Vorhaben vereitelt: Anstelle von Ozeanen erblickten sie bloße Pfützen, die von einer Ebbe verlassen worden waren, von der bereits nichts mehr zu erkennen war. Sie schreckte zurück, wie eine Badende es wohl im kalten Wind getan hätte, der über eine leere Küste fegte. »Henry!« rief sie.

Sicherlich war es nichts Weltbewegendes, nur eine vorübergehende Geistesabwesenheit. Doch er musterte bereits wieder die Karten; er hatte eine andere aufgenommen und untersuchte sorgfältig die Gestalt der hohepriesterlichen Frau. Auf dem Bild saß sie auf einem uralten Thron zwischen zwei stämmigen Säulen; eine Rauchwolke schwebte hoch über dem priesterlichen Kopfschmuck und dem feierlichen Schleier, und zu ihren Füßen strömten Flüsse in Wasserfällen herab. Eine Hand der Gestalt war ausgestreckt, als wollte sie den Fluß der Wassermassen lenken; die andere ruhte auf einem schweren, geöffneten Buch, das mit offenen Verschlußklammern auf ihren Knien lag. Auch diese Karte trug in ihrer linken oberen Ecke einen Stempel, der eine komplizierte Figur aus verschränkten Linien darstellte.

»Hm«, machte Nancy, als sie die Karte anstarrte.

»Also, was ich gern wüßte«, warf Ralph ein, »spielt man etwa mit den Dingern, oder wie?« Er spähte über Henrys Schulter. »Siebzehn und vier, nehme ich an; und das da ist wohl der Schwarze Peter.«

»Sie sind wundervoll ausgeführt, nicht wahr?« fragte Sybil Coningsby und nahm selbst einen der von ihrem Bruder so bezeichneten Großen Trümpfe auf. Es war die neunzehnte Karte – die »Sonne« –, und sie war von vollkommener Schlichtheit: Die Sonne schien strahlend an einem klaren Himmel, und zwei Kinder – ein Junge und ein Mädchen – spielten darunter. »Sind das nicht süße Kinder?« hauchte sie, und tatsächlich waren sie so lebhaft, so bewegt, so verzückt in diesem segensreichen Licht, das sich irgendwie in Sybils eigenem Gesicht zu widerspiegeln schien, während sie die Karte musterte. Jedenfalls hatte Henry diesen Eindruck, der nach Ralphs Einwurf seine Karte niedergelegt hatte und nun über Nancys vorgebeugten Kopf hinweg ihre Tante beobachtete. Sybil blickte auf und sah ihn. »Sind sie nicht einfach vollkommen, Henry?« fragte sie.

»Sie sind sehr, sehr schön«, erwiderte Lee, und doch schien er ein wenig verwirrt, als ob er irgend etwas erwartet hätte, aber nicht das.

»Aber – worum – geht – es – dabei?« fragte Ralph. »Was ist der Sinn des Ganzen?«

»Duncannon hat mir immer gesagt«, entgegnete Mr. Coningsby; er hatte seinen Katalog nun abgelegt und stand zusammen mit den anderen am Tisch; seine hohe, kahle Stirn schimmerte ein wenig im Licht, während sich sein dünnes, unzufriedenes Gesicht zu dem Blatt hinab neigte, »daß die Tarotkarten eine Erfindung des vierzehnten Jahrhunderts sind, obwohl manche Leute annehmen, sie seien ägyptischen Ursprungs.« Er brach ab, als sei damit alles erklärt.

»Eine gewaltige Leistung – die zu entwickeln«, meinte Ralph gewichtig. »Aber warum hat man sich diese Mühe gemacht? Ich meine – irgendwie scheint mir das doch . . . nutzlos zu sein, oder?«

»Wir haben eine Geschichte darüber«, begann Henry Lee mit einer vorsichtigen Lässigkeit, und Mr. Coningsby fragte: »Wir?«

Der junge Mann errötete kaum merklich. »Ich meine die Zigeuner«, entgegnete er leichthin und fügte, an Nancy gewandt, hinzu: »Das ist deine Schuld, Liebling, weil du immer so tust, als wäre ich ein echter Zigeuner mit einem Planwagen, einem Blechkessel und einer Großmutter, die eine schwarze Pfeife raucht.«

»Ach, was würden der diese Karten gefallen, was?« erwiderte

Nancy begeistert. »Henry, mein Schatz, hab doch bitte, bitte eine Großmutter, damit sie uns Geschichten über die Tarots erzählen und vielleicht sogar die Zukunft deuten kann mit diesen – wie hast du sie noch genannt, Vater? – Großen Trümpfen.«

»Hm«, machte Ralph und wechselte das Thema, »sollen wir uns noch ein paar andere anschauen?«

»Zumindest habe ich einen Großvater –« sagte Henry zu Nancy; doch die neckte ihn: »Ach, bloß einen Großvater! Aber der lebt doch in einem Haus mit elektrischem Licht, nicht wahr? Nicht in einem Planwagen im Mondlicht. Na ja, vielleicht kann er uns erklären, was das hier ist, was meinst du?« Sie nahm die letzte Karte auf, die die Zahl Null trug, und zeigte sie den anderen. Diese Karte hätte wohl eine Erklärung gebrauchen können, denn sie war geheimnisvoll genug. Sie zeigte die Gestalt eines jungen Mannes in einer fremdländischen Kleidung, die vierfarbig gestreift war: schwarz und grau und silber und rot. Beine, Füße und Hände waren nackt, und über eine Schulter hatte er einen Stab gelegt, der in schlangenförmigen Windungen geschnitzt war und von dem ein runder Beutel herabhing, nicht unähnlich den Kugeln, mit denen der Gaukler jonglierte. Der Beutel ruhte an seiner Schulter, so daß er diesen im Stehen sowohl stützte als auch trug. Vor ihm schwirrte tänzelnd eine Libelle oder ein ähnliches Luftwesen; neben ihm war ein größeres Geschöpf, ein Luchs oder ein junger Tiger, zu erkennen, der sich zu ihm emporreckte – ob aus Zuneigung, oder um ihn anzugreifen, ließ sich nicht sagen; so verharrte das Wesen reglos zwischen beiden Posen. Die Augen des Mannes schimmerten sehr hell; er lächelte, und dieses Lächeln war so intensiv und verzückt, daß die Betrachtenden einen kurzen Augenblick fast so etwas wie Verachtung dafür empfanden – kein geistig gesunder Mensch konnte derart glücklich sein. Er war in einer Haltung gemalt, als würde er mitten im Schritt innehalten, und es gab keine Hintergrundszenerie; er und seine Wesen hoben sich von einem flachen Hintergrund aus mattem Gold ab.

»Nein«, sagte Henry, »das ist ja gerade das Problem – das heißt, es ist der unbekannte Faktor.«

»Der unbekannte Faktor worin?« fragte Mr. Coningsby.

»Beim –« Henry hielt eine Sekunde inne, dann fuhr er fort: »– beim Wahrsagen mit Tarotkarten. Es gibt verschiedene Systeme, müssen Sie wissen, aber keines von ihnen überzeugt so recht in seiner Behandlung des Narren. Sie tun alles so, als gehörte er zu den Großen Trümpfen, so daß es insgesamt zweiundzwanzig sind.«

»Es gibt ja auch zweiundzwanzig«, sagte Mr. Coningsby. »Ich habe sie doch gerade alle vorgelesen.«

»Nein, Mr. Coningsby«, entgegnete Henry fast zögernd, »nicht genau. Streng genommen gibt es einundzwanzig und die Null. Genau wie Miss Sybil gesagt hat. Und Sie sehen ja die Null – na ja, es ist eben die Null, ein Nichts, unerklärlich.«

»Wollen wir uns noch ein paar andere anschauen?« fragte Ralph.

»Kannst du damit wahrsagen?« fragte Nancy begierig, doch Henry schüttelte den Kopf.

»Nicht richtig«, gab er zur Antwort, »jedenfalls möchte ich es lieber nicht versuchen. Man kann es zwar, und mein Großvater weiß vielleicht auch, wie. Es sind sehr seltsame Karten, und dieses Blatt ist auch sehr seltsam.«

»Warum sind es denn seltsame Karten?« setzte Nancy ihre Befragung fort.

Henry, der seinen Blick immer noch auf das Blatt geheftet hielt, antwortete: »Es heißt, das Mischen der Karten sei die Erde, das Prasseln der Karten sei der Regen, das Schlagen der Karten der Wind und das Zeigen der Karten das Feuer. Das gilt für die vier Farben. Aber die Großen Trümpfe, so sagt man, sind der Sinn aller Entwicklung und das Maß des immerwährenden Tanzes.«

»Wahrscheinlich ein Überbleibsel einer Volksüberlieferung, nehme ich an?« sagte Mr. Coningsby und wünschte sich, daß sich seine Tochter nicht mit einem Burschen eingelassen hätte, der selbst wie das Überbleibsel einer Volksüberlieferung aussah.

»Das könnte es durchaus sein, Sir«, erwiderte der junge Mann, »ein Überbleibsel der Geschichten, die sich mein Volk an den Lagerfeuern erzählte, als es noch umherzog.«

»Es klingt schrecklich spannend«, sagte Nancy. »Was ist denn das, der immerwährende Tanz, Henry, Liebster?«

Er legte den Arm um sie, während Mr. Coningsby sich wieder zu seinem Stuhl begab. »Weißt du das nicht?« flüsterte er. »Dann schau dir mal die siebte Karte an.«

Sie gehorchte, und unter dem gestempelten Monogramm erblickte sie darauf die beiden Liebenden, jeder mit einem Glorienschein und vorgestreckten Händen; jede der Gestalten war in ein Tierfell gekleidet. Seite an Seite tanzten sie einen langen Weg entlang, der aus der Ferne des Hintergrunds direkt in den Vordergrund des Bildes führte. Nancys Hand schloß sich um Henrys, und sie lächelte ihn an. »Das ist alles?« fragte sie.

»Das ist zumindest die erste Figur«, erwiderte er. »Es sei denn, du gehst mit dem Einsiedler.«

»Sybil, ich warte«, sagte Mr. Coningsby, und Sybil nahm hastig ein weiteres Blatt auf, während Ralph sich bereitwillig daran machte, die Tarotkarten wieder einzusammeln und beiseite zu legen.

Doch das Interesse hatte nachgelassen. Henry und Nancy hatten anderes im Sinn, Mr. Coningsby und sein Sohn begannen sich zu langweilen, und wenige Minuten später sagte Sybil freundlich: »Meint ihr nicht auch alle, daß wir für heute abend genug angeschaut haben?«

Sie weiß wirklich, wann sie aufhören muß, dachte Mr. Coningsby bei sich, doch er sagte nur fröhlich: »Wie du meinst, wie du meinst. Was sagen Sie dazu, Henry?«

Henry zuckte zusammen. »Wie? . . . Oh, wie Sie meinen.«

»Ich stimme dafür, sie zurückzutun«, meinte Ralph, noch fröhlicher als sein Vater. »Eine hübsche Sammlung ist das. Aber diese wie-heißen-sie-noch schießen wirklich den Vogel ab.«

Stunden später, an der Tür, brachte der Anblick eines vereinzelten Sterns, der tief am Himmel hing, die Erinnerung an die »Wie-heißen-sie-nochs« zurück, und Nancy fragte: »Ach, Liebling, bringst du mir das Wahrsagen mit diesen anderen Karten bei, du weißt schon, diese ganz besonderen?«

»Mit den Tarots?« fragte Henry mit einem leichten Unterton.

»Wenn sie so heißen«, erwiderte sie. »Mit gewöhnlichen Karten kann ich es ein wenig.«

»Hast du die entsprechende Fingerfertigkeit?« wollte er wissen. »Man muß ein Gefühl dafür haben, wie die Karten sich bewegen und sich ihrem Sinn anvertrauen.«

Nancy musterte ihre Hände und bog ihre Finger. »Ich sehe nicht ein, weshalb ich sie nicht haben sollte, es sei denn, man muß es sehr schnell machen. Versuch's doch mit mir, liebster Henry.«

Mit einer Hand nahm er ihre beiden Hände. »Wir werden es versuchen, Schatz«, antwortete er. »Wir werden feststellen, was du mit den Großen Trümpfen anfangen kannst. Wenn es das Blatt sein sollte, für das ich es halte. Sag mal, glaubst du, dein Vater würde sie mir vielleicht verkaufen?«

»Warum? Willst du sie denn haben?« fragte sie überrascht. »Henry, jetzt glaube ich, daß du doch ein waschechter Zigeuner bist! Wirst du dich dann verkleiden und zu den Rennen gehen? Ja, das machen wir, und ich bin das Zigeunermädchen – ›Guter, freundlicher Herr‹«, trillerte sie, »und alle werden sie mir die Hand mit Pfundnoten bedecken, weil ich so schön bin, und vielleicht gibt mir der König vor allen Hofdamen einen Kuß. Würde dir das gefallen? Vielleicht schenkt er mir sogar einen Brillantring, den kannst du dann den Richtern zeigen, wenn sie zum Tee kommen. Nein, sag nicht, daß sie nicht zu dir kommen; denn wenn du selbst erst einmal Richter geworden bist, werden sie es bestimmt tun, und dann werdet ihr über alle eure Prozesse reden. Ich aber werde nur noch an meinen Brillantring denken und daran, wie der König von England ihn einst Nancy dem kleinen Zigeunermädchen schenkte, bevor sie Lady Lee wurde und versuchte, das harte Herz ihres Mannes zugunsten der armen Gefangenen weich zu stimmen, die ihm von den Bütteln der Polizei vorgeführt werden. Wenn du mich dann träumen siehst, weißt du genau, wovon ich träume, und dann darfst du mich nie, nie, nie dabei unterbrechen.«

»Dazu habe ich wohl kaum die Gelegenheit, nicht wahr?« fragte Henry.

»Oh, wie grausam!« sagte sie. »Nancy so zu verhöhnen! Wirst du mich vor aller Welt eine Plappertasche nennen? Oder soll ich immer mit den Fingern zu dir sprechen – so vielleicht?« Sie blitzten vor ihm auf, Buchstaben bildend. »Um dir damit zu sagen, wo ich jeden Tag einkaufen war, als wäre ich stumm und du taub?«

Er nahm eine ihrer Hände in seine und schlug sanft mit den Fingern seiner anderen auf ihre Handfläche. »Gib nicht mit deinen Reizen an«, sagte er, »sonst wirst du später einmal, wenn ich Richter geworden bin, wegen eines hoffärtigen Herzens vorgeführt werden. Dann schicke ich dich zur Arbeit in die Gefängniswäscherei, um deine Hände zu ruinieren.«

»Dann schnappe ich mir den Sohn des Gouverneurs und fliehe«, sagte sie, »und dichte eine Ballade von einem bösen Richter, wie der seine wahre Liebe zuerst geschlagen und dann auch noch eingesperrt hat. Liebling, du mußt gehen. Wir sehen uns doch morgen, nicht wahr? Ach, gute Nacht. Komm gut nach Hause und schlaf schön. Gute Nacht. Paß auf dich auf, daß dir nichts passiert, ja?«

»Ich werde es sofort stoppen«, erwiderte er. »Wenn irgend etwas zu passieren anfangen sollte, werde ich sehr böse darauf werden.«

»Tu das«, sagte sie, »denn ich möchte nicht, daß überhaupt jemals wieder etwas passiert. Ach, gute Nacht – warum bist du denn immer noch hier? Du brauchst doch nicht lange nach Hause, oder? Bis Mitternacht bist du gewiß schon eingeschlafen.«

Doch während sie selbst einschlief, verließ Henry gerade in seinem Wagen London in südlicher Richtung, und es war lange nach Mitternacht, bevor er vor einem einsamen Haus in den Hügeln anhielt.

II Der Einsiedler

Ein alter Mann saß allein in einem kleinen Zimmer. Er saß an einem Tisch gegenüber der Tür; hinter ihm war eine weitere Tür zu erkennen. An den Wänden hingen keine Bilder; der Tisch war groß und fast völlig mit einem Satz Tarotkarten bedeckt. Der Alte legte sie sorgfältig von einem Platz auf den anderen, machte sich kurze Notizen auf einem Blatt Papier und blickte gelegentlich in ein altes, handgeschriebenes Buch, das neben ihm lag. Er war so sehr in seine Tätigkeit vertieft, daß er die Schritte draußen vor dem Haus nicht wahrnahm, und erst als die Tür geöffnet wurde, sah er mit einem Ausruf des Erstaunens plötzlich auf. Henry Lee trat leichten Schrittes ein.

»Ach, du bist's, Henry!« sagte der alte Mann. Henry musterte den Tisch, ließ seinen Blick über das Muster von Karten schweifen und lächelte.

»Immer noch nicht am Ziel, Großvater?« fragte er.

»Am Ziel? Nein, nein, noch nicht«, erwiderte sein Großvater. »Noch nicht ganz, bislang nicht. Aber ich werde es schon schaffen.« Er seufzte leise. »Ich führe genau Buch darüber«, sagte er, »und eines Tages werde ich Erfolg haben. Ich verwende meine gesamte Zeit darauf.«

Henry wies mit einem Kopfnicken auf die zweite Tür. »Und *sie*?« fragte er, eine Spur leiser werdend.

»Ja«, antwortete der Alte, »auf die gebe ich auch Obacht. Aber du weißt ja – es ist einfach zu schwierig. Doch ich muß es schaffen. Du bist doch nicht . . . du bist doch nicht zurückgekommen, um mir zu helfen, oder?«

»Oh, vielleicht werde ich das sogar tun«, sagte Henry und nahm seinen Automobilistenmantel ab.

Aaron Lee erhob sich. Er war wirklich sehr alt – fast ein Jahrhundert, hätte man meinen können, wenn man die kleine, vertrocknete Gestalt betrachtete, dunkelhäutig und kahl; doch obgleich seine Bewegungen langsam waren, waren sie zugleich auch sicher: Seine Hände zitterten nicht, während er sich auf den Tisch stützte, und wenn seine Stimme ein wenig bebte, so war nicht die Altersschwäche daran schuld, sondern die Aufregung.

»Was soll das heißen, Henry?« fragte er. »Hast du etwas herausgefunden? Was hast du erfahren? Hast du – hast du das Geheimnis entdeckt?«

Henry setzte sich auf die Tischkante und befingerte müßig eine der Karten. »Setze nicht zuviel Glauben in mich«, sagte er. »Ich glaube mir selbst nicht. Ich kenne das Geheimnis nicht – nein, ich fürchte, das müssen wir erst noch herausbekommen. Aber ich glaube –« Er ließ die Karte sinken und blickte seinen Großvater scharf an. »– ich glaube, ich habe die Originale gefunden.«

Aaron sog scharf die Luft ein. »Das ist unmöglich«, fing er an, doch dann begann er derart heftig zu zittern, daß er sich wieder auf seinen Stuhl sinken lassen mußte. Als der Anfall weitgehend vorüber war, wiederholte er: »Das ist unmöglich.«

»Meinst du?« fragte der jüngere Mann.

»Sag mir«, rief Aaron und beugte sich vor, »was sind das für welche? Warum glaubst du – wie kannst du – daß –« Seine Stimme versagte ihm vor Eifer den Dienst, doch nach einer Pause fuhr er fort: »Erzähl es mir, erzähle.«

»Es ist einfach unwahrscheinlich«, begann Henry, »aber andererseits ist bei *denen* ja nichts wahrscheinlich oder unwahrscheinlich, nicht wahr? Man weiß nie, wie sie sich morgen bewegen werden. Sag mir zuerst eins, Großvater, verfolgst du immer noch täglich meine Zukunft?«

»Jeden Tag, mit Hilfe der Karten«, erwiderte Aaron.

»Und hat die gestrige Befragung mir für heute nichts verheißen?« wollte der junge Mann wissen.

»Nichts, was ich für wichtig hielt«, antwortete Aaron. »Du solltest irgendwie Glück haben, denn das As der Kelche lag auf dem Glücksrad – aber ich dachte, das hätte mit deiner Juristerei zu tun. Ich hatte es zunächst zurückgestellt, dich danach zu fragen, als du kamst.«

»Du bist alt, Großvater«, sagte Henry. »Sind die Kelche denn für dich nur Leugner, daß du das gedacht hast?«

»Aber was hätte ich denn *sonst* denken sollen?« protestierte Aaron. »Es war nur ein Tagesglück – ich konnte nicht ... Aber was ist denn nur? Was hast du entdeckt?«

»Ich habe dir erzählt, daß ich verlobt bin«, fuhr Henry fort, wobei der das ernste Wort geradezu absichtlich in den Raum zu stellen schien. »Und ihr Vater hat von einem verstorbenen Freund eine Sammlung Spielkarten geerbt ... Ach, das übliche Zeug, bis auf einen bestimmten Satz der Symbole. Er hat sie uns gezeigt, und ich kann dir sagen, Großvater, ich halte sie für das Originalblatt. Ich bin heute abend hergekommen, um nachzusehen.«

»Hast du sie dabei?« fragte der Alte begierig, doch Henry schüttelte den Kopf.

»Dafür ist noch Zeit genug«, erwiderte er. »Hör mir zu. Ist unter *ihnen* der Wagen nicht ein ägyptischer Wagen, von zwei Sphinxen gezogen und von einem Griechen gelenkt und geschmückt mit Bildern von Städten und Inseln?«

»Ganz genau«, sagte der andere.

»Und der Tod – ist das nicht ein nackter Bauer mit einem

Messer in der Hand, der seine Sandalen an einer Seite befestigt hat?«

»So ist es«, sagte der andere wieder.

»Dann sind sie es«, schloß Henry. »Aber laß uns *sie* anschauen, denn deshalb bin ich gekommen.«

Der alte Mann erhob sich und holte einen Schlüssel aus einer Innentasche seiner Jacke hervor. Langsam schritt er zu der inneren Zimmertür, und Henry folgte ihm. Er steckte den Schlüssel ins Schloß, drehte ihn herum und sperrte die Tür auf. Der Raum, den zu betreten sie sich anschickten, war von der Decke bis zum Boden mit schweren schwarzen Vorhängen verhangen, und als er die Hand auf einen davon legte, hielt der Alte zögernd inne. Halb zog, halb hob er ihn beiseite und trat hindurch, wobei er ihn so hielt, daß sein Enkel ihm folgen konnte.

Das Zimmer war kleiner als der Vorraum. Von schwerem schwarzen Stoff verhangen, wurde es von einem seltsamen fahlen Licht erfüllt, das mit Sicherheit nicht durch irgendein Fenster oder eine sonstige Öffnung eindrang. Es war von ungewisser Färbung und schien sanft von einem Ton in den anderen zu wechseln – mal war es rot, als würde es ein sehr fernes Feuer widerspiegeln; mal wurde es grün, als würde es durch unsichtbare Wasser gefiltert, die alles bedeckten; dann wurde es dunkler und halb von Dampf verschleiert; schließlich lösten sich diese Dämpfe wieder auf, und die klare Blässe der frühen Morgendämmerung erschien im Raum. Die beiden Männer beachteten den Wechsel des Lichts nicht weiter, sondern blickten auf einen Tisch, der in der Mitte des Raums stand.

Der Tisch war aus einer seltsamen Holzart gefertigt. Soviel ließ sich an der einzelnen Mittelstütze erkennen, die am Boden in vier Fußstücke mündete, die wiederum jeweils in zwölf beziehungsweise vierzehn Klauen endeten, so daß der Tisch auf insgesamt sechsundfünfzig dieser Klauen ruhte. Doch die Tischoberfläche war nicht zu sehen, denn sie war mit einer Platte bedeckt, die aus Gold zu bestehen schien, mit einem feinen Muster verziert, vielleicht sogar mit zweien, einem aus Quadraten und einem anderen aus Kreisen, so daß das Auge wie bei einem Schachspiel mal das eine, mal das andere vorherrschen sah. Auf dieser Goldplatte befanden sich zahlreiche kleine Figuren, jede etwa drei Zoll groß, die ebenfalls aus Gold zu bestehen schienen und von gar wunderbarer Feinheit waren; so wurde die Ähnlichkeit mit einem Schachbrett nur noch stärker betont, denn für jeden flüchtigen Betrachter (wäre es einem solchen jemals gelungen, dorthin vorzudringen) wären sie wohl wie die Figuren dieses Spiels erschienen; nur daß es ihrer viel mehr waren und sie sich alle in Bewegung befanden. Sanft und unentwegt schritten sie einher, vermengten sich miteinander, lösten sich wieder – als folgten sie irgendeinem komplizierten Tanz und dies aus freiem Willen. Es mußten fast an die hundert sein, und aus der Goldplatte, auf der sie sich bewegten, entsprang eine ganz leise Musik – eher ein Echo als ein Klang –, manchmal schneller, manchmal langsamer, deren Rhythmus die goldenen Figuren gewissenhaft folgten; vielleicht rührte aber das leise Geräusch auch von ihren harmonisch abgestimmten Bewegungen auf dem Brett her.

Henry trat einige Schritte vor, langsam und leise, als fürchte er beinahe, daß diese kleinen Bildnisse ihn hören könnten, und leise und langsam folgte ihm auch Aaron. In einiger Entfernung blieben sie vor dem Tisch stehen und musterten die Figuren, während der junge Mann sie sorgfältig mit den Bildern der neuentdeckten Karten in seiner Erinnerung verglich. Er sah darunter Figuren, die Münzen trugen, und andere, die Schwerter, Stäbe und Kelche hielten; und inmitten von diesen geringeren Figuren suchte er nach den Gestalten der Großen Trümpfe, und sein Auge fand sie nach und nach alle wieder, wenngleich voneinander getrennt, so daß die anderen immer dann aus seinem Gesichtsfeld verblaßten, wenn er sich auf eine von ihnen konzentrierte. Doch hier waren sie, in genauer Darstellung: der Gaukler, der unentwegt um den Kreisrand tanzte, kleine Bälle emporwarf und sie wieder auffing; Kaiser und Kaiserin; der männliche und der weibliche Hierophant; der alte Einsiedler, der seinem Takt maßvoll folgte, während die Liebenden Hand in Hand in ihrem eigenen Rhythmus herumwirbelten; ein von Sphinxen gezogener Wagen, umgeben von einer tänzelnden Leibwache der vier unteren Ränge; eine Figur, die einem Löwen das Maul schloß, und eine weitere, die einen Kelch trug, den sie mit ihrer Hand bedeckte; noch eine Gestalt mit Waagschalen, doch mit unverbundenen Augen – Figuren, die auf den Abbildungen als Kraft und Mäßigung und Gerechtigkeit bezeichnet worden waren; das Glücksrad, das sich zwischen zwei Figuren mit verbundenen Augen drehte, die es trugen; zwei andere Figuren, die gemeinsam einen Pfahl oder ein Kreuz trugen, von dem ein Mensch an einem Fuß kopfunter herabhing; die flinke, allgegenwärtige Gestalt des mit einer Sichel bewaffneten Todes; ein geheimnisvolles gehörntes Wesen, das mit gespreizten Beinen über zwei Opfern stand, die in Ketten lagen; ein Turm, der gleichzeitig emporragte und in Stücke zerfiel, um an anderer Stelle wieder aufgerichtet zu werden; und die Frau mit der Sternenkrone, die Zwillingstiere, die jeweils eine Mondsichel auf dem Kopf trugen, und die Zwillingskinder, auf deren Brauen zwei strahlende Sonnen prachtvoll leuchteten – der Stern, der Mond, die Sonne; die himmlische Gestalt des Jüngsten Gerichts, die mit einem Skelett tanzte, das halb seiner Leichentücher entblößt war, und die eine Trompete an die Lippen hielt; und die einzelne Figur, die verzückt umhersprang und »Die Welt« genannt wurde. Eine nach der anderen erkannte und bestimmte Henry sie, während der verschlungene Tanz geschwind vor seinem Auge vorüberzog. Einige Minuten später blickte er sich um: »Es sind mit Sicherheit die gleichen, sogar in allen Einzelheiten. Manche der Bedeutungsattribute fehlen hier natürlich, aber das ist auch schon alles.«

»Sogar, was den dort betrifft?« fragte Aaron leise und zeigte auf die Figur des Narren, die mitten auf dem Brett stand.

Sie stand still. Als einzige Gestalt nahm sie nicht an dem seltsamen Tanz teil, sondern verharrte, als wolle sie jeden Augenblick loslaufen; der Luchs oder die luchsähnliche Wildkatze harrte ebenfalls reglos an ihrer Seite. Beide – Mensch und Tier – wirkten, als seien sie inmitten der Aktivität zu Inaktivität verdammt worden. Und um sie herum ging der gleitende, schreitende, hüpfende, kreisende Tanz weiter, seinem komplizierten Muster folgend.

»Was den dort betrifft, ganz bestimmt«, erwiderte Henry und wandte sich mit langsamer Bewegung von dem Geschehen ab.

Der Alte machte einen Schritt auf ihn zu, um ihn abzufangen. »Aber dann«, flüsterte er so leise, daß seine matte Stimme mit der matten Musik verschmolz, »aber dann könnten wir doch jederzeit feststellen . . . was der Tanz bedeutet? Wir könnten bestimmen, wie die Zukunft sein wird – aus dem, was die Gegenwart ist.«

Henry spreizte die Hände der Tischplatte entgegen, als wollte er etwas ablegen. »Das ließe sich wohl machen«, meinte er. »Aber wenn der Narr sich nicht bewegt, wie wird dies die Vorherschau beeinflussen? Verraten deine Bücher denn nichts darüber?«

»Es gibt überhaupt keine Bücher, die uns auch nur das Geringste über den Narren verraten«, erwiderte Aaron.

An die zwei oder drei Minuten standen sie still, sahen der unruhigen Bewegung zu, lauschten den nicht endenden Klängen und wurden selbst durch das wandelhafte Licht von einem Augenblick zum anderen verwandelt. Schließlich sagte Aaron: »Komm jetzt fort von hier. Ich schaue nicht gern lange zu, wenn ich nicht gerade mal wieder über das Muster des Tanzes nachgrübele.«

Henry blieb noch einen Augenblick stehen. »Ob man den Tanz überhaupt begreifen kann, wenn man nicht selbst zu den Tanzenden gehört?« fragte er.

»Aber das tun wir doch«, versetzte der Alte hastig, »das tun wir doch – alles gehört dazu.«

»Ja, ja, wie eben alles«, brummte Henry verächtlich, »genau wie die Steine oder die Winde oder die Schiffe. Aber Steine und Winde und Schiffe *wissen* nicht darum. Und zu wissen –« Er verfiel in Schweigen und verharrte nachdenklich, bis der andere ihn am Arm zupfte. Mit leisem Zögern drehte er sich um, und so verließen sie den Raum wieder auf demselben Weg, auf dem sie gekommen waren, durch die Vorhänge und die Tür hindurch. Aaron verschloß die Tür und nahm wieder am Tisch Platz, um seinen Enkel fragend anzublicken.

»Was wirst du wegen der Karten jetzt unternehmen?« fragte er.

Henry kehrte mit einer abrupten Körperbewegung aus seiner Gedankenwelt zurück und lächelte, doch seine Augen blieben dabei dunkel und ernst. »Ich weiß es nicht«, gestand er. »Vergiß nicht, ich habe sie gerade eben erst zu sehen bekommen.«

»Dieser Besitzer, der Vater – wird er sie verkaufen?« fragte Aaron.

Henry klopfte mit den Fingerspitzen eine Melodie auf der Tischplatte. »Wenn er es nicht tut«, antwortete er schleppend, »dann weiß ich auch nicht so recht, wie . . . Er soll die Karten nach seinem Tod – möglicherweise auch schon früher – an das Britische Museum übergeben. Und zwar alle.«

»Was?« rief Aaron mit einem Anflug von Entsetzen. »Aber das ist doch Wahnsinn! Er wird sie doch bestimmt verkaufen wollen – wenn wir ihm genug bieten?«

Henry schüttelte den Kopf. »Ich weiß es nicht«, sagte er. »Er ist ein Mensch, der so ziemlich alles hat, was er will, und der feststellen mußte, daß es ihm überhaupt nichts nützt. Er braucht nicht unbedingt Geld. Ihm fällt nichts ein, was ihm Freude bereiten könnte, und deshalb mag er es auch nicht, wenn andere Menschen zuviel Freude am Leben haben. Nein, er ist nicht grausam; auf seine Art ist er sogar recht gütig. Aber er hängt an seinem Eigentum wie ein Kind an seinem zerbrochenen Spielzeug – weil er es eines Tages vielleicht benutzen will oder weil er es nicht mit ansehen mag, daß ein anderes Kind mit etwas spielt, was einst ihm gehört hat.«

»Aber Geld?« fragte Aaron drängend.

»Ich habe dir doch gesagt, daß er kein Geld haben will«, erwiderte Henry.

»Würde er das Blatt vielleicht seiner Tochter geben?« fragte Aaron etwas hoffnungsfroher. »Wirst du sie heiraten?«

»Er kann schlecht ein einzelnes Kartenspiel aus der ganzen Sammlung herauslösen und den Rest dem Museum vermachen«, entgegnete Henry. »Ja – ich werde sie heiraten. Nun, vielleicht – aber das spielt keine Rolle. Aber wenn er ihr sämtliche Karten überläßt, wird ihm der letzte Wunsch seines Freundes Gewissensbisse bereiten; und gibt er ihr nur ein Blatt, werden ihm die Erklärungen zu schaffen machen. Und wenn er alles dem Museum überläßt, wird ihn der Verlust ärgern.«

»Aber wie sollen wir sie denn erlangen – wenn er sie behält, solange er am Leben ist?« fragte der Alte.

»Ich glaube, er ist schon jetzt unglücklich, sogar noch während er lebt, wenn er daran denken muß, mit dem Tod so viel zu verlieren, was er nie genießen konnte«, meinte Henry. »Er wartet unentwegt auf die Befriedigung.«

Aaron Lee beugte sich vor. »Aber es ist dringend erforderlich, daß er sie verkauft oder weggibt – oder sie irgendwie loswird«, sagte er beflissen.

»Es würde ihm sehr schwerfallen, sie irgendwie loszuwerden«, versetzte der andere. »Und woher willst du wissen, inwieweit die Karten dadurch nicht an Kraft einbüßen könnten?«

»Nur Gewalt . . . ist nicht angeraten«, antwortete Aaron. »Aber sie zu nehmen . . . sie zu diesem Zweck zu nehmen . . . darin sehe ich nichts Schlimmes.«

»Mr. Lothair Coningsby würde sehr wohl Schlimmes darin sehen«, entgegnete Henry trocken. »Und ich bezweifle, daß ich Nancy überreden kann.«

»Was hat die denn damit zu tun?« fragte sein Großvater abfällig.

Henry lächelte wieder, ein heller, aber beinahe drohender Blitz der Amüsiertheit. »Das frage ich mich auch«, sagte er. »Aber was immer ich mich auch fragen mag, du kannst versichert sein, Großvater, daß ich nicht gegen sie angehen werde, bis . . .«

Er schwieg so lange, daß Aaron schließlich fragte: »Bis – bis was?«

»Bis ich gesehen habe, ob das Bild der Liebenden auch noch einen anderen Sinn hat«, beendete Henry seinen Satz. »Den Tanz zu begreifen – ihn von innen zu erkennen – sich seiner bewußt zu werden. Na ja, wir werden sehen.« Er heftete seinen Blick auf die innere Tür und fügte schleppend hinzu: »Nancy – Nancy – Nancy.«

Aaron sagte: »Aber du mußt bald irgend etwas unternehmen. Wir dürfen kein Risiko eingehen. Ein Unfall –«

»Oder ein Anfall von Trübseligkeit«, ergänzte Henry. »Dann finden sich die Karten plötzlich im Museum wieder. Ja, du hast recht, wir dürfen nicht zu lange warten. Ach, übrigens, hast du Joanna eigentlich mal wiedergesehen?«

»Schon seit Monaten nicht mehr«, erwiderte der alte Mann mit einem leisen Schaudern. »Im Sommer war sie mal hier – ich habe dir davon erzählt.«

»Das weiß ich«, sagte Henry. »Ist sie immer noch so verrückt wie früher? Ruft sie immer noch den Namen der alten Götter?«

Der andere Mann wand sich unruhig. »Reden wir lieber nicht darüber. Ich fürchte mich vor Joanna.«

»Du fürchtest dich vor ihr?« meinte Henry verächtlich. »Warum, was kann sie uns schon schaden?«

»Joanna ist verrückt, von einer furchteinflößenden Verrücktheit«, erwiderte Aaron. »Wenn sie erfahren sollte, daß die Tarots möglicherweise zu ihren Originalen zurückgebracht werden sollen und die Arbeit am Mysterium damit ihren Abschluß finden sollte –«

»Was können eine alte Frau und ein Idiot von einem Jungen schon anrichten?« wollte Henry wissen.

»Nenn sie lieber eine wahnsinnige Prophetin und einen jungen, willfährigen Samson«, entgegnete Aaron. »Manchmal träume ich, sie gehöre zu *ihnen*. Wenn sie auf den Gedanken käme, daß der Körper ihres Jungen gefunden und geformt und wiederbelebt würde . . . und wenn sie von den Karten erführe, dann könnte sie . . . Eine verrückte Hohepriesterin . . . ein hieratischer Haß . . .«

»Meinst du nicht, daß es sie besänftigen würde, wenn sie annehmen müßte, daß man ihr Kind gefunden hat?« fragte Henry.

»Wenn sie glauben muß, daß wir es vor ihr verborgen gehalten haben?« erwiderte der Alte. »Frag doch dein eigenes Blut, Henry, was sein Verlangen täte. Dein Geist gleicht mehr dem ihren als meinem. Als sie und ich noch jung waren, machte ich mich daran, die prophetische Bedeutung des Tanzes zu ergründen, aber sie stellte sich vor, ihn gleichberechtigt mitzugestalten, und so studierte sie die alten Legenden und Mythen Ägyptens – dreißig Jahre lang hat sie sie studiert, und ihr Kind sollte ein ›Mächtiger‹ sein, der im Einklang mit dem

Zeitmaß geboren werden sollte. Es wurde geboren und starb noch am selben Tag –«

Henry unterbrach ihn mit scharfer Stimme. »Das hast du mir noch nie erzählt!« sagte er. »Hatte Joanna etwa vor, bewußt innerhalb des Tanzes Leben zu erschaffen? Warum ist das Kind gestorben? Und wer war der Vater?«

»Vielleicht, weil sein Herz zu groß war, oder sein Körper zu schwach, wie soll ich das wissen?« erwiderte sein Großvater. »Sie hat einen Mann geheiratet, der als klug galt, doch er führte ein schlechtes Leben und war, verglichen mit Joanna, nur ein Spielzeug. Sie sehnte sich danach, ihn anzubeten, doch sie konnte nur ihn und sich selbst verhöhnen. Und doch war sie wie versessen auf ihn, des Fleisches wegen, und sie machte ihn zum Vater ihres Kindes und haßte ihn wegen seiner Schwäche. Sie schlug und reizte ihn, während sie das Kind in ihrem Leib trug – aus Liebe und Haß und Verachtung und Furcht. Es war ein Siebenmonatskind und starb. Der Vater lief am Tag vor der Geburt vor ihr davon und kam noch in derselben Nacht bei einem Straßenunfall in betrunkenem Zustand ums Leben. Doch als Joanna erfuhr, daß das Kind tot war, stieß sie nur einen Schrei aus, und ihr Gesicht verwandelte sich; und die Tarotkarten, nach denen sie suchte (wie wir alle es taten), und die Mythen der Götter, die sie erforscht hatte, und das Kind, das zu einem Herrn der Macht hätte werden sollen und statt dessen nun ein fünf Stunden alter Leichnam war – all dies verschmolz auf alle Zeit in ihrem Hirn. Und so sucht sie nun seit fünfzig Jahren das Ding, das sie Osiris nennt, weil es stirbt, und Horus, weil es lebt, und in der Nacht mit kleinen zärtlichen Namen, die nur Stephen hört. Und es hat einundzwanzig Gesichter, die Gesichter jener, die in den Tarots sind, und wenn sie die Gliedmaßen findet, die von ihrem Feind in Stücke gerissen wurden, welcher ihr Mann ist und Set und wir, die wir auch nach den Karten forschen, dann, so glaubt sie, wird sie wieder zur Königin der Himmel, und die zweimal einundzwanzig Götter werden ihr mit Weihrauch und Lobgesängen huldigen. Kein Zweifel, Henry, sie ist verrückt, aber lieber gebe ich mich mit deinem verrückten alten Mann ab als mit ihr.«

Henry dachte eine Weile nach, wobei er schweigend im

Raum auf und ab schritt. »Nun, es gibt jedenfalls keinen Grund, weshalb sie davon erfahren sollte, wenn sie die Nachricht nicht gerade aus der Luft aufschnappt.«

»Selbst dazu wäre sie wohl fähig«, meinte Aaron. »Ihr Leben ist nicht wie das unsrige, und die Luft und die Herren der Zepter sind eins.«

»Jedenfalls sehe ich nicht, wie sie uns in die Wege kommen sollte«, erwiderte Henry. »Sie hat ihre Chance gehabt und sie verspielt. Ich werde dafür sorgen, daß ich meine nicht verspiele. Was Coningsby angeht –« Schweigend schritt er einige Minuten auf und ab; dann sagte er: »Ich habe gute Lust, ihn und Nancy zu Weihnachten hierherzubringen. Es ist noch ein Monat bis dahin – ich habe also wohl genügend Zeit, es zu versuchen. Du kämst doch wohl damit zurecht, nehme ich an?«

»Wozu soll das gut sein?« fragte sein Großvater.

Henry setzte sich wieder. »Das ist doch klar«, sagte er, »daß wir ihnen irgend etwas sagen müssen – auf jeden Fall Nancy und ihrem Vater. Wenn er uns die Karten geben soll, dann muß er auch einen Grund dafür bekommen, und soweit ich sehe –«

»Du willst ihnen doch wohl nicht etwa *sie* zeigen?« rief Aaron und blickte über die Schulter in die Richtung des Nebenzimmers.

»Warum nicht?« fragte Henry leichthin. »Was macht das schon? Dafür gibt es alle möglichen Erklärungen. Außerdem will ich *sie* Nancy zeigen, und die kann besser auf ihn einwirken, wenn er *sie* gesehen hat.«

»Aber er wird anderen davon erzählen!« protestierte Aaron.

»Was soll er ihnen schon sagen?« fragte Henry. »Und selbst wenn er es täte – wer wird ihm glauben? Außerdem – wenn wir die Karten erst einmal haben . . . na ja, schließlich wissen wir nicht, was wir sonst tun können, oder? Ich bin überzeugt davon, daß es das Beste ist. Schau mal, ich werde Nancy herbitten – und sie wird vermutlich ihre Tante mitbringen –«

»Ihre Tante?« unterbrach Aaron ihn in scharfem Tonfall. »Wie viele willst du denn noch herbringen? Wer ist diese Tante?«

»Ihre Tante«, sagte Henry, »ist das genaue Gegenteil ihres Vaters. Sie ist so gelassen und ruhig wie . . . wie *sie* es sind.

Nichts kann sie aus der Fassung bringen, nichts regt sie auf. Und doch ist sie keine Närrin. Aber sie wird ganz harmlos bleiben; es spielt gar keine Rolle, ob sie *sie* zu sehen bekommt oder nicht. Sie wird interessiert sein, aber nicht betroffen. Also dann, Nancy, ihre Tante und ihr Vater. Ich werde versuchen, ihren Bruder zu umgehen, das ist bloß ein Langeweiler. Die drei und ich; sagen wir, für – Weihnachten ist an einem Samstag, nicht wahr? Sagen wir also, vom Donnerstag bis zum Dienstag oder ein bis zwei Tage länger. Nun?«

»Aber wird er auch mitkommen?« fragte Aaron zweifelnd.

»Ich glaube schon«, meinte Henry. »Natürlich wird er nicht wollen, aber da er auch sonst nichts Bestimmtes vorhaben wird, besteht durchaus eine Möglichkeit, ihn dazu zu bewegen. Nur solltest du besser Joanna fernhalten.«

»Ich habe nicht die leiseste Vorstellung, wo sie sich aufhalten mag«, erwiderte der alte Mann gereizt.

»Kannst du es nicht mit Hilfe der Karten herausfinden?« Henry lächelte. »Oder mußt du erst auf die Tarots warten?« Bei diesem Wort veränderte sich sein Gesichtsausdruck und er rückte näher an den Tisch heran. »Wir werden sie mit Sicherheit bekommen«, sagte er mit leiser, fester Stimme. »Und wer weiß? Vielleicht finden wir doch noch heraus, was der Narr bedeutet und warum er nicht tanzt.«

Aaron packte ihn am Ärmel. »Henry«, hauchte er, »wenn – wenn es zu einem Unfall kommen sollte – wenn es – wer würde dann die Karten bekommen?«

»Sei kein Narr!« fuhr Henry ihn barsch an. »Hast du mir nicht immer erzählt, daß die Anwendung von Gewalt das Wissen der Karten zunichte macht?«

»Das hat man mir gesagt«, erwiderte der Alte zögernd, »aber ich sehe nicht . . . na ja, wir brauchen auch nicht beide . . .«

»Warte«, antwortete sein Enkel und stand auf, um seinen Mantel anzulegen. »Ich muß zurück.« Er streckte seine Glieder und lachte kurz. »Nancy hat mir eine gute Nacht gewünscht«, sagte er, »und was tue ich? Ich verbringe sie damit, mich mit dir zu unterhalten.«

»Sprich nicht zu viel mit diesen Leuten«, grollte Aaron. »Weder mit Nancy noch sonst irgend jemandem.«

Sein Enkel zog seinen Mantel an. »Nancy und ich werden miteinander sprechen«, sagte er, »und das wird vielleicht eine etwas seltsamere Unterhaltung sein, als Liebende sie jemals geführt haben. Gute Nacht. Ich werde dir erzählen, was ich in London in der Angelegenheit alles bewirken kann.«

III Das Mischen der Karten

In der Regel verbrachten die Coningsbys die Weihnachtsfeiertage in Eastbourne. Diese Sitte war eingeführt worden, weil Mr. Coningsby festgestellt hatte, daß er für diese paar Tage das Hotelleben vorzog, anstatt sein eigenes Haus wie ein Hotel behandelt zu sehen. Zu jeder Tages- und Nachtzeit pflegten dann nämlich Gruppen junger Leute aufzutauchen, und Nancy oder Ralph sprangen, sofern sie da waren, auf, um sie zu begrüßen, und wenn nicht, dann kamen sie in der Regel kurz darauf wieder nach Hause, um nach Freunden zu fragen, die bereits wieder verschwunden waren. Mr. Coningsby mißbilligte dies zutiefst, stand dem heftigen Ansturm jedoch ausnahmsweise völlig hilflos gegenüber; deshalb zog er es vor, großzügig zu sein und allen einen gründlichen Tapetenwechsel zu spendieren. Es war nie ganz klar, ob dies nach seinem

Verständnis hauptsächlich seiner Schwester oder seinen Kindern galt. Sie hatte den Urlaub angeblich nötig, während die Kinder ihn angeblich genießen sollten. Und so kehrten sie nach dem ersten Jahr immer wieder in dasselbe Hotel zurück, wo sich Mr. Coningsby damit abfand, Bridge spielen zu müssen, gelegentlich dem fröhlichen Treiben zuzusehen und mit anderen Gentlemen von ähnlich freundlichem Wesen über den Zustand der Zivilisation zu diskutieren.

Manchmal ärgerte es ihn etwas, daß Sybil nie ganz dankbar genug für den Wechsel zu sein schien – nicht für den Wechsel als solchen. Selbst die tiefe Zufriedenheit, in der ihr Wesen ruhte – »Bloße Trägheit«, sagte Mr. Coningsby bei sich, wenn er daran dachte, und nahm einen etwas forscheren Schritt an –, hätte doch aufgrund der Veränderung um so freundlicher wirken müssen. Es gab immer einige nette Frauen, mit denen sie sich unterhalten konnte. Natürlich war sie froh, dorthin zu fahren – doch nie froh genug, um Mr. Coningsby zufriedenzustellen. Diese ständige gleichmütige Freude machte ihn wütend. Sie genoß einfach alles – und er, er genoß überhaupt nichts.

Doch dieses Jahr war es anders – war es anders geworden oder würde zumindest anders werden. Es hatte mit Ralph begonnen, der ziemlich wirr angedeutet hatte, daß er diesmal einen noch gründlicheren Wechsel anstrebte, indem er nämlich überhaupt nicht mitkommen, sondern mit irgendeinem Freund verreisen würde, dessen Eltern irgendwo in der Nähe von Lewes lebten. Mr. Coningsby hatte nicht viel dazu gesagt, wenigstens erschien es ihm selbst, als sei es so gewesen, doch er hatte keinen Zweifel daran gelassen, daß er ein solches Ausscheren aus dem Familienleben mißbilligte. Nie hatte er (so hoffte er zumindest) etwas gegen Sommerferien einzuwenden gehabt, die mit Freunden verbracht wurden, doch Weihnachten war etwas anderes. Tatsächlich war es um Weihnachten, daß Mr. Coningsby das Verstreichen der Zeit und das Nahen des Alters und des Todes am stärksten bewußt wurde. Denn jedes Jahr war Weihnachten von kleinen aber unverkennbaren Veränderungen geprägt gewesen, von seiner eigenen Kindheit an über seine Jugend bis zu seiner Heirat, dem Säuglingsalter und der Jugend seiner Kinder, und nun gab es nur noch zwei mögliche Veränderungen – die Ankunft einer dritten Generation oder die Nichtankunft weiterer Weihnachtsfeste. Jedes Jahr, da es ihm gelang, Nancy und Ralph über Weihnachten bei sich zu halten, schob beide dieser unwillkommenen Veränderungen hinaus und ermöglichte es ihm, mit der Vortäuschung ins neue Jahr zu gehen, daß es sich dabei lediglich um einen Neubeginn des Alten handele. Doch in diesem Jahr hatte ihn bereits der Tod seines Freundes erschüttert, und wenn er und Sybil und Nancy – eine verlobte Nancy – ohne Ralph sein würden, würde die Gefahr einer unvermeidlichen Einsamkeit immer näherrücken. Es würde eine Lücke klaffen, und er besaß nichts, womit er sie hätte füllen oder womit er dem hätte entgegentreten können, was durch diese Lücke eindringen konnte; nichts als die Tatsache, daß er als Amtsleiter der Heilanstalt alle Privilegien eines »Warden« besaß – wie, zum Beispiel, vor den älteren Söhnen der jüngeren Söhne von Peers zum Abendessen in den Speisesaal schreiten zu dürfen. Er wußte nicht mehr, wo er vor vielen Jahren einmal dieses Bißchen absurden Wissens aufgeschnappt hatte, in welcher merkwürdigen Tabelle des Anciennitätsprotokolls, aber er wußte, daß dem so war und hatte es einmal sogar Sybil gegenüber erwähnt. Doch all die ältesten Söhne des Peers, deren Schemen er in diese Lücke zu zwängen vermochte, genügten nicht, um sie wirklich zu füllen. Da war eine Leere, an die er erinnert wurde, und zwar nur erinnert, denn sie war ständig dort, obwohl er sie zu vergessen pflegte. Er füllte sie mit seinem Amt, seinem Beruf, seiner Familie, seinem Heim, seinen Freunden, seiner Politik, seinem Essen, seinem Schlaf, doch manchmal war die Leere zu groß, um sich auf diese Weise ausfüllen zu lassen, und manchmal wälzte sie sich auf ihn, auf der Straße, wenn er morgens sein Heim verließ, am Abend, wenn sie durch das geöffnete Fenster wehte oder draußen die Hauswand emporkroch, wenn unten abgeschlossen war. Manchmal sprang sie ihm auch auf lächerliche Weise aus den sinnlosen Überschriften seiner Morgenzeitung entgegen. »Premierminister«, las er dann etwa, »kündigt neue Ölgesetzgebung an« –

und für eine Sekunde standen die Worte alle voneinander getrennt und sinnlos da – »Premierminister« – was war das, ein Premierminister? Ein Schmierfleck, ein Schemen, ein Nichts – und dann plötzlich wieder der Frühstückstisch und die *Times* und Sybil.

Ralphs Ankündigung seiner Desertion ließ also in ihm den unbewußten Wunsch entstehen, ebenfalls einen Wechsel für sich herbeizuführen, was dazu führte, daß er Nancys zögernden Andeutungen eines möglichen Besuchs des Restes der Familie bei Henrys Großvater mit größerem Gleichmut begegnete, als dies sonst der Fall gewesen wäre. Nicht daß ihm der Vorschlag selbst sonderlich verlockend erschienen wäre, aber er bot ihm jede Möglichkeit, Nancy und Henry ebenso wie Ralph für die Strapazen, die Langeweile oder die Niedergeschlagenheit verantwortlich zu machen, unter denen er aller Warscheinlichkeit nach zu leiden haben würde, und somit die Gedanken an Ralph, an Ralphs Fahnenflucht, an den Wandel, das Alter – und jene andere Sache zu dämpfen. Als er sich mit Sybil darüber beriet, stellte sie erfreut fest, daß er dem Vorschlag bereits halbwegs versöhnlich gegenüberstand.

»Ich fürchte, es wird ziemlich langweilig für dich werden«, sagte er.

»Nein, das glaube ich nicht«, erwiderte sie. »Dann müßte es schon wirklich *sehr* langweilig sein.«

»Und natürlich wissen wir nicht, wie dieser Großvater ist«, fügte er hinzu.

»Vermutlich ist er ein Mensch«, sagte Sybil, »also wird er schon irgendwie interessant sein.«

»Also wirklich Sybil!« versetzte Mr. Coningsby, beinahe ärgerlich. »Du sagst aber auch die albernsten Dinge! Als wäre jeder interessant.«

»Aber ich meine doch wirklich, daß jeder interessant ist«, protestierte Sybil, »und wir kennen doch niemanden, der keinen menschlichen Körper besitzt, oder? Und wenn ich daran denke, was für lustige, hübsche Dinge Körper sind, möchte ich gar nicht damit aufhören, sie kennenzulernen.«

Ihr Bruder sorgte dafür, daß das Gespräch in geordneten Bahnen blieb. »Ich habe mir sagen lassen, daß er wohl alt, aber noch sehr aktiv und überhaupt nicht bettlägerig oder so etwas ist.«

»Dann wird man von uns auch nicht erwarten, an seinem Krankenbett zu sitzen«, sagte Sybil glücklich, »und da Nancy und Henry es bestimmt nicht gerne täten, heißt das, daß du und ich viel freier sein werden.«

»Wenn ich glauben müßte, daß man von mir erwartet, am Krankenlager eines senilen alten Mannes zu sitzen –« sagte Mr. Coningsby entsetzt. »Aber Henry hat zu verstehen gegeben, daß er noch im Vollbesitz seiner Kräfte ist. Hast du irgend etwas gehört?«

»Gütiger Himmel, nein!« sagte Sybil, und da sie sich in einer ihrer, wie ihr Bruder es zu nennen pflegte, perversen Stimmungen befand, fügte sie hinzu: »Ich liebe diesen Ausdruck.«

»Welchen Ausdruck?« fragte Mr. Coningsby, dem nichts Bestimmtes aufgefallen war.

»Gütiger Himmel«, wiederholte Sybil und sprach die Worte getrennt und einzeln betont aus. »Das sagt doch fast alles aus, nicht? Ich sage nicht gerne zu oft ›Guter Gott‹, das wird so leicht mißverstanden.«

»Manchmal redest du genauso unverantwortlich daher wie Nancy, Sybil«, klagte ihr Bruder. »Ich sehe darin keinen Sinn. Weshalb sollte jemand ›Guter Gott‹ sagen?«

»Na ja, viel mehr kann man doch eigentlich nicht sagen, oder?« fragte Sybil und fuhr hastig fort: »Nein, mein Lieber, es tut mir leid, ich war nur . . .« Zögernd suchte sie nach dem richtigen Wort.

»Das weiß ich«, sagte Mr. Coningsby, als hätte er es gefunden, »aber ich finde, daß derlei Witze nicht gerade von gutem Geschmack sind. Man kann auch humorvoll sein, ohne gotteslästerlich zu werden.«

»Verzeih mir, Lothair«, sagte Sybil mild. Sie versuchte ihr Bestes, um ihren Bruder nicht »Lothair« zu nennen, weil das eben eines der Dinge war, die ihm als lästerlich erschienen, ohne humorvoll zu sein. Aber es bereitete ihr Kummer und Pein; so viel Zeit, um alles im Leben so zu genießen, wie es sich gehörte, gab es nun auch wieder nicht, und sie beide hätten diesen lächerlichen Namen gemeinsam so viel besser genießen können. Doch weil sie ihn liebte, versuchte sie nicht, ihm den Wunderreichtum des guten Gottes allzusehr ins Bewußtsein zu rufen, und fuhr hastig fort: »Nancy freut sich so sehr darauf.«

»In ihrem Alter«, bemerkte Mr. Coningsby, »freut man sich natürlich immer auf die Zukunft.«

»Und in unserem«, meinte Sybil, »wo es keine Zeit mehr gibt, gibt es auch nicht mehr die Notwendigkeit, es zu tun: Die Gegenwart reicht völlig zur Befriedigung aus!«

Mr. Coningsby beherrschte sich gerade noch, um nicht »Guter Gott« zu sagen, und zwar mit völlig anderer Betonung. Er wartete ab, bis ein oder zwei Minuten verstrichen waren, dann fragte er: »Weißt du, daß Henry sich erboten hat, uns in seinem Wagen hinzufahren?«

»Nett von ihm«, erwiderte Sybil und ließ sich in eine Diskussion darüber verwickeln, was ihr Bruder als Zumutung empfand und was nicht; worauf er schließlich sagte: »Ach, und übrigens: Du könntest mal diese Kartenspiele durchgehen und ein paar von den interessantesten einpacken – und den Katalog –, besonders das Blatt, das wir uns neulich abend angeschaut haben. Nancy bat mich darum; anscheinend gibt es dort unten noch einige weitere, und Henry und sie möchten sie gerne miteinander vergleichen. Ein richtiges Zigeunervergnügen! Aber wenn es ihnen Spaß macht . . . Er hat versprochen, ihr ein paar Tricks zu zeigen.«

»Dann hoffe ich nur«, meinte Miss Coningsby, »daß sie nicht versuchen wird, sie uns vorzuführen, bevor sie sie geübt hat. Nicht daß ich etwas dagegen hätte, auf ungewollte Weise überrascht zu werden, aber sie würde damit einen höheren Zustand der Heiligkeit unter Beweis stellen.«

»Heiligkeit!« rief Mr. Coningsby verächtlich. »Von der Heiligkeit ist Nancy noch sehr weit entfernt.«

»Mein Guter, sie ist doch verliebt!« rief seine Schwester.

»Und was soll das mit Heiligkeit zu tun haben?« fragte Mr. Coningsby triumphierend und genoß das Schweigen, zu dem sich Sybil gelegentlich gezwungen sah. Jeder, der die notwendige Beziehung zwischen Liebe und Heiligkeit nicht begriff, ließ sie sprachlos werden und machte sie unfähig zu jeder Erklärung.

»Tricks« war kaum das Wort, welches Nancy am selben Abend benutzt hätte, obwohl Henry selbst es vor etwa einer Woche gebraucht hatte. Bis zum Weihnachtsfest waren es noch etwa zehn Tage, und in den vierzehn Tagen seit sie das Erbe des verblichenen Mr. Duncannon begutachtet hatten, war das Thema Karten mehrmals zwischen den beiden jungen Leuten zur Sprache gekommen. Nancy besaß das natürliche, aufmerksame Interesse der Jugend, so wie Sybil das – vielleicht übernatürliche – lebhafte Interesse des Alters besaß, und Henrys gelegentliche recht geheimnisvolle Bemerkungen hatten es noch mehr provoziert. Tatsächlich hatte sie die Karten aus eigenem Antrieb noch einmal untersucht, den Eintrag im Katalog wiedergelesen und das Stichwort »Tarot« in der Enzyklopädie nachgeschlagen, ohne jedoch dadurch sehr viel weiterzukommen. Als sie nun zusammengekringelt vor dem Kaminfeuer im Eßzimmer saß und sanft mit den Fingern ihres Geliebten spielte, von der Berührung gleichzeitig bewegt und besänftigt, drehte sie sich plötzlich zu ihm, der zu ihrer Rechten in dem tiefen Sessel saß, um und fragte:

»Henry, Liebster, sag, was ist jetzt eigentlich mit diesen Karten. Du redest immer über sie, als wären sie sehr wichtig.«

»Das sind sie auch«, antwortete Henry. »Wie wichtig genau, das hängt möglicherweise von dir ab.«

Nancy kauerte sich auf ihre Fersen. »Henry«, sagte sie, »ziehst du mich jetzt auf oder nicht? Denn wenn du es tust, dann bist du überhaupt kein Mensch.«

»Dann weißt du gar nicht, was dir entgehen würde«, meinte Henry.

Nancy breitete die Arme aus. »Oh, ich Arme!« rief sie theatralisch. »Henry, wenn ich so tue, als wollte ich es gar nicht wissen, spielst du dann auch ganz bestimmt mit? Du wirst es doch nicht heimtückisch ausnutzen, oder?«

»Wenn du es wirklich nicht wissen willst«, entgegnete er, »werde ich es dir bestimmt nicht sagen. Darum geht es ja gerade. Willst du es denn *wirklich* wissen?«

»Habe ich etwa mein Herz bloßgelegt, nur damit man ihm mißtraut?« fragte sie. »Muß ich erst vor deinen Augen dahinsiechen, um dich zu überzeugen? Oder genügt es, wenn ich mich auf der Stelle in den Schlaf weine? Nein, ich werde *nicht* sagen, wie damals, als wir auf der Schule *Julius Caesar* durchnahmen: ›Portia ist Brutus' Hure, nicht seine Frau‹, wenn du es mir nicht erzählst. Was war diese Portia doch für ein übles Luder – es auf solche Weise aus ihm herauszuquetschen! Aber ich schwöre, daß ich mir ›hier am Schenkel‹ eine Wunde zufügen werde, wenn du es mir *nicht* sagst, und dann verblute ich direkt auf deiner wunderschönen Hose!«

Er nahm ihre Hand mit solch kräftigem Druck, daß ihre Augen sofort einen ernsten Ausdruck annahmen.

»Wenn du es wissen willst«, sagte er, »dann werde ich dir hier sagen, was ich kann. Und den Rest – dort. Sofern du es ertragen kannst.«

»Tu was du willst«, erwiderte sie ernst. »Wenn das kein Witz war, dann versuch es mit mir, und laß mich gehen, wenn ich versagen sollte. Dabei«, fügte sie mit plötzlichem Lächeln hinzu, »werde ich wohl nicht versagen, glaube ich.«

»Dann hol die Tarotkarten jetzt her, wenn du kannst«, sagte er. »Aber leise. Ich will nicht, daß die anderen davon erfahren.«

»Sie sind ausgegangen – Vater und Ralph«, antwortete sie. »Ich gehe sie holen«, und mit diesen Worten hatte sie auch schon den Raum verlassen.

In den wenigen Minuten bis zu ihrer Rückkehr blieb er geistesabwesend stehen und starrte vor sich hin, so daß er es nicht sofort wahrnahm, als sie eintrat. So konnte sie ihn unbemerkt betrachten, sein Stirnrunzeln, seinen konzentrierten Blick, die Hand, die an seiner Seite herabhing und kleine, ziellose Bewegungen machte. Während sie ihn ansah, bereitete sie sich unbewußt darauf vor, ihm vor Augen zu treten, und so schritt sie durchs Zimmer mit einer gewissen inneren Bereitschaft, als würde sie, klar und herrlich, zu ihrer Hochzeit schreiten. Und als sie aufeinander trafen, lächelten sie nicht, obgleich es das erste Mal war seit sie sich kannten, daß eine solch natürliche Süße fehlte. Er nahm ihr die Karten ab, dann legte er die Hand auf ihre Schulter und führte sie mit leisem Nachdruck zu dem großen Tisch in der Mitte des Zimmers. Schließlich holte er die Karten aus ihrer Umhüllung, die er achtlos zu Boden warf, und unterteilte das Blatt in fünf Stapel.

»Schau her«, sagte er, »das hier sind die zweiundzwanzig Karten – die einundzwangzig und die eine, die nichts ist –, die wir neulich abend betrachtet haben. Das sind die Großen Trümpfe, und zu denen kann ich dir jetzt nichts sagen; sie müssen warten. Aber diese anderen sind die vier Farben, und du kannst nun sehen, was wir damals nicht so genau betrachtet haben: Es sind nicht die üblichen Farben Kreuz, Pik, Herz und Karo, sondern Stäbe oder Zepter, Schwerter, Kelche und Münzen oder auch Leugner. Diese letzteren sind auch manchmal als Pentakel dargestellt, aber dies hier ist die bessere Form. Und schau – jede Farbe hat vierzehn, nicht dreizehn Karten, denn außer Bube und Dame, beziehungsweise Königin und König, gibt es noch den Ritter. Hier haben wir beispielsweise den Buben oder Prinzen der Zepter sowie Ritter, Königin und König der Zepter. Das gleiche ist bei den Schwertern, den Kelchen und den Leugnern der Fall. Schau, hier sind sie.«

Sie neigte sich darüber und betrachtete sie. Nach einer kurzen Weile setzte er seine Erklärungen fort.

»Diese Karten nun sind die Wurzel und der Ursprung aller anderen Karten, und niemand weiß, woher sie stammen, denn die Legende berichtet, daß zum ersten Mal im dreizehnten Jahrhundert die Zigeuner in Spanien davon hörten. Manche meinen, sie seien älter, und einige Leute halten sogar das alte Ägypten für ihr Ursprungsland, aber das spielt alles keine große Rolle. Was daran wichtig ist, das ist nicht die Zeit, die dahintersteht, sondern der Prozeß, der in ihnen steckt. Es gibt viele verschiedene Tarotblätter, aber das ursprüngliche Originalblatt, nämlich dieses hier, verbirgt ein Geheimnis, das ich dir am Heiligen Abend zeigen werde. Aufgrund dieses Geheimnisses ist dieses Blatt, und zwar dieses allein, ein Blatt von großer Macht.«

Er hielt wieder inne, und noch immer rührte sie sich nicht. Er blickte auf ihre Hände, die auf der Tischkante ruhten, und nahm das Gespräch wieder auf.

»Alle Dinge werden durch Entsprechung zusammengehalten, Bild mit Bild, Bewegung mit Bewegung. Ohne diese gäbe es keine Beziehung und folglich auch keine Wahrheit. Unsere Aufgabe – vor allem deine und meine – ist es, die Macht der

Beziehung aufzunehmen und sie uns zu eigen zu machen. Verstehst du, was ich meine?«

Als sie plötzlich den Blick hob, lächelte sie beinahe.

»Liebling«, murmelte sie, »wie sollte ich das *nicht* verstehen? Dafür brauche ich keine Karten, um das zu wissen. Ach, aber mach doch weiter. Zeig mir, was es bei den Karten bedeutet.«

Wieder hielt er kurz inne: Es war, als ob sie etwas unmittelbar vor sich hätte, was er selbst in der Ferne suchte. Etwas unsicherer fuhr er fort, doch seine Stimme fing sich fast sofort wieder.

»In diesen Farben gibt es eine starke Beziehung zu den vier Grundelementen der irdischen Schöpfung, und wenn du willst, magst du die Wahrheit dieser Aussage jetzt selbst feststellen, wenn auch die Legenden, die mein Volk sich erzählt, wahr sind, und wenn es stimmt, was sich in seinen Schriften findet. Dieses Blatt ist seit mehr als zwei Jahrhunderten vor unseren Blicken verborgen geblieben, und ich glaube, daß es seitdem bis zum heutigen Abend nie wieder benutzt wurde. Der jüngste Bericht, den wir davon haben, handelt davon, daß einst zur Herrschaft Elisabeths ein seltsamer Vorfahr von mir, der vor dem König von Spanien nach England geflohen war, die Winde gerufen hat, welche die Armada gen Norden an Schottland vorbeitrieben.«

Nancy furchte die Stirn, als er innehielt. »Willst du damit sagen«, fing sie an, »willst du damit sagen . . . Tut mir leid, Liebling, ich glaube, ich begreife nicht recht. Wie konnte er die Winde rufen?«

»›Das Schlagen der Karten ist der Wind‹«, erwiderte er, »aber versuch nicht, das jetzt zu glauben. Betrachte es als Fabel, aber stell dir vor, daß irgendwo an der Küste einer dieser wilden Flüchtlinge in der Nacht dastand und diese Karten schüttelte, diese hier –« Er legte die Hand auf den Stapel mit den Stäben oder Zeptern. »Und daß er die Luft solange mit ihnen schlug, bis er sie aufwühlte und gewaltige Böen übers Meer bliesen, die die Schiffe König Philips ins Verderben und in den Untergang trieben. Versuch, das vor deinem geistigen Auge zu sehen. Schaffst du das?«

»Ja«, sagte sie. »Es ist ein verrücktes Bild, aber ich habe es.«

Er beugte sich nieder, um die Hülle aufzuheben, und begann

schweigend die Schwerter, die Stäbe, die Kelche und die Großen Trümpfe wieder zu verstauen. Dann legte er sie beiseite und nahm den Stapel mit den Leugnern, Münzen oder Pentakeln auf.

»Wollen wir mal sehen«, fragte er lächelnd, »was deine und meine Hände zusammen bewirken können?«

»Zeig es mir«, antwortete sie.

Er reichte ihr die vierzehn Karten, dicht neben ihr stehend, ließ sie sie mit beiden Händen halten und legte seine eigenen Hände auf die ihren. »Und jetzt hör zu«, sprach er ihr langsam und befehlend ins Ohr. »Du wirst an Erde denken, an Blumentopferde, an Ackerboden und an den trockenen Staub der Straßen. An die Erde, in der deine Blumen wachsen, an die Erde, in die man unseren Leichnam legt, an die Erde, die in vielen Gestalten das Land formt und es vom Wasser abhebt. Wirst du tun, was ich sage?«

Mit sehr ernstem Ausdruck blickte sie zu ihm empor. »Ja, Henry«, sagte sie, und ihre Stimme verharrte ein wenig bei seinem Namen, als würde sie sich dadurch noch stärker seinem Ziel hingeben. Er wiederholte: »Erde, Erde der wachsenden und verfaulenden Dinge – erfüll deinen Geist mit diesem Bild. Und halte deine Hände bereit, die Karten zu mischen. Halte sie sicher, aber nicht zu fest, und wenn sie sich bewegen wollen, laß es geschehen. Hilf ihnen, hilf ihnen dabei, zu gleiten und sich zu mischen. Meine Hände liegen auf den deinen. Hast du Angst?«

Sie fragte schlicht: »Sollte ich das?«

»Niemals«, sagte er, »weder jetzt noch später. Fürchte dich nicht. Diese Dinge dürfen erfahren werden, und es ist gut für uns, sie zu wissen. Und jetzt – fang an.«

Sie konzentrierte sich auf ihre Aufgabe, zunächst etwas zögernd, doch nach einer Weile mit größerer Entschiedenheit. Sie dachte an den Garten, an die Erde, aus der er bestand, die manchmal trockener Staub war, manchmal aber auch reicher Lehmboden – an die Würmer, die sie durchkrochen und an die Wurzeln der Blumen, die nach unten vorstießen – nein, nicht an Würmer und Wurzeln, sondern an Erde, an dicke, tiefe Erde. Große Baumwurzeln, die in die Tiefe wuchsen – entlang dieser Wurzeln drang auch ihr Geist ein, die trennenden, enger werdenden, schwindenden Wurzeln entlang, durch all die Nischen und Ecken, die mit Erde gefüllt waren, die bis zu ihren Achselhöhlen vorstieß, so daß ihre Ellenbogen herausstaken, kleine Höcker auf diesen langgezogenen Wurzeln. Erde, die zusammenklebte, auseinanderfiel; ein Spaten, der sie teilte, fast als würde er in ihre Gedanken hineingestoßen, ein Spaten voll Erde. Graben – Löcher, Gruben, Mienen, Schächte, Gräber – nein, diese Dinge waren nicht *Erde*. Gräber – die Leichname, die in ihnen ruhten, wurden eins mit der sie umgebenden Erde, bis es schließlich zwischen beiden keinen Unterschied mehr gab. Erde zu Erde – sie selbst: Erde, Leib, Schultern, Glieder – Erde in ihren Armen, in ihren Händen.

Unten in der Erde gab es Quellen, tiefe Quellen. Zisternen und Brunnen und Flüsse, Wasser, das durch felsige Kanäle strömte oder durch die Erde selbst sickerte; durch die Erde, die es bedeckte, behinderte, erstickte, durch die es nach oben ausbrach, hervorplatzte. Nein, nicht Wasser – *Erde*. Ihre Füße ruhten darauf, fühlten sie, zogen sie auf merkwürdige Weise empor, in sich hinein, und immer stärker und stärker und höher und höher stieg das Gefühl des Einsseins mit dem Stoff ihrer eigenen Grundlage. Da waren auch Felsen, aber sie war kein Fels – noch nicht; etwas Lebendiges, wie ein ungeduldiger Wasserstoß, sprudelte gurgelnd in ihr empor, doch sie empfand es als Eindringen in den natürlichen Teil ihres Wesens. Ihre Lippen fühlten sich rauh und trocken an; ihr Gesicht mußte gefleckt oder schwarz sein – nicht ihre Hand, denn die war auch noch schmutzig – ihre Finger spürten den knirschenden Sand. Beide Hände zerbrachen gemeinsam einen Klumpen Erde; sie waren voll aufgehäufter Erde, die an ihren Seiten und zwischen den Fingern hinabrieselte, und sie versuchte, sie festzuhalten – sie nicht entkommen zu lassen.

»Sachte, sachte«, murmelte eine Stimme in ihrem Ohr. Dieses Geräusch brachte sie mit einem Schreck wieder zurück und zerstob das Gefühl, in dessen Bann sie sich befunden hatte; wieder erblickte sie die Karten in ihren Händen, und nun sah sie, daß ihre Hände, auf denen Henrys lagen, die Karten mischten, wobei sie von Augenblick zu Augenblick schneller wurden. Sie versuchte, mit dem Tempo Schritt zu halten, nicht sie war es, die es bestimmte – und das Gefühl der entweichenden Erde war tatsächlich lediglich dieser Drang, den die Karten hervorbrachten. Sie glitten hervor und zurück – mal sah sie die Vier der Leugner an oberster Stelle, mal war es das As, mal der Prinz, mal der König – eine Figur mit Hut und einem vierfach gegabelten Bart, die die Münze in einer behandschuhten Hand hielt (oder was immer es sein mochte). Sie blinkte zu ihr empor, und eine darunter liegende Karte glitt empor, ihr Finger schob sie zurück, und sie bedeckte den König – die Neun der Leugner. Von irgendwoher drang ein leises Geräusch an ihr Ohr – ein seltsames, beständiges Geräusch, fast nicht wahrzunehmen, ein ganz leises Knirschen. Die Karten waren tatsächlich sandig, oder ihre Hände waren es. Oder war das das beständige Reiben ihrer Handflächen gegen die Kartenränder? Was war das für ein knirschendes Geräusch? Es war nicht nur ihre Einbildung, und es war auch keine Einbildung, daß irgendeine Substanz zwischen ihren Fingern hindurchglitt. Unterhalb ihrer Hände und der Karten sah sie die Tischplatte. Irgend etwas Ungewöhnliches daran erregte ihre Aufmerksamkeit. Sie war dunkel – natürlich war sie das, aber von einem dumpfen, schweren Schwarz, und vor ihren Händen schien eine Art Wolke darauf hinabzuschweben. Von hier entsprang das erste Geräusch; etwas Fallendes – es war Erde, ein Schleier, ein Regen fallender Erde, fallender Erde, die den Ausschnitt des Tischs unmittelbar unter ihren Hände bedeckte und leise, rieselnde Geräusche von sich gab – Erde, echte schwarze Erde.

»Ganz ruhig«, sagte die Stimme in ihrem Ohr. Plötzlich verspürte sie einen heftigen Impuls, die Karten davonzuschleudern – wenn sie nur konnte, wenn sie ihre Hände von ihnen reißen konnte, doch das konnte sie natürlich nicht: erdig wie sie waren, gehörten sie zu dieser anderen Erde, der Erde, die überall über und durch ihre Finger rieselte und bereits im Begriff war, die Sechs der Leugner zu bedecken, als diese über die beiden anderen glitt. Doch ihre Hände waren nicht allein, es waren noch andere da; sie drückte sie wieder fest in die ihres Geliebten und sagte mit größter Beherrschung in der Stimme: »Können wir nicht aufhören?«

Ein tiefer Atemzug war die Antwort. Und dann – Henrys Stimme: »Ja«, sagte sie. »Ganz ruhig, ganz ruhig. Denk zusammen mit mir an die Karten – Karten – Bilder – nichts als Zeichnungen – Linien und Farben. Preß sie zurück, fester: *Benutz* jetzt deine Hände – fester!«

Es war, als fände ein kurzer Kampf zwischen ihren Händen und dem, was sie hielten, statt: als ob sich das Ding weigerte, sich beherrschen und befehlen zu lassen. Doch es gab nach; wenn es einen Widerstand gegeben haben sollte, so hörte er auf. Ihre kräftigen Hände drückten die Karten zurück, schoben sie zusammen; ihr Daumen ließ sie schnappen. Henrys Hände lösten sich von ihren und nahmen die Karten auf. Sie ließ ihre Hände sinken, wich einen Schritt zurück und blickte auf den Tisch. Darauf lag etwas, das wie Gartenerde aussah.

Ein Schwächeanfall überkam sie, sie schwankte. Henrys Arm legte sich um sie und führte sie zu einem Stuhl. Sie streckte die Hand aus. »Es geht schon. Einen Moment nur«, und hielt sich am Arm fest. »Es ist nichts«, sagte sie sich, »es ist eine ganz einfache Sache. Es ist nur, daß ich nicht daran gewöhnt bin – was immer es sein mag.« Daß es sich um irgendeine Art von Trick handeln könnte, dieser Gedanke kam ihr überhaupt nicht in den Sinn; Henry und ein solcher Trick, das war unvereinbar. Erde auf dem Eßzimmertisch. Tante Sybil würde sich wundern, wie die dorthin gekommen war. Bewußt öffnete sie die Augen wieder, doch ihre Kieferlade klappte trotz allem unwillkürlich herunter. Sie war immer noch da.

»Alles in Ordnung?« fragte Henry.

Nancy unternahm eine gewaltige Anstrengung, sich zusammenzureißen. »Ja«, sagte sie. »Henry, was ist geschehen? Ich meine –«

»Du hast Angst!« sagte er anklagend.

»Ich habe keine Angst«, widersprach sie.

»Wenn du Angst hast, kann ich dir überhaupt nichts verraten«, sagte er. »Ich kann es nur mit dir teilen, wenn du das auch willst. Das hier ist erst der Anfang. Das solltest du besser sofort begreifen.«

»Ja, Liebling«, sagte sie. »Sei nicht böse auf mich. Es ist alles ein bißchen plötzlich, nicht wahr? Ist sie . . . ist sie echt?«

Er nahm etwas von der Erde auf und verstreute sie wieder. »Ja«, meinte er. »Darin könntest du Immergrün anpflanzen.«

»Dann«, sagte Nancy mit einem leicht hysterischen Unterton, »solltest du wohl besser nach Agnes läuten, damit sie sie fortschafft.«

»Faß sie an«, sagte er. »Befühle sie, vergewissere dich, daß sie wirklich ist.«

»Um nichts in der Welt würde ich sie berühren!« rief sie. »Bitte, läute doch, Henry. Ich will sehen, wie Agnes sie mit einer Kehrichtschaufel beseitigt. Das ist dann der Beweis, daß sie echt ist.«

Agnes beseitigte die Erde tatsächlich mit einer Kehrichtschaufel, wobei sie nichts anderes empfand als eine leise Überraschung und eine leise Verwunderung. Es war deutlich, daß sie sich nicht vorstellen konnte, was Miss Nancy und ihr junger Mann angestellt hatten; aber es war ebenso deutlich, daß sie dachte, daß das, was die beiden angestellt hatten, zu einem kleinen Häuflein Erde auf dem Eßzimmertisch geführt hatte, welches sie sorgfältig beseitigte, um schließlich selbst wieder zu verschwinden. Nancy lehnte sich in ihrem Stuhl zurück, und lange Zeit herrschte völlige Stille.

Endlich regte sie sich wieder und blickte Henry an. »Sag's mir jetzt.«

Er lehnte sich gegen den Kaminsims und blickte zu ihr hinab. »Ich habe es dir schon gesagt«, erwiderte er. »Schon ganz am Anfang. Jedenfalls habe ich es angedeutet. Überall gibt es Entsprechungen, Korrespondenzen. Aber manche sind deutlicher als andere. Zwischen diesen Karten hier –« Er zeigte auf die Lederhülle, in die er die Leugnerfarbe gesteckt hatte. ». . . und den Aktivitäten der Dinge besteht eine sehr enge Beziehung . . .«

Sie unterbrach ihn. »Ja, Schatz. Erklär es mir nicht, sag es mir nur. Was du über den Wind und das hier und alles gesagt hast.«

»Erde, Wasser, Luft und Feuer«, sagte er. »Leugner, Kelche, Zepter, Schwerter. Wenn Menschenhände die Karten auf bestimmte Weise behandeln, wird das Lebendige zum Sein erweckt.«

Sie blickte auf ihre Hände, die in ihrem Schoß ruhten. »Hände«, sagte sie. »Das können die?«

»Die können alles«, erwiderte er. »Sie besitzen Macht.«

»Aber wozu die Karten . . .?« fragte sie.

Er lächelte sie an, und plötzlich streckte sie ihm die Arme entgegen, und er beugte sich vor, um sie in die seinen zu nehmen. Diese Bewegung brachte ihr ihre Fassung zurück, aber sie war es, die aus dem Stuhl gehoben, nicht er, der zu ihr hinabgezogen wurde, und selbst als er mit leisen Worten auf sie einsprach, war seine Stimme noch mit einer jubelnden Kraft geladen. Und als sie sich bewegte und er sie endlich losließ, hatte sein Tun etwas von der Art, wie man ein kostbares Instrument für späteren Gebrauch beiseite legte. Oder, da er den Blick weiterhin auf sie geheftet hielt, etwas von jemandem, der eine komplizierte und empfindliche Maschine begutachtet, um sich zu vergewissern, ob alles reibungslos läuft und ob sie für das Experiment, für das sie bestimmt ist, auch tauglich ist.

Nancy strich sich über das Haar und nahm wieder Platz. »Nächstes Mal«, sagte sie, »werde ich besser vorbereitet sein.«

»Es wird also ein nächstes Mal geben?« fragte er, um eine Schraube in der Maschinerie zu prüfen.

Ernst richtete sie die Augen auf ihn. »Wenn du willst«, antwortete sie, »und das willst du doch, oder? Wenn du meine Hilfe haben willst, sollst du sie bekommen. Aber nächstes Mal solltest du mir vielleicht besser mehr darüber im voraus erzählen. Warum geschieht so etwas?«

»Ich weiß nicht, warum«, entgegnete er. »Aber das Wie ist recht klar. Diese Karten stehen in Verbindung zu etwas, was ich dir Weihnachten zeigen werde, und sie stehen in Verbindung mit . . . nun, es gibt dafür keine Worte – mit dem Tanz.«

»Mit dem Tanz?«

»Der Tanz, der . . . alles ist«, gab er zur Antwort. »Du wirst schon sehen. Erde, Luft, Feuer, Wasser – und die Großen Trümpfe. Wenn die Karten und *sie* zusammengebracht werden, gibt es einen Zugang zu allem Wissen und aller Zukunftsschau. Aber, ach Nancy, Nancy, wenn du sehen wirst, was ich sehe, und wollen, was ich will, dann gibt es einen Weg – wenn er zu finden ist, dann gibt es einen Weg.« Er ergriff ihre Hände.

»Hände«, rief er, »Hände unter *ihnen* und allem, was *sie* bedeuten. Spüre es; gib es mir; nimm es.«

Sein brennender Eifer entflammte auch sie. »Was wirst du tun?« fragte sie keuchend.

Er umklammerte ihre Hände noch fester. »Wer weiß?« erwiderte er, auf den Schwingen seines eigenen gewaltigen Traums schwebend. »Erschaffen.«

IV Der Wagen

Henry hatte es so eingerichtet, daß er die Coningsbys am Mittwoch vor Weihnachten zum Haus seines Großvaters bringen würde. Mr. Coningsby hatte beschlossen, ihnen eine Woche seines Weihnachtsurlaubs von seinem Amt als Leiter der Heilanstalt zu gewähren, und Henry war sehr damit einverstanden, daß die Möglichkeiten dieser kritischen Tage über einen solch langen Zeitraum geprüft werden konnten. Das merkwürdige Experiment, welches er und Nancy versucht hatten, hatte ihn in eine Hochstimmung versetzt, die immer noch anhielt; er empfand sein Entzücken an ihr als Mittel zu seinem vorgestellten Zweck. Die Wirkung der Sache auf Nancy selbst einzuschätzen fiel ihm schon schwerer: Sie kam nicht wieder darauf zurück und verhielt sich im allgemeinen stiller, als es sonst ihre Art war. Doch seine eigenen Beschäftigungen nahmen ihn sehr in Anspruch, und es war durchaus möglich, daß es eher seine Inanspruchnahme war als ihre eigene, die sie ein wenig dämpfte. Nach außen hin gab sie sich jedoch weitgehend so wie immer, und nur Sybil Coningsby bemerkte, daß ihre Fröhlichkeit manchmal eher etwas zu verschleiern als ihren wirklichen Gefühlen Ausdruck zu geben schien. Aber schließlich war Sybil auch die einzige von ihnen, die darum wußte, wie viele natürliche Begabungen oft nur Verschleierungen waren, wie viele Erscheinungen erst verschwinden mußten, bis nur noch die Tatsachen übrigblieben. Es lag lange Zeit zurück, seit sie ihre eigene Suche im Leben angetreten war; mit Augen, die gezwungenermaßen ihr Mitgefühl verbargen, erblickte sie, wie sich in ihrer Nichte ein anderer Abgrund in jenem ersten Abgrund auftat, der die Liebe war. Mr. Coningsby hatte den Kern der Sache besser getrofffen, als ihm bewußt war, als er Sybil einer ähnlichen Verantwortungslosigkeit wie Nancy geziehen hatte; über die Kluft der zwischen ihnen liegenden Jahre hinweg schwangen ihre Naturen im Einklang. Doch dazwischen lag auch die Erfahrung der Verantwortung – jene Bürde, die nur auferlegt wird, um wieder von einem genommen zu werden, jene Aufgabe, die dem Menschen in die Hand gegeben wird, damit er sie aus eigener Entscheidung wieder an seinen Schöpfer zurückgibt, jenes Joch, das, wurde es erst einmal vollständig angenommen, alsgleich nicht mehr zur Last wird. Sybil hatte es getragen, und aus der Freiheit einer Liebe heraus, die einziger war als Nancys, belächelte sie die junge Eingeweihte, die in ihrer ungeschulten Unschuld das Ende aller Einweihungen erblickte.

Nun stand sie auf der Haustreppe und lächelte Henry an, der neben ihr stand. Nancy befand sich in der Vorhalle; Mr. Coningsby war damit beschäftigt, telephonisch einige letzte Anweisungen an die Aufseher der Heilanstalt weiterzugeben, welche für eine Weile deren Leitung wahrzunehmen hatten. Ralph war schon am Morgen abgereist. Es war später Nachmittag; das Wetter war kalt und schön.

Sybil sagte: »Habe ich Ihnen eigentlich schon dafür gedankt, daß Sie uns hinfahren, Henry?«

Er antwortete, und seine Stimme vibrierte voller Erwartung: »Es ist mir ein Vergnügen, Tante Sybil – darf ich Sie so nennen?«

Sie nahm die Höflichkeit mit einer Verneigung zur Kenntnis, und ihre Augen tanzten, als sie fragte: »Nancys oder meinetwegen?«

»Unser aller wegen«, gab er zur Antwort. »Aber Sie sind schwer kennenzulernen, nicht wahr? Sie scheinen sich nie zu bewegen.«

»Simon Stylites?« fragte sie. »Hocke ich etwa auf einer Säule am Himmel? Welch ein unmenschliches Bild!«

»Ich glaube, Sie sind auch ein kleines bißchen unmenschlich«, meinte er. »Natürlich, Sie sind alles, was nett ist, aber furchteinflößend sind Sie auch.«

»Ach, arme Tante!« sagte sie. »Aber ich dachte, daß alte Jungfern heutzutage nichts Ungewöhnliches mehr seien?«

»Eine alte Jungfer –« fing er an und brach abrupt ab. Dann fuhr er mit einem Unterton des Staunens fort: »Genau das ist es, wissen Sie? Genau das. Sie sind seltsam, Sie sind jungfräulich, Sie sind ein Mysterium der Selbstbeherrschung.«

Sie brach in ein Lachen aus, das selbst ihm beinahe so entzückend erschien wie Nancys. »Henry, *mon vieux*«, sagte sie, »was wissen Sie schon über alte Frauen?«

»Genug, um zu wissen, daß Sie keine sind«, versetzte er. »Tante Sybil – Sybil – Sybille – schon Ihr Name bedeutet, was Sie sind. Sie sind das Wunder der Jungfräulichkeit, das im Sternkreis einherzieht.«

»Das«, erwiderte sie, »ist ein wunderschönes Kompliment. Wenn ich keinen Pelz trüge, würde ich jetzt einen Hofknicks machen. Sie werden mich noch dazu bringen, mir zu wünschen, in Nancys Alter zu sein – einen Abend lang.«

»Ich glaube, es ist lange her«, meinte er, »daß Sie sich gewünscht haben, etwas anderes zu sein, als Sie sind.«

Sie wurde einer Antwort enthoben, weil nun Mr. Coningsby die Treppe hinabkam, Nancy, die vor ihm ging, zur Eile treibend, und die Haustür schloß. Gemeinsam begaben sie sich zum Wagen, und ein Polizist auf dem Bürgersteig salutierte Mr. Coningsby, als er an ihm vorbeikam.

»Guten Abend, guten Abend, Constable«, sagte er. »Hier.« Ein Gegenstand wechselte den Besitzer. »Frohe Weihnacht.«

»Huldvoll«, flüsterte Nancy Henry ins Ohr, »Vater ist beinahe jovial.«

»Das«, erwiderte Henry, »liegt daran, daß er die Polizei nicht als menschlich ansieht. Zu einem Hund oder einem Armen würde er nie hart sein. Was ihn beunruhigt oder ärgert, das sind seinesgleichen.«

»Na ja, Liebling«, meinte sie, »jedenfalls hast du mir noch nie erzählt, daß *du* einem Polizisten einen Drink ausgegeben hättest.« Sie faßte nach seiner Hand. »Ach, ich bin so aufgeregt«, fuhr sie fort, »du und Weihnachten und . . . alles. Ob dieser Polizist auch Teil davon ist, was meinst du? Steht er in den Zeptern oder in den Schwertern? Oder ist er einer von deinen geheimnisvollen Trümpfen?«

»Wie wär's denn mit dem Kaiser?« versetzte Henry, als Mr. Coningsby, der sein Gespräch mit dem Konstabler, bei dem es wahrscheinlich um die Sicherheit des Hauses gegangen war, beendet hatte und nun auf den Wagen zukam. Sybil hatte bereits ihren Sitz eingenommen, und Nancy tat das gleiche, während Mr. Coningsby neben Sybil einstieg. Henry schloß die Tür, sprang hinein und startete den Wagen.

Zu Anfang schwiegen sie. Jedem von ihnen bedeutete die Fahrt des Wagens etwas anderes und Besonderes; für die beiden Männer war es eine Bewegung *auf etwas zu*, für die beiden Frauen viel eher eine Bewegung *in etwas*. Mr. Coningsby empfand es als ein Dahinschießen einer unmittelbaren Zukunft, die ihm aufgezwungen worden war, und drohenden Niederlage entgegen. Henrys Verlangen riß ihn mit sich fort in eine Zukunft, von der er Prüfung und Sieg erwartete. Doch weder Nancy noch Sybil konnten sich die Zukunft als etwas anderes vorstellen als eine neue, reizvolle Form dessen, was sie bereits kannten; sie konnten nirgendwohin, außer dorthin, wo sie existierten, und die Zeit, die sie für diese Reise benötigten, war nur der Takt des Entzückens, das neuem Entzücken wich. In diesem begrenzten Raum existierte eine vierfache Bewegung des Bewußtseins und wurde durch die unmerklichen, unendlich kleinen Bewegungen ihrer Körper vernetzt und in gewissem Maße harmonisiert. Jeder übte auf die anderen einen eigenen Druck aus, jeder wurde von den anderen zurückgezogen und in Schranken gehalten. Wissen tanzte mit Wissen, um die körperlichen Instrumente ihrer Zeit des Fleisches mal zu behelligen, mal zu besänftigen.

Die erhobene Hand eines Polizisten hielt sie an. Henry zeigte darauf. »Sehet den Kaiser«, sagte er zu Nancy.

»Du machst dich lustig, Schatz«, protestierte sie halb.

»Nie lag es mir ferner als jetzt«, erwiderte er ernst. »Schau ihn doch an.«

Sie gehorchte. Ob die vielen Stunden, die sie damit verbracht hatte, in den letzten Tagen über die Tarots zu brüten, teilweise, um sich von ihrem eigenen Mut zu überzeugen, ihr Gedächtnis mit ihren Formen geprägt hatten, oder ob die Gestalt des Polizisten und seines Umhangs im Licht der Straßenlaternen tatsächlich dergleichen nahelegte; oder ob vor ihr in diesem Licht etwas aufleuchtete, das Kaiser und Kalif und Magistrat, Prätor und Alkalde, Liktor und Konstabler gemein war – was immer davon auch wahr sein mochte, die Wahrheit war es jedenfalls, daß sie für einen Augenblick in diesem stämmigen Beamten, der ihnen den Weg versperrte, den Kaiser der Trümpfe erblickte, behelmt, mit weißem Mantel, einen mit einem Zepter bewehrten Arm ausstreckend, als würde Karl der Große oder einer ihm gleich sein Herrscherschwert über die Stämme Europas halten, die aus den Wäldern hervorströmten, um ihnen zu gebieten einzuhalten oder weiterzumarschieren, wie es ihm beliebte. Unter ihm verliefen die großen Straßen, nach Rom, nach Paris, nach Aachen, nach Byzanz, und entlang dieser Straßen erstanden in Städten die Nationen. Der Lärm der ganzen innehaltenden Straße drang auf sie ein wie das Tosen vieler Völker; der weiße Mantel hielt sie mit einer Geste in Schach; hier waren Ordnung und Recht. Der Stab bewegte sich, fiel zur Seite – der Sturzbach gehorsamer Bewegung rauschte weiter, und sie mit ihm. Sie jagten an dem behelmten Gesicht vorüber, und sie merkte, daß sie die Augen gesenkt hatte, damit sie es nicht sähe.

Indem sie nun dem Anblick dieses Gesichtes auswich, schien sie sich zugleich noch tiefer in den Traum hineingestürzt zu haben, als hätte sie es durch ihr Ausweichen bejaht und seine Existenz und seine Macht anerkannt. Sie wurden nicht wieder aufgehalten, und doch schien sie, während der Wagen ruhig und reibungslos weiterfuhr, immer und immer wieder diesen weißbetuchten Arm vor sich zu sehen, mal in der Dunkelheit vor dem Scheinwerferlicht, mal nach vorne zeigend, unmittelbar vor dem Seitenfenster. Die Straße war voll von Leuten, die ihre Weihnachtseinkäufe tätigten, doch der Wagen schloß sie aus, sie selber aber schloß er ein, und obwohl die Menschen dort waren, fuhr er unentwegt vor ihnen davon – wie einen geneigten Weg hinab, während sie alle zu beiden Seiten auf den hochgelegenen Böschungen standen. Nie fuhren sie jemals wirklich einen solchen Weg hinunter, doch wie in einem Alptraum befanden sie sich ständig unentwegt kurz davor, sich hinunterzustürzen. Nancy klammerte sich verzweifelt an ihre Erinnerung an einen Wagen und einen Polizisten und Henry fest. Schon war sie im Begriff, sich endgültig wieder in den Griff zu bekommen, als plötzlich – irgendwo in einem der Vororte von London – der Wagen vor dem Tor eines großen Gebäudes kurz das Tempo drosselte. Über dem Tor befand sich ein Licht, und unter diesem Licht stand eine Krankenschwester mit einem großen Schlüssel. Ein Tor – ein Licht – eine Krankenschwester; und doch zeigte ihr ein Hälfte ihres Gehirns wiederum die Ähnlichkeit mit einer der Tarotkarten – Zeremonialroben; kaiserlicher Kopfschmuck, ein Umhang, der wie gefaltete Flügel herabhing, ein stolzes, asketisches Gesicht, das zu einer heraldischen Schnitzerei im Bogen des Tors hinaufblickte, die, vom Licht gerade noch beschienen, ein fliegendes Wesen zeigte. Irgend jemand, irgendwo – vielleicht ihr Vater hinter ihr – seufzte leise, und das Seufzen erschien ihr wie der Ausdruck tiefsten Schmerzes. Da beschleunigte der Wagen auch schon wieder, und sie jagten in die Dunkelheit hinaus, und weit entfernt auf den hinter ihnen liegenden Straßen stand jene herrscherliche Gestalt, und aus der Nacht stieg das Geräusch einer leidenden Welt zu ihr empor.

Sie hätte gern mit Henry gesprochen, doch sie konnte es nicht. Sie und er saßen Seite an Seite im selben Wagen, nur daß sie sich überhaupt nicht sicher war, ob sich im Wagen überhaupt noch irgend jemand befand – oder daß es überhaupt ein Wagen war, daß es irgend etwas anderes war als sie selbst, auf geheimnisvolle Weise ihrem eigenen Wissen bestimmt. Sie war in einer Trance; der Wagen stand still, obwohl er sich bewegte – in der Schwebe, bewegt und bewegungslos zugleich, am Eingang zu einem riesigen, tiefen und dunklen Hohlweg, zu dessen beiden Seiten sich mächtige Gestalten erhoben, gleichfalls schnell und reglos zugleich, die an ihr vorbeiflohen und doch ewig dort waren. Selbst unbestimmbar, bestimmten sie; sie ebneten ihr den Pfad, der sich vor ihr erstreckte, und hielten ihn fest. Es war eine Wolke; es war der Mond; es war Dampf und Illusion – oder es war der weiße Mantel des Kaisers und das klare kalte Gesicht der Kaiserin, wie sie es beim Studium der Großen Trümpfe erblickt hatte. Doch die Dunkelheit des Hohlwegs erwartete sie; tiefer und tiefer, bewegungslos dahinrasend, sanken sie – sie und ihre Gefährten – hinein. Sie wagte es nicht, Henry anzusprechen; er war da, aber er lenkte den Wagen; wenn er auch nur einen Augenblick abgelenkt würde, würden sie möglicherweise alle ins Verderben stürzen. Sie gestattete sich einen Seitenblick auf ihn, ein Flehen im Herzen, doch rührte dabei nicht einen Finger; und noch während sie sein Gesicht erblickte, erinnerte sie sich, es schon einmal anderswo gesehen zu haben. Es gab ein Bild – irgendwo – von einem Wagen, der von einer halbgriechischen Gestalt gelenkt wurde, die die beiden Sphinxen anpeitschte, welchen den Wagen zogen, und das Gesicht auf dem Bild war Henrys. Henrys – und doch gab es einen Unterschied . . . da war noch eine weitere Ähnlichkeit: War es (welch ein absurder Traum!) ihre Tante? Die Gesichter, die Gestalten – alle jagten sie plötzlich aufeinander zu; etwas, das weder Krankenschwester war noch Polizist, weder Kaiserin noch Kaiser, weder Sybil noch Henry, weder Sphinx noch Wagenlenker, wuchs aus ihnen hervor und erfüllte das Ganze. Dies war es, dem sie entgegenrasten, eine Form, die sehr bald offenbart werden würde, ein Gesicht, das hervorgehen würde aus . . .

Der Wagen verlor an Geschwindigkeit, schleuderte, als würde er eine Wegkurve nehmen, und plötzlich – sich selbst zum Trotz – mußte sie schreien. Denn dort, im vollen Lichtschein, in allen schrecklichen Einzelheiten beleuchtet, hager, nackt und kalt, war ein Mann oder das Bild eines Mannes, der von seinen Händen herabhing, den Körper von dem Pfahl fortgebäumt, der ihn hielt, den Kopf zur Seite geneigt, und darauf ein schrecklicher, verflochtener Kopfschmuck. Das Bild hing direkt vor ihr, und sie wußte nur, daß es falsch herum hing – daß der Kopf nach unten hätte hängen müssen; so war das immer in den Karten, der Gehenkte hing kopfunter. Doch da war er nun, der Gehenkte, aschgrau und ausgestreckt vor ihr, mit geschmücktem, aber obenauf befindlichem Kopf. Sie schrie und wachte auf. Jedenfalls glaubten alle, sie sei aufgewacht. Henry war bekümmert und fürsorglich, ihr Vater war gereizt, und schließlich war es ja auch nur ein dörfliches Kriegerdenkmal mit einem ziemlich schlecht ausgeführten Kruzifix.

Sie brachten sie von ihm fort, und Henry tröstete sie, und sie beruhigte sich und entschuldigte sich voller allerschlimmster Scham. Natürlich, ein böser Traum.

»Natürlich war es das, Liebling«, murmelte Henry.

»Natürlich war es das!« fauchte ihr Vater.

»Natürlich war es das«, sagte Sybil Coningsby. »Man wacht eben auf, Nancy.«

So fuhren sie also weiter, und bis auf ein weiteres ungewöhnliches Ereignis – und das war mit Sicherheit kein Traum – erreichten sie ungestört ihr Ziel. Tatsächlich ereignete es sich nicht weit davon entfernt.

Der Wagen war durch ein Dorf gefahren – das letzte vor dem, wo sein Großvater wohnte, wie Henry ihnen erklärte, und von diesem noch einige Meilen entfernt. Sie waren dann vorbei an der Kirche und dem Pfarrhaus auf eine bergauf führende Straße gelangt, die sich langsam in das Hügelland der Downs emporwand. Mr. Coningsby spähte in die winterliche Dunkelheit hinaus und erschauerte, als er an London, an Eastbourne und an die vor ihnen liegenden fünf bis sechs Tage dachte. Henry hatte gerade, über die Schulter gewandt, gesagt: »Es ist nicht mehr weit«, ganz wie es einer von Dantes Dämonen hätte tun können, während er eine Seele zu dem ihr zugewiesenen Höllenkreis führte. Er blickte wieder nach vorn, stieß einen Fluch aus und trat heftig auf die Bremse. Der Wagen protestierte, geriet ins Rutschen und hielt schließlich an. In sechs Fuß Entfernung kauerte eine alte Frau auf dem Boden, mitten auf der Straße. Zwei Fuß hinter ihr stand ein hochgewachsener, grobschlächtig wirkender junger Bursche, der so aussah, als wartete er auf etwas.

»Gütiger Gott!« sagte Mr. Coningsby.

Die alte Frau schien irgend etwas zu sagen, doch die Eingeschlossenen in ihrem Wagen konnten nichts verstehen. Henry öffnete den Schlag und sprang hinaus. Mr. Coningsby öffnete sein Fenster, und Nancy und Sybil taten instinktiv das gleiche.

»Willkommen daheim, Henry!« sagte das alte Wesen mit hoher, schriller Stimme. Henry trat einige Schritte auf sie zu – und der unbekannte Mann stellte sich plötzlich neben die Frau. Im Licht der Wagenscheinwerfer konnte man sehen, daß sie sehr alt, verrunzelt und braunhäutig war. Kopf und Körper waren in einen fleckigen Schal gehüllt, der früher einmal rot gewesen sein mußte; einer ihrer Füße, der unter einem zerfetzten Rock hervorlugte, trug einen schweren Männerstiefel. Sie schob eine Hand unter ihrem Schal hervor und hielt sie Henry mit wackelnden dünnen Fingern wie zu einem grotesken Gruß entgegen.

»Was tust du hier?« fragte er zornig.

»Hi hi!« kicherte das bizarre Geschöpf ihn an. »Ich bin gekommen, um Aaron zu besuchen, Henry. Ich bin sehr müde. Willst du mich nicht in deiner prunkvollen Kutsche mitnehmen? Mich und Stephen. Der gute kleine Stephen – er sorgt für seine Großmutter – seine Groß–« Sie wechselte in einen unbeschreiblichen Lach- und Hustenanfall über. Henry blickte Stephen an. »Schaff sie aus dem Weg!« sagte er.

Der Mann stierte ihn stumpfsinnig an. »Sie tut, was sie will«, sagte er und richtete seinen Blick wieder auf die Alte.

»Zwei nette Damen und ein netter Gentleman«, brabbelte sie. »Gütige Dame –« sie spähte zu Nancy hinüber, die sich aus dem Fenster gelehnt hatte, »gütige Dame, soll ich Ihnen Ihr Schicksal deuten? Er«, sie stach mit einem Daumen nach Henry, »glaubt, er könne in die Zukunft sehen, aber ist er etwa eine Göttin? Welch Glück für Sie, gütige Dame, einer Göttin auf der Straße zu begegnen. Großes Glück für Sie und

Ihre Kinder, daß Ihnen eine Göttin Ihren Untergang prophezeit.«

Henry sagte etwas mit leiser Stimme, damit es die anderen nicht verstanden. Sybil öffnete ihre Wagentür und stieg aus. Mr. Coningsby sagte scharf: »Sybil, komm zurück!« Doch sie warf ihm nur ein Lächeln zu und blieb auf der Straße stehen. Mit großem Zögern stieg auch er aus. Die Vettel legte den Kopf schief und musterte sie.

»Fürchtet sich das junge Fräulein vor der Göttin?« fragte sie. »Oder wird sie mir bei der Suche helfen? Gesegnet sei, wer ihn findet.«

»Geh mir aus dem Weg, Joanna«, sagte Henry mit Wut in der Stimme.

»Henry, mein Lieber«, warf Sybil ein, »hat sie den gleichen Weg wie wir?«

Er machte eine heftige Gebärde, antwortete jedoch nicht.

»Kennen Sie sie, Henry?« fragte Mr. Coningsby in scharfem Ton.

»Vater!« hauchte Nancy und berührte seinen Arm. »Sei nicht böse auf uns. Henry kann nichts dafür.«

»Auf *uns*«, dachte Mr. Coningsby verärgert. »Du . . . wir . . . Oh!«

»Willst du zum Haus?« fragte Henry.

»Welches Haus?« schrillte sie. »Felder, Flüsse, Meere – das ist sein Haus. Decken für euch, Betten für euch, Wärme für euch, aber mein Kleines friert!«

Henry blickte zu seinen Freunden hinüber und bedeutete ihnen mit einer Geste, daß bald alles in Ordnung kommen würde. Die Vettel legte den Kopf schräg und blickte zu ihm auf.

»Wenn du es aber weißt –« kreischte sie, noch heftiger als zuvor. »Fluch über dich, Henry Lee, wenn du es wissen solltest und es mir nicht sagst. Ich bin eine alte Närrin, nicht wahr, und du bist ein schlauer Mann und ein Rechtsanwalt, aber du bist fortgegangen, um in Häusern zu leben und hast die Großen vergessen, die in den Zigeunerzelten hausen. Und solltest du auch nur einen einzigen Hautfetzen entdecken, ohne es mir zu verraten, und sei es auch nur den Ort, wo ein einziger Blutstropfen im Boden versickert ist, und du sagst es mir nicht, so sollst du mit dem Feind vernichtet werden, sobald mein Sohn und ich uns wieder einander erfreuen können. Mit dieser meiner Zunge und mit diesen meinen Händen werde ich den Zauber über dich verhängen, werde ich –«

»Sei still!« fuhr er sie zornig an. »Wer bist du denn, um so zu reden – Joanna, das alte Zigeunerweib?«

»Zigeunerin bin ich gewesen«, erwiderte sie, »und jetzt bin ich noch mehr als das. Ha, ihr kleinen Verängstigten! Ha, Henry Lee, der Verfluchte! Stephen! Stephen!«

»Ja, Großmutter«, sagte der Mann.

»Gib die Antworten, gib die Antworten. Wer bin ich?«

Mit völlig stumpfer, inhaltsleerer Stimme antwortete der Mann: »Eine Göttin bist du.«

»Wie lautet der Name der Göttin?« fragte sie keifend.

»Isis die Wanderin«, erwiderte er mechanisch.

»Was sucht Isis die Wanderin?«

»Das Fleisch und das Gebein und das Herz des Toten«, antwortete er und fuhr sich dabei mit der Zunge über die Lippen.

»Wo befinden sich das Fleisch und das Gebein und das Herz des Toten?« rief sie wieder schrill.

»Hier, dort, überall«, sagte er.

»Guter Stephen, guter Stephen«, murmelte sie besänftigt; dann erhob sie sich plötzlich mühsam. Henry sprang vor, um sich zwischen sie und die anderen Frauen zu stellen, nur um plötzlich vor Stephen zu stehen, der ihm den Weg abschnitt. Schon wollten sie handgreiflich werden, als Sybils Stimme sie davon abhielt.

»Und wo sucht die Göttliche Isis?« fragte sie mit völlig klarer Stimme, aus der drängende Wißbegierde sprach.

Die alte Frau löste ihren Blick von Nancy und richtete ihn auf Sybil. Ein Ausdruck des Entzückens überzog ihr Gesicht, und sie trat ein oder zwei Schritte auf sie zu.

»Wer bist du«, fragte sie, »daß du sprichst, als würdest du die Göttin kennen? Wo sind wir einander begegnet?«

Sybil trat ebenfalls einen Schritt vor. »Vielleicht in den Reisfeldern«, erwiderte sie, »oder in den Städten. Ich erinnere mich nicht mehr. Hast du etwas von dem gefunden, was du suchst?«

Die alte Kreatur trat noch näher auf sie zu und streckte die Hand aus, als wollte sie nach Sybils Hand tasten. Miss Coningsby erwiderte ihrerseits die Geste, und so blieben sie stehen, auf seltsame Weise verbunden. Seitlich hinter ihr standen die beiden jungen Männer abwartend und einander feindselig musternd da; auf der anderen Seite stand Mr. Coningsby in einem Fieber zorniger Wut zusammen mit Nancy an der Wagentür; um sie alle erstreckten sich die Downs und die Dunkelheit.

»Bist du nicht eine Fremde und eine Christenratte?« sagte die Vettel. »Wie erkennst du da die Göttin, wenn du ihr in Ägypten begegnest?«

»Aus Ägypten rief ich meinen Sohn«, erwiderte Sybil. »Könntest du nach dem Gott suchen, wenn du nicht zu seinem Haus gehörtest?«

»Dann verehre mich, verehre mich!« schrie das wahnsinnige Ding. »Verehre die Göttliche Isis!«

»Ach, ich habe aber geschworen, nur den Gott zu verehren«, entgegnete Sybil sanft. »Möge Isis mir vergeben, und suchen wir gemeinsam nach der Einheit.«

»Sie haben ihn zerteilt und in Stücke gerissen«, jammerte die Kreatur. »Er war so hübsch, als er einst mit mir spielte.«

»Er wird ebenso schön sein, wenn man ihn wiedergefunden hat«, tröstete Sybil sie. »Wir werden ihn gewiß finden. Willst du nicht mit mir kommen und nach ihm suchen?«

Die andere warf den Kopf hoch und schnüffelte in der Luft. »Es kommt«, sagte sie. »Seit zahllosen Tagen kann ich es riechen. Sie fügen ihn zusammen – die Winde und die Wasser fügen ihn zusamen. Geh deines Weges, Fremde, und rufe mich, wenn du ihn findest. Ich muß allein sein. Allein bin ich und allein gehe ich. Ich bin die Göttin.« Sie blickte Sybil mit verengten Augen an. »Aber ich werde dich segnen«, sagte sie. »Knie dich nieder, dann will ich dich segnen.«

Mr. Coningsby gab ein Geräusch von sich, das mehr nach einem echten Amtsleiter einer Heilanstalt klang, wie nichts, was er jemals hervorgebracht hatte, als die hochgewachsene, in Pelze gekleidete Gestalt seiner Schwester gehorchte. Doch Nancys Hand lag eindringlich auf seiner Schulter, selbst wenn er hätte eingreifen wollen. Sybil kniete auf der Straße nieder, und die Frau warf die Arme über ihr hoch, um einen Schwall unverständlicher, fremdländischer Worte auszustoßen, die gegen Ende schließlich wieder ins Englische überwechselten: »Dies ist der Segen der Isis: Ziehe hin in Frieden. Stephen! Stephen!« Einen Augenblick später stand er auch schon neben ihr. »Wir gehen, Stephen – aber nicht mit ihnen, heute abend nicht. Heute abend nicht. Ich werde ihn riechen, ich werde ihn erkennen, meinen Säugling, meinen Osiris. Er wurde getötet, und er wird wiederkehren. Horus, Horus, die Ankunft Gottes!« Sie packte den jungen Mann am Arm, und gemeinsam machten sie hastig kehrt, um in die Dunkelheit hinauszufliehen. Sybil erhob sich ohne fremde Hilfe. Ein Schweigen setzte ein, bis sie mit charmanter Stimme sagte: »Henry, meinen Sie nicht, daß wir jetzt weiterfahren könnten?. . . Es sieht mir nicht so aus, als könnten wir im Augenblick noch etwas tun.«

Er schritt auf sie zu, um ihr die Wagentür aufzuhalten. »Sie haben es wirklich geschafft«, meinte er. »Woher wußten Sie, was Sie ihr sagen mußten?«

»Ich hatte den Eindruck, daß sie sehr vernünftig gesprochen hat«, erwiderte Sybil beim Einsteigen. »Auf ihre eigene Weise, natürlich. Und ich wünschte, sie würde mit uns kommen, das heißt, wenn . . . Wäre es sehr unhöflich, wenn ich jetzt sagte, daß ich den Eindruck gewonnen habe, daß sie etwas mit Ihrer Familie zu tun hat?«

»Sie ist die Schwester meines Großvaters«, erklärte er. »Natürlich ist sie verrückt; sie – aber das erzähle ich Ihnen ein anderes Mal. Stephen war ein Balg, den sie irgendwo aufgelesen hat. Er hat nichts mit uns zu tun, aber sie hat ihm beigebracht, sie ›Großmutter‹ zu nennen, und zwar wegen eines Kindes, das es hätte geben sollen.«

»Ein Gespräch zwischen zwei Tanten«, meinte Sybil und lehnte sich zurück. »Ich habe schon viel verrücktere Geister kennengelernt.«

»Was hast du dir nur dabei gedacht, Sybil?« platzte es endlich aus Mr. Coningsby hervor. »Welch eine unglaublich skandalöse Zurschaustellung! Wirklich, Henry, ich glaube, wir sollten besser wieder nach London zurückkehren. Daß meine Schwester einer solchen Behandlung ausgesetzt werden mußte! Warum haben Sie nicht eingegriffen?«

»Mein Lieber, es wäre außerordentlich beschwerlich – jetzt nach London zurückzukehren«, warf Sybil ein. »Es ist doch schon alles vorbereitet. Mir ist ein wenig kalt, Henry. Meinen Sie, wir könnten etwas schneller fahren? Wir können uns ja darüber unterhalten, wenn wir wieder ein Dach über dem Kopf haben.«

»Auf der Straße niederknien!« fuhr Mr. Coningsby fort. »Oh, schön, schön, wenn du unbedingt weiterfahren willst! Vielleicht werden *wir* ja auch noch etwas riechen. Hat Ihr Großvater etwa Ähnlichkeit mit seiner Schwester, Henry? Wenn dem so sein sollte, werden wir wohl ein höchst angenehmes Weihnachtsfest verleben! Vielleicht verlangt er ja auch von mir, daß ich ab und zu vor ihm niederknie, damit es ein wenig gemütlicher wird!«

Sybil legte ihm eine Hand aufs Knie. »Wenn sich jemand beschwert, dann sollte ich es sein«, sagte sie. »Also gut, Henry, wir wissen alle, daß Ihnen die Sache noch viel unangenehmer war als uns.« Nancys Hand griff über den Sitz und tastete nach ihrer. Sie nahm sie auf. »Kind, du bist ja fast erfroren«, sagte sie. »Begeben wir uns jetzt erst einmal alle nach drinnen, in die Wärme. Selbst eine Christenratte – schon gut, Henry – hat etwas für eine Speckschwarte am warmen Feuer übrig. Lothair, mein Lieber, ich wollte es dich schon fragen, als wir anhielten: Welcher Stern ist das eigentlich genau dort drüben?«

»Stern!« sagte Mr. Coningsby und wäre beinahe erstickt. Er war noch immer damit beschäftigt, an seinen Sorgen zu erstikken, als sie vor dem Haus anhielten, das in der Dunkelheit kaum zu erkennen war. Allerdings fühlte er sich doch eine Spur von dem Diener besänftigt, der sie an der Haustür empfing und ihnen gekonnt aus dem Wagen half; wie auch von den Höflichkeiten, mit denen sie der ältere Mr. Lee, der sie in der Empfangshalle erwartete, sofort begrüßte. Es war ihm unmöglich, nicht schon innerhalb der ersten beiden Minuten auf die unglückselige Begegnung anzuspielen. »Je früher«, so sagte er sich, »dieser – an sich ganz angenehme – alte Gentleman begreift, was seine Schwester auf den Straßen treibt, um so besser.«

Er hätte sich keine andere Antwort wünschen können: Aaron, der von seinem Enkel im Laufe des vergangenen Monats mit Mr. Coningsbys Charakterzügen und Gewohnheiten vertraut gemacht worden war, war zutiefst schockiert und bekümmert, als er von den Unannehmlichkeiten erfuhr, denen seine Gäste ausgesetzt worden waren. Entschuldigungen entbot er ihnen; von Erklärungen nahm er vernünftigerweise Abstand. Sie waren durchgefroren; sie waren müde; sie waren, möglicherweise, hungrig. Ihre Zimmer waren bereit, und in, sagen wir, einer halben Stunde ein Abendbrot . . . »Wir wollen es nicht Dinner nennen«, sagte Aaron im Plauderton zu Mr. Coningsby, während er ihn nach oben begleitete; Sybil und Nancy waren der Obhut der Dienstmädchens überantwortet worden. »Heute abend wollen wir es nicht Dinner nennen. Sie müssen uns unsere Unzulänglichkeiten hier verzeihen – in Ihren eigenen Londoner Kreisen werden Sie an eine wesentlich komfortablere Umgebung gewohnt sein.«

»Es ist ein sehr schönes Haus«, meinte Mr. Coningsby und blieb auf einer wahrlich prachtvollen Treppe stehen.

»Siebzehnhundertsiebzehn«, erzählte Aaron ihm. »Es wurde von einem jakobitischen Peer erbaut, der nach dem Jakobiteraufstand mit knapper Not der Ächtung und Enteignung entgangen war. Es ist eine seltsame Geschichte, ich werde Sie Ihnen irgendwann einmal erzählen. Er war nicht nur ein Jakobiter, sondern auch ein Gelehrter und Dichter, und er hat den Rest seines Lebens hier in der Einsamkeit verbracht.«

»Eine romantische Geschichte«, meinte Mr. Coningsby, der einige Sympathie für den jakobitischen Peer zu empfinden begann.

»Hier ist das Zimmer, das ich Ihnen anzubieten wage«, sagte Aaron. »Bei Nacht können Sie aus den Fenstern nicht viel sehen, aber an klaren Tagen kann man gerade noch das Meer erkennen. Ich hoffe, Sie haben alles, was Sie brauchen. Sagen wir also, in einer halben Stunde?«

Er trappelte davon, eine kleine, alte, ziemlich gebeugte, aber selbstbeherrschte Gestalt, und Mr. Coningsby schloß seine

Zimmertür. »Ganz anders als seine Schwester«, dachte er. »Merkwürdig, wie sich Brüder und Schwestern doch voneinander unterscheiden.« Er dachte an Sybil. »In gewisser Weise«, fuhr er bei sich fort, »ist Sybil ziemlich verantwortungslos. Sie hat diese schreckliche alte Frau regelrecht ermutigt. Sie hat einen wilden Zug in sich; ein Glück, daß dieser nie die Gelegenheit bekommen hat, hervorzutreten. Wenn diese andere Frau vielleicht in einer besseren Umgebung gelebt hätte . . . aber wenn das hier das Haus ihres Bruders ist, weshalb streunt sie dann übers Land? Jedenfalls wäre die Frage, ob ich Henry die Karten überlasse, damit ein für alle Male erledigt. Das werde ich Nancy auch sagen, wenn sie noch einmal darauf anspielen sollte. Schon die Vorstellung, das Abschiedsgeschenk des armen Duncannon – die Gegenstände, die er mir noch auf dem Sterbebett vermacht hat – einem Burschen in die Finger zu geben, der eine verrückte Zigeunerin zur Tante hat! Isis«, dachte er zutiefst angewidert, »die Göttliche Isis. Gütiger Gott!«

V Das Bildnis, das sich nicht bewegte

Sehr zu ihrer eigenen Überraschung stellte Nancy fest, daß sie sehr gut geschlafen hatte. Ihr Vater dagegen reagierte auf die gleiche Feststellung mit einem gewissen Widerwillen. Niemand kam auf den Gedanken, Sybil danach zu befragen – zumindest hörte niemand ihrer Antwort zu; das war eines von den Dingen, die einfach keine Beziehung zu ihr hatten. Sie sprach nie darüber, und folglich tat es auch sonst niemand; denn es ist eine unumstößliche Regel dieser Welt, daß etwas, was nicht von großer persönlicher Bedeutung ist, auch nicht von allgemeinem gesellschaftlichen Interesse sein kann. Aus diesem Grund kehrt der Schuster im Gespräch auch zu Recht immer wieder auf das Thema Leder zurück. Nancy erwachte und reckte sich; und als ihr Bewußtsein wiederkehrte, bedachte sie mit gesundem und frohem Sinn die schöne Aussicht, nun eine ganze Woche mit Henry verbringen zu können, zusammen mit genügend anderen Leuten, um ihn ihr rar, wenn nicht sogar noch kostbarer zu machen. Plötzlich kam ihr der Gedanke, daß er möglicherweise bereits unten sein und daß sie sich in diesem Fall selbst ebensogut nach unten begeben könnte. Doch als sie – mit einer schwingenden Bewegung – aus dem Bett sprang, schwang sie damit zugleich in einen plötzlichen Bewußtseinswandel hinein. Nun waren sie hier – bei seinem Großvater zu Hause, und hier würden all seine geheimnisvollen Andeutungen und Versprechen eine Erklärung finden. Er wollte etwas; er wollte etwas von ihr, und sie war sich gar nicht sicher, daß sie keine Angst hatte oder zumindest ein bißchen nervös wurde, wenn sie daran zu denken versuchte. Sie atmete tief ein. Henry wollte ihr etwas zeigen, und die Erde war in ihren Händen gewachsen; sie konnte sie so oft waschen, wie sie wollte, nie konnte sie das Gefühl der Erde völlig wegbekommen. Da sie ein halbgebildetes und halbkultiviertes Mädchen war, dachte sie pflichtbewußt an *Macbeth* – »die Düfte Arabiens«, »diese kleine Hand«. Zum ersten Mal in ihrem Leben hatte sie nun jedoch das Gefühl, daß Shakespeare von etwas weitaus Wirklicherem gesprochen hatte, als sie bisher angenommen hatte. Es war, als hallten die Worte aus dem tiefsten Inneren ihres eigenen Wesens hervor, um wieder in ebendieses einzudringen: »können diese kleinen Hände nicht reinwaschen«. Sie rieb sich halb unbewußt die Hände, dann etwas bewußter, bis ihr Lady Macbeth einfiel, wie sie sie einmal auf der Bühne gesehen hatte, worauf sie hastig damit aufhörte. Lady Macbeth hatte sich umgedreht – eine große, gespenstische Gestalt, in einsamem Verderben gefangen – in der unteren Ecke der Bühne, wo die Hexen . . . was hatten sie gesungen?

Unheilsschwestern, Hand in Hand
ziehn wir über Meer und Land.

»Ziehn wir über Meer und Land« – war es das, was gestern im Wagen geschehen war – in ihrem Schlaf, in ihren Träumen? Oder diese verrückte alte Frau? Unheilsschwestern – die alte Frau und Tante Sybil – Hand in Hand, über Meer und Land ziehend? Um die Welt ziehend, von Ort zu Ort mit übernatürlicher Schnelligkeit? Ein weiterer Vers sprang sie an: »Halt! – Der Zauber ist gezogen.« Gezogen – bereit, loszuschnellen; und Henry, ebenfalls bereit. Ihre Erwartung entsetzte sie: Dieser Tag, der auf sie zukam, aber noch nicht ganz eingetroffen war, barg unendlich viele Omen. Ihr Herz war prall von Liebe und trug schwer unter ihrer Last. Sie drückte mit der Hand dagegen, um den pochenden Schmerz zu lindern. »Ach, Henry«, murmelte sie laut, »Henry!« Was sollte man dagegen tun? Was war das Erschaffen von Erde, wenn man es hiermit verglich? Dies, was immer es war – diese Freude, diese Qual –, stand nicht im Gegensatz zu ihren Träumen, zu den Unheilsfrauen; es zog gleichfalls über Meer und Land; vor der Herrlichkeit seiner Leidenschaft zerstob das Universum.

Sie erhob sich, unfähig, noch länger stillzusitzen, tiefe Atemzüge der Liebe in sich einsaugend, und schritt ans Fenster. Der wachsende Morgen war klar und kalt; ungesehen, Meilen entfernt, lag die See. Humpelte die Frau der Straßen jetzt das Meeresufer entlang; zwischen Erde und Wasser? Oder machten die königlichen Gestalten des Kaisers und der Kaiserin einen Ausritt ins dunkle Firmament über dem Ozean? Noch immer klopfte ihr Herz mit Macht, und als diese Macht sie durchströmte, spürte sie, wie die auf dem Fensterrahmen ruhenden Hände sie empfingen. Sie lehnte den Kopf gegen das Fenster und schien darauf zu warten, daß sich Mysterien auftaten. Dies aber war das größte Mysterium; dies war das Meer und das Land, über die sie nun, vom Glück gesegnet und glücklich, zog.

Es war zu früh; Henry würde noch nicht auf sein. Doch sie konnte nicht wieder ins Bett zurückkehren; Liebe und Morgen und das eigene Wollen ließen sie nicht ruhen. Ihre Tante befand sich im Nebenzimmer. Sie beschloß, sie dort aufzusuchen und ging.

Glücklicherweise war ihre Tante bereits auf und blickte mit distanzierter Genauigkeit auf nichts Bestimmtes. Nancy musterte sie.

»Ich nehme doch an, daß du gelegentlich schläfst?« fragte sie. »Weißt du, daß ich dich noch nie habe schlafen sehen?«

»Welch ein Glück!« meinte Sybil. »Denn ich nehme doch an, daß du in der Regel irgend etwas von mir wolltest – und sei es auch nur, mit mir zu sprechen.«

Nancy zog sich den Morgenmantel ihrer Tante über ihren eigenen, setzte sich und musterte Sybil erneut, diesmal etwas aufmerksamer.

»Tante Sybil«, sagte sie, »du wirst doch nicht zufällig beleidigend werden wollen?«

»Könnte und würde ich so etwas tun?« fragte Sybil.

»Deine Augen tanzen ständig hin und her«, entgegnete Nancy. »Aber stimmt das – daß ich immer nur zu dir komme, wenn ich irgend etwas will?«

»Nun«, sagte Sybil, »wenn deine Frage ernst gemeint ist, meine Liebe, dann lautet die Antwort ganz allgemein ja.« Sie wollte schon hinzufügen, daß sie es durchaus zufrieden sei, doch sie merkte, wie sich irgend etwas Düsteres in Nancys Gesicht regte und zügelte ihre Zunge.

»Ich will kein Ekel sein«, sagte Nancy. Sybil nahm es als reine Redewendung und erwiderte nichts. Nancy fügte hinzu: »Ich bin doch wohl nicht *so* egoistisch, oder?«

»Ich meine nicht, daß du besonders egoistisch bist«, bemerkte ihre Tante, »nur, daß du niemanden liebst.«

Nancy hob den Blick, eher verwirrt als zornig. »Daß ich niemanden liebe?« fragte sie. »Ich liebe dich und Vater und Ralph sehr wohl.«

»Und Henry?«

»Na ja, Henry«, sagte Nancy und errötete leicht, »das ist etwas anderes.«

»Leider!« murmelte Sybil, aber die Klage war von Lachen gemildert.

»Was soll das heißen, ›leider‹?« wollte Nancy wissen. »Tante Sybil, *willst* du etwa, daß ich für jeden dasselbe empfinde wie für Henry?«

»Hier und da eine kleine Justierung«, meinte Sybil, »vielleicht eine etwas andere Färbung, aber im Prinzip – ja, natürlich! Meinst du nicht?«

»Selbst gegenüber Henrys Großtante, oder was immer sie nun sein mag?« fragte Nancy. Doch die Worte erstarben von einem sanften Sarkasmus zu einem sanfteren Zweifel: Wie so oft, war die bloße Formulierung der Frage bereits die Antwort. »Ihr Körper dachte«; das Fragen reinigte das Gefühl, und das gereinigte Gefühl antwortete auf die Befragung. Lieben ...

»Aber ich kann doch nicht all *das*«, rief sie, die Hand aufs Herz legend, »auf jeden richten! Das geht doch nicht. Es lebt nur – für ihn.«

»Nicht einmal das«, versetzte Sybil. »Es lebt für und in sich selbst. Du kannst es nur an sich selbst zurückgeben.«

Nancy überlegte düster. Schließlich meinte sie: »Trotzdem weiß ich nicht, wie ich Joanna damit lieben kann.«

»Wenn du es sich selbst wiedergibst«, meinte Sybil, »ganz und völlig, wird es das schon für dich erledigen. Du machst dir keine Vorstellungen, was es alles kann. Ich glaube, ein Versuch würde sich lohnen.«

»Meinst du?« erwiderte Nancy nüchtern; dann seufzte sie und sagte in verändertem Ton: »Natürlich genieße ich derlei Unterhaltungen vor dem Frühstück! Du hättest Missionarin werden sollen, Tante Sybil, um auf einer Südseeinsel Frühgottesdienste für Kannibalen abzuhalten.«

»Das Frühstück«, warf Sybil ernst ein, »wäre eine schöne Zeit, um der Glocke vor dem Gottesdienst zu lauschen – sofern ich eine Glocke besäße.«

»Oh, du würdest schon eine Glocke haben«, meinte Nancy, »und eine Sammlung Kaurimuscheln oder Bananen, und am Abend dann Strandgottesdienste im Freien. Und Henry und ich würden uns auf unserer Hochzeitsreise über die Reling beugen und deine Stimme hören, wie sie am Abend übers Meer getragen wird. Dann würden wir – was hat man dann doch gleich? – *Heimweh* haben«, sie benutzte das deutsche Wort, »und wären fürchterlich schmalzig. Und Vater würde sagen: ›Also wirklich, Sybil!‹, ohne schmalzig zu sein. Na ja, vielen Dank für dein gütiges Interesse an einer ›Tochter der Armen‹.« Sie gab ihrer Tante einen Kuß. »Ich dank' dir wirklich, weißt du«, sagte sie und war auch schon verschwunden.

Der Tag verstrich bis zum Abendessen, ohne daß irgend etwas sonderlich Bemerkenswertes vorgefallen wäre. Sie besichtigten das Haus; sie aßen zu Mittag; sie gingen spazieren.

Die *Times* traf ein, vom Dorf aus gegen Mittag zugestellt, und Mr. Coningsby machte sich an die Lektüre. Henry und Nancy erschienen und verschwanden wieder; Sybil ging spazieren und ruhte und sprach und sprach nicht und betrachtete das Universum mit gelassenem Entzücken. Doch nach dem Abendessen und dem Kaffee stockte die Konversation, und Aaron Lee ergriff das Wort.

»Mein Enkel meint«, sagte er zu seinen Besuchern, »daß Sie sich für eine Kuriosität interessieren könnten, die wir in diesem Haus besitzen.«

»Was es auch sei –« antwortete Mr. Coningsby, der einigermaßen dazu aufgelegt war, sich freundlich zu geben.

Nancy fragte Henry mit leiser Stimme: »Ist es das, was du gemeint hast?«, worauf er nickte.

Der alte Mann erhob sich. »Wenn ich Sie dann darum bitten darf, sich die Mühe zu machen, mir zu folgen«, sagte er und verließ als erster, den Weg angebend, das Zimmer. Mr. Coningsby schlenderte hinter seiner Schwester her, ohne auch nur im mindesten zu ahnen, daß damit der Angriff gegen seinen Besitz der Tarotkarten eingeleitet wurde. Sie betraten Aarons Zimmer, durchquerten es und blieben an der verschlossenen Innentür stehen. Aaron steckte den Schlüssel ins Schloß, und bevor er ihn herumdrehte, blickte er sich um und sagte: »Henry meint, daß die Tatsache, daß Sie ein besonderes Blatt unserer Zigeunerkarten besitzen, Sie sich ganz besonders für das interessieren könnten, was . . . was Sie gleich sehen werden. Das Blatt soll sehr selten sein, und das hier«, er schloß die Tür auf, »ist, darf ich wohl sagen, noch sehr viel seltener.«

Henry, der ganz hinten stand, beobachtete ihn etwas besorgt. Aaron war alles andere als begeistert davon gewesen, diesen Fremden die geheimen tanzenden Bildnisse zu offenbaren; nur die absolute Notwendigkeit, Mr. Coningsby einen überwältigend guten Grund dafür zu zeigen, weshalb er sich von den Karten trennen sollte, hatte ihn schließlich überzeugt. Ein Tag der tatsächlichen Bekanntschaft mit Mr. Coningsby hatte mehr bewirkt als Henrys sämtliche Argumente – dies, und das Wissen, daß die Tarotkarten nun endlich im Haus waren, so nahe den Bildnissen, zu welchen sie – zumindest für den Geist der Sterblichen – den Schlüssel darstellten. Und doch regte sich unter der Oberfläche eines höflichen und kultivierten Gastgebers, den er darstellte, ein Verlangen und eine Feindseligkeit; er verabscheute dieses Mittel, und doch war es das einzige Mittel zu seinem begehrten Zweck. In diesem Konflikt stehend, bebte seine Hand und nestelte unbeholfen am Türgriff, während Henry, selbst aufgewühlt und erregt, Nancys Arm losließ. Sie spürte seine Beunruhigung und mißverstand sie. »Liebling«, murmelte sie, »du hast doch nichts dagegen, daß wir sie sehen, oder? Sonst laßt uns besser gehen.«

»Ihr *müßt* sie sehen«, antwortete er leise und hastig, »du ganz besonders. Und die anderen auch – deshalb sind sie doch hier.«

Sie verstand dieses »hier« als die Zimmertür und seine Aufgewühltheit als die Verheißung des Geheimnisses, von dem er gesprochen hatte, und sie war entzückt, es mit ihm zu teilen. »Du wirst mir alles erklären«, flüsterte sie. »Ich werde alles tun, was du verlangst.« Ihre Augen leuchteten, als sie ihn anblickte. Er erwiderte ihren Blick, aber seine Gedanken waren mit anderen Dingen beschäftigt, die schwer auf ihm lasteten. »Dein Vater«, gab er flüsternd zurück, »bring deinen Vater dazu, mir die Karten zu geben.«

Die Tür war nun offen. Aaron sagte: »Entschuldigen Sie, wenn ich vorangehe. Hier hängt ein Vorhang.« Er trat vor, schritt durch den Vorhang, trat beiseite und hob ihn hoch, so daß sie, einer nach dem anderen, ebenfalls ins Licht der inneren Kammer eintreten konnten – Mr. Coningsby zuerst, dann Sybil, dann die beiden jungen Leute. Aaron ließ den Vorhang wieder fallen und gesellte sich zu ihnen, wobei Henry und er sie zu beiden Seiten einfaßten.

Als sie eingetreten waren, hatte das Licht einen rötlichen Ton aufgewiesen; doch es verwandelte sich, und zwar so schnell, daß nur Aaron es bemerkte, in ein leuchtendes Grün und dann – etwas langsamer – in ein exquisites Gold von großer Schönheit. Aarons Augen suchten die seines Enkels, doch der junge Mann war damit beschäftigt, die sich bewegenden Bildnisse zu betrachten. Dann schwenkte Aarons Blick zu den Besuchern hinüber: auf Nancy, die ebenfalls völlig verzückt dem Schauspiel zusah; auf Mr. Coningsby, der es mit wohlwollendem Großmut betrachtete, als hätte er zu Hause seinem Gastgeber etwas Ähnliches zeigen können, wenn er es nur für lohnenswert gehalten hätte; auf Sybil, die vor reiner Freude bei dem Anblick lächelte.

»Diese hier«, sagte Aaron, »sind ein uraltes Geheimnis des Volkes, dem Henry und ich entstammen, und noch nie wurden sie jemals zuvor jemandem gezeigt, der nicht Mitglied unseres Volkes ist. Doch da wir im Begriff sind, uns so miteinander zu verbinden«, er lächelte Nancy väterlich an, »gibt es wohl kaum einen Grund, Ihnen dieses Geheimnis vorzuenthalten.«

Er mußte einen Augenblick innehalten, entweder aufgrund seiner inneren Erregung, oder (wie er für einen Moment fast vermutete) weil ein stärkeres Gespür für das beunruhigende Wunder vor ihnen als sonst ihn angriff und beinahe in die Knie zwang. Es gelang ihm, sich wieder zu beherrschen, doch sein Alter zerrte an seinen Kräften, und seine Stimme bebte, als er vorsichtig weitersprach, wobei er sich auf das beschränkte, was Henry und er gemeinsam abgesprochen hatten.

»Sehen Sie diese kleinen Figuren? Durch irgendeine sinnreiche Konstruktion scheinen sie im Besitz des – wie wir es nennen – Geheimnisses der immerwährenden Bewegung zu sein. Sehen Sie, wie sie tanzen? Das tun sie ständig. Sie sind, so glauben wir, irgendwie magnetisiert – durch die Bewegung der Erde, und sie . . . sie schwingen im Einklang mit ihr.«

Mehr zu sagen war ihm unmöglich. Er bedeutete Henry, fortzufahren, doch Mr. Coningsby unterbrach die Erklärung, ohne es zu wollen.

»Sehr merkwürdig«, sagte er, »wirklich, sehr interessant.« Er blickte sich im ganzen Zimmer um. »Ich nehme an, das Licht tritt irgendwo hinter den Vorhängen hervor?«

»Das Licht entspringt aus den Figuren«, sagte Henry.

»Ach, wirklich?« sprach Mr. Coningsby in einem Ton, als sei er durchaus dazu bereit, alles zu glauben, was vernünftig klang, und als würde er sogar davon Abstand nehmen, seinen Gastgeber dafür zu tadeln, daß er ihm etwas völlig Unvernünftiges als Erklärung anbot. »Von den Figuren? So, so.« Er rückte seine Brille zurecht und beugte sich vor. »Folgt ihre Bewegung irgendeinem bestimmten Muster?« fragte er. »Oder –« er wedelte mit der Hand, »springen sie einfach nur umher?«

»Sie folgen mit Sicherheit einer Ordnung«, antwortete Henry. »Alle, bis auf eine: die in der Mitte. Sie werden sie vielleicht erkennen, es sind die gleichen Gestalten wie auf den Tarotkarten, welche Sie uns gezeigt haben.«

»Ach, wirklich?« machte Mr. Coningsby, und ein leiser Verdacht begann in ihm zu keimen. »Genau die gleichen, ja? So, so. Aber die Karten bewegen sich nicht die ganze Zeit. Jedenfalls«, fügte er, zum Teil wirklich amüsiert, zum anderen Teil mit überlegenem Sarkasmus hinzu, »ist mir das bisher nicht aufgefallen.«

»Nein«, stimmte Henry ihm zu. »Aber, wenn Sie das entschuldigen wollen, Sir, es geht eigentlich darum, daß die Karten – wenigstens nimmt man das an – die Bewegung dieser Ebenbilder erklären sollen. Wir glauben, daß alles Wahrsagen mit Karten aus dieser Quelle entspringt, doch ist der Ursprung in Vergessenheit geraten, weshalb die Kartenlegerei auch so heruntergekommen und nutzlos ist.«

Darauf wußte Mr. Coningsby nichts zu erwidern; er verstand es zwar nicht, verspürte aber auch keine Lust darauf, sich von einer Erklärung behelligen zu lassen. Er schlenderte auf den Tisch zu, wo er schließlich stehenblieb. »Darf man sie anfassen und hochheben?« fragte er. »Es ist schwierig, die künstlerische Arbeit zu begutachten, wenn sie ständig im Kreis herumjagen.«

»Ich glaube, man sollte sie wohl besser nicht berühren, Sir«, sagte Henry und unterbrach die Bewegung seines Großvaters mit einem finsteren Blick. »Das Gleichgewicht, das sie am Tanzen hält, muß sehr empfindlich sein.«

»Oh, wie Sie wünschen«, meinte Mr. Coningsby. »Warum tanzt denn die Figur in der Mitte nicht auch?«

»Wir vermuten, daß ihr Gewicht und ihr Standort sie zu einer Art Gegengewicht macht«, antwortete Henry. »Wie ja auch die Karte des Narren – die, wie Sie sehen, dieselbe Figur darstellt – die Nummer Null trägt.«

»Hat er den Tiger aus irgendeinem bestimmten Grund bei sich?« wollte Mr. Coningsby wissen. »Narren und Tiger scheinen mir doch eine ziemlich merkwürdige Kombination zu sein.«

»Niemand weiß etwas über den Narren«, platzte es aus Aaron heraus. »Es sei denn, die Karte erklärt es.«

Mr. Coningsby wollte erneut das Wort ergreifen, als Sybil ihm zuvorkam.

»Ich kann diese Figur in der Mitte nicht sehen«, sagte sie. »Wo steht sie denn genau, Mr. Lee?«

Aaron, Henry und ihr Bruder zeigten alle gemeinsam darauf und sagten, jeder mit höchst anderer Betonung: »Dort.« Sybil machte einen Schritt nach vorn, dann zur Seite; sie legte den Kopf in verschiedene Stellungen und sagte schließlich entschuldigend: »Sie werden mich wohl alle für schrecklich dumm halten, aber ich kann keine Figur in der Mitte erkennen.«

»Also wirklich, Sybil!« sagte ihr Bruder. »Dort!«

»Aber mein Lieber, da ist sie nicht«, sagte sie. »Jedenfalls nicht, soweit ich das sehen kann. Es tut mir leid, daß ich so dumm bin, Mr. Lee, denn das Ganze ist mit Sicherheit das Allerschönste, was ich je im Leben gesehen habe. Es ist einfach wunderbar und schön, vollkommen. Und ich möchte doch so gerne, wenn ich kann, genau sehen, wo diese Figur steht, wie Sie sagen.«

Henry beugte sich plötzlich vor. Nancy legte ihre Hand auf die seine, die auf ihrer Schulter ruhte. »Liebling«, sagte sie. »Bitte! Du tust mir weh.« Er beachtete es nicht; anscheinend schien er sie nicht einmal zu hören. Mit allergrößter Spannung blickte er zwischen Sybil und den goldenen Bildern hin und her. »Miss Coningsby«, sagte er, unbewußt in seine frühere Anredeform zurückfallend, »können Sie den Narren und seinen Tiger denn überhaupt wahrnehmen?«

Sie musterte den Tisch sorgfältig. »Ja«, sagte sie schließlich, »dort – nein, dort – nein – er bewegt sich so schnell, daß ich ihn kaum erkennen kann – dort – ach, jetzt ist er schon wieder fort. Bestimmt ist er das, er tanzt zusammen mit den anderen. Es hat den Anschein, als würde er sich ständig gerade dort hinstellen, wo ein Platz für ihn frei ist.«

Nancy ergriff Henrys Handgelenk und riß daran; Tränen

des Schmerzes standen in ihren Augen, aber sie lächelte ihn an. »Liebling, mußt du meine Schulter wirklich so fest drücken?«

Verständnislos blickte er sie an; automatisch ließ er die Hand fahren, und obwohl Nancy einen Augenblick später ihre eigene Hand in seine Armbeuge legte, schien er es nicht zu bemerken. Seine ganze Aufmerksamkeit richtete sich auf Sybil. »Sie können sehen, wie er sich bewegt?« preßte er hervor.

Auf der gegenüberliegenden Seite erzitterte Aaron und legte die Finger auf den Mund, als wollte er ihn und sie damit unter Kontrolle bekommen. Sybil, die auf den Tisch blickte, sah ihn nicht. »Aber so sieht es doch aus«, meinte sie. »Oder bin ich einfach nur wirr im Kopf?«

Henry nahm sich mit Mühe zusammen. Er wandte sich Nancy zu. »Kannst du ihn sehen?« fragte er.

»Mir scheint es, als stünde er in der Mitte«, sagte sie, »und er scheint sich auch nicht zu bewegen – jedenfalls nicht richtig.«

»Was meinst du damit – nicht richtig?« fragte Henry, beinahe barsch im Ton.

»Er bewegt sich überhaupt nicht«, verkündete Mr. Coningsby. »Ist aber eine prachtvolle Arbeit. Der Tiger ist richtig lebensecht. Und der Narr auch«, fügte er großzügig hinzu.

»Ich meinte wohl, daß er sich nicht bewegt«, sagte Nancy. »Irgendwie habe ich das Gefühl, als würde ich es von ihm erwarten, aber er tut es nicht.«

»Warum solltest du es von ihm erwarten?« verlangte Henry zu wissen.

»Ich weiß es nicht«, gestand Nancy. »Vielleicht nur, weil Tante sagte, daß er sich *tatsächlich* bewegt.«

»Na ja«, meinte Sybil, »dann haben wir es ja wohl! Wenn alle sich einig sind, daß er sich nicht bewegt, dann tut er es wohl auch nicht, nehme ich an. Vielleicht leiden meine Augen ja unter dem Veitstanz oder was auch immer. Aber für mich hat es wirklich den Anschein, als würde er überall herumtanzen.«

Nun setzte ein kurzes, tiefes Schweigen ein, welches schließlich von Nancy unterbrochen wurde. »Was haben Sie mit dem Wahrsagen gemeint?« fragte sie, scheinbar an Mr. Lee, in Wirklichkeit aber an Henry gewandt.

Beide wurden sich mit einem Ruck wieder ihrer Gegenwart bewußt. Doch der alte Mann war inzwischen unfähig, noch etwas zu erwidern, er konnte seinen Enkel nur stumm anblikken. Einen Augenblick lang wußte Henry nicht, was er sagen sollte. Doch Nancys begierige und hingebungsvolle Augen ruhten voll auf ihm, und etwas Unwillkürliches in ihm ließ ihn reagieren. »Aber ja doch«, sagte er, »hier läßt sich die Zukunft vorhersagen. Wenn dein Vater uns vielleicht gestatten würde, sein Kartenblatt zu benutzen?« Er blickte fragend durch den Raum.

Mr. Coningsbys früherer Verdacht keimte erneut auf, doch er zögerte mit einer Weigerung. »Oh, wenn Sie meinen«, sagte er. »Ich fürchte zwar, daß Sie darin nichts von Bedeutung finden werden, aber tun Sie, was Sie für richtig halten. Hol sie, Nancy, sie sind in meiner Tasche.«

»Gut«, sagte Nancy. »Nein, Liebling« – als Henry sich anschickte, sie zu begleiten. »Ich bin in einer Minute wieder da. Bleib du nur hier.« Für kurze Zeit waren sie voneinander getrennt gewesen, und auf eine unschuldige Weise war sie darum bemüht, durch eine solch kurze körperliche Trennung die geistige wieder aufzuheben. Und da er Aaron nicht gern Mr. Coningsbys Unterhaltung überlassen wollte, willigte er ein.

»Bleib nicht so lange weg«, sagte er, worauf sie beinahe lautlos hauchte: »Könnte ich das?« und verschwand. Im Laufen dachte sie etwas verwundert an die Unfähigkeit ihrer Tante, die reglose Figur zu erkennen, und an die seltsame Schwingung, die dieser zu eignen schien. Das also hatte Henry gemeint. Vielleicht würde er ihr gleich mehr darüber erzählen, denn bestimmt hatte er ihr noch nicht alles verraten, was er hatte sagen wollen. Doch welche Rolle spielte denn dann die Zentralfigur in dem Geheimnis, und warum war ihm ihre Beweglichkeit oder Unbeweglichkeit so wichtig? Obwohl – es war natürlich nicht gerade üblich, daß vier Leute ein Ding in unbeweglichem Zustand sahen, während ein anderer es tanzen sah. Was, wenn jemand sie jetzt sehen würde – könnte der glauben, sie sei völlig reglos, während sie doch in diesem Tempo rannte? Manchmal hatte man merkwürdige Empfindungen, wenn es um Reglosigkeit und Bewegung ging – etwa ihre eigene Empfindung gestern im Wagen, doch das war nur ein Gefühl gewesen, kein Sehen, wenn man so wollte. Nie hatte jemand einen bewegungslosen Wagen die Straßen entlangjagen sehen.

Sie fand das Tarotblatt und lief zurück. Diesmal dachte sie dabei daran, wie schön es war, für Henry zu laufen und Dinge zu erledigen. Sie wünschte sich, daß sie es doch als ebenso schön empfinden könnte, das gleiche für ihren Vater zu tun. Aber ihr Vater . . . es war schließlich seine eigene Schuld, nicht wahr? War es das? War es das etwa nicht? Wenn sie sich so glücklich fühlen konnte – *wenn* sie fühlen konnte. Konnte sie das? Konnte sie – nicht nur Dinge tun, sondern sich glücklich fühlen, sie zu tun? Konnte sie es nicht? Konnte sie es doch? Mehr innerlich als äußerlich außer Atem, kehrte sie wieder in das Zimmer des goldenen Tanzes zurück.

Als sie durch die dunklen Schleier des Vorhangs trat und im sanften, ätherischen Licht die leise Musik hörte, die sie alle gehört hatten, merkte sie, daß sich zwischen den drei Personen, die auf sie warteten, etwas verändert hatte. Henry und ihr Vater standen nahe beieinander, als hätten sie sich unterhalten. Doch andererseits standen sie sich auch Auge in Auge gegenüber, und das schien keine freundliche Gegenüberstellung zu sein. Mr. Coningsby hatte die Stirn in Falten gelegt, und Henry blickte ihn mit einem Ausdruck an, der vor allem von Feindseligkeit beherrscht zu sein schien. Sie erriet sofort, was geschehen war – Henry hatte von sich aus die Möglichkeit ins Gespräch gebracht, die Karten zu kaufen oder sonst irgendwie an sich zu bringen. Und ihr Vater hatte, mit jener unumstößlichen Sturheit, die selbst seine vernünftigsten Entscheidungen oft unvernünftig machte, den Vorschlag abgelehnt. Nur zu oft war er in einem Recht, das durch seinen eigenen persönlichen Ingrimm in ein Unrecht verwandelt wurde; sein Benehmen und seine Manieren verwandelten etwas, was nicht einmal ein Vergehen gewesen war, in etwas, das noch schlimmer war als eine Beleidigung. Derart egozentrisch zu sein war – das spürte Nancy, obwohl sie es nicht definieren konnte – ein Affront für jeden anderen; er versuchte, der menschlichen Rasse mit einer wehleidigen Feindseligkeit die Stirn zu bieten. Selbst die ältesten Söhne der jüngeren Söhne von Peers konnten (so schien er anzudeuten) sein Gefühl für Anstand dadurch verletzen, daß sie ihm auf die Hacken traten. Also verletzt, also empört, blickte er Henry nun an.

Sie trat zu ihnen, bevor einer von ihnen die Zeit gefunden hatte, etwas zu sagen. Aaron Lee und Sybil hatten dem Ende des Gesprächs gelauscht, und beide waren sie froh über ihr Eintreffen.

»So, das wär's«, sagte sie. »Henry, wie schrecklich aufregend das doch alles ist!« Das war es überhaupt nicht, dachte sie im selben Augenblick, nicht im geringsten. Nicht aufregend; das war das völlig falsche Wort für diese runde Kammer, die sich bewegenden Figuren, das seltsame Blatt in ihrer Hand, durch das das Wunder der Erde bewirkt worden war, die beiden einander konfrontierenden Gesichter, Aaron Lees besorgte Augen und die unsterblich sanften Augen Sybils. Nein – nicht aufregend, aber es genügte. Es würde dem Augenblick etwas von seiner Spannung nehmen. »Wer will es als erster versuchen?« fuhr sie fort, die Tarotkarten vorstreckend. »Vater? Tante? Oder Sie, Mr. Lee?«

Aaron winkte ab. »Nein, nein«, sagte er hastig. »Einer von Ihnen, bitte – es sind schließlich Ihre. Versuchen Sie es doch bitte – einer von Ihnen.«

»Ich nicht, nein danke. Ich habe kein Verlangen, mich auf solche Weise zu amüsieren, so –« Ihr Vater suchte nach einem Abverb, und auch Sybil schlug die angebotenen Karten mit einer Geste aus.

»Ach, Tante, tu du es doch!« sagte Nancy, die das Gefühl hatte, daß alles sicherer sein würde, wenn ihre Tante daran teilhatte.

»Wirklich, Nancy. Ich würde lieber nicht – wenn du nichts dagegen hast«, sagte Sybil entschuldigend aber doch entschieden. »Es ist so – so als würde man jemanden dazu zwingen, einem ein Geheimnis zu offenbaren?«

»Was für einen Jemand?« fragte Henry, dessen Stimme immer noch wütend klang.

»Ich meine eigentlich niemanden im bestimmten«, sagte Sybil, »sondern Dinge . . . das Universum, sozusagen. Wenn es sich all diese Mühe gemacht hat, den nächsten Augenblick schweigen zu lassen, dann erscheint es mir als unhöflich, sein Vertrauen erzwingen zu wollen. Verzeihen Sie mir bitte.« Nancy bemerkte, daß sie nicht, wie sie es sonst gelegentlich tat, hinzufügte, daß das wahrscheinlich dumm von ihr sei.

Nancy blickte die Karten mit gefurchter Stirn an. »Meinst du, wir sollten es nicht tun?«

»Aber natürlich, wenn ihr könnt«, antwortete Sybil. »Es ist nur – bitte entschuldigt mich –, daß ich es nicht tun kann.«

»Sie hören sich an«, meinte Henry in einer nun etwas normaleren Stimme, »als wären Sie äußerst intim mit dem Universum vertraut. Könnte es nicht sein, daß es Sie betrügt? Was, wenn es beispielsweise für Sie etwas Unangenehmes bereit halten sollte?«

»Aber«, konterte Sybil, »wie jemand bei Dickens sagt: ›Das tut es nicht, wissen Sie, also werden wir es auch nicht von ihm annehmen.‹ Natürlich, das war Traddles. Ich vergesse meinen Dickens langsam, ich muß ihn mal wieder lesen. Na, Nancy, jetzt liegt es also an dir oder an Henry.«

Nancy blickte zu ihrem Geliebten hinüber. Er lächelte sie zunächst mit jener leisen Geistesabwesenheit im Blick an, die seit dem Eintreffen der Tarots, dachte sie wehmütig, ständig dort zu sehen war. Doch kurz darauf verschwand dieser Ausdruck aus seinen Augen, und sie veränderten sich, obgleich sie nicht sicher zu sagen vermochte, ob sie selbst oder diese andere Sache der Grund für ihre volle, tiefe Konzentration war. Er legte seine Hand auf die ihren, in denen sie die Tarots hielt.

»Was macht es schon, wer von uns beiden es tut?« fragte er. »Aber es wäre mir lieber, wenn wir es mit dir versuchten, wenn du nichts dagegen hast.«

»Können wir es nicht gemeinsam versuchen?« wollte sie wissen. »Und der Trennung gute Nacht sagen?«

»Gehen wir doch davon aus, daß wir das bereits getan haben«, antwortete er. »Aber du sollst es für uns beide versuchen und mich die Zukunft lesen lassen. Glaubst du, daß dies alles wahr ist?«

»Ist es denn wahr?« entgegnete sie.

»Wie die Erde in deinen Händen«, erwiderte er, und Mr.

Coningsbys Feindseligkeit konnte nur mit Mühe seine Neugier bezwingen und ihn daran hindern, zu fragen, was Henry um alles in der Welt damit meinte. »Zwischen denen«, er zeigte auf die sich immerwährend bewegenden Figuren, »und deinen Händen fließt nämlich die Kraft, und durch die Kraft bewegen sich die Karten. Schau.«

Er drehte sie um, und Aaron Lee, der zwischen ihr und dem Tisch stand, wich hastig zurück. Dann nahm Henry die Karten aus ihrer Hülle, ließ Nancy sie in den Händen halten, wie sie an jenem Abend die Farbe der Leugner gehalten hatte, und mit plötzlicher Macht kehrte die Erinnerung daran zu ihr zurück. Doch diesmal legte er seine Hände nicht um ihre, sondern wich von ihr zurück und bedeutete Sybil, die links neben ihr stand, ebenfalls zurückzutreten. So stand Nancy schließlich allein mit dem Gesicht zum goldenen Tisch gewandt, die Hände in seine Richtung ausgestreckt, in denen sie das ganze Kartenblatt hielt. Es war leicht gefächert, so daß die Kanten von links nach rechts steil in die Höhe wiesen.

»Trete langsam vor«, sagte er, »bis ich dir sage, du sollst stehenbleiben. Geh.«

Der Erde, die in ihren Händen gelegen hatte . . . und nun würde sie einen Schritt weitergehen – oder stehenbleiben. Es würde ihre Kraft nicht übersteigen, einen Rückzieher zu machen; sie könnte innehalten und lachen und sich bei allen entschuldigen – und vor allem bei Henry, wenn sie allein waren – und die Dinger, die sie hielt, beiseite legen. Es stand in ihrer Macht, sich zu weigern, in das Licht zu treten, das nun einen goldenen Schimmer anzunehmen schien, einen Schleier und Nebel aus Gold zwischen ihr und dem Tisch; sie konnte zurücktreten, konnte sich weigern, voranzuschreiten, zu wissen, zu sein. Im großen Zusammenhang der Liebe, die sie erfüllte, verspürte sie kein sonderlich großes Verlangen, zu ihrer Zukunft zu finden – sofern die Karten ihr tatsächlich darüber Auskunft geben konnten –, obwohl sie nicht, wie Sybil es tat, das Universum selbst als Liebe empfinden konnte. Doch als sie am Abgrund der Zukunft innehielt, fand sie keinen Grund, der edel genug gewesen wäre, um zurückzuweichen – Rückzug wäre Feigheit gewesen oder . . . nein, nichts als Feigheit. Sie war Henrys Wille; sie war ihr eigener Wille, der diesen Willen erfüllen wollte; da kein moralischer Imperativ gegen sie sprach, mußte sie notwendigerweise weitergehen.

Sie trat vor, und ihr Herz pochte schnell und heftig, als sie in den wolkigen goldenen Neben einzutreten schien, der sie aufnahm und auf phantastische Weise das Aussehen ihrer Hände und der Karten, die sie hielten, veränderte. Noch einen Schritt machte sie vor, und die Tarots erzitterten in ihrem Griff, und durch den Nebel sah sie nur undeutlich die gravitätische Bewegung des immerwährenden Tanzes, wie er vor ihr vorüberzog, doch die Bildnisse selbst wirkten größer und höher, und sie war sich ihrer Natur nicht sehr sicher. Doch nichts konnte die Kühnheit dämpfen, mit der sie voranschritt; als sie den dritten Schritt tat, rief Henrys Stimme ihr plötzlich zu: »Bleib da stehen und warte auf die Karten.«

Sie kehrte ihm bei diesen Worten halb den Kopf zu, doch er stand zu weit hinter ihr, als daß sie ihn hätte erkennen können. Doch als sie durch jenen schwebenden und verzerrenden Lichtschleier spähte, erblickte sie eine Gestalt, in der sie Aaron erkannte. Und doch glich sie eher einem der Tarots – es war der Ritter der Zepter. Der Spazierstock des alten Mannes war das erhobene Zepter; das alte Gesicht war wieder jung und doch noch immer das gleiche. Das Käppchen war ein schwerer mittelalterlicher Kopfschmuck – doch während die Gestalt undeutlich aufragte, bewegte sie sich auch zugleich, und wirbelnd verbarg sie der Nebel. Die Karten bebten in ihren Händen; sie blickte sie wieder an, und plötzlich löste sich eine von ihnen und schwebte in die Luft hinaus, um langsam zu Boden zu sinken; eine weitere schob sich hervor, dann noch eine, und so folgten sie in einem sanften, beharrlichen Reigen der ersten. Sie versuchte nicht, sie aufzuhalten; sie wußte, daß es ihr nicht einmal gelungen wäre, wenn sie es überhaupt hätte versuchen können. Die Figuren vor ihr tauchten auf und verschwanden wieder, und jedes Mal, wenn sich eine von ihnen zeigte, glitt eine der Karten, die sich noch in ihren Händen befanden, mit spiralförmiger Bewegung heraus und drehte sich um und um, um schließlich aus ihrem Gesichtsfeld in den immerwirbelnden Nebel zu entschwinden.

Jetzt erschienen sie riesig groß, wie die großen Blätter eines Urbaums, des heiligen Bodhibaums, unter dem unser Herr Gautama das Nirwana erreichte oder des nordischen Traums vom Yggdrasil oder des Olivenhains von Gethsemane, die aus dem Bündel, das ihre Hände umklammerten, hinabschwebten. Die Vergleiche waren nicht in ihrem Geist präsent, doch das Gefühl der Schicksalhaftigkeit, der Bestimmung war es, und die Vision von Blättern, die langsam, langsam fielen, von einem kreiselnden Wind sanft getragen, der auch sie im Vorbeiwehen berührte und die goldene Wolke vor sich her trieb. Beim Schauen ließen ihre Kräfte nach; die bizarren Hände, die sich dort vorstreckten, gehörten mit Sicherheit nicht Nancy Coningsby, sondern einer unbekannten Riesengestalt. Mit Mühe riß sie ihren Blick davon los und sah nach vorne, um die Tanzenden genauer zu erkennen. Und diese hatten inzwischen das Zwanzigfache ihrer ursprünglichen Größe angenommen; es waren Männchen, Zwerge, Grotesken, und doch lebten sie. Schärfer sichtbar als alle anderen von ihnen jemals zuvor, schälte sich plötzlich eine gemischte Schar vor ihr aus dem Nebel: Es waren drei Gestalten, von denen jede der linken Arm hoch emporgebogen hielt und die anderen an den Fingerspitzen berührte, während sie um eine gemeinsame Mitte wirbelten; bei näherem Hinsehen erkannte sie sie: die Königin der Kelche, die ihren Kelch gegen ihr Herz preßte; die nackte Figur des bäuerischen Todes mit der Sichel in der Rechten; und eine noch ominösere Gestalt, der ägyptische Set, mit dem Eselskopf und den an ihn geketteten Gefangenen, die Macht der unendlichen Bosheit. Immer schneller werdend, drehten sie sich im Kreis, und jede der Gestalten schien ihr im Vorbeiwirbeln ihr Symbol entgegenzurecken; und die Musik, die ihr bis dahin die ganze Zeit im Ohr erklungen war, wurde zum Schrillen eines heftigen Windes, und der Wind um sie herum wurde kräftiger und kalt. Immer höhere Töne nahm das Schrillen an; immer bitterer schlug der heftige, wilde Wind auf sie ein. Die Kälte traf sie und ließ sie erstarren; sie war allein, und ihre Hände waren leer, und der rauhe Wind erstarb; und allein sah sie, wie die letzten Fetzen des goldenen Nebels von ihm davongeweht und -getrieben wurden. Doch als er nachließ und sie langsam begriff, daß ihr Geliebter und ihre Freunde bei ihr waren, schien sie dennoch für einen Augenblick im Mittelpunkt dieses letzten Taktes zu stehen: die drei Tanzenden umwirbelten sie; ihre linken Hände berührten einander über ihrem Haupt, Nancy von den anderen trennend und sie zugleich einschließend. Ein Wissen stach ihr ins Herz, und ihr Herz schmerzte in Erwiderung, ein dumpfer Schmerz, ganz ungleich der herrlichen Pein, die sie erfahren hatte, als ihr Herz beinahe unter der Last der Liebe zerbrochen wäre. Er existierte, und er war vorbei.

Hinter ihr bemerkte Henrys Stimme: »Ein glückliches Schicksal, Liebling. Laß uns die Karten betrachten.«

Einen Augenblick spürte sie, daß es ihr lieber gewesen wäre, wenn er statt dessen sie betrachtet hätte. Hier stand sie nun, fühlte sich ziemlich erbärmlich, und dort lagen alle Karten in einer langen, gewundenen Reihe zu ihren Füßen; dort stand ihr Vater, der ein wenig verärgert wirkte, und dort kniete Henry neben den Karten, und dort beugte sich Aaron Lee über ihn, und zwischen ihr und dem Tisch, den sie nicht ansehen wollte, erschien die Gestalt ihrer Tante. Also blickte sie statt dessen auf diese, was ihr als viel befriedigender erschien, und sie ging so weit, sich bei Sybil unterzuhaken, wenngleich sie kein Wort dabei sprach. Beide warteten sie auf Henry, beide mit einem gewissen Mangel an unmittelbarem Interesse. Doch Henry war in die Karten vertieft und bemerkte es nicht.

»Du wirst wahrscheinlich eine lange Reise machen«, sagte er, »offenbar in naher Zukunft, und du wirst in einen gewaltigen Einfluß geraten, der dich beherrschen wird, und den schlimmsten Feind deiner selbst wirst du in deinem eigenen Herzen finden. Möglicherweise wirst du ernste Gefahr laufen, zu erkranken oder einen Unfall zu erleiden, doch es scheint, daß du in allem, was du unternimmst, erfolgreich sein könntest. Und ein Mann wird dir alles schulden, und eine Frau wird dich beherrschen, und du wirst sehr reich sterben.«

»Ich bin so froh«, sagte Nancy matt und leise. Sie war sehr erschöpft, aber andererseits hatte sie auch das Gefühl, etwas Interesse zeigen zu müssen.

»Henry«, fuhr sie fort, »warum liegt die Karte mit der Null völlig abseits von den anderen?«

»Ich weiß es nicht«, sagte er, »aber ich habe dir ja schon gesagt, daß niemand den Narren begreift. Oder können Sie es?« fragte er schnell, an Sybil gewandt.

»Nein«, erwiderte Sybil. »Ich sehe die Karte ebenfalls abseits von den anderen.« Sie hielt eine Minute inne, doch als Henry keine Anstalten machte, sich zu bewegen, sagte sie mit betont freundlicher Stimme: »Bist du nicht sehr müde, Nancy? Henry, mein Lieber, es war ein wunderbarer, aufregender Abend, und wie Sie die Zukunft deuten – das ist einfach hervorragend! Ich bin ja so froh, daß Nancy Erfolg haben wird. Aber empfänden Sie es als sehr unhöflich, wenn sie und ich uns jetzt schlafenlegten? Ich weiß ja, daß es noch früh am Abend ist, aber die Luft hier in Ihren Downs . . .«

»Wie bitte?« fragte Henry. »Ich fürchte, ich habe nicht zugehört.«

Noch freundlicher wiederholte Sybil ihre Worte. Henry sprang auf und trat zu ihnen. »Mein Liebling, wie achtlos von mir«, sagte er zu Nancy, während seine Augen die ihren suchend musterten, »natürlich mußt du völlig ausgepumpt sein. Wir sollten wohl alle jetzt zurückgehen, es sei denn«, wandte er sich höflich an Mr. Coningsby, »Sie möchten vielleicht noch irgend etwas mit –« ein ganz leises Zögern »–Ihren Karten versuchen?«

»Nein danke«, lehnte Mr. Coningsby eisig ab. »Ich werde sie wohl lieber gleich mitnehmen.« Und er musterte sie, wie sie dort auf dem Boden lagen.

»Ich komme sofort zurück und sammle sie ein, sobald ich Nancy verabschiedet habe«, erwiderte Henry. »Bis dahin werden sie schon noch in Sicherheit sein.«

»Ich glaube, ich würde es vorziehen, sie sofort mitzunehmen«, widersprach Mr. Coningsby. »Es geschieht schon einmal, daß Dinge . . . abhanden kommen.«

»In diesem Zimmer ist noch nie etwas abhanden gekommen«, antwortete Henry böse.

»Aber die Gänge und die anderen Räume sind da vielleicht etwas weniger vom Glück gesegnet«, meinte Mr. Coningsby verächtlich. »Nancy kann bestimmt noch eine Minute warten.«

»Nancy«, sagte er, »wird sie womöglich aufheben, während Sie noch davon reden«, und er schickte sich an, es selbst zu tun. Doch der alte Aaron kam ihm zuvor, obwohl sich seine dunkle Haut leicht verfärbte, als er sich mit dem Blatt wieder aufrichtete und es in seiner Hülle verstaute, um es Mr. Coningsby demonstrativ zu überreichen. Der nahm es mit festem Griff entgegen, warf einen achtlosen Blick auf die tanzenden Figuren und schritt durch die Vorhangöffnung hinaus. Henry befreite Nancy aus der Obhut ihrer Tante, um sich selbst um sie zu kümmern, und folgte ihm. Als sie durch den Vorhang traten, fragte sie nebenher: »Warum habt ihr hier eigentlich Vorhänge?«

Er beugte sich zur Seite und sprach ihr ins Ohr: »Ich kann es dir gleich zeigen, wenn du willst. Je früher desto besser. Bist du wirklich zu müde? Oder willst du noch sehen, welche übergeordneten Schicksalsentwicklungen die Karten uns offenbaren?«

Sie warf einen Blick in das Zimmer zurück. »Liebling, geht es nicht auch morgen?« fragte sie. »Ich fühle mich wirklich ziemlich zerschlagen.«

»Dann ruh dich aus«, erwiderte er. »In diesem Haus schläft man immer tief und fest. Morgen zeige ich dir dann etwas anderes, wenn –« fügte er hinzu, noch leiser sprechend, »wenn du die Karten ausleihen kannst. Nancy, was können die deinem Vater überhaupt nützen?«

Sie lächelte matt. »Du hast dich also mit ihm darüber gestritten?« Doch als sie sah, wie er die Stirn in Falten legte, fügte sie hastig hinzu: »Nichts.«

»Und doch will er an ihnen festhalten«, meinte Henry. »Findest du nicht auch, daß sie jenen . . . jenen da hinter uns gehören?«

»Wahrscheinlich«, erwiderte Nancy unsicher. »Ich habe ein Gefühl, als würden wir alle zu ihnen gehören, wer oder was immer sie sind. Deine goldenen Ebenbilder sind mir in die Knochen gefahren, Liebling, und mein Herz tanzt eher nach ihrer Melodie als nach deiner. Tut dir das nicht leid?«

»Wir werden zusammen danach tanzen«, erwiderte er. »Die Ebenbilder und die Karten und die Hände und die Füße – wir werden sie schon noch alle miteinander vereinen.«

»Das hat doch deine Tante auch gesagt«, warf sie ein, »irgend etwas über ein Zusammenkommen. Was hat sie mit Horus gemeint.«

»Meine Tante ist so verrückt wie dein Vater«, antwortete er, »und Horus ist schon seit über zweitausend Jahren nur noch ein Traum.«

VI Das Wissen des Narren

Einige Zeit später, nachdem ihre Besucher sich mit mehr oder weniger liebevollen Verabschiedungen zu Bett begeben hatten, betrat Henry das äußere Zimmer seines Großvaters. Der alte Mann erwartete ihn voller Spannung, und als die Tür hinter seinem Enkel zuschlug, brach es aus ihm hervor: »Hast du gehört? Hast sie es wirklich ernst gemeint?«

Henry schritt durch den Raum und setzte sich. »Sie muß es ernst gemeint haben«, sagte er. »Es ist unmöglich, daß sie irgendwie hätte erfahren können, was wir brauchen. Und außerdem, wenn sie nicht gerade mit uns gespielt hat – aber nein, das sähe ihr nicht ähnlich. Wenn sie also gesehen hat –« Er erhob sich wieder und schritt in großer Erregtheit im Zimmer umher. »Es kann nicht sein – aber warum nicht? Daß wir endlich das letzte Geheimnis der Ebenbilder gelüftet haben sollten! Daß die Zeit uns zusammen mit den Karten auch endlich die richtige Sehweise gebracht hat!«

Aaron legte die Hand aufs Herz. »Aber warum sollte sie fähig sein zu sehen? Alle unsere Familien haben diese Sache jahrhundertelang studiert, und keine von ihnen – und du nicht und ich auch nicht – haben jemals gesehen, wie sich der Narr bewegte. Daß er sich bewegt, wissen wir lediglich aus einer Legende. Wieso sollte diese Frau dazu fähig sein, das zu sehen?«

»Warum sollte sie es vortäuschen?« konterte Henry. »Außerdem ist sie, das kann ich dir sagen, eine Frau von großer Macht. Sie ist völlig selbstbeherrscht. Nie habe ich erlebt, daß etwas sie beirrt oder abgelenkt hätte. Sie ist wie die Frau in den Karten, aber sie weiß es nicht – Hohepriesterin, Jungfrau und Matrone in einem.«

»Aber was meinst du damit?« drängte Aaron ihn zur Antwort. »Sie wußte nichts über die Karten oder die Ebenbilder. Sie wußte nicht, warum sie tanzen oder wie. Sie ist einfach ein ganz normaler Mensch – eine Närrin und die Schwester eines Narren.«

»Keiner von uns hat je verstanden, was der Narr der Tarots bedeutet«, meinte der andere. »Du sagst ja selbst, daß du ihn nie in Bewegung gesehen hast. Doch diese Frau konnte ihn nicht dort erkennen, wo wir alle nach ihm suchen. Sie hat gesehen, wie er dem Takt folgt, den Tanz erfüllt.«

»Sie weiß nichts von dem Tanz«, sagte Aaron.

»Sie weiß nicht, was sie weiß oder nicht weiß«, entgegnete Henry. »Entweder hat sie gelogen, sage ich dir, oder sie kann durch irgendeinen unmöglichen Zufall sehen, was wir nicht sehen können. Und wenn sie das kann, dann ist die älteste Geschichte der ganzen menschlichen Rasse wahr, und der Narr bewegt sich tatsächlich.«

»Aber dann weiß sie das, was immer gefehlt hat.« Aaron schien dem Schluchzen nahe. »Und nächste Woche reist sie wieder ab!«

»Deshalb konnte sie auch mit Joanna umgehen«, fuhr Henry unbeirrt fort. »Sie besitzt eine bestimmte Gelassenheit, eine Ausgewogenheit des Herzens. Sie – sie hat die einzigen Augen, die genau in die Zukunft sehen können, und sie will die Zukunft nicht erkennen. Für sie ist alles im Augenblick vollkommen. Es ist schön, es ist wunderbar – und was sollen wir deswegen unternehmen?« Abrupt blieb er stehen und starrte Aaron an.

»Nächste Woche wird sie abreisen«, wiederholte der alte Mann.

Henry warf sich wieder in seinen Sessel. »Gehen wir die Sache noch mal durch«, sagte er. »Die Tarots werden zu den Bildern zurückgebracht; es gibt eine Frau, die die Bewegungen richtig deuten kann; und eins müssen wir dem noch hinzufügen, was immer es wert sein mag – daß Nancy und ich nämlich den Anfang eines großen Experiments darstellen. Auf der anderen Seite können uns die Tarots von dem Idioten aus den Händen genommen werden, der so tut, als würde er sie besitzen; und die Frau könnte uns verlassen und Gott weiß wohin gehen; und Nancy könnte versagen. Aber versagen oder nicht, das ist wieder eine ganz andere Sache, und die geht nur mich etwas an. Das andere ist von allgemeinerem Interesse und geht dagegen dich etwas an. Wenn die Tarots zu den Tänzern zurückgebracht wurden und wir den Sinn des Tanzes erkennen können – bist du dann auch dazu bereit, sie ziehen zu lassen?«

»Aber stellen wir doch erst einmal fest, was wir tun können, um sie zu halten«, sagte Aaron.

Henry warf ihm einen Blick zu und überlegte. »Wenn wir sie erst einmal aus diesem Haus herauslassen, sehen wir sie möglicherweise nie wieder – dann werden sie in irgendeinem Museum versteckt bleiben, bis wir und unsere Kinder schon tot und verfault sind. In einem Glaskasten mit einem Etikett, damit unwissende Schweinsköpfe sie anglotzen oder alberne, seichte Professoren Litaneien über sie vom Stapel lassen können.« Er sprang auf. »Wenn ich nur daran denke«, sagte er, »werde ich so verrückt wie Joanna mit ihrem Gejammer über einen zerstückelten Gott. Sollen wir es etwa zulassen, daß die Karten und die Ebenbilder wieder einmal auseinandergerissen werden?«

Aaron, der sich über den Tisch gelehnt hatte, blickte verächtlich zu ihm empor. »Geh und bete doch zu Horus wie Joanna«, sagte er, »oder renn durch die Felder und halte dich selbst für

Isis die Göttliche Mutter. Bah! Was springst du ständig auf und stampfst umher? Ich bin schon ein alter Mann, und das Verlangen verläßt mich nun langsam, aber wenn ich deine Hitze besäße, dann würde ich damit etwas anderes anfangen, als sie aufs Fluchen und Schreien zu vergeuden. Setz dich und laß uns reden. Es sind noch vier Tage hin, bis sie abreisen.«

Henry stampfte mit dem Fuß auf. »Nicht einmal für vier Stunden kannst du wirklich garantieren«, sagte er. »Jeden Augenblick kann dieser Narr sich wegen irgend etwas beleidigt fühlen und seine Sachen packen. Den morgigen Tag müssen wir erst einmal sicher hinter uns bringen, denn am Weihnachtstag kann er auch nicht abreisen, aber wie sollten wir ihn danach gegen seinen Willen hier festhalten?«

»Indem wir von seinem Willen Gebrauch machen«, sagte Aaron.

Henry kehrte langsam zum Tisch zurück. »Was meinst du damit?« fragte er. »Du willst doch wohl nicht etwa Gewaltanwendung riskieren? Wie könnten wir das tun? Wir wissen nicht, wie sich das auf die Tarots auswirken könnte; davor wird stets gewarnt. Und außerdem – wäre es schwer, es zu tun, ohne – nein, das ist unmöglich.«

Aaron sagte: »Er hat die Tarots – können wir ihn da nicht seinerseits den Tarots geben? Ist Wind etwa nichts? Ist Wasser etwas nichts? Geben wir ihm doch Wind und Wasser, und sehen wir selbst, ob die Sturheit, die ihn an den Karten festhalten läßt, ihn auch sicher durch die Elemente der Karten führen kann. Wir wollen kein Blut vergießen, wollen keine Gewalt anwenden; lassen wir also einfach nur die Tarots auf ihn los.«

Henry neigte sich vor und starrte lange Zeit auf den Boden. »An etwas Ähnliches habe ich auch schon gedacht«, sagte er schließlich. »Aber da ist auch Nancy.«

Aaron schnitt erneut eine abfällige Grimasse. »Den Vater um des Kindes willen schonen, wie?« fragte er. »Du Narr, welchen anderen Weg haben wir denn? Wenn du die Karten von ihm stehlen solltest, selbst wenn du es könntest, würdest du sie ihr dann etwa jemals wieder zeigen oder sie mit ihr zusammen benutzen können? Meinst du etwa, das würde sie nicht weiter bekümmern. Und wäre das gut für euer Experiment? Sie wird immer um die Redlichkeit ihrer Handlungsweise bangen.«

»Ich könnte ihr klarmachen, daß unser Gebrauch der Tarots und unser Wissen von großer Bedeutung sind«, erwiderte Henry unsicher, »und sie lehren . . .«

»Alles zu seiner Zeit, alles zu seiner Zeit«, rief der Alte, »ja, und eines Tages gibt er die Tarots womöglich an irgendein Museum weiter! Und außerdem ist da noch die Frau!«

»Die Frau!« wiederholte Henry. »Das ist eine ebenso große Schwierigkeit. Kannst du sie etwa dazu überreden, hierherzukommen und mit dir zu leben, um die Hohepriesterin der Bilder des kabbalistischen Tanzes zu werden?«

»Wenn«, sagte Aaron schleppend, streckte eine Hand aus und legte sie dem jungen Mann auf den Arm, »wenn ihr Bruder . . . fort wäre und ihre Nichte mit dir verheiratet, wäre es da wirklich so unwahrscheinlich, daß sie bei ihrer Nichte wohnte? Wenn ihre Nichte die Ebenbilder studierte und es liebte, sich darüber zu unterhalten, und wenn sie diese Frau um Hilfe bäte – wäre es dann wirklich so unwahrscheinlich, daß sie offenbaren würde, was sie sieht?« Er verstummte, und eine Pause setzte ein.

»Ich weiß«, sagte Henry schließlich. »Ich habe es gesehen . . . nur undeutlich . . . heute abend habe ich es selbst gesehen. Aber es könnte gefährlich sein.«

»Der Tod ist einer der Großen Trümpfe«, bemerkte Aaron. »Wenn ich die Kraft besäße, ich würde es allein tun. Doch so, wie die Dinge stehen, kann ich es nicht. Ich besitze weder die Energie noch die Willenskraft, um die Karten zu zähmen. Ich kann sie nur studieren und lesen. Du mußt die Arbeit durchführen, und ich will dir helfen, wo immer ich kann.«

»Die Großen Trümpfe –« sagte Henry zweifelnd. »Ich kann noch nicht damit – das ist es ja gerade, worum es bei Nancy geht . . . ich will sehen, ob sie und ich zusammen . . . und sie darf nicht erfahren –«

»Es gibt Wind, und es gibt Wasser, wie ich dir schon sagte«, entgegnete der alte Mann. »Ich glaube nicht, daß es deinem Mr. Coningsby gelingen dürfte, sich auch nur vor den Zweien,

Dreien und Vieren der Zepter und der Kelche zu retten. Er besitzt keinen Willen. Joanna flößt mir da schon mehr Angst ein.«

»Joanna!« rief Henry. »Ich habe nie davon gehört, daß sie die Bewegung des Narren jemals gesehen hätte.«

Aaron zuckte die Schultern. »Sie hoffte dies herauszufinden, nachdem es ihr gelungen wäre, ihr Verlangen in Erfüllung gehen zu lassen.«

»Damit hatte sie recht«, sagte Henry.

»Und hat Sybil Coningsby auch ihr Verlangen erfüllt gesehen?« fragte Aaron. »Welches denn?«

»Das kann ich dir nicht sagen«, meinte Henry, »aber sie hat es gefunden, und sie steht in seiner Mitte, in vollkommener Beherrschung. Nur daß sie nicht weiß, was sie getan hat. Doch im Augenblick spielt sie keine Rolle, und Joanna auch nicht. Nur Nancy und . . . und dieser Mann.«

»Es soll dann also nur noch Nancy übrigbleiben?« fragte Aaron leise.

Henry blickte ihn ruhig an. »Ja«, antwortete er. »Es sei denn, er kann dem Schlagen der Karten widerstehen.«

»Über eines mußt du dir im klaren sein«, sagte Aaron. »Ich werde nichts mit dem zu tun haben, was du mit *ihnen* vorhaben magst. Ich will nicht einmal wissen, worum es dabei geht. Wenn alles gut verläuft, werde ich zufrieden sein, das Wissen um den Tanz wiederhergestellt und vielleicht ein wenig von seiner Gesetzmäßigkeit erkannt zu haben. Aber angenommen, Nancy entdeckt – später einmal – durch ihre wachsende Weisheit, was du getan hast? Hast du daran schon einmal gedacht?«

»Ich glaube«, meinte Henry, »wenn es wirklich ihre wachsende Weisheit ist, durch welches sie es entdeckt, wird diese Weisheit mein Tun rechtfertigen. Darum wird sie auch wissen, daß kein Einzelner der Einheit im Wege stehen und sie trennen darf. Sie wird erkennen, daß sein Geist etwas geleugnet hat, das größer war als er selbst, und daß er dadurch zum unausweichlichen Untergang verurteilt war. Sein Geist? Was sage ich da! Seine gewohnheitsmäßige, niedere Habgier.«

»Du willst dieses Risiko eingehen?« wollte Aaron wissen.

»Es ist kein Risiko«, widersprach Henry. »Wenn es eins wäre, dann wäre das ganze Vorhaben schon jetzt zum Scheitern verurteilt.«

Aaron nickte und stand auf. »Und doch warst du dir vor zehn Minuten noch nicht so sicher.«

»Da hatte ich mich noch nicht entschieden«, erwiderte Henry. »Erst wenn man sich wirklich entschieden hat, kann man auch begreifen.«

»Wann wirst du es tun?« fragte Aaron. »Willst du, daß ich dir helfe? Du solltest bedenken, daß das Mädchen, wenn du mit deinem Vorhaben Erfolg haben solltest, eine Weile zu sehr in Trauer befangen sein dürfte, um dir zu folgen.«

»Wenn es geht«, entgegnete Henry langsam, »dann will ich erst den morgigen Tag verstreichen lassen. Denn morgen will ich ihr das Schicksal ganzer Völker zeigen. Aber wir dürfen nicht zu lange zögern – und du hast recht mit dem, was du sagst: Sie wird Zeit brauchen. Also werde ich nicht schon jetzt versuchen, sie an mich zu ziehen. Und wenn ihr Vater sich nach Weihnachten dazu entscheiden sollte, zu gehen . . . hier wäre es wesentlich bequemer. Wir wollen abwarten, wie sich die Dinge entwickeln, aber nach Möglichkeit wollen wir es am Weihnachtstag tun. Am Weihnachtstag geht er immer nachmittags spazieren. Er hat mir vor Wochen einmal anvertraut, daß er seit vierunddreißig Jahren nicht einmal einen strammen Weihnachtsnachmittagsspaziergang ausgelassen hat.«

»Dann soll es so geschehen«, antwortete sein Großvater. »Ich werde mich mit den Frauen unterhalten, und du wirst die Winde rufen und wecken. Wenn es durch irgendeinen Zufall mißlingen sollte, kann man immer noch einen zweiten Versuch machen. Zur Not könntest du es auch auf der Heimfahrt mit dem Feuer im Wagen tun.«

Henry schnitt eine Grimasse. »Und was ist dann mit Nancy und ihrer Tante?« fragte er.

Aaron nickte. »Das hatte ich vergessen«, sagte er. »Nun, es wird immer einen Weg geben.«

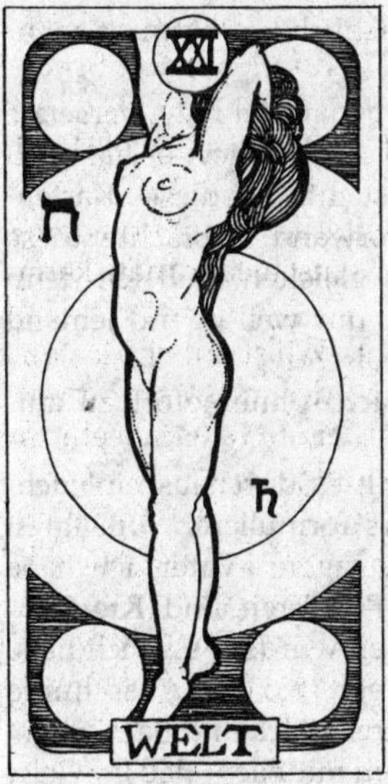

VII Der Tanz in der Welt

Die am Donnerstagabend entstandene Spannung hielt bis zum Morgen des Heiligen Abends vor. Henry und Mr. Coningsby waren, das war deutlich zu erkennen, der Mittelpunkt widerstreitender Emotionen, und Mr. Coningsby war geneigt, seine Tochter zum Zentrum der Auseinandersetzung zu machen, da sie anscheinend zögerte, ihn mit bedingungsloser Loyalität zu unterstützen. Als sich die beiden nach einem etwas ungemütlichen Frühstück unterhielten, erwähnte er das ungewöhnliche Schauspiel, dem sie am Abend zuvor ausgesetzt worden war.

»Ich muß doch sagen«, bemerkte er, »daß Henry damit erheblich viel weniger Geschmack bewiesen hat, als ich von ihm erwartet habe – diesen Trick mit den beweglichen Puppen an uns zu versuchen!«

»Aber warum nennst du das einen Trick, Vater?« wandte

Nancy ein. »Sie haben sich doch tatsächlich bewegt, und mehr hat Henry ja auch nicht behauptet.«

»Das war keineswegs alles, was er behauptet hat«, versetzte Mr. Coningsby. »Um ganz ehrlich zu sein, Nancy, er hat mich sehr enttäuscht. Er hat praktisch versucht, mir dieses Kartenblatt abzuschwindeln, indem er als Vorwand vorbrachte, diese Püppchen würden ihnen sehr stark gleichen. Soll ich denn etwa alles aufgeben, was mir gehört, nur weil irgend jemand anders etwas besitzt, das ihm ähnlich ist?«

Nancy dachte über diesen Satz nach, ohne sofort zu antworten.

Wenn man es so formulierte, klang es durchaus einleuchtend. Doch wie konnte man es aders formulieren, um ihren Vater zu überzeugen? Sollte sie etwa sagen: »Vater, ich habe Erde erschaffen und gesehen, wie Polizisten und Krankenschwestern zu Kaisern und Kaiserinnen wurden, und ich habe mich in einer goldenen Wolke bewegt, wo ich Ausschnitte eines Tanzes erblickt habe, der mir durch Mark und Bein ging.« Konnte sie das wirklich? Konnte sie ihm mitteilen, daß ihr Geist sich noch immer gelegentlich, als wäre es ein übernatürliches Rätsel, an den Schock angesichts des Kruzifixes erinnerte, dessen Figur nicht kopfunter hing, und an den Gegensatz zum Gehenkten der Karten? Schließlich sagte sie: »Ich glaube nicht, daß Henry es ganz so gemeint hat. Ich hätte es gern, wenn du fair zu ihm wärst.«

»Ich hoffe doch sehr, daß ich immer fair bin«, erwiderte Mr. Coningsby, womit er meinte, daß er sich nicht vorstellen konnte, daß die Ewige Gerechtigkeit nicht seiner Meinung sein könnte. »Aber ich muß doch sagen, daß Henry mich enttäuscht hat.«

Nancy blickte ins Feuer. Püppchen? Eigentlich hätte sie sich darüber ärgern müssen, aber dazu war sie zu besorgt. Ihr Vater war doch hier; wenn sie nur an ihn herankommen konnte! Doch ebensogut hätte er von ihr in dem glitzernden Goldnebel abgesperrt sein können. Ebensogut hätte er ein grauer Automat sein können – er hatte viel mehr von einer beweglichen Puppe an sich als jene Bildnisse in dem verborgenen Raum, als Henry, als Sybil und Joanna Hand in Hand, als der weißbemäntelte

Herrscher der Straßen, als Henry, als die Hexen bei der Begegnung mit Macbeth, als das starrende Kruzifix, als die Erde zwischen ihren Fingern, als Henry . . . Zweifelnd blickte sie ihn an. Sie hatte vorgehabt, ihn zu fragen, ob sie und Henry an diesem Abend noch einmal das Tarotblatt haben dürften, weil Henry ihr noch mehr verraten wollte, und weil sie es auch wissen wollte. Doch er würde es nicht hergeben, er würde es bestimmt nicht hergeben. Ob sie sie für eine Stunde ausborgen konnte, ohne ihn zu fragen? Es würde weder ihnen noch ihm wehtun. Die Karten lagen auf seinem Toilettentisch; sie hatte sie dort liegen gesehen und sich gewundert, daß er sie nicht fortgeschlossen hatte. Doch sie wußte, warum – es lag daran, daß er nicht wirklich damit rechnete, daß man sie ihm abnehmen würde. Er hatte einfach nur gehässig zu Henry sein wollen. Was, wenn sie ihn fragte, und er ablehnte – das wäre doch zu lächerlich! Doch sollte sie wirklich all diese Wunder einbüßen, die sie so entsetzten und gleichzeitig beschwingten, nur weil er Henry ärgern wollte? Ach, in Himmels Namen, was sollte ein Mädchen, das zu lieben versuchte, nur tun?

In diesem Augenblick ermutigte (vermutlich) die Liebe Mr. Coningsby, der über seine eigene Fairneß und seinen großzügigen guten Willen nachdachte, dazu, zu sagen: »Natürlich würde ich sie ihm jederzeit leihen, wenn ich sicher sein könnte, daß ich sie zurückbekäme. Aber –«

Nancy richtete einen liebevolleren Blick auf ihn, als sie selbst bemerkte. »Und wenn ich dir verspräche, sie zurückzugeben, Vater, wann immer du wolltest?«

Mr. Coningsby war ein wenig verblüfft und sagte ausweichend: »Dir gegenüber hege ich doch keine Zweifel. Du bist meine Tochter, und du weißt, daß es so etwas wie Anstand gibt.«

Es wäre nur anständig, dachte Nancy, die Karten nicht ohne seine Zustimmung zu nehmen. Aber für ihn wäre es auch nur anständig, sie zu verleihen. Sie sagte: »Du würdest sie mir anvertrauen?«

»Natürlich, natürlich, wenn es notwendig sein sollte«, antwortete Mr. Coningsby, eine Spur verlegen, und froh, daß eine solche Notwendigkeit nicht auftreten konnte. Nancy, die nun von der Bürde ihrer schlimmsten Verlegenheit befreit war, entschied, daß die Notwendigkeit *tatsächlich* aufgetreten war. Sie spürte, daß es töricht wäre, zu versuchen, ihren Vater zu einer eindeutigeren Aussage zu zwingen. Sie sagte so deutlich wie möglich: »Ich werde auf sie aufpassen«, doch in diesem Augenblick kam Sybil ins Zimmer, und die Bemerkung ging unter. Nancy, die etwas verwirrt war, so plötzlich mit einem richtigen moralischen Problem konfrontiert worden zu sein, hoffte ehrlich, daß sie es auf ehrliche Weise gelöst hatte, schlich davon und machte sich auf die Suche nach Henry.

An diesem Abend trat sie zusammen mit Henry, die Tarots in der Hand, durch den Vorhang in den Raum; zusammen blieben sie vor den goldenen Ebenbildern stehen. Nancy spürte den Unterschied: Was gestern abend ein Besuch aus reiner Neugier, aus bloßem Interesse gewesen war, war nun zu etwas weitaus Wichtigerem geworden. Es war eine bewußte Wiederholung, ein zielbewußter Akt, so gering er auch sein mochte. Durch ihre Rückkehr an diesen Ort, und durch ihre Rückkehr mit Henry, machte sie eine Vereinigung des Mysteriums ihrer Liebe mit dem Mysterium des Tanzes möglich. Als sie vor dem Tisch stand und den Tanz betrachtete, überkam sie eine plötzliche Ahnung dieser Vereinigung oder wohl eher ihres Wesens. Die Vereinigung mußte in ihrem eigenen Inneren stattfinden, in der Entdeckung eines neuen Zustands, der möglicherweise von ihrer Liebe und ihrer Vision so verschieden war, wie sie selbst sich von der unwissenden Nancy des Vorjahrs unterschied – es gab keinen anderen Ort und auch kein anderes Mittel, ganz gleich, welch äußerer Wandel auch stattfinden mochte. Alles, was sie tat, konnte ihr nur um so tiefer ihr eigenes Selbst enthüllen; wenn das derart Enthüllte nur so gut und so lieblich war, wie . . . wie Henry sie fand. Konnte sie derart an sich selbst glauben? Wagte sie, darauf zu vertrauen, daß eine solche Schönheit tatsächlich am Ende der Suche stand oder sich herbeiführen ließ?

Doch bevor sie ihre eigenen Gedanken ergründen konnte, sprach er sie an.

»Gestern abend hast du gesehen, wie man wahrsagen kann«, sagte er. »Die Karten, die du in den Händen gehalten hast, sind die sichtbare Verbindung zwischen dem Tanz und dir. Du mußt sie in der Hand halten und –«

»Jetzt, da wir allein hier sind«, sagte sie, »erzähl mir erst einmal ein bißchen mehr über diesen Tanz. Es geht doch um mehr als reine Wahrsagerei, nicht wahr? Warum lassen die Karten Erde entstehen? Warum nennst du einige davon die Großen Trümpfe? Ist das nur eine Bezeichnung? Sag es mir; du mußt es mir jetzt sagen.«

Er sog die Luft tief ein, hub an zu sprechen – beherrschte sich und machte eine verzweifelte Geste mit den Händen. »Ach, wie soll ich erklären«, rief er, »was wir uns allenfalls vorstellen können? Was nur wenige Mitglieder meines eigenen Volkes sich vorstellen können? Ich habe dich hierher gebracht, ich wollte dich hier haben, und nun ist es zuviel für mich. Es gibt keine Worte dafür – du würdest mich für ebenso verrückt halten wie diese arme Frau auf der Straße.«

»Woher willst du wissen, daß ich sie für verrückt halte?« fragte Nancy. »Hat Tante Sybil es etwa getan? Du mußt versuchen, es mir zu erklären, Henry – wenn du es für wichtig hältst. Wenn du es nicht tust«, fügte sie ernst hinzu und blickte ihn ebenso ernst an, »dann würde es mir leid tun, denn dann wäre alles nur ein Taschenspielertrick gewesen.«

Er wich etwas von ihr zurück und begann, wobei er sie nicht ansah, sondern auf den Tisch starrte, zu sprechen. »Dann stell dir etwas vor«, sagte er. »Stell dir vor, daß alles, was existiert, an der Bewegung eines einzigen großen Tanzes teilnimmt – alles, von den Elektronen angefangen, alles, was wächst und zerfällt, alles, was lebendig zu sein, und alles, was nicht lebendig zu sein scheint, Menschen und Tiere, Bäume und Steine, alles, was sich ändert, und es gibt nichts, nirgendwo, das sich nicht verändert. Diese Veränderung, dieser Wandel – das ist es, was wir von dem unsterblichen Tanz kennen. Das dem Wesen der Dinge innewohnende Naturgesetz – das ist der Takt, das Maß des Tanzes, deshalb verändert sich ein Ding schnell und ein anderes langsam, deshalb gibt es scheinbare Zufälle und unberechenbare Veränderungen, deshalb hassen Menschen, lieben sie und werden sie hungrig, deshalb stürzen Städte, die jahrhundertelang der Zeit getrotzt haben, binnen einer einzigen Woche zusammen, deshalb strömt das Blut, klopft das Herz, bewegt sich das Hirn, deshalb ruht dein Körper auf deinen Füßen, deshalb ist der Himalaya in der Erde verwurzelt – ob schnell, ob langsam, ob meßbar oder unermeßlich, es gibt nichts, nirgendwo, als den Tanz. Stell dir das vor – stell es dir vor und sieh es alles zugleich und in einem!«

Sie sagte nichts, und nach kurzem Schweigen brach es erneut aus ihm hervor.

»Das ist alles, was es zu erfahren, zu lernen gibt. Unsere glücklichsten Wissenschaften haben einen Bruchteil der Schritte dieses Tanzes erraten. Er ist stets vollkommen, weil er nichts anderes sein kann. Er weiß nichts von Freude und Leid; er ist Bewegung, schnell wie das Licht, träge wie das Zerbröckeln eines steinernen Grabmals im Urwald. Wenn du weinst, so nur deshalb, weil das Maß des Tanzes es so will; wenn du lachst, so tust du es nicht, weil du es etwa willst, sondern weil ein fröhlicherer Schritt danach verlangt. Erleidest du Pein, so ist es der Tanz, der dich schmerzt; bist du gesund, trägt der Tanz dich auf seinen Wogen. Die Medizin ist der Tanz; Gesetz, Religion, Musik und Poesie – all dies sind Mittel, mit denen wir einander die winzigste Bewegung benennen, die wir für einen kurzen Augenblick erkannt haben, bevor sie im unwiederholbaren Prozeß des Tanzes verschwindet. Oh, Nancy, schau es, schaue es – es ist alles, was wir zu tun vermögen, in der armseligen Sekunde vor unserem Sterben etwas davon zu erblicken!«

Der Tanz selbst schien in ihrem Inneren eine Pause eingelegt zu haben, so reglos trug sich ihre leichte Gestalt, so verzückt in ihrem atemlosen Schweben, während die Worte sie durchschwangen und sich vor ihren Augen die kleinen Gestalten der Herrlichkeit drehten und miteinander verwoben.

»Aber einmal«, fuhr er fort, »manche sagen, es sei in Ägypten gewesen, lange bevor der Pharao von Jussuf Ben-Jakub hörte; und andere meinen, in Europa, als die träumenden Rabbiner im ummauerten Ghetto über Legenden von unaussprechlichen Worten raunten; andere sagen, es in den verborgenen Zirkeln jener Lehre gewesen, welche die Kirche Hexerei nannte – einmal sprach ein Tänzer von dem Tanz, nicht in

Worten, sondern in Bildern. Einmal erkannte ein Geist ihn bis zum achtundsiebzigsten Grad der Offenbarung und erkannte ihn nicht nur, sondern wußte, wie er um ihn wußte, und dies war so wunderschön, daß in einem geheimen Winkel der Tanz in sich selbst widerhallte und wieder widerhallte. Und dann brachte der Takt, sich hierhin wendend und dorthin, immer in Harmonie, diese Gestalten aus Gold hervor, als Entsprechung zu etwas, das wenigstens Teil seiner selbst war, wurde zu einem Bild seiner selbst, zu einem Wandel, der auf den Wandel antwortete. Wir wissen nicht durch wen, wir können nicht einmal raten, auf welche Weise; auf jeden Fall wurden diese Ebenbilder (wie wir sie nennen) in den Wagen der Zigeuner durch ganz Europa getragen, bis sie hierher gelangten, und hier sind sie noch heute.«

Sie bewegte eine Hand, und er hielt inne. Als wollte sie aus eigener Kraft reden, sagte sie – und Stimme und Worte verlangten nach einer überflüssigen, aber entlastenden Bestätigung, wie ein Schritt, der mit einem Schritt beantwortet wird: »Sie zu betrachten bedeutet also, die Bewegung sichtbar vor Augen zu haben? Dies ist es, was . . . jetzt geschieht, in diesem Augenblick? So daß es nirgendwo etwas gibt, das nicht auch dort geschieht?«

Er zeigte auf den Tisch. »Das ist die Gegenwart«, sagte er, »und das ist die einzige Gegenwart, und selbst diese verändert sich, bevor man sie erkennen kann.«

»Und doch hast du gesagt, daß dieser unbekannte Mensch wußte, wie man sie erkennen kann. Wie dies? Und warum, Liebster, sind die Figuren – die Ebenbilder, meine ich – so gemacht, wie sie sind?«

»Um das zu erklären, würde es eines anderen Sehers bedürfen«, antwortete er, »und dieser Seher müßte bis hinter die Symbole vordringen, um sie von innen heraus zu erkennen. Verstehst du das, Nancy? Verstehst du, daß es manchmal zweien gelingt, sich an einen Ort zu begeben, wo einer allein nicht hingelangen kann? Denke daran, und auch daran, was erst im Inneren des Tanzes getan und geschaut werden könnte, wenn es schon von außen so viel zu schauen gibt. Wir wissen nur, daß die Ebenbilder die Einundzwanzig und die Null sind und die vier Vieren und die vier Zehnen. Zweifellos sind diese Zahlen selbst bereits von größter Wichtigkeit für das rechte Wissen, doch ist ihr Geheimnis zu tief im Inneren des Tanzes verborgen.«

»Aber du hast doch bestimmt über ihre Gestalt nachgedacht, Liebling?« fragte sie.

»Die Form dient möglicherweise zwei Zwecken«, erwiderte er etwas langsamer, »der Ähnlichkeit und der Mitteilung. Andererseits müssen sie auch einen Schritt bedeuten, eine Verbindung, etwas, was wir eine Tatsache nennen; etwas, das sich in den unendlichen Kombinationen häufig wiederholt. Andererseits muß es aber auch irgend etwas sein, das wir kennen und zu lesen vermögen. Dies ist es, meine ich, was gemeint war, doch selbst die sekundäre Bedeutung ist verlorengegangen – oder ging verloren, als die Karten von den goldenen Bildern getrennt wurden, als würde man einer Mutter das Kind fortnehmen und es in ein fremdes Land bringen, wo es nie ihre Sprache lernt, die Sprache, die das rechtmäßige Erbe ihrer Zunge hätte sein sollen.«

Abrupt brach er ab, als beunruhigte ihn der Gedanke, und das Mädchen, in dessen Geist dieselbe Erinnerung nachklang, fragte: »Ist es das, was die Frau auf der Straße meinte, als sie mit uns sprach?«

»Es ist mir gleichgültig, was sie meinte«, erwiderte er beinahe barsch. »Niemand, weder sie noch sonst irgend jemand, geht uns jetzt etwas an. Niemand außer uns selbst hat ein wirkliches Recht, von den Karten oder den Ebenbildern zu sprechen.«

Er blickte sie beim Sprechen an, doch sie lächelte ganz leise und ließ seine Worte verklingen, um lediglich zu sagen: »Erzähl mir mehr von den Karten.«

»Die Karten wurden zusammen mit den Ebenbildern gemacht«, antwortete er. »Die Markierungen in ihren Ecken entsprechen dem Siegel unter dem Fuß der goldenen Gestalten. Achtundsiebzig Figuren und ebenso viele Siegel auf ebenso vielen Karten. Die Papyrusmalereien sind mit den Figuren identisch; es sind die Abbilder der Figuren. Wie ich dir schon vor einem Monat, als wir es zum ersten Mal sahen, sagte, ist dies der einzige vollkommene Satz, alle Einzelheiten stimmen überein, und deshalb ist es auch der einzige Satz, mit dem der erhabene Tanz gedeutet werden kann. Die Bewegung verändert sich unentwegt, doch in jedem Sekundenbruchteil ist sie *so*, und wenn diese Karten hinzugebracht werden, ordnen sie sich entsprechend an, wobei sie lediglich von den Händen, von denen sie gehalten werden, beeinflußt werden. Und aus der Anordnung, in der sie fallen, deuten wir das Schicksal desjenigen, der sie hält.«

»Aber die Farben sind, wie du sagst, die Elemente?« fragte sie.

Er nickte. »Aber das gilt für die äußere Welt. Sie sind die wachsende Kraft der vier Elemente, und im Körper eines Menschen sind sie die entsprechenden Naturen. Das ist die alte Lehre von den Körpersäften, die dir deine Lehrerin zweifellos beibrachte, damit du Ben Jonson oder wen auch immer verstehen konntest.«

»Und die anderen?« fragte sie. »Die Großen Trümpfe?«

Er kam näher auf sie zu und sprach leiser, beinahe, als wollte er nicht, daß die goldenen Tänzer bemerkten, daß er über sie redete. »Die«, sagte er, »sind die Wahrheiten – die Tatsachen – nenn es, wie du willst – die Prinzipien des Denkens, die Wirklichkeiten des fleischlichen Seins, Tod und Liebe und bestimmte Tugenden, Medidation und die Gütige Sonne der Weisheit, und so weiter. Du mußt sie sehen – es gibt keine Worte, die es dir erklären könnten.«

»Und der Teufel – sofern er ein Teufel ist?« fragte sie.

»Das ist der sinnlose Haß und die Bosheit, die sich in uns regen«, antwortete er.

»Und der Gaukler – sofern er ein Gaukler ist?« fragte sie.

»Das ist der Anfang aller Dinge – eine Vorführung, eine geschickte Balance, ein Flug und ein Sturz. Das ist die einzige Weise, in der er – wer immer er auch war – den Anfang und die Beständigkeit des Tanzes selbst bilden konnte.«

»Dann ist er also Gott?« fragte Nancy, noch eingeschüchterter.

Henry machte eine ungeduldige Bewegung. »Was wissen wir schon?« erwiderte er. »Das ist keine Frage der Worte. Ob Gott oder Götter oder keine Götter – diese Dinge sind einfach da, und sie sind so gemeint und werden so manifestiert. Nenn es Gott, wenn du willst, aber es ist besser, vom Gaukler zu sprechen und weder Gott noch Nicht-Gott zu meinen.«

»Und der Narr, der sich nicht bewegt?« fragte sie nach einer Pause.

»Alles, was ich dir über den sagen kann«, erwiderte er grimmig, »ist, daß er eben der Narr ist, der sich nicht bewegt. Über alles gibt es Legenden und Schriften, nur nicht über den Narren. Er taucht in keiner der Lehren oder der Schicksalsdeutungen auf. Ich habe noch nie begriffen, was er sein könnte.«

»Und doch hat Tante Sybil gesehen, wie er sich bewegt hat«, sagte sie.

»Darüber wirst du sie irgendwann einmal befragen müssen«, gab er zur Antwort, »aber jetzt noch nicht. Jetzt habe ich dir alles über diese Dinge gesagt, was ich zu sagen vermag. Ihren Sinn zu ergründen, bleibt deiner Vorstellungskraft vorbehalten. Und wenn du sie auf diese Weise verstanden hast, dann können wir feststellen, ob es uns mit Hilfe der Tarots gelingen mag, bis hinter die Nebel vorzustoßen. Doch bis dahin will ich dir noch mehr davon zeigen. Warte einen Augenblick.«

Er hielt inne und überlegte. Dann schritt er zu einem anderen Abschnitt der Vorhänge und verschwand durch, wie sie annahm, eine weitere Öffnung. Sie hörte ein Geräusch, als öffnete er ein Fenster, dann kehrte er zu ihr zurück.

»Wenn du diesen Raum von außen betrachten würdest«, sagte er, »würdest du erkennen, daß er vier Fenster besitzt. Ich habe das östliche geöffnet. Und nun schau.«

Er schritt zu der Kante des Tisches, die dem nun geöffneten Fenster am nächsten lag, befühlte sie von unten und holte ein geschwungenes Ausziehbrett hervor, welches ein Drittel des Tisches umfaßte. Das Brett war an die drei Fuß breit und reichte, als es voll ausgezogen war, beinahe bis zu den Vorhängen. Es bestand ebenfalls aus Gold und war mit kleinen Markierungen versehen, obwohl Nancy nicht genau erkennen konnte, wie diese aussahen – eine Art Weltkarte, dachte sie. Henry drehte eine hölzerne Stütze zurecht, um ihm Halt zu geben, und begann dann, die Tarotkarten darauf abzulegen. Er breitete die Großen Trümpfe in numerischer Reihenfolge auf der

Tischkante aus. Doch begann er nicht mit der ersten, sondern mit der zweiten Karte, die der Kaiserin, und so verfuhr er, bis er schließlich zu der Abbildung gelangte, welche XX Das Jüngste Gericht hieß – auf der eine Hand durch die Wolken griff und einen großen Sarkophag berührte und zerbrach, so daß das Skelett in seinem Inneren sich erheben konnte – und XXI Die Welt –, wo eine einzelne singende Gestalt, gleich einer Frau, sich in einem Lichtstrahl einem klaren blauen Himmel entgegenhob, Mond, Sonne und Sterne zu ihren Füßen hinter sich lassend. Die erste Karte jedoch, die einen Gaukler zeigte, der kleine Bälle in die Luft warf, legte er fast in die Mitte auf die zwölfte Karte, das Glücksrad, wobei er sie gegen den dahinterliegenden Tisch lehnte, so daß sie über dessen Kante hinausragte. Unter dem Glücksrad verbarg er den Narren. Nachdem er dies vorsichtig getan hatte, fuhr er sehr schnell mit seiner Arbeit fort. Er nahm die vier Farben und legte auch sie auf die Ausziehplatte, und zwar von links nach rechts: Leugner, Kelche, Zepter, Schwerter. Als nächstes legte er von jeder Farbe die vier Hofkarten gegen die Großen Trümpfe, so daß sie diese etwas überlappten: König, Königin, Prinz und Ritter. Davor, diese wiederum überlappend, legte er jeweils die Zehnen, Neunen, Achten und Siebenen, um schließlich auch die Sechsen, Fünfen und Vieren und die Dreien und Zweien auszulegen. Vor alle Karten legte er dann, so daß sie nach außen zeigten, die Asse der einzelnen Farben, so daß nun die ganze Gesellschaft der Tarots mit gegen den Tisch des Tanzes gebeugter Oberkante lag und mit ihrer vierfachen Spitze gegen die Vorhänge vor dem geöffneten Fenster zeigten.

Sobald er dies erledigt hatte, kehrte er zu Nancy zurück, legte einen Arm um sie und sagte: »Sieh auf die Vorhänge.« Sie gehorchte, aber nicht ständig; oft richtete sie ihren Blick auf die Karten an der Tischkante, und während sie dies tat, sah sie, wie der Gaukler sich im Reigen des Tanzes zu der entsprechenden Karte bewegt hatte. Es erschien ihr, als würde er schnell laufen, während er dabei unentwegt die etwa zwei Dutzend Bälle wirbelnd in der Luft jonglierte, beim Laufen gegen die Karte stieß und diese dadurch von ihrem Platz rutschte. Ihr Sturz bewegte auch das Glücksrad, auf dem sie stand, und sofort gerieten sämtliche andere Karten ebenfalls in Bewegung, glitten gegen- und untereinander – verzaubert blickte sie auf das Schauspiel, bis ihr Henry ins Ohr flüsterte: »Der Vorhang!«

Sie schaute hin, und anstelle eines Vorhangs erblickte sie zuerst nur den goldenen Nebel, in dem sie sich in der vergangenen Nacht befunden hatte. Doch schon löste er sich auf und verschwand in einer immer tieferen Schwärze. Zunächst glaubte sie, der Vorhang sei verschwunden und sie blicke durch das offene Fenster ins Freie, doch das konnte kaum der Fall sein, denn es waren weder Fensterrahmen noch Umrisse davon zu erkennen. Die dunklenVorhänge des Raums verloren sich hier in der Dunkelheit. Sie war nicht durch den Nebel hindurchgetreten, sondern blickte hinter ihn; und so, wie am Vorabend innerhalb des Nebels ihr Schicksal offenbart worden war, verband sich nun ein Größeres mit den Bildern, und unter diesem zweifachen Einfluß begannen sich die Karten zu bewegen. Denn innerhalb der Dunkelheit formte sich in der Ferne eine Vision: Sie erblickte ein grünes Schimmern dicht vor ihren Augen; sie hörte für einen Augenblick etwas, das wie das Rauschen von Wellen an einer Küste klang. Dann bildete sich vor der grünlich-blauen Linie tatsächlich eine Küste, und sie sah die davor aufgischtenden Wogen. Als sie hinschaute, nahm der Küstenstrich an Größe ab und wurde immer kleiner, während sich hinter ihm in der Finsternis etwas Neues ausformte. Klein und fern, wie ein unglaublich genaues Abbild, entstand das Bild eines Landes mit Städten und Flüssen, Eisenbahnen und Straßen. Das Bild wurde deutlicher, gewann vertraute Konturen: Sie blickte auf eine Darstellung Hollands, Belgiens und Nordfrankreichs und – noch während sie begriff, worum es sich handelte, dehnten sich die Grenzen aus, und alles wurde kleiner, während sich das Gesichtsfeld gleichzeitig vergrößerte – dort waren die Alpen zu sehen, dort war Italien. Der Dom, der mit unglaublich genauen, winzigen Einzelheiten zu erkennen war, das war die Peterskirche – und dahinter weitere Meere und Inseln und die Weite großer Ebenen. Bevor ihr Atem dreimal seufzend entwichen war, erblickte sie Indien und Asien mit seinen großen Zentralseen, und den Everest, dessen kleiner Gipfel gleißend weiß vor dem dunklen Hintergrund schimmerte. Und beim nächsten Atemzug dehnte sich Tibet in China hinein, und der Horizont der geheimnisvollen Nacht wich weiter zurück, bis er die fernen Häfen Japans freilegte. In voller Weite lag all dies vor ihr, und sie wußte mit innerer Sicherheit, daß sie keine Reproduktion oder eine wieder wachgewordene Erinnerung vor sich hatte, sondern die riesigen Kontinente selbst mit allem, was sie enthielten. Sie blickte auf die wirklichen Erscheinungen; vor ihr erstreckte sich die Erde mit den Myriaden von Menschen, die jenen großen Teil der Erde bewohnten.

Fest in Henrys Arm ruhend, als beuge sie sich aus großer Höhe in die Tiefe, versuchte sie, etwas zu erkennen; und in der Tat schaute sie etwas vom Treiben der Menschheit. Auf bestimmten Straßen bewegten sich kleine Flecken, vor allem im fernen Nordchina, und weil sie vor allem dort Bewegung wahrnahm, konzentrierte sie sich ohne besondere Absicht darauf. Das Bild vor ihren Augen wuchs, und der Rest der Vision verblaßte und verschwand. Unbewußt verlangte es sie danach, Menschen zu sehen – und so sah sie sie auch – Kompanien – Armeen – alle in Bewegung – Einzelheiten, auf die sie ihren Blick nicht fest genug richten konnte, um sie genauer zu betrachten, doch es bestand kein Zeifel daran, daß es sich um Armeen handelte, die in Bewegung waren. Da war auch eine Stadt, die von ihnen umzingelt wurde – sie brannte. Ihre Aufmerksamkeit ließ zwangsläufig nach, und wieder rückte alles in den Hintergrund, bis vor ihr wieder ganz Europa und Asien lagen. Doch nun waren die Meere und Kontinente nicht mehr reglos: sie zitterten wie von einem Erdbeben; sie lösten sich auf, nahmen neue Gestalt an, erhoben sich und wurden zu den goldenen Ebenbildern, die auf ihrem goldenen Boden tanzten. Nur daß sie hier in der Dunkelheit der Nacht und nicht auf festem Boden tanzten. Die Bewegung ging von den verschwindenden Reichen und Völkern aus; Städte sprangen einander an, und an ihrer Stelle kam der Tod herbeigelaufen; aus den Alpen kommend, füllte sich der kaiserliche Mantel mit Schnee; Flüsse ergossen sich in Meere und die Meere wiederum ins Nichts, wo Kelche und Kelchträger sie empfingen, und eine schnelle Prozession erhobener Kelche zog durch die sich sammelnden Gestalten. Aus Tibet, aus Rom kam eine Erhebung, und der Hohepriester, der Papst der Tarots, näherte sich mit ritualisierten Schritten jener anderen verschmolzenen Schönheit der beiden Liebenden, nach der ihr dankbares Herz immerwährend suchte. Die ganze Erde war aufgestanden: dies war die Wahrheit der Erde. Der Tanz setzte sich in der Leere fort: doch selbst dort erblickte sie in seinem Zentrum den reglosen Narren, um den der Gaukler im Kreis rannte, unentwegt seine Bälle in die Luft werfend.

Auf seltsame und doch nicht ganz so seltsame Weise seiner nahen Gegenwart bewußt, spürte sie, wie Henry Anstalten machte, als wolle er sich bewegen. Sie fühlte, wie er sich bewegte – und zwischen diesen beiden Empfindungen nahm sie, oder glaubte es zumindest, eine vollständige Bewegung innerhalb des Tanzes wahr. Bis zum hintersten Rand der Dunkelheit bewegten sich die Liebenden, dann wirbelten sie wieder zurück; sie folgte ihnen mit ihrem Blick und bemerkte plötzlich, wie sich alle anderen Tänzer zu beiden Seiten um sie scharten, so daß die beiden zwischen diesen Reihen auf den reglos dastehenden, wie auf sie wartenden Narren zukamen. Hinter ihnen wirbelten auch andere einander gegenüberstehende Gestalten ebenfalls einwärts: Kaiser mit Kaiserin; der mit einer Mitra geschmückte Hohepriester mit der Frau, die ihm gleichkam; und die beiden ersten traten auf den oberen Rand des Glücksrads und glitten hinab; vor ihnen erhob sich die Gestalt eines Gehenkten, und sie trennten sich voneinander, um zu beiden Seiten unter seinem Kreuz weiterzuschreiten; der Tod und der Teufel rannten auf sie zu und trafen dabei ebenfalls auf ein Hindernis: ein Turm, der unablässig einstürzte und ständig wieder aufs Neue errichtet wurde; sie traten hinein, und als sie wieder hervorkamen, waren sie weit voneinander entfernt, doch aus beiden brach ein goldenes Licht hervor, traf sich und verschmolz, und über ihnen leuchteten die Sterne und der Mond und die Sonne; doch ein Grab lag in ihrem Weg, und der Narr – tatsächlich, der reglose Narr! – streckte die Hand aus und berührte es, so daß sich aus seinem Inneren ein Skelett erhob; und dieses gesellte sich zu den Liebenden in ihrem pfeilschnellen Dahinwirbeln und war bei jedem der beiden zugleich, und der Narr bewegte sich, kam näher; doch dann verlor sie die Liebenden aus dem Blick und auch das Skelett, und von allen Gestalten war plötzlich nur noch der Gaukler übrig, der dicht unter ihren Augen erschien und schnell einen einzelnen Pfad emporlief, der sich noch vor kurzem mehrfach verzweigt hatte, um dem Narren entgegenzulaufen. Sie trafen aufeinander, sie umarmten sich; die fliegenden Bälle fielen wie ein Goldregen auf sie herab – und der goldene Nebel bedeckte alles und wirbelte vor Nancys Augen; dann verblaßte auch er, und vor ihr hingen die Zimmervorhänge und sie spürte, wie Henry eine Bewegung machte.

VIII Weihnachtstag auf dem Lande

Beim Abendessen am Heiligen Abend hatte man sich darauf verständigt, daß die drei Coningsbys am Weihnachtstag gemeinsam dem Dorfgottesdienst beiwohnen würden. Theoretisch ging Mr. Coningsby jeden Sonntag zur Kirche, weshalb er Erhebungsbögen auch stets mit der Erklärung »Mitglied der Church of England« auszufüllen pflegte. Mit der besonderen religiösen Lehre, die von der Church of England vertreten wird, hatte er sich nie genauer beschäftigt, doch er hatte sich die doppelte Angewohnheit bewahrt, am Weihnachtsmorgen in die Kirche zu gehen und am Nachmittag desselben Tages seinen Spaziergang zu machen. Verärgert, wie er über die Lees gegenwärtig war, hätte er es vorgezogen, eher zu Fuß zur Kirche zu gehen als überhaupt nicht, zumal Aaron sein hohes Alter als Entschuldigung vorbrachte, das ihn am Kirchgang hinderte, während Henry, wie er sagte, berufliche Angelegenheiten zu erledigen hatte. Doch Aaron hatte ihm den Wagen samt Chauffeur zu diesem Zweck zur Verfügung gestellt, so daß ihm eine solche unangebrachte Anstrengung erspart blieb. Mr. Coningsby war der festen Überzeugung, daß ein Kirchgang, wenn er schon stattfand, sich so wenig vom normalen Leben des Alltags abheben sollte wie nur möglich und daß er dem Kirchgänger keinen sonderlich großen sichtbaren Aufwand abverlangen dürfe.

Sybil, so meinte er zu wissen, vertrat die gleiche Auffassung; auch sie war nämlich der Meinung, daß Religion und Liebe Teil des normalen Lebens sein sollten. Mit der natürlichen Übertreibung einer Frau hatte sie sich einmal zu der Aussage verstiegen, daß sie das normale Leben seien, ja daß sie sogar das Leben selbst seien. Er war sich nicht ganz sicher, ob sie regelmäßig zur Kirche ging oder nicht; wenn sie es tat, so sprach sie jedenfalls nicht darüber und war auch immer rechtzeitig zum Essen zurück. Auch sie trug er als Mitglied der »Church of England« ein. Nancy fiel in dieselbe Kategorie, obwohl sie mit Sicherheit nicht die Kirche besuchte. Doch ihr Vater glaubte, daß sie es schon tun würde, wenn sie erst einmal älter war; oder daß sie wenigstens selbst dann, wenn sie es nicht tun sollte, das Gefühl haben würde, daß es richtig sei, in die Kirche zu gehen. Sehr oft hinderten einen die Umstände daran, zu tun, was man wünschte: Wenn man müde oder in Sorge war, hatte es keinen Zweck, in einem unpassenden Gemütszustand die Kirche aufzusuchen.

Nancys tatsächlicher Gemütszustand am Weihnachtsmorgen war zu verwirrt, als daß sie Genaueres darüber hätte aussagen können. Sie begleitete ihren Vater teilweise deshalb, weil sie es immer tat, viel eher aber, weil sie dringend einer kurzen räumlichen und zeitlichen Erholung von diesen umwälzenden neuen Erfahrungen bedurfte. Sie hatte das Gefühl, daß eine Stunde oder so, wo sie selbst – ausnahmsweise mal – außerhalb von Henrys Reichweite war, etwas höchst Wünschenswertes sei. Den Rest der Zeit über, die sie gemeinsam in dem inneren Zimmer verbracht hatten, hatte ihr Verstand nicht mehr sehr klar funktioniert; oder wenn doch, so funktionierte ihr Gedächtnis in diesem Punkt gegenwärtig nicht so genau. Henry hatte ihr irgendwelche Erklärungen darüber gegeben, wie sich das Schicksal der Welt auf die gleiche Weise deuten und vorhersagen ließ wie das einzelner Menschen, doch sie war unfähig gewesen, ihm zuzuhören; tatsächlich hatte sie einen ziemlich skandalösen Rückzug angetreten und hatte (allen seinen früheren Verheißungen eines ausgezeichneten Schlafs zum Trotz) lange Zeit im Bett wachgelegen und nur das letzte wilde Aufeinanderzustürmen von Narr und Gaukler vor Augen gehabt. Jenen fallenden Sturzbach aus Bällen, der in einen Vorhang aus goldenem Sprühregen überging, welcher sich wiederum um sie herum zu einer Wolke verdichtete. Ein letzter Blick auf den Tisch hatte ihr die immer noch reglos dastehende Figur des Narren gezeigt, so daß sie nicht dasselbe gesehen hatte wie Tante Sybil. Doch in dieser anderen Vision hatte sie geschaut, wie sich der Narr bewegte. Sie hatte mit ihrer Tante darüber sprechen wollen, aber sie war erst kurz vor dem Frühstück nach unten gekommen und danach hatte sie vor dem Kirchgang keine Gelegenheit mehr gefunden. Es gelang ihr, Sybil neben sich, zwischen ihr und ihrem Vater, zu plazieren, als sie sich auf der Kirchenbank an ihre Plätze begaben, und sie setzte sich zwischen sie und eine Säule, was ihr ein Gefühl der Sicherheit vermittelte. In den nächsten ein bis zwei Stunden würde wohl kaum etwas Ungewöhnliches geschehen, allenfalls die neue Fassung des Athanasianischen Glaubensbekenntnisses, die der Vikar vorzutragen gedachte. Aaron Lee hatte angemerkt, daß der Mann ein begeisterter Musikfreund war, der mit den Stimmen, die ihm zur Verfügung standen, das Beste hervorzubringen bemüht war, unterstützt von einigen Freunden, die er über Weihnachten zu sich eingeladen hatte. An diesem Weihnachtsfest, so hörte man, wollte er wohl eine kleine eigene Komposition versuchen. Nancy war damit durchaus einverstanden – nichts schien ihr weniger aufregend und weniger geheimnisvoll zu sein als das Absingen des Athanasianischen Glaubensbekenntnisses. Während der Fahrt zur Kirche hatte ihr Vater mißbilligende Kommentare zum Gebrauch dieses Glaubensbekenntnisses durch die Kirche abgegeben. Sybil hatte ihn gefragt, weshalb es ihm mißfiel, worauf Mr. Coningsby sie gefragt hatte, ob sie es etwa für christlich hielte. Sybil hatte erwidert, daß sie daran nichts sonderlich Unchristliches zu erkennen vermochte – nicht wenn man an die Grundhypothese des Christentums dachte.

»Und was«, hatte Mr. Coningsby entgegnet, als sei dieses Rätsel völlig unlösbar, »was nennst du die Grundhypothese des Christentums?«

»Die Gottheit der Liebe und die Fleischwerdung der Liebe?« hatte Sybil vorgeschlagen und hinzugefügt: »Ob man damit übereinstimmt, ist natürlich eine andere Frage.«

»Gewiß stimme ich mit dem Christentum überein«, hatte Mr. Coningsby erwidert. »Vielleicht sollte ich es nicht ganz so ausdrücken. Es läßt sich schwer definieren. Aber ich sehe nicht, wie die Verdammungsklauseln . . .«

Doch da waren sie an der Kirche eingetroffen. Als Nancy das alte kleine Steingebäude betrachtet hatte, war ihr der Gedanke gekommen, daß, wenn Henry mit dem Tanz recht hatte, dieser Teil davon wohl gerade auf irgendeiner sternenübersäten Treppe eine Pause einlegen mußte. Man hätte sich nichts Unbeweglicheres denken können. Doch noch als sie eingetreten war, spürte sie, daß diese scheinbare Ruhe, die Festigkeit, der angenommene Friede des Torbogens nur ein Aspekt von etwas war, das unter einem anderen Aspekt ein gewalttätiger und heftiger Konflikt war, ein Konflikt von . . . wie immer das neueste wissenschaftliche Wort dafür lauten mochte. Überall herrschten Druck und Spannung; schon der Torbogen selbst wurde durch extreme Kräfte zusammengehalten; so hieß das Phänomen doch neuerdings, Kraft, nicht wahr? Elektrisch geladene Atomteilchen oder so etwas Ähnliches. Wenn diese uralte Schönheit vollständig aus elektrischen Atomkernen bestand, so könnte es wohl – so mußte es – irgendwo in ihrem Inneren einen Tanz geben, gegen den selbst die rennende Gestalt mit ihren bogenförmig über ihrem Haupt fliegenden Bällen zu langsam war. Sie selbst überholte Sybil um einen Schritt und trat zuerst in die Kirchenbank.

Und da, als sie sich dekorativ niederkniete, war auch sie Teil des Tanzes; sie war die vorüberziehenden und zurückkehrenden fliegenden, huschenden Füße; sie war die Vereinigung der

Bilder, deren Bewegung die Karten symbolisierten und aus der sie die Prophezeiung ihrer Zukunft entwickelten. »Ein Mann wird dir alles schulden« – alles? Wollte sie wirklich, daß Henry ihr *alles* schuldete, oder verlangte es sie vielmehr danach – gegen ihr unmittelbares persönliches Verlangen –, daß es in ihm etwas geben möge, dem *sie* alles schuldete? »Und eine Frau wird dich beherrschen« – das war das Unangenehmste von allem; und überhaupt, die Frau würde sie gerne erst einmal sehen, die dergleichen zustandebrachte! »Und du wirst sehr reich sterben« – inzwischen hatte sie sich wieder von ihren Knien erhoben und sich gesetzt – na ja, das war sehr schön. Sofern es auch bedeutete, was es aussagte: »Du wirst sehr reich sterben« – doch die Gestalten des Todes und des Teufels und der Königin der Kelche waren um sie herumgetanzt, und die Worte bebten innerlich von Drohung, von Verheißung, von verborgenem Schrecken. Doch was konnte ihr selbst dies antun, solange Henry und sie es gemeinsam wagten? Solange dies so weiterging, war in seiner höchsten und vollkommensten Bedeutung wahr; wenn es bliebe, würde sie sehr reich sterben.

Eine Tür wurde geöffnet; die Gemeinde geriet in Bewegung; eine Stimme aus der Sakristei sagte: »Lied 61. ›O Christenheit erwache‹, Lied 61.« Alles erwachte, fand die bezeichnete Stelle und erhob sich. Der Chor begann sofort mit der Hymne und der Prozession. Fügsam begleitete Nancy ihn mit ihrer Stimme.

O Christenheit, erwache, lobpreise du den Morgen,
Denn heute ist geboren der Heiland unsrer Welt.
Erhebet euch zu einem –

Die Stimme versagte ihr, die Worte starrten sie an. Chor und Gemeinde beendeten die Zeile:

Mysterium der Liebe.

»Mysterium der Liebe.« Aber was war es denn sonst, was ihr Herz erfüllte? Die weihnachtlichen Assoziationen des Verses waren gewichen; es blieb nur der unmittelbare, losgelöste Ruf, der sie dazu aufforderte, ebendas und nur das zu tun, das zu tun sie ohnehin brannte: »Erhebe dich zum Mysterium der Liebe.« Was um alles in der Welt taten die da, in der Kirche über das Mysterium der Liebe zu singen? Das meinten sie doch bestimmt nicht, das war doch undenkbar. Oder meinten sie es doch, hatte sie das Ganze etwa mißverstanden?

Die Kirche war kein Schutz mehr – sie war selbst eine Bedrohung. Von anderer Seite brachen die Wellen eines ungestümen und größeren Lebens über ihr zusammen. Abrupt kehrte sie Sybil den Kopf zu. Die bemerkte die Bewegung und blickte sich um, wobei ihre Stimme bei »Lobpreisung der erlösenden Liebe« innehielt. Nancy flüsterte, mit dem Finger auf den ersten der beiden großen Verse zeigend: »Stimmt das?« Sybil musterte die Zeile, blickte Nancy wieder zu und antwortete mit zugleich gehauchter und triumphierender Stimme: »Versuch es, Liebes.« Die hochgewachsene Gestalt, das weise, reife Antlitz, die dunklen, vielsagenden und doch schweigenden Augen – all dies war Herausforderung, war Mahnung, war Ermutigung. Nancy erbebte, als die Stimme den nächsten Vers erklingen ließ: »Gottes Ruhm ward ihre Hymne.«

Sie sah wieder auf die Hymne hinab und las hastig den Text – es war wirklich nur ein ganz gewöhnliches Kirchenlied, eine recht armselige Imitation großer Verse. Nur dieser eine, gebieterische Takt durchpulste noch immer ihre hingegebene Seele – »Erhebet euch zu einem Mysterium der Liebe.« Doch nun schlossen alle ihre Gesangbücher und schlugen dafür die Gebetbücher auf; sie warf noch einen letzten Blick auf den Text, dann tat sie es den anderen gleich.

Die beiden Liebenden waren geradeaus gelaufen – nein, nicht geradeaus; sie waren getrennt worden. Getrennt waren sie den zweiten Teil des Weges entlanggelaufen, getrennt hatte jeder der beiden mit dem Skelett getanzt. Sie konnte sie nun erkennen, doch klarer erinnerte sie sich an den Gaukler – »weder Gott noch Nicht-Gott«, hatte Henry gesagt –, wie er dem unbekannten Narren entgegengelaufen war. »Amen«, sangen alle um sie herum; sehr weit kam sie damit nicht von dem Tanz fort: Es war ihr nicht klar gewesen, wieviel Gesang, wieviel Stimmenaustausch, wieviel Anrufe und Ausrufe einen gewöhnlichen Gottesdienst prägten. Sybils Stimme erklang erneut: »Wie im Anfang, also jetzt –« Was war im Anfang und war auch jetzt? Herrlichkeit, Herrlichkeit.

Als die Festtagspsalmen gesungen wurden, setzte sich Nancy hin, obwohl sie bemerkte, wie ihr Vater sie hinter Sybils Rücken mißbilligend ansah. Es ließ sich nicht ändern; ihre Beine konnten sie inmitten dieser matten Fluten der Macht und der Lobpreisung nicht mehr tragen, die so gewaltig auf die Macht und die Lobpreisung in ihrem Herzen antworteten, unter diesen Gesängen und Scharen tanzender Worte, die in ihrem Geist umherwirbelten und selbst zu einem Lichtteil der herrlichen Originale der Tarots zu werden schienen.

Als das Athanasianische Glaubensbekenntnis an die Reihe kam, war sie noch immer wie überwältigt, und vielleicht war ihr eigenes allgemeines Chaos daran schuld, daß selbst dieser verachtete Ritualtext an dem allgemeinen Zusammenbruch teilzunehmen schien, der in ihrem Inneren stattfand. Der ganze erste Teil verlief wie gewohnt; sie verstand nichts von der Vertonung von Glaubensbekenntnissen, so daß sie nicht wußte, was sie von dieser hier zu halten hatte. Die Männer und Knaben des Chors tauschten metaphysische Geheimnisse aus; in einer Art Verzückung – die, wie sie vermutete, den Satz darstellte – forderten sie einander heraus, es zu wagen, die Dreiheit oder die Einigkeit zu leugnen; beinahe schelmisch machten sie deutlich, daß sie zwar gezwungen seien, das eine zu sagen, daß es ihnen jedoch untersagt war, etwas anderes zu sagen, welches genau dasselbe beinhaltete; sie gingen auf die Einzelheiten einer gänzlich unmöglichen Beziehung ein und schlossen mit der Erklärung, daß etwas unwahr war, das kein Mensch, mit Ausnahme des Verfassers dieses Glaubensbekenntnisses, jemals auch nur zu erträumen gewagt hätte. All dies ignorierte Nancy halb.

Doch der zweite Teil – natürlich war es die Melodie – fesselte einen Vers lang ihre Aufmerksamkeit. Natürlich war es die Melodie, der Zufall, der eine Jungenstimme auf herrliche Weise durch die Kirche hallen ließ. Doch die Worte, die diese Schönheit vermittelten, erschienen ihr plötzlich von größter Bedeutung. Die vermengten Stimmen von Männern und Knaben verkündeten die Natur Christi – »Gott und Mensch sind eins in Christus«; dann verstummten die Knaben, und die Männer fuhren fort: »Eins nicht durch die Verwandlung der Gottheit in Fleisch, sondern durch Hineinführen des Menschseins in Gott.« Mit dieser Bestätigung hielt sie inne, und die Knaben meldeten sich freudig zu Wort: »Völlig eins, nicht –« Sie musterten die Vorstellung und schleuderten sie auf mächtig tönende Weise beiseite, »*nicht* durch Verwechslung der Substanz, sondern durch Einheit« – sie stiegen auf, sie tanzten, sie triumphierten – »durch Einheit, durch Einheit« – nun schwiegen sie alle bis auf einen, und diese frische, vollkommene Stimme verkündete die endgültige Erfüllung, jede Silbe gerundet, in die Länge gezogen, genau: »durch Einheit der Person.«

Das traf die junge, lauschende Kreatur; der rätselhafte Satz bebte voller herrlicher Bedeutung. Zu ihrer Seite erwiderte Sybil irgendwie darauf; sie selbst vielleicht – sie selbst in Liebe, liebend. Etwas, das jenseits ihres Verständnisses lag, doch nicht jenseits der Verwirklichung, zeigte sich nun, und da stürzte sich der Chor durch die schnelle Geschichte der Christenheit auf Erden, und einmal mehr erschollen die Attribute ewiger Herrlichkeit und verstummten wieder: »ist jetzt«, »ist jetzt – und wird es immer sein.« Dann knieten alle nieder, und der Vikar betete mit ritueller Betonung der herrschaftlichen Titel für »Seine Majestät König George«.

Für den Rest des Gottesdienstes bewegte, erhob, setzte sich Nancy und kniete nieder, wie es das Ritual forderte, ohne sich dessen, was um sie herum vorging, sonderlich bewußt zu sein. Sie fühlte, wie zwei verschiedene Seinszustände sich in ihrem Innern ablösten – mal das schnelle Dahinjagen ihrer Reise im Wagen, ihrer eigenen Leidenschaft, der nächtlich geschauten Bilder, der emporstrebenden Stimmen der Weihnachtszeremonien – und dann wieder das Innehalten, das Schweigen und die vollständige Beherrschung des Kaisers, Sybils, ihrer eigenen Erwartung, jener einzelnen Stimme, welche die Einheit verkündet hatte, des nächtlichen Narren inmitten des Tanzes. Mit dem einen flog sie dahin, mit dem anderen verharrte sie schwebend; und mit gesenkten Augen und geöffneten Lippen versuchte sie, ihr junges Blut zu beherrschen, bis entweder einer dieser Zustände verschwand oder beide sich miteinander vereinten. Alles war anders, als es noch vor so kurzer Zeit erschienen war; sogar die beiden an ihrer Seite. Aus ihrem Respekt gegenüber ihrer Tante war etwas geworden, das schon sehr viel mehr mit Ehrfurcht gemein hatte; »versuch es, Liebes«, war ein Ruf an sie von einer, die wahrlich eine Sybille war. Auch ihr Vater erschien ihr nun verändert. Er hatte nichts mehr von dem absurden, leicht unangenehmen, affektierten und pompösen und irritierenden älteren Mann, den sie einst gekannt hatte; all das war unwichtig. Er schritt allein dahin, ein Geist aus irgendeiner anderen Welt, der von ihr etwas verlangte, das zu geben sie sich nicht die Mühe gemacht hatte. Wenn sie nicht feststelen wollte, was dies war, so war es sinnlos, ihn dafür verantwortlich zu machen, daß ihre Beziehung zueinander gescheitert war. Sie, sie allein trug Schuld daran; die Sünde lag in ihrem eigenen Herzen, jedesmal, wenn dieses Herz sich gegen ein anderes stellte. Gewiß, er mochte zwar manchmal komisch sein, aber sie selbst war dafür manchmal *sehr* komisch. Tante Sybil hatte ihr gesagt, sie würde niemanden lieben; und diese Bemerkung hatte sie etwas schokkiert. Wie sie so daran dachte, während des Gottesdienstes stillsitzend, stieg ihr die Röte in die Wangen. Doch nun würde alles anders werden. Sie würde sich erst reinigen, bevor sie es wagte, sich Henry für das große Werk, welches er vorhatte, darzubieten.

Doch beim Mittagessen schien es, als würde seine Alltagsarbeit ihn auch noch am Nachmittag in Beschlag nehmen. Er entschuldigte sich sehr besorgt dafür, und sie zog ihn ein wenig auf.

»Vater geht spazieren«, sagte sie, »und du sperrst dich ein. Es wird die wahre Freude für mich sein, die Möbel anzustarren oder eine Mordgeschichte zu lesen – nur daß dein Großvater anscheinend nicht sehr viele Mordgeschichten besitzt, nicht wahr, Liebling? Seine ganzen Bücher sind alle so ernst, und vieles davon ist in fremden Sprachen verfaßt. Aber es gibt ja noch die Zeitung von gestern, wenn alle Stricke reißen sollten.«

»Ich muß es tun«, erwiderte Henry ziemlich zusammenhanglos. »Es geht nicht anders.«

»Wo ein Wille, da ist auch ein Weg«, meinte sie. »Du hast einfach nicht den Willen, Henry. Du glaubst eben nicht, daß die Welt meinetwegen gern untergehen könnte.«

»Ich habe einen Willen zu dem, was nützlich ist«, sagte er in einem solch ernsten Ton, daß sie zusammenzuckte.

»Das weiß ich doch, Liebster«, sagte sie. »Ich hoffe, ich ärgere dich doch nicht, oder? Es klang so, als würdest du irgend etwas fürchterlich Wichtiges tun, wovon ich nichts wußte.«

Darauf wußte er keine Antwort. Er schlenderte fort und blieb vor dem Fenster stehen, wo er in den frostig klaren Tag hinausblickte. Er wagte es nicht, sie zu umarmen, aus Furcht, sie könnte sein Herz klopfen spüren, wie es nie aus Liebe zu ihr geklopft hatte; auch zu sprechen wagte er nicht, um ihre empfindliche Wahrnehmung nicht mit dem Unterton seiner Stimme dazu zu verführen, darüber nachzugrübeln, was er vorhaben mochte. Einzusehen, was getan werden mußte, war eine Sache; und wenn Nancy nicht gewesen wäre, wäre es ihm sicherlich nicht schwergefallen, dachte er. Doch beim Mittagessen neben ihr und dem »Opfer« zu sitzen? Würde sie, sofern sie davon erführe, jemals Verständnis dafür aufbringen? Das mußte sie, das mußte sie! Tat sie es nicht, dann hatte er seinem Großvater zu recht gesagt, daß alles bereits verloren war. Doch wenn sie es tat, wenn sie mit Klarheit erkannte, daß das Leben ihres Vaters etwas Geringes war im Vergleich zur Wiederherstellung der Tarots, damit es in Zukunft einen Weg hinein in den mystischen Tanz geben konnte, damit sie beide ihn mit eigenen Augen von innen heraus sehen konnten, dann würden sie aus diesem Inneren heraus – und zwar erfolgreicher als Joanna – die geringeren Elemente vielleicht beherrschen können, um möglicherweise einen Erben ihres Wissens in die Welt hinauszusenden. Wenn sie dabei untergehen sollten, so um einer gewaltigen Anstrengung willen, und keinem geringeren Wesen, ob es nun Nancys Vater sein mochte oder sein eigener – und mochte es sogar Nancy selbst sein, wenn sie geringer werden sollte – durfte gestattet werden, dem im Wege zu stehen. Sie würde es verstehen, wenn sie es erführe; doch bevor sie noch mehr erfahren und gelernt hatte, wagte er nicht, es ihr mitzuteilen. Es wäre, sagte er sich, grausam; er mußte die Entscheidung für beide allein treffen.

Die düstere Entschlossenheit hing wie eine graue Wolke, die Tag und Raum verdunkelte, über der Mahlzeit und ihren Teilnehmern, die von dem Ziel, welches zwei von ihnen anstrebten, bedrückt wurden. Aarons Augen richteten sich zuckend und ängstlich auf die Frauen, die zu unterhalten seine Aufgabe war; ein oder zwei Male blickte Henry mit plötzlicher, scharfer Entscheidung zu Mr. Coningsby auf, der unbeirrt über weihnachtliche Festessen sprach, die er erlebt hatte, über das Mittagessen im allgemeinen, über das ideale Mittagessen, über die Entdeckung des Kochens, des Feuers, der Gasfeuer, der Luft, des Raums, über zeitgenössische Naturwissenschaft, über die Naturwissenschaft und ihre Darstellung in der Presse, über den gegenwärtigen Zustand des Zeitungswesens und über andere Dinge. Sybil unterstützte ihn, gesprächiger als sonst, weil die drei anderen schweigsamer waren. Nancy fühlte sich unerwartet müde und kalt, obwohl es im Zimmer warm genug war. Eine natürliche Reaktion auf eine Entmutigung bemächtigte sich ihrer, eine natürliche – und doch für sie unnatürliche – Enttäuschung über Henry. Ihre Augen suchten ihn in Abständen, bereit, sich besänftigen zu lassen und sich wieder zu freuen, doch kein Auge erwiderte ihren Blick. Sie sah ihn einmal, wie er auf seine eigenen Hände starrte, und sie musterte sie ebenfalls, ohne Freude, als wären sie zwei fremdartige Instrumente, die an einem kaum verstandenen Experiment arbeiteten. Die dunkle Haut, die langen Finger, die schmalen Handgelenke – die Hände, die die ihren geschlagen und gestreichelt hatten, denen sie freigiebig ihre Küsse geschenkt, die sich gedrückt und liebkost und geneckt hatte – sie waren ihr so fremd, daß sie ihre Vereinigung mit ihnen seltsam erscheinen ließen; sie waren unmenschlich, und ihre Unmenschlichkeit kroch tief in die Kälte ihres Seins hinein. Ihr Blick überflog den Tisch: fünf Händepaare, die sich dort bewegten, alle fremd und unbegreiflich. Des Greifens fähig . . . Affen, die in Bäumen schaukelten . . . nein, keine Affen . . . etwas, das mehr war als Affen. Sie spürte, wie Sybil sie anblickte, verweigerte ihr aber den Antwortblick. Die Stimme ihres Vaters trieb sie fast zur Weißglut; noch immer redete er – dummes, wahnwitziges Geplapper. Er – Amtsleiter einer Heilanstalt! Er war doch selbst ein Irrer, ein um so schlimmerer Irrer, weil er nicht zu entmündigen war. Ach, warum starb er denn bloß nicht?

Eine Gabel und ein Löffel klirrten hell. Mr. Coningsby sagte gerade, daß Gabeln erst mit Königin Elisabeth I. eingeführt worden waren. Völlig unerwartet sagte sie: »Zu Swifts Zeiten pflegten die Leute zu sagen: ›Königin Elisabeth ist tot‹, anstatt ›Königin Anne ist tot‹.«

Henrys Hand zuckte auf dem Tischtuch zusammen, wie ein Reptil, das gerade unter dem Tisch hervorgekrochen war. In perverser Stimmung fuhr sie fort: »Wußtest du das, Henry?«

Abrupt antwortete er: »Nein«, und die Silbe klang so scharf, daß alle fünf in Schweigen verfielen, in ein Schweigen, in dem sowohl Elisabeth als auch Anne aus einer Welt, die sie kannte, in eine Welt, die sie sich nicht vorstellen konnte, hätten überwechseln können. Sybil brach es, indem sie sagte: »Ich glaube, es war wohl der Wechsel der Dynastie, der ihrem Ende solche Wichtigkeit verlieh, oder? Es hat noch nie jemand gesagt ›George II. ist tot‹, nicht wahr?«

»Ist das alles nicht etwas morbide?« fragte Aaron mit einem hohen Krächzen, als hätte das Reptil aus Nancys Vorstellung zu sprechen begonnen. Kalt . . . kalt . . . und kalte Dinge, die dissonante Geräusche machten. Ach, das ging doch nicht an: sie verhielt sich wirklich töricht. Sie unternahm eine Anstrengung, sich selbst daran zu mahnen, daß es Mr. Lee war, der da sprach – und es war ein düsteres Gespräch. Nein, nicht so sehr düster wie schrecklich. Jeder verhielt sich unnatürlich – Henry war jedenfalls unnatürlich, und ihr Vater war geradezu überwältigend natürlich, und Mr. Lee . . . der sagte gerade etwas anderes. Sie lenkte ihre Aufmerksamkeit darauf.

»Wir besitzen einige Manuskripte«, sagte er, »die Sie sich vielleicht heute nachmittag anschauen möchten. Einige Gedichte, ein Teil eines Tagebuchs, ein paar Briefe.«

»Das würde ich sehr gerne tun«, sagte Sybil. »Was für ein Mann ist er denn gewesen?«

»Ich fürchte, ich habe sie nicht sorgfältig genug gelesen, um das zu wissen«, erwiderte Aaron. »Natürlich war er enttäuscht. Die Sache war verloren, und mit ihr seine Karriere.«

Sybil lächelte. »Das hat er geglaubt?« fragte sie. »Wie töricht von ihm!«

Henry sagte: »Ist es denn töricht, wenn man sich einer Sache verschreibt und stirbt, wenn sie verloren ist?«

»Es ist vielleicht ein wenig maßlos, meinen Sie nicht?« meinte Sybil. »Man kann vielleicht lieber sterben, als eine Sache aufzugeben, aber wenn die Sache einen aufgibt . . .? Es sind rührende Kreaturen, Ihre einsamen Romantiker. Sie können es nicht ertragen, im Irrtum zu sein.«

Nancy erschauerte wieder. Nicht einmal Sybils wunderschöne Stimme konnte es verhindern, daß das Wort »Irrtum« einen sehr schweren, fatalen Unterton bekam. »Im Irrtum« – völlig im Irrtum befangen. Alles zu verwechseln, worin sich das Leben konzentriert hatte, im *Irrtum* zu sein, einfach nur zu *irren* . . . Oh, endlich endete die Mahlzeit. Sie stand auf und folgte ihrer Tante und Aaron ins Gesellschaftszimmer, sich selbst verabscheuend und alle anderen und ganz besonders die Manuskriptreliquien des unglückseligen Peers.

Henry verabschiedete sich von Mr. Coningsby. »In welche Richtung wollen Sie gehen?« fragte er.

»Ich gehe bis zum Dorf und zurück«, erwiderte sein Gast. »Sollte ich dem Vikar begegnen, werde ich ihm zu dem Gottesdienst heute morgen gratulieren – der war intelligent, knapp und passend. War auch eine sehr hübsche kleine Predigt. Unaufdringlich und überzeugend.«

»Worum ging es denn dabei?« fragte Henry und versuchte gegen seinen Willen, den anderen aufzuhalten. Er musterte ihn neugierig: »intelligent, knapp und passend« waren kaum die richtigen Worte, um das zu beschreiben, was sich um den Sprechenden zu hüllen begann. Der gepflegte Turm seines Lebens wankte bereits, und es war Henrys Hand, die dagegen drückte.

»Oh, über gütiges Verhalten – und gerechtes«, sagte Mr. Coningsby. »Sehr geeignet für die Dorfbewohner, die hier die Kirche besuchen. Aber ich will keine Zeit vertrödeln. Ich gehe jetzt.«

»Passen Sie auf, daß Sie auf dem Rückweg an der Abzweigung auch den linken Weg nehmen«, sagte Henry.

»Schön, schön, den linken«, erwiderte Mr. Coningsby und war auch schon verschwunden. Henry ging seiner eigenen Wege – nicht ins Gesellschaftszimmer, wo Nancy ihn von ganzem Herzen, doch sehr im Gegensatz zu ihrer Stimmung, erwartete, auf daß er für ein paar Minuten vorbeischaute. Er tat es nicht. Sie verwünschte sich selbst und starrte weiterhin auf das Tagebuch des Peers, das wirklich sehr deutlich den Stempel des achtzehnten Jahrhunderts trug. An dem Geplauder der beiden anderen nahm sie nicht teil. Sybil begann, ein Gedicht laut vorzulesen.

An Clarinden: Einen Brief betreffend

Ach, grausame Clarinda, zeigt mir nur dies Papier
Was bleibt von deiner Gunst, daß ich es wisse hier?
Mag auch die Stadt dich halten, o du meineid'ge Maid,
Mag nicht Gedanke meiner die Tore sprengen weit?
Ward ich vergessen gar, da ich wohl von dir schied?
Vergißt mein treues Herze du nun also schnöd?
Verzweiflung ist für dich ein angenehmer Schmerz
Vom liebestrunk'nen Schäfer geheuchelt nur im Scherz;
Doch, ach, in mir da ist sie Gefühles wohl genug,
Und ebenso verhaßt wie verarmter Freuden Trug –

»Verarmter Freuden Trug« – Nancy wußte, daß es genau dies war, was sie empfand, und sie wußte, wie abscheulich das war. Gleichzeitig merkte sie, daß sie müde war – ach, so furchtbar müde. Sie mußte den Raum verlassen, sich hinlegen und ausruhen; dann würde es ihr zum Tee schon besser gehen. Und vielleicht würde Henry dann auch wieder Zeit haben, so daß verarmte Freude sich nicht mehr selbst zu betrügen brauchte. Als die Lesung des Gedichts beendet war, sagte sie – dem armseligen Peer in Undankbarkeit ungewogen: »Ein besonders guter Dichter war er wohl nicht gerade, wie? Wahrscheinlich hat Clarinda ihm einfach nur den Laufpaß gegeben. Mr. Lee, würden Sie mich für eine schreckliche Banause halten, wenn ich mich jetzt hinlegte, um etwas zu schlafen? Ich kann kaum noch die Augen aufhalten.«

»Aber natürlich, aber natürlich«, sagte Aaron, »ganz wie Sie wünschen. Es tut mir sehr leid. Sie sind doch wohl nicht übernächtigt, oder?«

»Nein, o nein!« protestierte Nancy. »Es ist nur . . . es ist nur . . . daß ich unglaublich müde bin. Ich weiß selbst nicht, was über mich gekommen ist.«

Als er zur Tür schritt, um sie ihr aufzuhalten, lächelte sie ihre Tante an. Sybil sagte mit leiser Stimme: »Zu lieben ist eine anstrengende Sache – lieben zu lernen, meine ich. Schlaf gut, Liebste.«

Wenigstens träumte sie nicht, es sei denn, daß die plötzliche Vision von ihrem von einer hohen Klippe stürzenden Vater ein Traum war, aus dem sie jäh erwachte. Sein Schrei hatte sie geweckt; war es das – oder der heulende Wind? Irgend etwas drückte gegen die Fensterscheiben; einen Augenblick glaubte sie, es sei ein bleiches Gesicht, das ins Zimmer starrte, doch dann merkte sie, daß es Schnee war – schwerer, entsetzlicher Schnee. Verwirrt blickte sie ihn aus zusammengekniffenen Augen an. Das Wetter hatte sich völlig verändert: draußen war es dunkel und doch, vom unbeleuchteten Zimmer aus betrachtet, weiß vor Schnee. Der Wind – oder Schrei – ertönte aufs neue, als sie sich, noch im Halbschlaf befangen, am Bett festklammerte und hinausstarrte. Ihr Vater – er mußte inzwischen zurückgekehrt sein. Es war schon fast fünf. Ihr Vater – Gesichter, die nach ihm suchten – ihr Vater, der einen Schrei ausstieß. Sie lief mit unsicheren Beinen zur Tür und eilte, von einer nie gekannten Furcht getrieben, in die Empfangshalle. Dort waren Sybil und Aaron – Sybil im Mantel, Aaron protestierend, sich erbietend . . . Nancy lief auf sie zu.

»Hallo«, sagte sie. »Tante, du willst doch wohl nicht ausgehen, oder?«

Sybil erwiderte etwas, das im Lärm des Schneesturms verlorenging. Nancy blickte sich um. »Wo ist Vater?«

»Draußen«, sagte Sybil. »Ich wollte ihm gerade entgegengehen.«

»Ist er noch nicht zurück?« fragte Nancy. »Aber dann findet er den Rückweg doch nie . . .« Wenn sie doch nur nicht davon geträumt hätte, daß er von einer Klippe gestürzt war. Es gab hier keine Klippen. Aber er hatte geschrien.

»Aber das ist doch absurd«, sagte Aaron. »Henry wird gehen. Ich werde ihn rufen. Dem Chauffeur habe ich freigegeben, aber Henry wird gehen.«

Nun wich der Schlaf langsam von Nancy, doch dafür packten sie Angst und Kälte. Ihr Vater hätte schon längst zurück sein müssen – und wo *war* Henry denn nun eigentlich? Er konnte doch unmöglich immer noch arbeiten, bei diesem Tumult. Er und ihr Vater fehlten – und ihre Tante wollte hinausgehen – und sie?

»Ich gehe«, sagte sie. »Du darfst nicht gehen, Tante. Ich mache das schon.«

»Du«, sagte Sybil, »kannst Henry suchen gehen. Wir können Mr. Lee schließlich nicht alles allein machen lassen. Ich bin sicher, daß es deinem Vater gut geht, aber vielleicht ist er froh, wenn man ihm einen stützenden Arm reicht. Selbst wenn es nur meiner ist. Hilf Mr. Lee dabei, die Tür zu schließen.«

Wenn ihr Vater den falschen Weg genommen haben sollte – wenn Hände ihn auf den falschen Weg führten – wenn er gestoßen –

Sybil öffnete die Tür. Der Wind schlug ihnen gegen die Kehle und ließ sie beinahe ersticken; dann peitschte ihnen der Schnee ins Gesicht. Über die Schulter gewandt sagte Sybil: »Es ist ein ziemlich dichtes Schneegestöber.«

»Nein, geh nicht!« rief Nancy. »Dann wirst du auch noch über den Rand geweht. Was kannst du denn schon ausrichten?«

»Du gehst und suchst Henry«, erwiderte Sybil und stemmte sich gegen den Wind. »Ich erhebe mich zum Mysterium der Liebe.« Einen Augenblick ragte die große Gestalt vor dem Sturm empor, der um sie herum und hinter ihr tobte, dann machte sie einige Schritte nach vorn und verschwand aus dem Gesichtsfeld. Aaron kämpfte verzweifelt mit der Tür, um sie zu schließen; die Sorge stand ihm im Gesicht geschrieben. Es hatte nicht in seiner Absicht gestanden, daß Sybil ebenfalls den

Kräften ausgesetzt werden sollte, die dort draußen wüteten. Doch es war ihm nicht gelungen, sie zurückzuhalten. Nancy sprang in einem Ausbruch von Zorn gegen sich selbst vor, um ihm zu helfen. Danach drehte sie sich um und lief davon, um Henry zu suchen. Wo war Henry? Ein Schrecken pochte in ihrem Inneren: Henry und ihr Vater – ein Schrei im Sturm. Sie rannte zu seinem Zimmer; er war nicht dort. Sie stürzte wieder hinaus – in andere Zimmer; sie jagte durchs Haus und konnte ihn nicht finden. Ob er in dem Raum mit den Bildern war? Doch Aaron war ebenfalls verschwunden, und der Wind heulte immer lauter ums Haus. Sie stürzte in die Küche, wo die Dienstmädchen mit entzücktem Schrecken den Sturm verfolgten – »Mr. Lee? Wo ist Mr. Lee?« Bevor sie auch nur stammelnd ihre Mitteilung hervorbringen konnten, daß sie es auch nicht wußten, war Nancy auch schon wieder fort. Nun, wenn er nicht da war, würde sie eben ohne ihn gehen. Sie *mußte* es einfach tun. Sie stürzte in ihr eigenes Zimmer, und während sie ihren Mantel hastig überzog, blickte sie aus dem Fenster hinaus, in der vagen Hoffnung, vielleicht durch unwahrscheinlichen Zufall die Gestalt ihres wiederkehrenden Vaters zu erblikken, obwohl ihr Zimmer (hätte sie klar denken können) zur Terrasse an der Seite des Hauses hinausging. Doch da erblickte sie Henry.

Er stand an einem Ende der Terrasse, schräg vorgebeugt, um aus der Entfernung den Weg beobachten zu können, der ins Dorf führte, und um selbst ungesehen zu bleiben, wenn man vielleicht von ein oder zwei höhergelegenen Fenstern absah. Dort stand er nun; im dichten Schneetreiben konnte sie seine Gestalt nur schwach ausmachen, doch er war es – ganz sicher war er es. Sie konnte sich nicht vorstellen, was er dort tat; er konnte unmöglich Ausschau nach ihrem Vater halten – das wäre doch töricht. Er mußte einen Grund dafür haben, doch welcher Grund das auch immer sein mochte, der mußte warten; seine Aufgabe war es nun, mit ihr zu kommen. Sie rannte aus dem Zimmer, die Treppe hinab, durch einen Korridor, der zu einer kleinen Tür führte, die sich wiederum auf das andere Ende der Terrasse öffnete, direkt neben dem Gesellschaftszimmer, das die untere Hausecke einnahm. Sie würde dann nur noch dreißig Meter bis zu Henry zurückzulegen haben. Sie öffnete die Tür und erkämpfte sich verzweifelt ihren Weg ins Freie.

Im nächsten Augenblick wußte sie nur noch, daß der Wind sie gegen die Hausmauer geschleudert hatte, wo er sie festdrückte und ihr den Atem raubte. Seine Knüttel schlugen auf sie ein; gemeinsam drohten Wind und Schnee sie zu ersticken. Sie drehte das Gesicht zur Wand, atmete schluchzend einige Male ein und aus und rief einmal: »Henry!« Nur einmal, denn sie konnte ihre eigene Stimme kaum vernehmen, und mit dem Rest ihrer Intelligenz sparte sie sich ihre Luft für andere Vorhaben auf. Henry konnte es doch unmöglich im Freien aushalten; der Wind peitschte und schund sie erneut und drückte sie gegen die Mauer. Einen Augenblick lang vergaß sie alles und streckte die Hand nach der Türöffnung aus, um sich in Sicherheit zu schleppen. Doch kaum hatte sie den Rand der Öffnung berührt, als sie sich davon auch schon wieder losriß. Nein, Henry war nicht im Haus, er war hier draußen; und ihre Aufgabe war es, zu ihm zu gelangen. Sie begann, sich die Wand entlangzutasten. Er hatte am gegenüberliegenden Rand der Terrasse gestanden; wenn sie also der Mauer folgte und schließlich, wenn nötig, auf Händen und Knien zu ihm hinauskroch, mußte sie ihn finden. Es sei denn, er hatte sich entfernt . . .

Sie wagte einen Blick zurück über die Schulter. Der Wind folgte trotz seiner Heftigkeit einem rhythmischen Muster; kreischend erreichte er einen Höhepunkt, um dann wieder abzuflauen und einmal mehr an Wucht zu gewinnen. In einer seiner Pausen blickte sie genauer hin und sah nur den fallenden Schnee. Es gelang ihr gerade noch rechtzeitig, den Blick wieder abzuwenden, um einem Stoß auszuweichen, der sie wie eine riesige Keule zu zerschmettern drohte, und so kämpfte sie sich die Mauer entlang. Tante Sybil war bei diesem Unwetter draußen, und ihr Vater auch, und Henry. In Gottes Namen, warum Henry? Ihr Vater durch Zufall, und Sybil durch – durch Liebe. Liebe! Ach, wenn sie nur hier wieder rauskam, konnte jeder soviel Liebe haben, wie er nur wollte. »Nein, nein«, keuchte sie. »Nein, Liebling. Es tut mir leid.« Sie blickte sich wieder um und sah – nicht Henry, sondern eine andere Gestalt. Im Schnee, durch die Luft springend, dem neuerlichen Windstoß voranjagend, der sie blendete und würgte, schoß eine wilde Gestalt voran, in jeder Hand eine Art Stab haltend, gefolgt von einer zweiten, gleichartigen. Sie sah die schwingenden Keulen, sie hörte das Kreischen – den kreischenden Wind – und verlor beinahe den Halt, als er mit vermehrter Wucht wieder gegen sie schlug. Einige Minuten klammerte sie sich an die Mauer; wahnwitzige Erinnerungen, die die Krise der letzten halben Stunde aus ihrem Geist vertrieben hatte, kehrten zu ihr zurück. Der Tod mit der Sichel – Erde von den Leugnern – der Zigeuner, der den Sturm über die Armada sandte – und die Kräfte des Windes schrillten wieder, als würden sie einmal mehr die zerbrochenen Schiffe mit den abgeknickten Masten erblicken, die vor ihnen durch die tosenden Meere trieben. Henry – wo war Henry? Was machte Henry dort draußen am Rande der Terrasse? Bevor sich der Gedanke in ihrem Geist ausbilden konnte, schrie sie selbst auf – in einem protestierenden Schrei: »Henry, mein Liebling, nicht, tu es nicht!« Und noch während sie das tat, setzte sie ihren Kampf fort, einem Ende entgegen, das sie sich nicht vorzustellen wagte. Was immer es sein mochte, es mußte dort sein; Sybil hatte ihr aufgetragen, Henry zu finden – doch Sybil mußte inzwischen tot sein; nichts konnte in diesem Sturm überleben, ebensowenig wie die spanischen Schiffe, die gegen die schottischen Felsen geschleudert worden waren. Sybil mußte tot sein – nun, dann lag alles nur noch bei ihr; sie mußte dem Befehl von etwas Folge leisten, das größer war als sie selbst. Und wenn Sybil nicht tot sein sollte – Sybil, die den Narren in Bewegung sah, die gesagt hatte: »Versuch es, Liebes.« »Versuch es« – und sie kroch die Hausmauer entlang. Obwohl der Tod auf sie zujagte, obwohl der Gehenkte sie anblickte, obwohl der Turm über ihr einstürzte, obwohl sich vor ihr auf dem Weg ein Skelett erhob – »Erhebt euch zum Mysterium der Liebe.« Sie riß sich empor, bis sie aufrecht stand und wirbelte mit Leidenschaft herum, um sich dem Wind und dem Schnee entgegenzustellen.

Irgend etwas, fernab, unter ihnen, bewegte sich: irgend etwas jagte auf und ab. Sie zwang sich, einen Schritt von der

Mauer fort zu tun: dort war das Ende, dort war es, wo die Liebe sie haben wollte, dort war sie also selbst, abgesehen von der kleinen Unbequemlichkeit, dorthin zu gelangen; noch ein Schritt; noch einer – die schiere Wucht des Sturms riß sie nieder, ließ sie stolpern, auf ein Knie sinken. Von dort aus blickte sie zu jenen sich bewegenden Gestalten empor und erkannte sie als Hände. Gleichmäßig, monoton fuhren sie auf und ab, etwas haltend; sie waren riesig, gigantisch – wie ihre eigenen Hände ihr in dem goldenen Nebel erschienen waren. Wie ihre eigenen in dem goldenen Nebel, so schwebten diese in den weißen Schneewolken, und der Schnee fegte aus ihnen hervor. Auf einem Knie ruhend, kämpfte sie sich weiter – um einem anderen Schrecken zu begegnen, einem, den sie vage spürte, doch ganz anderer Art. Wenn dieser andere wahr war, dann ließ sich all dies beenden. Die großen Hände fuhren wieder herab, und kolossale Schneeflocken trieben in einer frischen Bö auf sie zu, die sie auf Hände und Knie zwang. Doch sie kroch und schleppte sich weiter; sie war fast am Ziel; sie war unter ihnen – diesen schrecklichen Verursachern des Sturms. Sie kniete aufrecht, sie schlug nach ihnen und verfehlte sie, sie waren nach außen geschwungen, und als sie wieder zurückschwangen, griff sie wild mit beiden ausgestreckten Händen nach ihnen. Sie bekam sie zu fassen, hielt sie fest, doch als sie sich in erster Überraschung wehrten, nach oben zurückwichen, sie wieder auf ihre Beine emporzogen, da glitt etwas, das sie hielten, davon und war auch schon verschwunden. Sie klammerte und krallte sich an ihnen fest, hielt sie und drückte sie zurück, und als sie es tat und mit ihnen zusammen vorwärtsgezogen wurde, stürzte sie vornüber und wußte plötzlich, daß sie auf Henrys Brust lag.

In Konzentration versunken und in die Bewegungen des Zaubers vertieft, merkte er nicht, daß sie in seiner Nähe war, bis plötzlich seine Hände gepackt wurden, er sie ungestüm zurückriß und die graubemantelte Gestalt aus dem Sturm zu sich emporzog. Noch bevor er sich versah, drückte sie gegen sein Herz; ein kurzer Krampf des Schreckens überfiel ihn, eine Furcht, etwas Unbekanntes könnte sich gegen ihn gewandt haben, ein Elementarwesen, ein Stabträger könnte herbeigeschlichen sein, um seinen Herrn zu umarmen. Er schrie auf, besann sich, betrachtete die Gestalt genauer und stieß erneut einen Schrei aus – diesmal einen der Wut. »Du Närrin!« schrie er. »Du Närrin! Du hast die Karten fortgeschlagen!« In seiner Hand hielt er nur noch einige wenige der Blätter; als er sie im Dämmerlicht beäugte, erblickte er lediglich die vier Hofkarten; die anderen waren, als sie nach ihnen gegriffen hatte, aus seiner Hand gerutscht oder davongeweht und taumelten nun durch den Wind, der aus ihnen emporstieg, von Kraft und Macht berstend, unstet und jenseits aller Kontrolle. Obwohl sie schwer gegen ihn drückte, trat er ein oder zwei Schritte vor, doch sie schlang die Arme um seine Schultern und es gelang ihm nicht, sie abzuschütteln. Die Katastrophe – die doppelte Katastrophe, denn nun waren die magischen Geräte verloren, und der wilde Wirbelwind war gänzlich entfesselt worden – krampfte sein Herz zusammen. Wie vom Schlag gerührt, blieb er stehen. Sie hob leicht den Kopf. »Henry, bitte nicht«, murmelte sie.

»Du hast es beendet«, sagte er. Nun konnte es keine Geheimnisse mehr geben. Auf völlig andere Weise, als sie es beide gewünscht hatten, hatten sie alles voneinander erfahren und durften nun offen sprechen.

»Hör jetzt damit auf«, drängte sie. »Liebling, tu's nicht. Nicht auf diese Weise!«

»Ich kann den Sturm nicht aufhalten«, sagte er. »Ich habe die Karten nicht mehr. Du hast – hinein mit dir, hinein mit dir! Wir dürfen nicht hier draußen bleiben. Jetzt kann alles mögliche passieren.«

In diesem gewaltigen Ende ihrer beider Verlangen wußten sie nicht mehr zu klagen. Der Turm, den jeder von ihnen errichtet hatte – das Babel ihres jeweils begehrten Himmels –, war im Tumult ihres widerstreitenden Willens und ihrer gegensätzlichen Sprache eingestürzt, und in ihren Herzen herrschte eine schreckliche Stille. Sie waren in einer unausgesprochenen Einigkeit der Verzweiflung miteinander vereint. Er akzeptierte den um seine Schultern liegenden Arm, legte seinen eigenen um sie. »Zurück«, sagte er, »zur Mauer, zur Tür. Komm.«

Noch immer jagte der Sturm um sie herum in die Höhe und

Weite empor und hinaus, so daß sie zunächst etwas unbeschwerter vorankamen. Doch bevor sie die schützende Mauer erreichten, breitete er sich auch schon mit noch größerer Heftigkeit aus; eine Schlacht tobte in der Luft, und nun war das Firmament, das zuvor nur in der Ferne, dort wo die herbeibeschworene Störung darauf traf, aufgewühlt worden war, selbst in Bewegung geraten. Allenthalben herrschte natürlicher und übernatürlicher Aufruhr. Einmal wurde Nancy von ihm fortgerissen, und nur wie durch Zufall fanden ihre wild um sich greifenden Hände sich wieder, wild von dem einzigen Verlangen nach der Selbsterhaltung getrieben und aus ihm ihre Kräfte schöpfend. Zweimal wurden sie in der sich bereits aufhäufenden Schneemasse zu Boden gedrückt und mußten sich auf allen Vieren weiterschleppen, bis eine zufällig entstandene und örtlich begrenzte Schwächung ihres Gegners es ihnen ermöglichte, sich wieder aufzurichten. Sie wurden gegen die Mauer geschleudert; vom wahnwitzigen Toben der Elemente gepackt, konnten sie sich nicht mehr bewegen. Endlich, fast schon am Ende ihrer Kräfte, erreichten sie den Schutz der Türöffnung. Sie taumelten durch das Schneetreiben, das sich dort bereits bildete, und nun wurde neue Anstrengung von ihnen gefordert. Doch es war auch menschliche Hilfe in der Nähe. Henry, halb geblendet, torkelte zur Küche, rief die Dienstmädchen und befahl einem von ihnen, ihm beim Schließen der Tür zu helfen, während die andere sich um Nancy kümmerte. Mit letzter Anstrengung sorgte er dafür, daß die Tür verschlossen und verriegelt wurde; dann stürzte er im Gang zu Boden und verlor das Bewußtsein um sein Ziel, sein Scheitern und das, was er erreicht hatte.

IX Sybil

Sybil Coningsby trat in den Sturm hinaus und versuchte etwas zu erkennen. Das wurde zunehmend schwieriger, und die Heftigkeit des Windes ließ sie wanken und brachte sie in Bedrängnis. Mit Körper und Geist gab sie etwas nach; sie wußte genau, daß sie den Widerständen der Welt selbst keinen entschiedenen Widerstand entgegensetzen konnte. Als ihr Körper taumelte und sich unter dem Druck der Böen seitlich fortschieben ließ, gab sie sich der einzigen Sache hin, die sie in ihrem Leben als sicher und gewiß erkannt hatte: Selbst in diesem Augenblick erhob sie sich zu der gewaltigen Güte der Liebe. Vor dem Wind gab sie Raum, doch nicht in Kraftlosigkeit und Unvermögen, sondern eher wie ein Gläubiger angesichts der äußeren Manifestationen der Gottheit auf die Knie sinkt, auf daß er noch vollkommener eins mit dem Manifestierenden werden möge. Zögernd, wie um ebenso wie sie die herrliche Verheißung seiner Ankunft zu genießen, war die Verheißung doch da und traf auch – wie stets – ein. Sie gewann ihr Gleichgewicht zurück, im Einklang mit den jeweiligen Erfordernissen des Augenblicks schwingend, und wurde aufs neue von der heiteren Ruhe, die ihre Gewißheit ihr schenkte, zugleich erfüllt und befriedigt.

Es befriedigte sie, doch sie gestattete es sich nur eine winzige Sekunde lang, sich dessen bewußt zu sein. Sie genoß die Zeit des Bewußtseins und der Dankbarkeit für dieses Bewußtsein, genoß sie im wortwörtlichen Sinne, denn Wissen und Dankbarkeit wurden eins, und Freude war ihre Vereinigung, doch diese Vereinigung wandte sich rasch einem neuen Thema und Mittelpunkt entgegen. Sie richtete sich auf Lothair Coningsby, und Lothair war bereits in ihr enthalten. Sie suchte sich keinen neuen Ort der Rast, sondern gab ihrer eigenen Ruhe eine neue Richtung, durch eine Bewegung, die kaum größer war als die Verlagerung des Akzents von einer Silbe auf die andere. Eine solch geringfügige Verschiebung, wie sie dem Wort eines Sprechers eine neue Bedeutung verleiht, verschaffte dieser reinen Befriedigung eine neue Sorge. Sie war sich ihres Bruders intensiv bewußt; sie zog das Wissen um ihn aus ihrem Inneren empor und gab es in ihrem Inneren zurück. Woge um Woge verwandelte der Ozean des Friedens sein »vielfältiges Gelächter« von einer seiner vieltausendfachen Konstellationen zur anderen. Und alles war so, weil es so war.

Ein solcher Zustand, in dem die Objekte ihrer Sorge nicht mehr von außen ihre Gedanken weckten, vom Zufall, von einer Ähnlichkeit oder einer pflichtbewußten Aufmerksamkeit ins Gedächtnis gerufen, sondern eher so, wie sie waren, in ihrer eigenen Welt existierten – ein Zustand, in dem sie wie durch dieselbe Energie ins Leben gerufen wurden, welche ihr tatsächliches Wesen hervorgebracht hatte –, war nicht leicht erreicht worden. Wie bei allen anderen war auch bei ihr das oberste Gut, das unveräußerliche Erbe des Menschen, mit der Hypothek der sich einmischenden Kontrolle ihres eigenen gierigen Verlangens auf falsche Weise belastet gewesen. Sogar als das wirkliche Gesetz entdeckt worden war, als sie erkannte, daß sie das Recht und die Macht besaß, alle Dinge zu besitzen, unter der alleinigen Bedingung, daß sie selbst ebenfalls besessen wurde, sogar dann noch war ihre Freiheit, sich hinzugeben, nur durch zahlreiche Konflikte errungen worden. Tage der Pein und Nächte des Gebets waren vergangen, während ihre einsame Seele entfleucht war; unschuldige Freuden waren ebenso wie schuldige Hoffnungen ausgehungert worden. Es hatte eine Zeit gegeben, da das natürliche Lachen, das ihrer natürlichen Intelligenz eignete, gedämpft worden war, Zeiten, in denen ihr Bruder bemerkte, daß »Sybil ziemlich erledigt« aussähe. Sie war schockiert gewesen, als sie dies hörte, schockiert wegen ihres Gefühls der Untreue, da sie glaubte, daß Vergnügen etwas sei, das jeder Mensch dem anderen schulde, teilweise um ihrer selbst willen, teilweise, um ihren zerbrechlichen Halt daran nicht zu zerstören. Pflichtbewußt hatte sie versucht, sich zu vergnügen und war gescheitert, doch während sie es versuchte, war ihr das wirkliche Geschenk in die Hand gegeben worden.

Sie konnte sich kaum noch daran erinnern, wann das Wort Liebe für sie die höchste Größe des Menschen zu bedeuten begonnen hatte; es waren mehrere Ereignisse gewesen, die es ihrem Geist aufgezwungen hatten: der Augenblick, da ihre Mutter, nur kurz vor ihrem Tode, zu ihr gesagt hatte: »Liebe, Sybil, wenn du es wagst; und wenn du es nicht wagst, dann gib es zu«; der ernste Gebrauch des Namens bei den großen Dichtern, vor allem bei ihrer jugendlichen Lektüre Dantes; ein Fanatiker in einer Eisenbahn, der ihr ein Traktat mit dem Titel *Liebe Gott oder fahr zur Hölle* überreicht hatte. Erst nach einigen Jahren war sie zu der Überzeugung gelangt, daß der Titel stimmte, nur daß man anstatt *fahr zur* wohl genauer *oder lebe in der Hölle* hätte formulieren müssen. Was das *Gott* betraf, so war sie sich auch im Zweifel gewesen. *Liebe* allein hätte eigentlich genügt; doch zuvor war es notwendig, daß man sich auf etwas konzentrierte, das sich von all ihren sterblichen Gefäßen unterschied; und je mehr man damit lebte, um so mehr stellte man auch fest, daß ihm tatsächlich sämtliche Attribute der Gottheit eigneten. Sie hatte versucht, zu genießen, und sie erinnerte sich lebhaft an den Augenblick, als sie, den Kingsway hinuntergehend, plötzlich begriffen hatte, daß es für sie keine Notwendigkeit gab, es zu versuchen oder zu genießen: Sie brauchte einfach nur still zu sein und diese erkannte Gottheit sich selbst freuen zu lassen, wie es ihrer allmächtigen Natur entsprach. Gelegentlich vergaß sie es noch immer; ihre Sterblichkeit trat immer noch, wenngleich selten, sprunghaft in Aktion und stürzte sie in Verwirrung und verhüllte das sublime Wirken des – des *Es*. Doch diese Augenblicke wurden immer und immer seltener; immer und immer sicherer wurde sie das Wirken jenes Fatums besessen, das die Liebe war. Denn von seinem Wesen her war es fatal; reich und asketisch zugleich, im selben Augenblick Tod und Leben spendend, über die Grenzen des Glaubhaften hinaus alles ersetzend, was es fortnahm – bis auf den individuellen Willen.

Nun stieg seine Kraft in ihr empor und erfüllte sie mit dem Gedanken an ihren Bruder. Als sie, von der Auffahrt kommend, die Straße erreichte, spähte sie so aufmerksam, wie es ihr möglich war, voraus, für den Fall, daß er ihr entgegengetaumelt kommen sollte. Ob sie ihn finden würde oder nicht, wußte sie nicht, doch anscheinend war es ihre Aufgabe, nach ihm zu suchen, sonst wäre da nicht diese feste Überzeugung in ihr gewesen, daß unter allen Menschen im Haus sie allein es war, die hinausgehen und ihn suchen sollte. Daß sie so leichtfüßig durch den Sturm schreiten konnte, wirkte nicht befremdlich auf sie; denn in Wirklichkeit war ja nicht sie es, die da ging, es war die Liebe, und die Liebe würde in ihrem eigenen Sturm natürlich in Sicherheit sein. Es war ein großartiger Sturm, ganz gewiß; sie bewunderte die Macht und die Kraft, die sich in ihm zeigte. Lothair, so dachte sie, würde ihn in diesem Augenblick wohl nicht sonderlich bewundern. Irgend etwas in ihr sehnte sich leidenschaftlich danach, ihm die Augen zu öffnen, auf daß sie beide glücklich durch ihn hindurchschreiten könnten. Und Nancy, und Henry – oh, und Aaron Lee und Ralph und allen, die sie alle kannten, bis sich ihr die Vision der Menschheit zeigte, die angesichts dieser stürmischen Schönheit frohlockte, und das Entzücken der Schöpfung antwortete dem Entzücken des Schöpfers, Freude, die in Freude triumphierte.

Die Wegabzweigung war die Stelle, wo Lothair womöglich

fehlgehen mochte: Hatte er den rechten Pfad genommen, so würde ihn dieser über die Downs fortführen. Was sollte sie tun, wenn sie an diese Stelle kam, ohne ihn vorher zu treffen? Sollte sie weitergehen oder selbst den anderen Weg nehmen? Sie hatte vor langer Zeit entdeckt, daß die Liebe erwartete, daß man sein Bestes gab, solche Fragen aus eigener Kraft zu beantworten, bevor man es Ihr überließ, zu entscheiden. Der Intellekt mußte bereits sehr geschärft worden sein, bevor Sie sich dazu herabließ, ihn zu benutzen. Also versuchte sie zu denken und stieß mit dem Fuß gegen etwas, das auf dem Weg lag.

Das war jedenfalls nicht ihr Bruder, dachte sie, und doch hatte es sich weich und lebendig angefühlt. Sie beugte sich vor, streckte die Hand aus, griff danach – es lag unmittelbar zu ihren Füßen – und hob es auf, nur um festzustellen, daß es ein recht großes Kätzchen war. Sie hatte nicht die leiseste Vorstellung, woher es stammen mochte – wahrscheinlich aus dem Haus der Lees. Sie wärmte, streichelte und koste es, bis das halberfrorene Tier sie zu beachten begann, dann öffnete sie einen Knopf ihres Mantels und steckte Hand und Gelenk, auf denen das Kätzchen zufrieden schnurrend ruhte, hinein. Sybil schritt weiter und dachte lächelnd, daß Lothair vielleicht an ihr vorbeigekommen und inzwischen in Sicherheit war; die Macht, die sie beherrschte, war durchaus dazu imstande, sie aus dem Haus zu treiben, um ein Kätzchen aus der Kälte zu erretten. Wieder pries sie Sie: Vielleicht gehörte das Kätzchen einem Kind im Dorf, und sie unternahm diesen Viermeilengang durch einen Schneesturm nur, um ein Kind und ein Kätzchen glücklich zu machen. Lothair, dachte sie, würde davon ehrlich verwundert sein, und (so dachte sie etwas trauriger) während er ehrlich verwundert war, würde er wahrscheinlich nicht dazu geneigt sein, deswegen einen Gang im Schneesturm zu unternehmen. Also würden alle zufrieden sein.

Der Sturm ließ etwas nach, und sie fand sich an der Weggabelung wieder. Und dort, auf der gegenüberliegenden, völlig falschen Seite kauerte eine Gestalt neben einer Hecke. Der Schnee hatte bereits begonnen, sich um sie herum aufzutürmen; Wind und Flocken schienen auf sie einzustürmen und sich auf sie zu konzentrieren. Sybil lief, das Kätzchen fest in der

Hand haltend, schnell über die Straße. Einen Augenblick lang wähnte sie im Laufen eine weitere Gestalt zu erkennen, die aus dem treibenden Schnee hervorwuchs – eine große Gestalt, welche die weißen Stufen der Schneeflocken hinabsprang und, am Boden angekommen, im Kreis um den zusammengesunkenen Menschen herumlief. Vor ihr schimmerte es wie von fahlem Gold, wie eine Spiegelung ihrer selbst, da keine Unterbrechung des Sturms es der untergehenden Sonne gestattete, die Welt zu erhellen, und die Gestalt tanzte in der Luft und am Boden, auf Händen, die nach dem Opfer griffen. Sie schienen ihn zu berühren, wie es die Hand Gottes in der Sixtinischen Kapelle auf ewige Zeiten mit dem erwachenden Adam tut, und als sie sie erreichte, verschwand sie. Nur für einen kurzen weiteren Augenblick bemerkte sie, wie das Schimmern des fliegenden Goldes in der Luft verschwand und sich im Weiß und der Düsterkeit verlor. Dann hatte sie ihn erreicht; sie beugte sich hinab; sie berührte eine Schulter, hielt und schüttelte sie sanft. Sie kniete sich in den Schnee, um ihn besser erkennen zu können: es war Lothair. Sein Hut war fort; seine Brille war fort; sein Mantel war ihm halb vom Leib gerissen worden und flatterte lose; als sie mit einer Hand versuchte, den Mantel wieder um ihn zu ziehen, stellte sie fest, daß alle Knöpfe abgerissen waren. Er war blau angelaufen und erschlafft.

»Was für eine Aufgabe, Leiter einer Heilanstalt zu sein«, dachte Sybil, »und wie sehr der Gute doch einem Säugling gleicht! Und wie er diesen Gedanken verabscheuen würde! Lothair! Lothair, Liebster! Lothair!«

Er nahm keine Notiz davon, außer, daß er sich zu entspannen und noch tiefer niederzusinken schien. »Ach, Liebster«, seufzte Sybil, »und ich kann das Kätzchen doch nicht absetzen!« Sie zog an dem Mantel, bis er ihn mehr oder weniger umhüllte; dann stand sie auf, legte den linken Arm um seine Schultern und versuchte mit einer gewaltigen Anstrengung, ihn ebenfalls aufzurichten. Es war unmöglich; er war zu schwer und unempfänglich. Sie beruhigte sich selbst – entweder würde die Liebe ihn emporheben, oder die Liebe würde die Krise, die sie umfing, auf andere Weise zufriedenstellend und restlos lösen. Die vielgeübte Beziehung bemächtigte sich ihrer, und so kniete sie neben ihm nieder, rüttelte ihn durch und rief ihm zu: »Lothair! Lothair! Lothair!«

Er öffnete stumpfe Augen und blickte sie an. »Bis' du's, Sybil?« fragte er. »Bis' du fortgegangen?«

»Wer ist fortgegangen?« erwiderte sie. »Bring mich bitte nach Hause, Lothair. Es ist so ein entsetzlicher Sturm.«

»'n sch'n 'n Ordn'g«, murmelte er. »Nur 'n Minute ausr'n, D-n fang ich an. Sind sie fort?«

Sie blickte ihn wieder an. »Ich bin noch nie in einem solchen Wetter draußen gewesen. Lothair, du paßt doch immer auf mich auf. Bitte, bitte bring mich zurück!«

Sie legte einen klagenden Unterton in ihre Stimme, der ihn beunruhigte. Er bewegte sich zum ersten Mal. »Werd' mich um dich kümm'rn«, sagte er. »Ich br'ng . . . zur'ck, in ein'r Min' . . . Wußte nicht, daß du auch hier bist.«

»Ich bin dir entgegengekommen«, sagte sie niedergeschlagen und flehend. »Und ich bin auch hier draußen.«

Er schüttelte leise den Kopf, wie er es oft angesichts ihrer Torheit getan hatte. »Dumm von d'r«, meinte er. »S'r dumm. Dr'n bleib'n. Haben sie dich geschlagen?«

Sie packte seine Schulter mit einer solchen Kraft, daß er sein volles Bewußtsein wiedererlangte. »Au!« sagte er. »Sybil, paß auf. Wir müssen uns auf den Weg machen. Du hättest nicht hinausgehen sollen.« Doch noch während er sich langsam und mühsam aufzurichten versuchte, blickte er sich, immer noch erst halb wiederhergestellt, um. »Komisch«, fuhr er fort. »Hab' sie bestimmt gesehen. Kamen auf mich zugelaufen, haben mich geschlagen. Zu beiden Seiten. Große Männer mit Keulen.«

Sie dachte an die Gestalt, die sie zu sehen gemeint hatte, antwortete aber: »Ich habe sie nicht gesehen, Liebster. Ach, Lothair, hilf mir auf.« Sie hielt seinen Arm beim Sprechen in ihrem, und auf solche Weise verschlungen, kämpften sie sich beide auf die Beine. Das Kätzchen, von diesem Erdbeben erschreckt, schlug seine Krallen in Sybils Handgelenk. Sie rieb es mit dem kleinen Finger, um es zu beruhigen, und langsam zog es sie wieder zurück. Endlich in der Aufrechten angekommen, übernahm Mr. Coningsby wieder das Kommando. »Halte dich bei mir untergehakt, und hab keine Angst. Gut, daß du mich gefunden hast – sonst hättest du dich mit Sicherheit verlaufen. Ich hatte nur eine kurze Pause eingelegt, um etwas Luft zu schöpfen. Willst du dich nicht lieber mit beiden Händen festhalten?«

»Eine genügt, glaube ich«, sagte Sybil. »Wir sollten besser die Mäntel anbehalten, und dazu müssen wir sie festhalten.«

Sie verspürte kein Verlangen, das Kätzchen hervorzuholen, und außerdem war sie damit beschäftigt, ihn heimlich auf den richtigen Weg zu bringen: Sie war nicht der Meinung, daß die Liebe von ihnen erwartete, im Schnee herumzustehen und sich darüber zu streiten, welchen Weg sie einschlagen sollten. Und wenn Lothair dachte, daß es der linke war . . .

Er schwankte, doch nicht zwischen den Wegen. Das Heulen und Kreischen des Schneesturms wurde lauter, und als sie sich von der Hecke fortbewegten, beide gemeinsam gegen den Wind gestemmt, denn seine gekrümmte Haltung zerrte ihre aufrechte Gestalt nach unten, hielt er inne. »Ich weiß nicht«, keuchte er, »ob . . . wir nicht lieber . . . in den Schutz dort . . . ein bißchen.«

»Ach, bring mich doch zurück«, sagte Sybil. »Ich hab dich ja.« Die Mehrdeutigkeit dieser Worte gefiel ihr außerordentlich, und sie wiederholte sie, langsamer, einzeln und voneinander getrennt, genoß die herrliche Ironie des Universums, welche die Worte noch viel subtiler machte, als sie zunächst erkannt hatte. Denn *sie* hatte ihn mit Sicherheit nicht; etwas anderes als sie trug und ermutigte sie beide, wie sie es auch vorhergesehen hatte.

»Ja«, japste Mr. Coningsby. »Du bist in Sicherheit.«

»Gütiger Gott«, sagte Sybil, als dürfe sie sich das unter diesen Umständen einmal gestatten, »ja. Nur darfst du mich nicht verlassen.«

»Ich werde dich nicht –«, fing er an, doch dann mußte er abbrechen und konnte nur noch keuchen: »Nein.«

Sie gingen weiter, kämpften sich den Weg zurück, den sie so leichterdings entlanggeschritten war. Die meiste Zeit hing er an ihrem Arm, stützte sich oder stolperte sogar gegen sie. Doch er murmelte gelegentlich schützende Beteuerungen, und Sybil, deren Arm vom Ziehen schmerzte, und die bei jedem Schritt aufs neue ins Keuchen geriet, mußte einfach daran denken, wie charmant und liebevoll er doch eigentlich war. Denn er glaubte wirklich, er würde ihr beim Gehen helfen, und er verlor auch nie die Geduld während dieser Rettungsaktion, jedenfalls nicht mehr, als daß er ein oder zwei Male japste: »Warum du nur . . . rausgegangen bist. Schrecklicher Tag.« Und einmal: »Gut, daß du . . . mich gefunden hast.«

»Das war es auch«, erwiderte sie. »Dafür bin ich sehr dankbar.« Er war wirklich erschüttert, selbst in diesem Zustand, wenn er an die Gefahr dachte, in die sie sich begeben hatte; er war sehr gut. »Mein Lieber«, sagte sie und drückte seinen Arm.

Langsam, unter dem herrischen Befehl des Todes, stapften sie weiter; jeder mit mehr oder weniger Kraft und Intensität um die Erhaltung des anderen besorgt. Fernab auf der Terrasse hing Nancy gerade an den schrecklichen, sich bewegenden Händen, und die magische Anrufung des Windes und des Schnees brach aus den Händen des Kartenschlägers los und jagte entfesselt davon: Ein Sturm in zehnter Potenz wurde ohne Kontrolle losgelassen.

Zum Glück befanden sie sich, als dieses Unheil ohne ihr Wissen geschah, bereits in der Nähe der Auffahrt; zum Glück für sie verlor der Sturm durch seine größere Verbreitung um sie herum ein wenig an Heftigkeit. Doch als sie einbogen, um sich mit letzter Anstrengung zum Haus zu schleppen, wäre Mr. Coningsby beinahe stehengeblieben. Nur Sybils Entschlossenheit trieb ihn weiter. Als Mensch, so spürte sie, würde sie wahrscheinlich beim nächstenmal, da das Kätzchen seine Krallen in sie schlug, vergessen, daß sie es liebte. Das hatte es jedesmal getan, wenn er sie zu sich herabgezerrt hatte. »Mußt du dich wirklich *ganz* so fest anklammern, Kleines?« fragte sie es lautlos. »Du bist völlig in Sicherheit, weißt du. Der Sperling, der vom Dache fällt, und so weiter. Wahrscheinlich bist du wie wir; du hast dich entschieden, *nicht* zu Boden zu stürzen, ob dein himmlischer Vater das nun wissen mag oder nicht. Ach, Lothair, Lieber, du hast mich beinahe umgerissen. Kätzchen, nicht, bitte! Das heißt, sofern ihr beide auch irgendwie ohne könnt.«

Fast blieb Mr. Coningsby stehen. Direkt vor ihnen – im blinden Tumult wären sie beinahe zusammengeprallt – befanden sich auch noch andere Gestalten; drei, so schien es. Sybil spähte nach vorn.

»Ich . . . hab's . . . dir . . . doch . . . gesagt«, brachte ihr Bruder mühsam hervor, »Männer . . . mit . . . Keulen.«

Eine der Gestalten schien tatsächlich eine Art Keule zu tragen; als sie weiterstapfte, erkannte Sybil, daß es wirklich so war, doch handelte es sich eher um einen Stab, auf den die Gestalt sich stützte. Doch die beiden anderen besaßen nichts dergleichen. Sie gingen alle drei langsamer als die beiden, die hinter ihnen waren, und die, wenn man einmal alles bedachte, tatsächlich mit bemerkenswerter Geschwindigkeit vorangekommen waren. Doch wenn man wirklich *alles* bedachte, war das vielleicht gar nicht so bemerkenswert.

»Sie wollen zum Haus, vermute ich«, meinte Sybil. »Obwohl – wie die irgend etwas erkennen können . . .« Unauffällig führte sie ihren Bruder zur Wegseite. »Wir sollten wohl besser versuchen, sie einzuholen«, fügte sie hinzu.

Mr. Coningsby nickte. Er trieb bereits wieder der Bewußtlosigkeit entgegen. »Dann ruh'n wir uns alle schön aus«, murmelte er; Sybil konnte ihn nur mit Mühe verstehen. »Nett und ruhig.«

Es war, das mußte sogar Sybil zugeben, etwas Verlockendes an der Vorstellung von einer netten, ruhigen Pause. Sie spähte erneut zu den anderen Reisenden hinüber und bemerkte, daß die mittlere Gestalt eine Frau war, eine Frau, die an den Armen eines der beiden anderen hing, aber immer noch redete. Sybil konnte gerade noch den Klang einer Stimme vernehmen, da drehte ihr der Mann, der ihr am nächsten war, das Gesicht zu, und sie erkannte ihn.

»Ralph!« rief sie.

»Hallo, Tante!« keuchte Ralph. »Teuflischer Tag . . . was . . . ihr hier draußen . . .?«

»Spazieren«, erwiderte Sybil vage, aber er konnte sie nicht verstehen und das Gespräch verstummte. Fragend deutete er nach vorne, und sie nickte. Dann stapften alle fünf gemeinsam weiter. Doch das Geräusch der Frau hörte nicht auf, durchdrang sogar den Sturm und erreichte Sybils Ohr: es war eine Art Gesang. Die schrille Stimme vermischte sich mit dem Wind und war das einzige, das von ihm nicht zum Schweigen gebracht wurde. Ihr Schrei antwortete auf den des Windes; obwohl er fortgeweht wurde, ging er doch nicht verloren, sondern setzte sich fort wie die Musik einer wahnsinnigen Verschmelzung. Der Sturm sang im Einklang mit seiner Gefährtin, kräftigte sie, räumte ihr den Weg frei. Einige Worte drangen an Sybils Ohr:

». . . er kommt . . . er kommt . . . der Ganze wird erwachen . . .«

Ralph drehte ihr mühsam das Gesicht zu und schnitt eine Grimasse. Diskret von ihrem Bruder abgewandt, tat sie das gleiche. Konnte es möglich sein, daß das die alte Zigeunerin war, die Henry Joanna genannt hatte? Das würde erklären, weshalb diese anderen so zielgerade auf das Haus zuschritten. Doch mit welchem wilden Gesang forderte sie den Schneesturm da heraus oder grüßte ihn? Und welche Energie einer wahnwitzigen Vision erfüllte sie so sehr, daß ihre Stimme und ihr Geist eine solche Kraft erhielten, obwohl ihr Leib doch am Arm ihrer Helfer hing? Sicher war es nicht an Sybil Coningsby, die Zergliederung des ewig triumphierenden Osiris durch die Erde zu leugnen, auch nicht den Sieg, den die unsterbliche Frische der Liebe ständig über seine Feinde errang. Wenn es die Liebe war, welche diese alte Frau da pries, so hörte sich die schrille Stimme jedenfalls nicht sehr danach an. Doch es konnte sein; angesichts der süßen Ironie der Vollkommenheit konnte man das nie genau sagen. Die war nie das, was man erwartete, sondern immer und immer unglaublich viel mehr als das.

Etwas Undeutliches ragte vor ihnen auf; sie waren dort – sie standen vor der Haustür, Lothair und das Kätzchen und Ralph und diese anderen und sie selbst; nicht um der Rettung vor dem Tode willen, sondern wegen der schieren Manifestation seiner Macht erhob sie sich zum Mysterium der Liebe und pries es. Gleichmäßig betätigte sie die Klingel; Ralph hämmerte gegen die Tür; der andere Mann – Stephen, wenn es wirklich Stephen war – schlug mit seinem Stock dagegen. Ihr Bruder fiel schwer gegen den Türpfosten. Die alte Frau wandte den

Kopf – Sybil und sie blickten sich an, und ihre Augen schauten erkennend die Mysterien ferner Einweihungen.

»Absolut höllisches Wetter!« sagte Ralph.

Sie hörten jemanden im Inneren des Hauses. Die Tür wurde von Aaron persönlich geöffnet, und zusammen mit dem Schneesturm traten sie ein. Sybil half ihrem Bruder dabei, dann unterstützte sie Ralph beim Schließen der Tür. Die schloß sich langsam und wurde schließlich gesichert. Den Rücken dagegen lehnend, drehte sich Sybil sanft um und nahm das Kätzchen von ihrem taub gewordenen Arm und sah, wie Lothair auf eine Bank sank; wie Stephen gegen die gegenüberliegende Wand lehnte; und Joanna, die, vom schmelzenden Schnee triefend, einem fauchenden Aaron gegenüberstand.

»Ich bin gekommen!« schrillte sie. »Ich bin gekommen. Versteck ihn nicht, Aaron. Ich bin gekommen, um ihn erwachen zu sehen.«

X Nancy

Es war immer noch erst kaum sechs Uhr abends. Mr. Coningsby war zu Bett gebracht worden, nachdem Nancy ihm und ihrer Tante entgegengestürzt war – wohl nicht nur, um ihre Tante lediglich zu begrüßen, denn Sybil spürte, daß die klammernde Umarmung etwas Hilfloses, Verzweifeltes an sich hatte. Sie blickte das Mädchen aufmerksam an, als sie sich wieder voneinander trennten. Nancys Gesicht war bleich, ihre Augen wirkten sehr müde: Das neue Licht, das seit Wochen in ihnen geschimmert hatte, war irgendwie verdunkelt, und ihre Bewegungen waren schwerfällig und unruhig. »Wo ist Henry?« fragte Sybil lässig. »Oh, der hat sich irgendwo eingeschlossen«, sagte Nancy und schloß ihr Inneres noch sorgfältiger von der Außenwelt ab.

Ralph wurde vorgestellt und fortgebracht, damit er etwas

Heißes zu trinken und ein heißes Bad nehmen konnte. Anscheinend hatte er sich entschlossen, von seinem Ferienort aus mit dem Wagen zu seiner Familie zu rasen, um ihr am Weihnachtstag ein frohes Fest zu wünschen. Er schämte sich etwas für sein Vorhaben, zumal er im ersten Überschwang der sicheren Ankunft Sybil verraten hatte, daß er glaubte, er würde seinem Vater damit eine Freude machen.

»Das war sehr nett von dir, Ralph«, sagte sie voller Wärme.

»Ach, ich weiß nicht«, antwortete er vage. »Ich meine . . . neulich sah er doch ziemlich gealtert aus, wie ich fand, und wenn ein Mann in die Jahre kommt . . . na ja, ich meine, er *mag* es wohl einfach, wenn Leute ein bißchen an ihn denken, schätze ich. Ich meine, mich würde es keinen feuchten Kehricht scheren, ob mich jemand zu Weihnachten besuchen käme oder nicht, sind ja sowieso immer haufenweise Leute da. Aber er scheint ja nicht mehr so recht auf Touren zu kommen, so etwa vierzig Meilen in der Stunde, würde ich sagen, nicht wahr?«

»Und was schaffst du so normalerweise?« fragte Sybil ernst.

»Och, ich weiß nicht so recht. Stramme sechzig vielleicht«, meinte Ralph nachdenklich. »Aber in Wirklichkeit bin ich ja eigentlich auch eher ein stiller Typ, Tante Sybil. Ich meine –«

An diesem Punkt wurde er unterbrochen und konnte gerade noch hastig berichten, wie der Sturm ihn gepackt und den Wagen festgesetzt hatte; wie er es schließlich schaffte, ins Freie zu gelangen und ein Stück weiterzugehen, um nachzusehen, ob es vielleicht noch eine andere Straße oder so etwas gab; wie er sich auf dem Rückweg verlaufen hatte und auf die beiden anderen Wanderer gestoßen war, die er schließlich begleitet hatte – teils, weil sie immerhin ein Ziel zu haben schienen, teils, um Joanna einen helfenden Arm zu reichen. »Und ich muß sagen«, fügte er leise und hastig zu Sybil hinzu, »diese Lieder, die sie die ganze Zeit abgesungen hat, haben mir alles zusammengezogen, was der Schnee noch nicht geschafft hat. Oh, sie hat gesungen wie ein richtiges kleines Rotkehlchen.«

Als sie – ihren eigenen Beteuerungen, das sei überhaupt nicht nötig, zum Trotz – selbst fortgeführt wurde, dachte Sybil daran, daß dieser Ausdruck nicht ganz unpassend war. Die beiden Frauen waren anscheinend am wenigsten erschöpft von allen fünf. Joanna saß auf einem der Stühle in der Vorderhalle, den alten roten Mantel um sich gehüllt, an allen Seiten von schmelzendem Schnee tropfend. Aaron war offensichtlich nicht im mindesten darüber erfreut, doch es ließ sich nicht ändern. Er konnte Joanna und Stephen nicht in den Schneesturm hinausjagen, und es hätte ihm auch keiner dabei geholfen, während die beiden nicht freiwillig gehen würden. »Aber ich frage mich«, dachte Sybil, »warum sie sich gegenseitig so verabscheuen. Ist das einfach nur eine familiäre Zwistigkeit oder etwas anderes?«

Ins Bett legen wollte sie sich nicht, ganz bestimmt nicht, aber etwas Heißes zu trinken – ja; und ein heißes Bad – ja; und frische Kleider – ja. Getränke, Bäder und Kleiderwechsel waren in sich bereits herrliche Freuden; Teil einer Existenz, in welcher eine Schönheit stets einen Grund und einen Platz für eine gänzlich entgegengesetzte Schönheit bescherte – wie Gesellschaft für Einsamkeit, das Gehen fürs Hinsetzen, ein Kleid für das andere, Gefühle für den Intellekt, Schneestürme für heiße Getränke, Rast für Bewegung und selbst die eine Bewegung für die andere. So hochkomplex war die bewundernswerte Ordnung des erschaffenen Universums. Es war alles sehr ähnlich Henrys entzückenden kleinen Figuren in ihrem immerwährenden Tanz; vielleicht waren sie ein Symbol dafür; vielleicht war es das, was Aarons ungenauer Satz über das Magnetisieren durch die Erde bedeutete. Sie waren wunderschön anzusehen, wie das veränderliche Licht schillernd aus ihnen hervortrat und mit dem aureolenähnlichen Goldschimmern in der Luft, das sich ausgedehnt und verstärkt hatte, als Nancys Schicksal gedeutet wurde. Als sie sie wieder vor ihrem geistigen Auge schaute, sah sie zugleich auch wieder den schwachen goldenen Schimmer, der die Luft um ihren Bruder erfüllt hatte. Sie wußte, woher das goldene Licht um die Ebenbilder entsprang: es kam aus der Gestalt des Narren, der sich am allerschnellsten von allen bewegte, der überall zugleich zu sein schien, dessen Ausstrahlung folglich derartig allumfassend emporstrahlte, daß sie über allem den goldenen Kreis aufrechterhielt, unterhalb dessen sich die vielen anderen Farbstrahlen miteinander vermischten, um mal von der einen, mal von der anderen Farbe beherrscht zu werden. Diesen Nachmittag hatte es geschienen, als sei irgendeine Figur – vielleicht der Narr selbst – aus ihrem prachtvollen Farbenheim ihrem Bruder zur Seite geeilt. Sie dachte über diese Vorstellung nach; auf solche Weise, so konnte man sich vorstellen – nur, daß keine Vorstellung es wirklich hätte umfassen können –, auf solche Weise also beeilte sich die wunderschöne Vollkommenheit, die in und jenseits aller Dinge war, ihre Geschöpfe bei Laune zu halten; Dringlichkeit zu Dringlichkeit.

Sie bewegte ihren Fuß träge und wohlig durch das Badewasser und tat halb so, halb glaubte sie es, als ob winzige Goldfünkchen emporstiegen und davonschwebten – doch dann gab sie diese Phantasie hastig wieder auf. »Ich werde wohl mythisch«, sagte sie laut. »Auf solche Weise entstehen Aberglauben und die *tantum mali*. Nur«, fügte sie mit charmanter Entschuldigung hinzu, »daß ich wußte, daß ich es tat und daß ich es *doch* aufgehört habe. Menschen«, fuhr sie gedanklich fort, »haben einander wegen solcher Fragen umgebracht – ›Hast du nun einen goldenen Funken gesehen oder nicht?‹ Nun, die Antwort ist: Nein, habe ich nicht, aber ich sah das Kräuseln des Wassers und die Spitze meiner Zehe, und selbst wenn es Lothair verärgern sollte – es ist eine sehr wohlgeformte Zehe. Wie schön von der Liebe, eine solche Zehe zu haben!«

Als sie sich ankleidete, fragte sie sich, wo Henry wohl stekken mochte; sie hatte eigentlich erwartet, ihn in der Empfangshalle wiederzusehen. Nancys »irgendwo eingeschlossen« war sehr dunkel gewesen – nicht nur von der Bedeutung her, sondern auch, was den Ton betraf, in dem sie es vorgebracht hatte. Es hatte nicht bitter geklungen; es war auch nicht klagend gewesen; es hatte sich vielmehr wie ein Echo der Verzweiflung angehört. Verzweiflung? Hatte Henry sich etwa geweigert, hinauszugehen oder so ähnlich? Besaß er vielleicht einen Schneekomplex? Ließ Schnee ihn, wie Ralph es zu nennen pflegte – sofern sie sich richtig an den Ausdruck erinnerte – »gaga« werden? Sollte dies der Fall sein, so würden Nancys Winter – abgesehen von den glücklichen Fügungen des englischen Klimas, gegen welche Lothair (wenn man seine ständigen Proteste dagegen hörte) eine abgrundtiefe Abneigung hegte –, würden Nancys Winter also ziemlich strapaziös werden. Vielleicht brauchte Henry seinen Winterschlaf? Sie stellte sich vor, wie Nancy ihre Kinder belehrte: »Mutter, welche Tiere halten denn Winterschlaf?« »Bären, Schildkröten, Igel und euer Vater.« Eichhörnchen? Schlangen? Hielten Schlangen und Eichhörnchen Winterschlaf? Nein, das konnte es nicht sein; er wäre nicht Rechtsanwalt geworden, wenn die großen Gerichtsferien lediglich ein Vorspiel zu einem tiefen Schlaf gewesen wären. Wie peinlich, wenn er nur Sommermandanten vertreten könnte. »Niemand wird viel Vertrauen in einen Rechtsanwalt setzen, der nur Sommermandanten annehmen kann.«

Sie ordnete ihre Gedanken aufs neue – das hier war doch nichts als die Gedanken schweifen zu lassen. Doch Schweifen war ganz nett; gelegentlich hatten sie und Nancy ihre Gedanken gemeinsam schweifen lassen. Nancy. Was war nur mit dem Kind los? Sie hatte sich gesetzt, um ihre Schuhe anzuziehen und kehrte nun – ein Schuh an, ein Schuh aus – zu ihrem gewohnten Hilfsmittel zurück: Sie entleerte ihren Geist von allen Gedanken und Bildern. Sie beließ ihn solange leer, bis ein plötzlicher Wandel darin ihr das Bewußtsein bescherte, daß sich der stärkere Wille im Inneren ausbreitete. Dann gestattete sie ihrem nun unwichtig gewordenen Alltagsbewußtsein, das Bild und die Erinnerung an Nancy aufzurufen. Es war nicht so, daß sie im herkömmlichen Sinne des Wortes für Nancy »betete«; sie maßte es sich nicht an, der Allwissenheit gegenüber anzudeuten, daß es eine äußerst gute Sache sei, wenn sie etwas Bestimmtes täte; sie hielt lediglich ihren eigenen Gedanken an Nancy inmitten der Allwissenheit aufrecht. Sie hoffte, daß Nancy nichts dagegen hätte, sollte sie davon erfahren. Wenn, dachte sie, als sie nach dem Gebet den zweiten Schuh anzog, wenn sie an einen Teufel geglaubt hätte, wäre es schwierig gewesen zu erkennen, ob es zulässig wäre, den Teufel auf diese Weise der Liebe darzubieten. Denn das könnte dem Teufel ziemlich mißfallen, und dann . . . Doch glaubte sie nicht an den Teufel, und Nancy hatte, zumindest bis zum Mittagessen, an ein – wenn nicht sogar an *das* – Mysterium der Liebe geglaubt. Sie beschloß, Nancy aufzusuchen, falls diese zufällig wünschen sollte, daß sie ihr zuhörte. Außerdem war da noch Lothair – der sie in einem fremden Haus sicherlich in der Nähe wissen wollte. Und Joanna war auch noch da – Sybil freute sich eigentlich auf ein Gespräch mit Joanna, die ihr, wie sie meinte, im großen und ganzen eine gerechte Sicht der Welt zu haben schien, wenn sie auch den Feinden des Horus gegenüber ziemlich voreingenommen war.

Als sie gerade die Treppe hinabsteigen wollte, hielt sie inne. Es war möglich, daß Nancy, von der Sorge um ihren Vater nun entbunden, sich nicht unten, sondern in ihrem eigenen Zimmer nebenan aufhielt. Sybil dachte darüber nach und kam zu dem Schluß, daß es nicht schaden könne, einen Besuch zu riskieren; immerhin ließ er sich ohne jede Schwierigkeit verkürzen. Also trat sie an die Tür und klopfte. Eine hohe, zitternde Stimme sagte: »Herein.«

Nancy lag auf dem Bett; sie blickte kaum zur Tür, als ihre Tante eintrat, wollte etwas sagen, gab es dann aber auf.

Sie sah schlimmer aus als vorhin im Parterre: Ihr Aussehen zeugte von einem noch gründlicheren Zusammenbruch. Sybil, an der Tür stehend, schaute eine sterbende Kreatur, eine, in der die Kraft des Lebens im Begriff stand, ihre letzten Bollwerke preiszugeben. Doch erschien sie auch wie eine verratene Kreatur, eine, in der sich die Kraft des Lebens in Tod verwandelt hatte, während sie noch bei Bewußtsein gewesen war. Der Sturm, der die Leiber der anderen angegriffen hatte, hatte möglicherweise ihre Seele zermalmt; ein mattes Wiedererkennen der Erde verharrte noch in ihrem Blick, bevor sie vollends zusammenbrach. Schnell schritt Sybil durchs Zimmer.

»Was ist denn los, Liebling?« fragte sie.

Nancy machte eine kleine Geste mit einer Hand, gab aber keine Antwort. Sybil setzte sich aufs Bett und nahm die Hand ganz sanft in ihre. So verharrten sie einige Minuten in Schweigen. Schließlich sagte Sybil mit kaum hörbarer Stimme:

»Alle Schönheit kehrt einmal wieder. Warte nur ein Weilchen.«

Nancy begann zu zittern, als würde der Sturm sie in ihrem Inneren durchschütteln: stöhnend sagte sie »Nein« und verstummte. Doch dieses stöhnende Jammern war immerhin

Leben, die Verneinung war immerhin Bewußtsein; und Sybil ging nun so weit, einen Arm um die Schultern des Mädchens zu legen. Dort ließ sie ihn schweigend ruhen und strengte alle ihr zur Verfügung stehende Kraft an, um sich an den fernen Rest von Kraft heranzutasten, der irgendwo in diesem seltsamen Zusammenbruch noch vorhanden sein mochte. Die Zeit verstrich, doch nach einer langen Spanne preßte Nancy ihre Finger eine winzige Spur fester um Sybils Hand; ihre Schulter drückte um eine winzige Spur fester gegen ihren sie umfassenden Arm. Der Schneesturm vor dem Fenster schlug immer und immer wieder gegen das Glas, und plötzlich, zum erstenmal, erzitterte Nancy, als sie ihn hörte. Mit entsetzlich erstickter Stimme sagte sie: »Du weißt nicht, was das ist.«

Sybil verstärkte ihren Griff und holte Nancy näher an die Ewigkeit heran. Als zwänge der gnadenlose Wille dieses Friedens sie dazu, sagte Nancy mit derselben grauenerregenden Stimme: »Das ist Henry, der Vater umbringt.«

Der ausführende Teil von Sybils Geist war diszipliniert genug, um nicht zu erschrecken. Sie sagte, und obwohl ihre Stimme leise war, war sie stärker von tiefem Wissen erfüllt, als es die bloßen Worte zu vermitteln vermochte: »Er ist mit mir zurückgekommen.«

»Wenn er es nicht getan hätte«, erwiderte Nancy, »wenn er dort draußen gestorben wäre, wenn ich gestorben wäre, dann hätte der Sturm sich gelegt. Jetzt wird er nicht mehr aufhören. Für alle Zeiten wird er weitertoben. Das ist Henry, Henry, der Vater umbringt, und er kann nicht davon ablassen. Ich habe ihn aufgehalten.«

Einen verwirrenden Augenblick lang erinnerte Sybils Geist sich an die Phantasie ihres Bruders von »großen Männern mit Keulen«. Sanft wies sie den Gedanken ab, um ihre tiefergehenden Bemühungen nicht zu unterbrechen, mit denen sie beschäftigt war. Sie antwortete mit aller Sanftheit ihrer Gewißheit: »Du konntest nichts tun, wenn etwas dich nicht gelassen hätte, nicht wahr? Und wenn man dich es hat aufhalten lassen, dann war das Aufhalten eben das Vollkommenste, was geschehen konnte. Nur daß *du* jetzt nicht von allem ablassen darfst.«

Der Sturm rüttelte an den Fenstern und erschütterte sie.

Nancy zuckte heftig zusammen und rief: »Nichts kann es noch aufhalten. Er hat sie verloren, er kann es nicht.«

»Was ist verlorengegangen?« fragte Sybil befehlend, und das Mädchen antwortete beinahe kreischend: »Die Tarots, die magischen Blätter.« Gewaltig erregt fuhr sie fort: »Er hatte sie in der Hand. Er hat sie auf- und niedergeschlagen; er hat den Sturm gerufen, um Vater damit umzubringen; und ich habe sie ihm aus der Hand geschlagen, und nun sind sie fort, und nichts kann nun jemals den Wind und den Schnee aufhalten und beenden. Der Sturm wird Vater ausfindig machen und die ganze Welt ertränken. Hör doch nur, wie er tanzt! Wie er singt! Das ist der Tanz, den Henry in seinem kleinen Zimmer aufbewahrt.«

»Ich kenne den Tanz«, entgegnete Sybil sofort. »Nancy, hörst du? Ich kenne den Tanz, und auch die Figuren, die den Tanz ausmachen. Die Krone über ihnen ist aus Gold, und es gibt eine Bewegung darin, die Henry noch nicht erkannt hat. Glaubst du etwa, der Sturm könnte dem Narren jemals etwas anhaben?«

Sie wußte nicht, weshalb sie diese Worte benutzte, doch irgend etwas darin antwortete dem Mädchen auf der gleichen Ebene, auf der es aufgeschrien hatte. Nancys Gesichtsausdruck veränderte sich; eine matte Erinnerung an das Leben kehrte darin zurück. Inmitten des Entsetzens und des Todes aufgehalten, sagte sie: »Der Narr –«

»Ich habe das Gold im Schnee geschaut«, sagte Sybil, »und dein Vater befand sich darin und war in Sicherheit. Meinst du, die Tarots könnten jemals entkommen, solange der Narr noch da ist, um sie festzuhalten?«

»Es heißt, er bewege sich nicht«, hauchte Nancy.

»Aber ich habe gesehen, wie er sich bewegte«, erwiderte Sybil, und ewiger Friede schwang in ihrer Stimme mit, »und nirgendwo, im Himmel ebensowenig wie auf Erden, gibt es eine Figur, die diesem Gefährten entrinnen könnte. Alle sind sie für alle Zeiten sein.«

»Auch der Schnee?« fragte Nancy.

»Und du und ich und Henry und dein Vater«, antwortete Sybil. »Wir müssen lediglich darauf achten, die richtigen Schritte zu tun.« Sie wußte nicht genau, was für eine Sprache sie da benutzte; wie bei den Aposteln zu Pfingsten, strömte das einzige, einige Evangelium in Akzenten aus ihr hervor, die sie nie geübt, in Silben, die sie nie gelernt hatte. Mit tiefer Bedeutsamkeit fügte sie hinzu: »Dein Vater ist mit mir zurückgekehrt. Könnte es da nicht sein, daß Henry auf dich wartet?«

Wie ein Proselyt in den Straßen Jerusalems, der aus der Gegend von Cyrene in Libyen angelockt worden war und nun eine neue Botschaft in einer ihm vertrauten Sprache hörte, hob Nancy zum ersten Mal den Blick.

»Warum?« fragte sie.

»Meinst du denn, das Mysterium der Liebe existiere nur zwischen jenen, die einander mögen?« fragte Sybil. »Liebling, du bist Teil des Mysteriums, und du wirst ausgesandt, um mysteriöse, geheimnisvolle Dinge zu vollbringen. Sag mir – nein, gib dich nicht mit dem Sturm ab. Das ist nichts, der befindet sich unterhalb des Narren, unter seinen Füßen – sag mir, was geschehen ist.«

Zunächst voller Unsicherheit und ohne jede Ordnung, begann Nancy damit, ihrer Tante alles zu berichten, was sie über die Tarots erfahren hatte. Öfters brach sie ab, kehrte zum Anfang zurück und sprang zum Ende, verwechselte ihre eigenen Erlebnisse mit dem, was Henry ihr erzählt hatte und dann wiederum mit dem, von dem sie glaubte, daß Henry es begehrte, und all das noch einmal mit ihrem empörten Willen zur Liebe. Es war Verwirrung, doch in dieser Verwirrung, wie in der fernen Einheit einer Person, bewegte sich reglos und sich dennoch regend der Narr, und in seinem Gehen umströmte das unschuldige und heftige Verlangen des Mädchens seine Füße, das Verlangen, welches ihr sagte, sie müsse alles tun, wozu sie fähig war – für Henry vielleicht, doch noch mehr als für Henry um des unergründlichen Mysteriums willen, von dem sie etwas erfahren hatte und von dem sie halb hoffte, halb verzweifelt verlangte, mehr zu erfahren.

Sybil selbst, die jederzeit auf alles vorbereitet war, wie es jene natürlicherweise sein müssen, die sich hingegeben haben, da sich ihr gesamtes Erstaunen in dem einzigen Staunen über die bloße Tatsache der Existenz der Liebe konzentrierte und kein erschrockenes Erstaunen mehr für die Wandlungen und neuen

Schönheiten, die diese begleitete, übrig ließen – Sybil selbst also lauschte der Geschichte mit Ernst und Aufmerksamkeit. Sie sah – nicht so sehr in ihrem eigenen Geist als in Nancys – die gesamte Erde unter dem Druck dessen, was sie gehört und gesehen hatte, einen merkwürdigen Aspekt annehmen. Sie schaute – doch dies wieder eher in ihrem eigenen Geist – die ferne Gestalt des Gauklers, wie er im Nichts vor dem Entstehen der Schöpfung stand und die leuchtenden Kugeln emporwarf, die zu existieren begannen, sobald sie seine Hand verließen, zu Planeten wurden und zu Sonnen, und einige von ihnen blieben in der Luft schweben, doch andere stürzten beinahe sofort in die Tiefe und stiegen wieder empor, bis die erschaffende Gestalt hinter dem Flug und dem Labyrinth der Welten verschwand. Sie schaute, während die aufgeregte Stimme des Mädchens weiterraste, die vier großen Figuren, zwischen denen die Erde selbst schwebte – die doppelte Manifestation einer einzigen Tatsache, Leib und Seele der menschlichen Existenz, Kaiser und Kaiserin, und ihnen schräg gegenüber: die Hierophanten, den männlichen und den weiblichen, die vierfache Sicherheit des Wissens und der Entwicklung auf Erden. Aus ihrer Mitte kam der dahinrasende Wagen der Welt hervor, und wieder teilte er sich, und auf der einen Seite schritt der Einsiedler, die Seele in ihrer verzückten Einsamkeit der Kontemplation, und auf der anderen die Liebenden, die Seele in ihrer verzückten Gesellschaft irdischer Liebe.

»Und Erde trat aus ihnen hervor«, sagte Nancy atemlos. Erde und Luft und Feuer und Wasser – die kleinen Elemente, die unterhalb der Großen Trümpfe hervorströmten, doch auch diese Teil des Tanzes, und in jedem dieser vier Sturzbäche erblickte sie die Gestalt des Narren, wie er vor Freude umhersprang und tanzte. »Also dachte ich, es sei der Gehenkte, und stieß einen Schrei aus.« Nancy hatte sich hastig einem anderen Teil ihrer Geschichte zugewandt, und Sybil erinnerte die Kreuzigungen ihrer Vergangenheit, und in jeder von ihnen, bei denen sie selbst gehangen und geschrien und sich gewunden hatte, schaute sie die goldene Aureole und die Hände des Narren, wie sie sie hielten und sie kosten, und sie hörte seine Stimme, die ihr Frieden zuflüsterte. »Was sollen wir denn jetzt tun? Was sollen wir denn jetzt tun?« plapperte die junge Kreatur schließlich und griff, halb aufgerichtet, hart nach Sybil, um in einen Tränensturm auszubrechen. Doch während sie weinte und litt, hielten Sybils Hände sie und liebkosten sie, und Sybils Stimme flüsterte ihr Frieden zu.

Inwieweit ihr bewußter Verstand die Geschichte glaubte, war eine andere Frage. Ob die Stücke aus bemaltem Papyrus und die immerwährend in Bewegung befindlichen Ebenbilder, ob die Geschichte von neuerschaffener Erde und von dem schnellen Sturm, ob Henrys Verlangen und die Standfestigkeit ihres Bruders, ob das Schauen ihrer eigenen Augen und das Sehen der anderen, ob Nancys tragische Verzweiflung und Joannas wilde Erwartung – ob all diese mit einer Offenbarung letzthinniger Dinge in Zusammenhang standen, das konnte sie jetzt nicht sagen, noch erschien es ihr von großer Wichtigkeit. Was sie im Augenblick kümmerte, das war Nancys eigenes Herz. Dort lag die Entzweiung; dort waren, ob gerechtfertigt oder nicht, Verwirrung und Furcht. Wenn es eine Täuschung sein sollte, die von ihr Besitz ergriffen hatte, so war es dennoch klar, daß diese Täuschung zu tief ging, zu weitreichend war, um durch ein paar Worte munterer Ermutigung zerstört zu werden.

War es aber keine Täuschung, besaßen die seltsamen und halb mystischen Zeichen und Bezeichnungen der Großen Trümpfe Bedeutung und Leben, so würde sich mit der Zeit zweifellos der höhere Nutzen ihrer eigenen Beschäftigung damit offenbaren. Sie drückte Nancy enger an sich.

»Liebste«, sagte sie, »dein Vater ist in Sicherheit. Begreifst du das?«

»Ja«, schluchzte Nancy.

»Dann sag mir – na, Liebling, ruhig! Alles ist gut, so gut, wie es nur geht! Sag mir – wo ist Henry?«

»In seinem Zimmer, nehme ich an«, erwiderte Nancy mit gebrochener Stimme. »Ich – ich bin vor ihm davongelaufen – als ich es erkannt hatte.«

»Wollte er – daß du davonläufst?« fragte Sybil langsam.

»Ich weiß nicht – nein«, sagte Nancy. »Aber ich konnte einfach nicht stehenbleiben. Er hatte diese schreckliche Tat begangen – und ich war entsetzt und lief davon – und ich liebe ihn. Ich kann nicht mehr leben, wenn ich ihn nicht finde – und das werde ich nun niemals mehr tun.«

»Aber Liebling, das heißt doch nicht, daß du *ihn* liebst!« protestierte Sybil sanft. »Das heißt doch nur, vorzuziehen, weiterzuleben, nicht wahr?«

»Es ist mir egal, was es heißt«, schluchzte Nancy wieder. »Wenn ich irgend etwas tun könnte, würde ich es ja tun, aber ich kann nicht. Verstehst du denn nicht – er hat versucht, Vater zu *töten*! Zwischen ihnen steht nur der Tod, und ich bin mitten drin.«

»Dann«, sagte Sybil, »gibt es wenigstens etwas, das nicht der Tod ist. Und möglicherweise bist du ja wichtiger als der Tod, was meinst du? Vielleicht bist du sogar das Leben?«

»Ich weiß nicht, was du meinst«, erwiderte Nancy und riß sich plötzlich los. »Ach, geh weg, Tante Sybil. Ich werde verrückt. Bitte geht doch weg.«

Sybil lehnte sich auf dem Bett zurück. »Bleib stehen und hör zu«, sagte sie. »Nancy, du hast es selbst gesagt: da ist der Tod, und da bist du. Willst du gegen Henry und gegen deinen Vater Teil des Todes sein? Oder willst du das Leben zwischen ihnen sein? Auf die eine Weise oder auf die andere wirst du auf jeden Fall eine Kraft sein, da mach dir nichts vor – das mußt du sein. Du mußt entweder in ihnen leben oder sie in dir sterben lassen. Entscheide dich schnell, denn die Zeit ist schon fast abgelaufen.«

»Ich kann nichts tun!« rief Nancy.

Sybil stand auf und schritt zu ihr. »Dein Vater ist mit mir zurückgekehrt«, sagte sie. »Geh und sieh nach, ob Henry noch irgendeine Vorstellung davon hat, wohin er mit dir gehen will. Geh und sieh nach, was er will, und wenn du es ihm geben kannst, so tu es. Ich kümmere mich um deinen Vater, und du kümmerst dich um Henry. Gehen wir endlich zu wichtigen Dingen über.«

»Es ihm *geben*!« rief Nancy. »Aber . . .«

»Liebste«, sagte Sybil, »vielleicht will er *jetzt* nicht mehr dasselbe wie vor zwei Stunden. Menschen ändern auch mal ihre Meinung, weißt du. Ja, ehrlich. Geh und lebe, geh und liebe. Geh weiter, geh weiter – jetzt, mit Henry, wenn du kannst. Wenn nicht – hör mir zu, Nancy – wenn *nicht*, und wenn du ihn geliebt hast, dann geh und leide, um die Wahrheit der Liebe zu lobpreisen. Jetzt.« Sie schüttelte das Mädchen ganz leicht und ging zur Tür, wo sie stehenblieb, über ihre Schulter blickte und sagte: »An deiner Stelle würde ich mich so sehr beeilen, wie es nur geht, Liebling.« Dann war sie fort.

Nancy starrte ihr nach.

»Zu Henry gehen?« »Gehen und leben?« »Gehen und lieben?« Liebe oder Tod zu sein zwischen ihrem Geliebten und ihrem Vater? Die Hände an die Wangen gelegt, stand sie da, über das dunkle Rätsel brütend, einen vagen Sinn darin erkennend. Irgend etwas hatte ihren Vater am Leben erhalten; irgend etwas hatte ihren Vater und sie selbst – wenn dieses Irgend etwas nun darauf wartete, daß sie sich bewegte? Daß sie zu Henry ging? Sie konnte sich nicht vorstellen, was sie dort tun würde oder worüber sie beide, durch eine entsetzliche Wahrheit gleichzeitig vereint und getrennt, überhaupt reden konnten. Das Leben bestand nicht nur aus Reden. Liebe hieß in gewisser Weise, etwas zu sein. Wurde sie gerade dazu getrieben, *das* zu sein, auf eine Weise, die – wer wußte schon, was? – *wählte*? Langsam setzte sie sich in Bewegung. Henry würde sie wahrscheinlich nicht wollen, doch . . . Langsam und unsicher schritt sie auf sein Zimmer zu.

Er saß, wie sie gelegen hatte, im Dunkeln. Als sie geklopft und keine Antwort erhalten hatte, war sie das Risiko eingegangen, ihn zu verärgern und war eingetreten und hatte das Licht angeschaltet. Sie erblickte ihn, wie er an seinem Tisch saß, und schaltete das Licht wieder aus. Dann schritt sie behutsam durch den Raum, kniete neben ihm nieder, berührte ihn leise und sagte: »Henry!«

Er gab keine Antwort. Nach einer kurzen Weile sagte sie wieder: »Liebling«, und als er noch immer keinen Ton von sich gab, sagte sie nichts mehr und blieb einfach nur neben seinem Stuhl stehen. Nach vielen langen Minuten sagte er: »Geh. Geh weg.«

»Das werde ich«, erwiderte sie ehrlich, »wenn du es willst, wenn ich dir nicht helfen kann. Kann ich dir helfen?«

»Wie solltest du mir helfen können?« fragte er. »Für keinen von uns gibt es jetzt noch etwas anderes, als auf den Tod zu warten. Bald sind wir alle bei deinem Vater.«

»Er ist wieder da, ganz unversehrt«, erwiderte sie. »Tante Sybil hat ihn gefunden und zurückgebracht.«

»Das ist ein Jammer. Dann wird der Sturm ihn noch einmal aufspüren müssen«, antwortete er. »Geh und bleib bei ihm, bis das passiert.«

»Muß es denn passieren?« fragte sie, und er lachte.

»Wenn du keinen Trick in deiner Kiste hast, um die Kelche und die Stäbe zurückzubringen«, sagte er. »Wenn du das allerdings kannst, dann kannst du sie wieder in ihre richtige Reihenfolge und Ordnung bringen und den Sturm versiegeln. Aber da sie nun am ganzen Himmel umherjagen und -tanzen, kann ich dir nicht sagen, wie du das schaffen solltest. Vielleicht . . . wenn du mit denen sprichst, die übriggeblieben sind –«

»Könnten wir das nicht tun?« fragte sie, doch er verstand sie nicht.

»Versuch's ruhig«, höhnte er erneut. »Hier sind die vier Höchsten. Nimm sie und sprich mit ihnen. Da du die anderen ja freigesetzt hast, werden diese hier dir vielleicht verraten, wo sie sind. Oh, so nahe am Ziel, so nahe –«

»Selbst wenn ich es vorher gewußt hätte, hätte ich es getan«, sagte sie, »aber ich wußte es nicht – nicht, daß ich das tun mußte. Ich wollte nur deine Hände zur Ruhe bringen.«

»Die werden bald ruhig genug sein«, mokierte er sich. »Und deine auch.« Und plötzlich griff seine Hand nach der ihren. »Es sind schöne Hände«, sagte er, »auch wenn sie die Welt ins Verderben gestürzt haben, es sind schöne Hände! Weißt du, Nancy, daß du getan hast, wovon Tausende von Priestern und Wissenschaftlern gesprochen haben? Das hier ist das Ende der Welt. Du hast es bewirkt – du und deine schönen Hände. Sie haben den Schnee und den Wind über die ganze Welt geschickt, und nun wird sie sterben. Der Tanz nähert sich seinem Ende: Der Gaukler hat nun einen Ball weniger zu werfen.«

»Dann liebe sie doch ein wenig«, sagte sie, »wenn du dir so sicher bist. Wenn du dir ganz sicher bist.«

»Kannst du die Stäbe zurückbringen?« fragte er. »Von der Eins bis zur Zehn? Soll ich das Fenster öffnen, damit du sie rufen oder sie einfangen kannst? Vielleicht liegt ja gerade eine von ihnen auf dem Sims.«

»Können die Ebenbilder nicht dabei helfen?« fragte sie. »Ich weiß es nicht, aber du müßtest es wissen. Gibt es keine Möglichkeit, wie sie den Tarots befehlen können?«

Sie spürte, wie er sich in der Dunkelheit versteifte. »Wer hat dir das erzählt?« fragte er. »Das kann ich nicht sagen. Ich weiß nichts darüber, was sich aus dem Innen heraus erreichen läßt. Wenn . . .«

»Wenn –«, antwortete sie und hielt ine. »Ich werde alles mit dir zusammen tun, was ich nur kann. Was willst du, daß ich tue?«

Seine Gestalt wandte sich um und beugte sich zu ihr hinab. »Du?« fragte er. »Aber du hast doch gehaßt, was ich tat, du wolltest deinen Vater retten – natürlich hast du es getan. Ich mache dir keinen Vorwurf – aber wie willst du mir jetzt helfen?«

Unerwartet brach sie in Gelächter aus, dessen Klang einen ernsten Teil ihres Wesens überraschte, doch ihrem Inneren und dem finsteren Raum zugleich eine Befreiung zu bringen schien, so daß sie sich von ihrer zähen Furcht erlöst fühlte.

»Ach, Henry, mein Liebling«, sagte sie, »müssen deine Tänzer sich denn nur auf meinen Vater konzentrieren? Können sie ihre Ziele denn nicht anders erreichen, ohne dem Armen das Leben schwer zu machen? Meinst du nicht, daß es ihnen gelingen könnte, die Welt zu retten und ihn dennoch in Ruhe zu lassen? Henry, Allerliebster, wie ernst du die Sache doch angehst!«

»Du hast gut lachen«, sagte er verunsichert, weder fragend noch zornig, sondern eher als wollte er einer seltsamen Tatsache nachtasten.

»Du hast gut lachen . . . aber ich sage dir, das hier ist *wirklich* das Ende der Welt.«

Sie raffte sich auf. »Ich fange an, Tante Sybils Meinung zuzustimmen«, sagte sie. »Es ist nicht gerade anständig, in die Geheimnisse dieses armen Dings einzudringen, wenn es sich doch solche Mühe gemacht hat, sie geheimzuhalten. Aber da du und ich nun einmal gemeinsam die Dinge aus dem Lot gebracht haben, sollen wir da nicht einmal nachsehen – nur nachsehen, Liebling –, ob wir sie nicht wieder geraderücken können?«

»Du fürchtest dich vor den Tarots«, sagte er, »das hast du schon immer getan.«

»Nie wieder«, sagte sie, »oder doch – vielleicht wieder. Ich werde wieder Angst bekommen, werde wieder stürzen, werde wieder hassen und zornig werden. Aber für den Augenblick gibt es etwas, das rennt und lacht, und all deine Tarots fliegen mit ihm, warum sollte es sie dann nicht für uns einfangen, wenn wir es sehr nett darum bitten? Solange wir niemandem dabei weh tun, und das werden wir auch nicht, solange wir es verhindern können, nicht wahr? Es gibt nichts, was wichtig genug wäre, um das zu rechtfertigen.«

Schwerfällig stand er auf. »Man kann nirgendwo umhergehen oder etwas tun, ohne jemandem weh zu tun«, sagte er.

»Liebling, wie düster du doch bist!« sagte sie. »Ist es das, was dabei herauskommt, wenn man Schneestürme herbeiruft und versucht, den eigenen Vater deiner eigenen Nancy umzubringen? Vielleicht gibt es überall einen Weg, auf dem man niemandem weh tut – außer«, fügte sie hinzu, und ein Hauch der Trauer umwölkte die gewaltige Fröhlichkeit, die sie ergriffen hatte, »außer jemand besteht darauf, daß man ihm weh tut. Aber laß uns annehmen, das wird keiner, und laß uns so tun, als würde es auch keiner, und laß uns froh sein, daß mein Vater in Sicherheit ist, und laß uns sehen, ob die goldenen Tänzer die Stäbe und die Kelche zurückrufen können. Ich glaube, das sind wir der Welt vielleicht schuldig.« Sie gab ihm einen flüchtigen Kuß. »Es war süß von dir, das, was du erreichen wolltest, auf eine nette, beruhigende Art anzugehen«, meinte sie. »Manche Magier hätten ihn in eine Scheune gesperrt und sie angezündet oder ihn in einen

Fluß getrieben und ertränkt. Du hast ein nettes Wesen, Henry, nur daß es hier und dort ein bißchen pervertiert ist. Man sagt ja, das sei bei allen großen Genies so. Ich glaube, du mußt ein Genie sein, Liebling, du nimmst deine Aufgabe so ernst. Wie Milton und Michelangelo und Moses. Weißt du das eigentlich? In sämtlichen fünf Büchern Mose ist, glaube ich, nicht ein einziger Witz zu finden! Ich kann nicht besonders viel sehen, Henry, aber ich glaube, du hast die Stirn in Falten gelegt.

Und ich rede nur. Aber Reden und Stirnrunzeln bewirken überhaupt nichts, nicht wahr? Ach, weg mit diesem ganzen Unsinn! Komm, mein Genie, oder wir werden die Welt nicht mehr retten, bevor dein eigener Lieblingsschneesturm sie kaputtgemacht hat.«

»Es gibt keinen anderen Weg«, sagte er, »aber ich warne dich, daß du nicht weißt, was geschehen könnte. Vielleicht ist nicht einmal dies der Weg.«

»Ja, vielleicht nicht«, erwiderte sie. »Aber sie tanzen doch, nicht wahr, Liebster? Und wenn wir vielleicht wirklich lieben wollen –«

»Liebst du mich denn immer noch?« fragte er.

»Ich habe dich noch nie mehr geliebt und doch auch noch nie weniger«, teilte sie ihm mit.

»Ach, hören wir doch damit auf, einander Rätselfragen zu stellen. Und außerdem habe ich dabei gar nicht an dich gedacht, also! Komm, Liebling, oder deine Tante stellt noch irgend etwas Komisches an. Du hast wirklich eine sehr bemerkenswerte Familie, Henry. Ihr erregt euch alle so schrecklich über eure Hobbys! Und das sollt ihr ja ruhig auch, wenn ihr Lust dazu habt, aber ja doch! Nur nicht gerade jetzt.«

»Joanna –« rief er und folgte ihr, ohne es zu merken, als sie ihn zur Tür zerrte. »Ist sie etwa hier?«

»Das ist sie«, sagte Nancy, »Aber über die werden wir uns im Augenblick mal keine Sorgen machen. Bring mich zu *ihnen*, Liebling, denn der Tanz tönt in meinen Ohren, und das Licht schimmert in meinen Augen, und deshalb bin ich geboren worden, und am Anfang war die Herrlichkeit, und sie ist auch jetzt und wird es immer sein, und wir sollten laufen, denn die Welt dreht sich sehr schnell, und heute abend sollten wir ihr einen Schritt voraus sein.«

XI Joanna

Unten in der Eingangshalle streckte sich das Kätzchen und gähnte. Sybil hatte es abgesetzt, als sie erst einmal im Haus in Sicherheit gewesen war, und hatte eines der Dienstmädchen darum gebeten, sich darum zu kümmern. Doch dafür war noch keine Zeit gewesen; erst mußten Mr. Coningsby, Ralph und Sybil selbst versorgt werden. Und nun waren da immer noch Joanna und Stephen. Aaron Lee, der seine Schwester mit einem Ausdruck ansah, der einem wachsamen Haß sehr nahekam, sagte: »Wenn du schon hier bist, Joanna, solltest du besser ins Bett gehen. Und der da«, fügte er hinzu und wies mit einem Kopfzucken auf Stephen, »auch.«

»Ja, Aaron«, sagte Joanna fügsam und zahm mit einem kleinen mädchenhaften Kichern. »Ist eine schlechte Nacht, um sie im Freien zu verbringen, was?«

Aaron blickte sich um. Abgesehen von dem Kätzchen befanden sich die drei allein in der Vorhalle.

»Warum bist du gekommen?« fragte er.

»Um dich zu sehen, mein Lieber«, erwiderte die alte Frau. »Und Stephen auch. Stephen hat dich sehr gern, hat er. Nicht wahr, Stephen?«

»Ja, Großmutter«, antwortete Stephen gehorsam.

»Er ist sehr groß, nicht wahr?« fuhr Joanna fort. »Viel größer als du, lieber Aaron.« Sie sprang von ihrem Stuhl und begann schnüffelnd durch die Halle zu schlendern. Schließlich kam sie zu dem Kätzchen, blieb stehen und starrte es an. Das Kätzchen rieb sich an ihrem Bein, spürte die Nässe und sprang beiseite. Die alte Frau beugte sich vor, kratzte es am Kopf und sprach murmelnd in Worten auf das Tier ein, die keiner der anderen verstehen konnte.

Das Kätzchen sprang auf, stürzte, überschlug sich, jagte davon und kam wieder herbeigejagt. Joanna gestikulierte, worauf es sich zusammenkauerte und sie beobachtete.

»Du solltest besser ins Bett gehen, Joanna«, rief Aaron ihr zu. »Zieh diese Sachen aus und kriech unter die Decken. Sonst wirst du noch krank.«

»Du Narr, Aaron«, sagte Joanna. »Krankheit kann mir ebensowenig etwas anhaben wie der Tod. Ich werde nie krank sein. Ich werde verwandelt werden, wenn der verlorene Leib wiederhergestellt sein wird.« Sie wandte ihm ihr Antlitz zu. »Und wo wirst du dann sein, Aaron? Bei den Peinigern, kreischend.«

»Du bist verrückt«, gab Aaron zur Antwort. »Du bist eine verrückte alte Frau, die in einem Traum herumhumpelt.«

Sie ließ die Katze allein und kam beinahe auf ihn zugestürzt. »Traum, eh?« fauchte sie. »Ein kleiner Traum, für dich, Aaron Lee, der du dabei Hilfe leistest, mein Baby zu verstecken.«

»Dein Baby ist tot!« fauchte Aaron zurück, während die beiden alten Kreaturen einander finster und verächtlich anstarrten. »Weißt du das immer noch nicht?«

Sie packte ihn am Rock, und durch die Bewegung ihres Arms spritzte das immer noch von ihr tropfende Wasser umher. »Mein Baby stirbt niemals!« rief sie. »Und das weißt du auch.

Deshalb haßt du mich ja.« Plötzlich veränderte sich ihr gesamtes Gebaren. »Aber du hast recht, lieber Aaron«, murmelte sie. »Ja, du hast recht. Laß mich in deinem Bett schlafen und von deinem Teller essen, dann werde ich dir eines Tages in einem prächtigeren Haus als diesem ein Bett und einen Teller zur Verfügung stellen. Gib mir erst einen Kuß, Aaron, dann werde ich Stephen niemals auf dich hetzen, um dir das Wissen aus der Kehle zu entwinden, das Wissen um das Grab, wo du ihn versteckt hast. Küß mich, Aaron.«

Sie stand dicht vor ihm, und er wich mit scharfem Schritt zurück, um ihr ins Gesicht zu blicken. Sein Fuß trat auf den Schwanz des Kätzchens, das damit beschäftigt gewesen war, seine Schuhe zu beschnuppern. Es jaulte auf; Aaron stolperte und verlor den Halt und taumelte einige Schritte zurück. Zornig drehte er sich zu dem Kätzchen um, das wild durch die Halle davonjagte.

»Wirf es raus!« schrie er. »Setz es aus in den Schnee! Wer hat es hereingebracht? Stephen, fang es ein und setz es aus!«

Der junge Mann, der sich die ganze Zeit, vom schmelzenden Schnee triefend, stumpfsinnig gegen die Wand gelehnt hatte, hatte Joanna mit seinen Blicken verfolgt; nun bewegte er sich verunsichert. Joanna gab ihm keinerlei Zeichen, worauf er mit Bewegungen, die zwar unbeholfen wirkten, tatsächlich aber sehr präzise waren, das Kätzchen erst anlockte und es mit seinen großen Händen schließlich einfing.

»Was soll ich mit ihm tun, Großmutter?« fragte er.

»Setz es aus!« rief Aaron ihm zu.

»Ach nein, setz es nicht wieder im Schnee aus«, sagte Joanna. »Ach, das ist eine kluge kleine Katze. Sie ist noch sehr klein, aber am Anfang ist alles klein. Sie wird noch wachsen, sie wird noch wachsen. Laß sie zwischen meinen Decken schlafen, Aaron. Die Katzen wissen, wohin das Blut tropfte, und sie hocken sich im Kreis um diesen geheimen Ort, um nach Gott Ausschau zu halten. Hast du jemals gesehen, wie sie dich mit ihren Augen angestarrt haben, Aaron, als du die Karten gemischt hast? Kleine grüne Augen, die zu dir emporsahen? Kleine Krallen, die kratzten? Gib sie mir, dann wird sie schlafen, bis die rechte Zeit gekommen ist.«

»Solange du diese durchnäßten Kleider trägst, wird keine Katze zu dir kommen«, sagte Aaron mit einem merkwürdig flachen Versuch, vernünftig zu sein. Doch sie hörte nicht darauf, winkte Stephen und nahm ihm, als er zu ihr kam, das Kätzchen ab. Es zappelte ein wenig in ihren Händen und miaute einmal, machte aber keine ernsthaften Anstalten zu fliehen. Sie drückte es an ihr Gesicht, schielte und brummte es an, und es erwiderte ihr Starren. Einige Dutzend Sekunden dauerte ihr Augengespräch, dann sagte Joanna: »Zeig mir, wo ich ruhen soll, Aaron.« In diesem Augenblick kehrte eines der Dienstmädchen zurück. Aaron besprach sich mit ihr und sagte abrupt zu Joanna: »Geh mit Amabel, sie wird es dir zeigen.« Und dann, an Stephen gewandt: »Und du – du kommst mit mir. Du kannst dich abtrocknen und etwas essen.«

»Ach, laß Stephen mit mir im selben Zimmer schlafen«, rief Joanna, »denn das sind wir gewohnt, und getrennt voneinander fühlen wir uns nicht wohl. Heuschober oder überdachtes Friedhofstor, Königshaus oder Steinbruch – es ist uns gleich, solange Stephen da ist, um aufzupassen, wenn ich träume, und ich, um aufzupassen, wenn Stephen träumt. Nur daß er meine Träume nicht sehen kann, und wenn ich seine auch sehe, so bestehen sie doch nur aus Wasser und Wind und Feuer, und dabei ist es die Erde, wo der andere verborgen ist, bis Horus kommt.«

Mit diesem Wort überfiel sie eine gewisse Ruhe; sie preßte das Kätzchen an ihre Wange und sang leise darauf ein, während sie der beunruhigt und zweifelnd dreinblickenden Amabel folgte.

Stephen nahm wohl »etwas zu essen« zu sich, doch nahm er nicht an dem späten und etwas unorganisierten Abendessen teil, zu dem sich Aaron, Sybil und Ralph bald darauf niedersetzten. Aaron murmelte etwas davon, daß Henry wohl beschäftigt sei und schien davon auszugehen, daß Nancy nach den Strapazen des Sturms ebenfalls zu Bett gegangen war. Als sie dies begriff, dachte Sybil, daß Nancy wohl verärgert sein würde, wenn sie wüßte, daß man Derartiges von ihr dachte, doch hatte selbst Sybil nicht die volle Wahrheit hinter den Ereignissen des Nachmittags begriffen. Sie wußte zwar, daß

Nancy glaubte, Henry habe mit Hilfe der kraftgeladenen Tarots eine magische Operation durchgeführt, um den Sturm auf Mr. Coningsby zu hetzen. Doch sie wußte nichts von der kurzen Begegnung zwischen Henry und Aaron, als der jüngere Mann das Bewußtsein wiedererlangt hatte, um seinen von der Sorge getriebenen Großvater zu erblicken, der sich gerade über ihn beugte. Während er wieder zu sich gekommen war, hatte er Aaron mit wenigen Sätzen berichtet, was vorgefallen war. Aaron war entsetzt zurückgewichen.

»Aber dann«, sagte er mit zitternder Stimme, »können wir die Winde ja nicht mehr aufhalten.« Und er wurde bleich im Gesicht. »Wir werden alle umkommen.«

»Ja«, sagte Henry. »Das ist das Ende all unserer Träume.«

Mit diesen Worten war er auf sein eigenes Zimmer gegangen, um in der Dunkelheit über seine Hoffnung und seine Niederlage nachzubrüten und auf den Knall zu warten, der eintreffen mußte, sobald die Wucht der entfesselten Elemente das Haus packte; und so hatte er da gesessen, bis Nancy hereingekommen war. Doch Aarons Geist hatte sich geweigert, es zu glauben – es durfte einfach nicht sein. Irgend etwas würde schon noch geschehen, irgendein unverhoffter Zufall würde sie retten. Er hatte noch nie viel für Henrys Eindringen in den Hort der Mächte übrig gehabt, und Henry konnte sich durchaus irren. Die Manuskripte sagten dieses oder jenes, doch die Manuskripte konnten irren. In dem Glauben an ihre Gültigkeit hatten er und Henry den Plan geschmiedet, ihren Gast zu töten – doch der Sturm konnte auch ein Produkt des Zufalls sein. Vielleicht war Coningsby in Sicherheit, bei einem gewöhnlichen Sturm wäre das der Fall; wenn man alles zusammen besah, war es schließlich nicht so, als wäre es ein sehr weiter Weg oder eine sehr große Gefahr gewesen. *Es sei denn* – es sei denn, Schnee und Wind waren gezielt gegen ihn gerichtet worden. War dies nicht der Fall, war alles nur zufällig geschehen, besaßen die Tarots und die Ebenbilder keine eigene Kraft aus sich heraus, waren sie nur passive Widerspiegelungen universellerer Dinge; war das Mysterium beider nur ein Mysterium des Wissens und der Prophezeiung und nicht eines der Schöpfung und Lenkung – ja, dann würde der Fremde sicher zurückkehren; und sollte er dies tun – ja, dann waren sie alle in Sicherheit. Daß einige der Bilder verlorengegangen waren, war in der Tat eine Katastrophe; nun würde niemand die Bewegung der Bilder und ihre Bedeutung richtig deuten können. Die Zukunft vorherzusagen, würde dann auf alle Zeiten ein kindisches Spiel bleiben und niemals zur Wissenschaft der Weisheit werden. Doch er würde am Leben bleiben. Das lange Studium, dem er seine Lebensjahre gewidmet hatte, würde wohl zum Teil vergebens gewesen sein. Doch er würde am Leben bleiben. Am äußersten Abgrund der Vernichtung stehend, schrie er gegen die Vernichtung an; er verlangte nach einem Zeichen, und ein Zeichen ward ihm gegeben: Lothair Coningsby betrat torkelnd die Empfangshalle, und als er ihn erblickte, stieß Aaron einen großen Seufzer der Erleichterung aus. Der Sturm war nur natürlichen Ursprungs; er würde sich schon wieder legen.

Nachdem er derart seinen Seelenfrieden zurückgewonnen hatte, war er auch dazu fähig, sich mit vordringlichen praktischen Fragen zu befassen: er war sogar dazu fähig, Joanna mit alter Eifersucht und gewohntem Haß entgegenzutreten. Seit die Ebenbilder vor vielen Jahren in seinen Besitz übergegangen waren . . . ja, seit sein Vater und er sie – ach, lange war es her, in seiner Kindheit – aus dem großen runden alten Silberkasten (mit welcher ehrfürchtigen und atemlosen Sorgfalt! Mit welcher beinahe blinden, augenverschließenden Verehrung!) genommen hatten – jenem Kasten von nur knapp sechs Zoll Höhe, aber gewaltigem Durchmesser –, in dem, wie sein Vater ihm berichtete, sein geheimes Wissen jahrhundertelang von den Zigeunern um die Welt getragen worden war, mit Hüllen und Verkleidungen bedeckt, in Planwagen und Karren befördert, sogar den meisten ihrer eigenen wandernden Sippen unbekannt, die immer weiter umhervagabundierten und nicht wußten, daß eine Sippe all dieser rastlosen Gesellschaften im Besitz des Geheimnisses war, welches vor langer Zeit ein weiser Adept philosophischer Wahrheiten in den Ländern des Ostens oder in den geheimen Häusern Europas erschaffen hatte: ein Ägypter oder Jude oder ein christlicher Ketzer – ein Paulizianer, ein Bogumile oder ein Nestorianer –, vielleicht aber auch noch viel weiter entfernt im wüstenumringten Kaiserreich Abessinien – denn von alledem fanden sich leise Andeutungen in dem seltsamen Gemisch der zeichentragenden Bilder, und die Symbole besaßen keinen allgemein anerkannten oder traditionellen Bezug; ihre Vertrautheit war fremdländisch, sie waren schon vor der Errichtung von Kirchen und Sekten gewesen, waren ursprünglich, waren unendlich; doch wo immer sie auch entsprungen sein mochten, er, der sie schuf und die Papyrusgemälde mit ihnen, bis zu achtundsiebzig Grade des Wissens, hatte sie eingehüllt und versteckt und sie auf eine immerwährende Wanderung im Außen geschickt, wie sie untereinander den immerwährenden Tanz in ihrem Inneren unter sich bewahrten. Doch zur Zeit ihrer Erschaffung und Verbergung hatten die Tarotkarten in ihrer richtigen geheimnisvollen Anordnung auf dem goldenen Fundament der Tarotebenbilder und um dieses herum gelegen, eine jede von ihnen auf subtile Weise im Einklang mit den Bewegungen seines mächtigeren goldenen Originals schwingend, das sich selbst wiederum in Übereinstimmung mit der Bewegung jenes vollen und eigenständigen Zentrums des erschaffenen Tanzes drehte, welches es auf mikrokosmische Weise symbolisierte. Es sollte einmal eine Zeit anbrechen, so berichteten die Legenden, da sich ein Mensch erheben sollte, der das Geheimnis der Karten und der Bilder verstand und der durch rechte Unterwerfung im Sieg und durch rechten Sieg in der Unterwerfung zu einem Geheimnis vorstoßen solle, das hinter allen liege; ein Geheimnis, das – so hatten es die Wenigen stets vermutet, welche die Gestalten geschaut hatten, und nur sehr wenige waren es gewesen, sogar im Gesamtlauf all dieser Jahrhunderte – mit der reglosen Figur des Narren zu tun hatte. Doch das dunkle Schicksal, welches alle mystischen Darstellungen heimsuchte, vielleicht weil es keine bloßen Darstellungen sind, hatte auch diese befallen; das Verderben, welches Osiris in der weltlichen Erinnerung Ägyptens niederschlug; und das heilige, liebliche und schreckliche Tetragrammaton im Ritual von Juda verstummen ließ; und dem Hüter des Grals in der Gralsburg seine Wunden zufügte; und durch die Hand des blinden Hödur den lieblichsten aller nordischen Götter durchbohrte; und nach diesen allen weiterhin allenthalben zuschlug und zertrennte und vernichtete; durch des Menschen Sünde und doch auch durch mehr und anderes als die Sünde des Menschen, denn so war die Mythe der Götter und der rebellischen Engel zum Leben erweckt worden – zweifellos um durch Vernunft, doch auch um durch etwas Tieferliegendes als die Vernunft zu formen, was den Dingen an schrecklicher Unausweichlichkeit eignete: das Muß, das war und dem es dennoch nicht gestattet werden durfte zu sein, die Unausweichlichkeit, die es zu leugnen galt, das Fatum, das zurückgewiesen werden mußte; nur so und durch solche Widersprüche menschlichen Denkens allein ließ das Wesen des Universums es zu, daß der Mensch es erspürte. In sich durch den Turm prophezeit, der ständig stürzte, oder durch die furchterregende Gestalt des Set, dem Betreiber der Ungerechtigkeit, die über seine geblendeten Opfer herrschte, also in sich selbst prophezeit, befiel das Verderben das Arkanum der Bilder; keiner wußte wann, denn manche meinten, es sei bereits zur Zeit des Wohnes des ersten Schöpfers gewesen, der von der Weisheit seines Vaters abfiel, andere wiederum glaubten, es sei in der Generation vor der ihren geschehen. Doch wann immer diese Sünde auch geschehen sein mochte – sicher war, daß eines Nachts jemand den silbernen Kasten öffnete, der mit den Zeichen des Sternkreises versiegelt war, und die illustre Schönheit, die aus ihm hervorstrahlte, herausforderte, indem er seine Hände hineinstieß und die durchschimmernden, bemalten Blätter herausriß, meinend, daß er durch sie allein die Zukunft und die Schicksale der Menschen bestimmen und sich an der Sehnsucht seiner Nächsten bereichern könne, oder um auf liederliche Weise einer oberflächlichen Frau in den niedrigen Kellergewölben von Kiew oder Paris zu gefallen. Die Ebenbilder hatte er nicht anzurühren gewagt, und das goldene Fundament, das sie trug, blieb seinem Griff entzogen. Also floh er, die Schändung vollendend, und starb im Elend – so berichtete die Legende, doch tat sie dies eher, weil es nur als recht und billig galt, daß der Sünder für seinen Frevel büßen sollte, als aus sicherer Kenntnis des eigentlichen Geschehens heraus. So wurden die Darstellungsblätter in die eine Richtung verschleppt und die goldenen Gestalten in die andere, und die

Menschen des Geheimnisses harrten voller Hoffnung und Verzweiflung, wie Israel die Wiederkunft herbeisehnt; wie der Hüter die Ankunft des Haut Prince erwartet; wie Osiris der Getötete darauf wartet, daß Horus seine Feinde niedermacht; wie Baldur am Ort der Schatten der Zeit nach dem Ragnarök harrt und die ganze Menschheit auf die Beendigung der Verwechslung der Substanz und der Verkündigung der Einigkeit der Person. Doch selbst als die Gemälde durch Zufall und Fatum und höhere Lenkung im Haus des Lothair Coningsby wiedergefunden worden waren, hatte der Wille der Finder sich auf ihre eigenen Ziele gerichtet, auf das Experiment der menschlichen Schöpfung oder auf das Wissen um die Zukunft der Menschheit – und einmal mehr hatte die mystische Trennung die Verbannung des Willens von seinem Ziel durch die Tat manifestiert.

Zu dieser letzten Schlußfolgerung zu gelangen, gestattete Aaron es sich nicht, während er am Eßtisch saß und sich des Mythos entsann. In seines Vaters Zeit war es von einigen wenigen Wanderern beschlossen worden, die weitgereisten Ebenbilder nicht länger fortzutragen, da es von Jahr zu Jahr schwieriger wurde, der Neugier und Macht der Obrigkeit auszuweichen. Einige Reiche und viele Arme gaben ihr Geld dazu; man hatte ein alleinstehendes Haus gefunden und den Schatz der Obhut der Ältesten der Lees anvertraut. Der Raum war vorbereitet und die silberne Truhe war hineingebracht worden, und um die schnellere Herbeilockung der geringeren Instrumente durch den Tanz zu gewährleisten, hatte man sie auf den neugeformten Tisch gesetzt. Doch nach dem Tode ihres Vaters war das Wissen um das Hüteramt gewissermaßen zwischen Aaron und Joanna aufgeteilt worden, und beide wiederum mißverstanden die Anforderungen der Hingabe, Joanna durch die fiebrigen Träume ihrer Jugend, Aaron durch sein kaltes Studium des immerwährenden Labyrinths. Ihr Wahnsinn trieb sie weit umher, seine Torheit hielt ihn still; und wenn sie ihn aufsuchte, verbot er ihr, das heilige Objekt auch nur zu betrachten. So war ihr Zorn aufeinander mit dem Verstreichen der Jahre gewachsen, und nun lag sie in seinem Heim.

Er haßte und er fürchtete sie, und doch wußte er nicht so

recht, was er an ihr fürchtete und haßte. Er glaubte nicht, daß sie es wagen würde, die Ebenbilder zu berühren, und außerdem würde sie ohne Henrys oder seine Hilfe nicht durch die äußeren und inneren Kammern bis zu ihnen vordringen können. Vielleicht war es nur die Heftigkeit ihres Verlangens und die wahnwitzige Energie, die für sie die Namen Ägyptens in lebendige und anrufbare Götter verwandelte, und darin wiederum ihre Selbstidentifikation mit der Göttlichen Mutter und Sucherin. Es war seltsam und absurd, doch war es auch recht furchterregend – so sehr war sie mit ihrem Traum eins, daß dieser Traum sich manches Mal wie die Nebel des Nil über Aarons eigenes Wissen um sie als Joanna legte. Doch nun war sie hier, und daran ließ sich nichts mehr ändern. Vielleicht würde es Miss Coningsby, die Henrys Bericht zufolge auf der Straße bemerkenswert erfolgreich mit ihr umgegangen war, gelingen, sie zu beruhigen, wenn sie einen ihrer Anfälle bekommen sollte.

Während Sybil aß und trank und das Gespräch so gut in Gang hielt, wie es angesichts des verdorbenen Dinners, ihrer aller Geistesabwesenheit und des draußen immer heftiger tobenden Wirbelsturms nur eben ging, dachte sie zugleich über das Haus und seine Bewohner nach. Sie schaute es, vor dem Hintergrund eines mit tosendem Schnee erfüllten Himmels, als Teil eines Widerspruchs seiner selbst, schaute das Strahlen seiner eingeschlossenen Schönheit im Gegensatz zur Vernichtung durch eine noch wildere Schönheit; und im Haus selbst schaute sie die herrlich schönen Gestalten der Menschheit, die jede von einer hohen Tugend beseelt wurden, jede auf eigene Weise die Herrlichkeit universaler Erlösung manifestierend. Ihr Bruder, fleißig, großzügig, wie er es eben verstand, nach Frieden hungernd und folglich auch des Friedens sicher; Henry und Nancy – Henry, dachte sie, hatte sich ein wenig geirrt, wenn er geglaubt hatte, daß er das Himmelreich mit Gewalt erstürmen konnte. Dazu bedurfte es eher der Ruhe, der Aufmerksamkeit und der Disziplin. Aber Henry und Nancy – sie hoffte insbrünstig, daß die beiden zusammen waren und dem Frieden entgegengingen. Ralph mit seiner jugendlichen Frische und Unschuld; Aaron mit seinem geduldigen Studiereifer und seiner höflichen Verbindlichkeit – auch wenn diese Höflichkeit eine andere Absicht verbergen mochte (was, wenn Nancy recht hatte, wahrscheinlich der Fall war), so war Höflichkeit doch an sich bereits etwas Gutes, Erfreuliches; ja, gewiß, man durfte das Gute an sich nicht leugnen oder ablehnen, weil die Motive dahinter vielleicht ein wenig gemischt waren. Ihre eigenen Motive waren auch sehr häufig gemischter Art: der Unterschied zwischen der Freude an . . . nun ja, der unerhörten Torheit der Menschheit (ihre eigene inbegriffen) und dem Vergnügen, sie zu provozieren, verwischte sich manchmal etwas. Beunruhigt war sie sich der Tatsache bewußt, daß sie ihren Bruder in London manchmal dazu verleitete, seine Pomphaftigkeit, seine überheblich-herrische Einstellung gegenüber seinen Untergebenen zur Schau zu stellen, nur weil es ihr als so wunderbar-wundersam erschien, daß er dazu fähig war, sich derartig zu benehmen. »Das ist meine Schuld«, seufzte Sybil bei sich und bot sich wieder als Medium dar, mit dessen Hilfe die Liebe auch den Metzger vollkommener lieben konnte. Nicht als ob die Liebe nicht auch den Schlächter bereits vollkommen liebte, natürlich, aber durch sie würde vielleicht . . . aber das war eher ein Argument für Theologen. Jedenfalls stand es ihr mit dieser Sünde im Bewußtsein nicht an, Aaron oder Nancy zu verurteilen. Im Angesicht der vollkommenen Liebe gab es zwischen ihnen keine große Wahl. Doch zugleich oblag es, ohne daß dies eine Entschuldigung für sie darstellte, dem Schlächter selbst, dafür zu sorgen, daß man ihn nicht übervorteilte, sofern er das nicht wollte, und mochte es auch auf solch subtile Weise geschehen, wie sie sie anwandte, wie sie genau wußte. Und ebenso oblag es ihr wiederum, dafür zu sorgen, daß Aarons charmante Manieren ihren Bruder nicht mehr in weitere unangenehme Erfahrungen verwickelten. Höflichkeit war eine Sache, das Ziel der Höflichkeit eine andere; eine Verwechslung der Substanz war unnötig. Sie lächelte Aaron wieder an. »Und wo«, fragte sie, »ist mein Kätzchen?«

»Im Zimmer meiner Schwester«, erwiderte Aaron. »Wenn Sie es haben wollen –«

Sie seufzte verneinend. »Aber nein«, sagte sie, »natürlich

nicht. Habe ich Ihnen eigentlich erzählt, daß ich es im Schnee gefunden habe? Ich dachte, es würde zum Haus gehören.«

Aaron schüttelte den Kopf. »Zu unserem nicht«, antwortete er. »Wir halten hier nie Tiere, schon gar keine Katzen.«

»Wirklich?« sagte Sybil. »Mögen Sie keine, Mr. Lee? Oder bekommt ihnen die Luft hier nicht? Oder weigern sie sich alle, auf dem Land zu leben, wollen sie lieber nach London in die Theater und Untergrundbahnen? Lassen auch die Tiere das Land im Stich?«

Er lächelte, als er sprach: »Das ist kein Gattungsgesetz, Miss Coningsby, sondern eher eine recht seltsame Tatsache. Die Katzen, die wir im Laufe der Zeit aus irgendwelchen Gründen hielten, verbrachten ihre ganze Zeit vor der Tür meines Studierzimmers und miauten, um in den Raum der Ebenbilder zu gelangen.«

Ralph hob den Blick. Dies war das erste Mal, daß er von einem Raum der Ebenbilder hörte.

»Hunde übrigens auch«, fuhr Aaron fort, »die tun das gleiche. Es war manchmal eine recht arge Plackerei, sie fortzubringen, wenn wir mal einen hatten. Sie knurrten und bissen und wurden fast wahnsinnig vor Wut, bis wir sie endlich zurück in ihren Zwinger gebracht hatten. Es gab auch einen Papagei, den Henry als Kind hielt – ein Cousin von mir hatte ihn ihm geschenkt, ein prachtvoller Vogel –; eines Abends hat Henry versehentlich seine Käfigtür offenstehen gelassen. Am nächsten Morgen fanden wir ihn tot vor: Er hatte sich so lange gegen die Tür des Zimmers gestürzt, bis er tot zusammenbrach.«

Einen Augenblick herrschte Stille; dann sagte Ralph: »Papageien sind reichlich nützliche Dinger. Ich kenne einen Mann – er ist übrigens bei Scotland Yard und muß sich mit allen möglichen Spinnern abgeben und mit Leuten, die meinen, andere würden irgendwelche Verschwörungen aushecken oder sich einbilden, sie seien irgendwelchen Drogenschmugglerbanden auf der Spur . . . natürlich nicht gerade die albernsten Fälle, sondern solche, bei denen eben vielleicht doch etwas dran sein könnte. Na ja, jedenfalls ist ihm die Sache derartig auf die Nerven gegangen, daß er sich einen Papagei zulegte und in seinem Büro hielt, und zwar am Fenster gegenüber seinem

Schreibtisch, so daß alle ihm den Rücken zudrehen mußten. Dann hat er ihm beigebracht, immer dann, wenn mein Freund mit den Fingern über seine Nase strich, mehrmals hintereinander zu krächzen: ›Und was war – Dienstag – vor einer Woche?‹ Seine Stimme hatte einen fürchterlich gespenstischen, krächzenden Unterton, wenn Sie wissen, was ich meine, und mein Bekannter schwört, daß etwa die Hälfte der Leute einfach aus dem Zimmer gerannt sind, ohne auch nur zu fragen, was das zu bedeuten hatte. Und selbst die Mehrzahl jener, die blieben, waren den Rest der Zeit meistens ziemlich nervös. Einmal hat ihm die Sache allerdings einen Schock verpaßt, denn da war ein Bursche da, der Dienstag vor einer Woche beim Rennen eine Menge Geld verloren hatte, und als er auf diese Weise so plötzlich wieder daran erinnert wurde, sprang er auf und hat fast zwanzig Minuten lang nur geflucht, bis er wieder zur Sache kam.«

»Das«, sagte Sybil voller Überzeugung, »war eine bewunderswerte Idee. Schlicht, harmlos und anscheinend wirkungsvoll. Was ist denn aus dem Papageien geworden, Ralph?«

»Ach, er geriet ein wenig außer Kontrolle und wurde selbst zum Problem«, antwortete Ralph. »Er fragte die ganze Zeit: ›Und was war – Dienstag – vor einer Woche?‹, bis mein Freund es einfach nicht mehr hören konnte. Vor allem, nachdem irgendein Bursche an einem Dienstag einmal versucht hatte, ihn mit einem Hammer um die Ecke zu bringen. Da hat er ihn wieder abgeschafft. Aber er blieb weiterhin der Meinung, daß es eine sehr gescheite Idee für Rechtsanwälte, Geschäftsleute, Vikare und alle anderen ist, die viele Besucher haben.«

»Wunderschön!« sagte Sybil. »Das Mittel in vollkommenem Verhältnis zum Zweck – und keinerlei Komplikationen. Würden Sie auch zusammenzucken und erschrecken, Mr. Lee, wenn Sie plötzlich gefragt würden, was Sie Dienstag vor einer Woche getan haben?«

»Ach, ich führe leider immer nur das gleiche einförmige Leben«, sagte Aaron. »Seit Jahren hat es – dieses Weihnachtsfest ausgenommen – keinen Tag mehr gegeben, der sich von anderen auf irgendeine erinnerungswürdige Weise unterschieden hätte. Nein, ich würde nicht erschrecken und zusammenzucken.«

»Und du, Ralph?« wollte Sybil wissen.

»Hm – nein«, sagte Ralph. »Ich müßte vielleicht einen Augenblick nachdenken . . . ich meine, bei Scotland Yard und so. Aber – nein, nach einer Sekunde des Überlegens nicht.«

»Wie unschuldig das Alter doch ist«, sagte Sybil lächelnd zu Aaron. »Ich würde auch nicht erschrecken.«

»Ja, aber du erschrickst doch sowieso *nie*, Tante Sybil, nicht wahr?« protestierte Ralph. »Als dieses eine Dienstmädchen, das wir mal hatten, einmal im Gang ein ganzes Tablett voll Porzellan fallenließ, hast du einfach nur gesagt: ›Ach, die Arme, was wird sie sich jetzt für Sorgen machen!‹, und bist hinausgeflattert wie eine Brieftaube.«

»Na ja, sie hat sich ja auch Sorgen gemacht«, erwiderte Sybil. »Ganz entsetzliche Sorgen. Aber zurück zu Ihren Tieren, Mr. Lee. Wie läßt sich das erklären, was meinen Sie?«

Aaron zuckte leise mit den Schultern und machte eine Handbewegung. »Wer weiß?« antwortete er. »Es hört sich ja phantastisch an, zu behaupten, daß die Ebenbilder sie anziehen, aber welche Ursache sollte es sonst dafür geben? Irgendeine mesmerische Kraft . . . im Gleichgewicht, in den magnetischen Affinitäten.«

»Magnetische Anziehung bei Katzen?« fragte Sybil ein wenig skeptisch. »So habe ich Katzen noch nie wahrgenommen. Aber Sie lassen es doch wohl nicht zu, daß mein Kätzchen sich gegen die Tür wirft, nicht wahr? Jedenfalls nicht bevor wir versucht haben, es erst auf andere Weise zu amüsieren.«

»Ich werde mich persönlich um seine Sicherheit kümmern«, entgegnete Aaron. »Ich werde ohnehin nach Joanna sehen und die Katze entweder gleich mitbringen oder Joanna einschärfen, sorgfältig auf sie aufzupassen. Mit ihren unglückseligen Wahnvorstellungen über Ägypten wird sie schon vorsichtig genug mit ihr umgehen. Wird der Sonnengott Ra nicht auch in Katzengestalt dargestellt?«

»Davon weiß ich nicht das geringste«, antwortete Sybil lächelnd. »Vielleicht ist das Kätzchen ja Ra, und ich habe heute nachmittag den Sonnengott nach Hause getragen. Es sieht nicht so aus, wenn man das mal so sagen darf, als hätte der Sonnengott heute einen besonders guten Tag.«

Eine kurze Weile lauschten sie dem Schneesturm, dann blickte Sybil auf ihre Uhr. »Wenn Sie mich entschuldigen wollen, Mr. Lee«, sagte sie, »dann werde ich mal eben kurz nach meinem Bruder sehen, glaube ich. Vielleicht ist er froh über einen kurzen Wortwechsel.« Die drei erhoben sich gemeinsam.

»Richten Sie ihm bitte noch einmal mein Bedauern aus.« Aaron verneigte sich. »Es war ein völlig unvorhergesehener Unfall mit höchst bedauerlichen Folgen.«

Sybil antwortete mit einem Knicks. »Vielen Dank, sehr vielen Dank«, murmelte sie. »Lothair wird das gleiche denken – oder auch nicht. Aber ich selbst kann das nicht so ohne weiteres annehmen, wenn Sie meine Offenheit entschuldigen, falls Henry *tatsächlich* hinter dem Sturm stecken sollte.«

Erschrocken wich er zurück. »Der Sturm!« rief er mit etwas lauter gewordener Stimme. »Der Sturm ist doch nur Winterschnee!«

»Aber ist auch jeder Winterschnee der gleiche Sturm?« fragte sie. »Das heißt, wenn ich alles richtig verstanden habe. Aber ist er nicht abgöttisch schön? Bitte entschuldigen Sie mich nun, ich *muß* einfach nach Lothair sehen.« Sie machte kehrt und verließ den Raum.

»Tante Sybil«, sagte Ralph in die Pause hinein, die nach ihrem Fortgang einsetzte, »würde selbst eine Folterkammer noch abgöttisch schön finden, solange sie nur selbst auf der Marterbank liegt. Oder einen zusammengebrochenen Ford. Oder ein schlecht schließendes Fenster. Oder eine Anakonda.«

XII Der einstürzende Turm

In Aarons Arbeitszimmer war der Lärm des Schneesturms sehr laut. Als die beiden den Raum durchquerten, hörten sie es, und sie hörten auch, wie er noch lauter wurde, als Henry die innere Zimmertür aufschloß. Doch als sie in den Nebenraum eingetreten waren und eben durch die Vorhänge schritten, wurde es anders. Das schrille Kreischen des Windes veränderte sich um eine winzige, aber gründliche Nuance. Nancy hörte ihn nicht mehr schreien, sondern singen. Die Hand in Henrys gelegt, blieb sie zwischen den Vorhängen stehen.

»Hörst du? Mein Liebster, hörst du es?« rief sie. Er blieb ebenfalls stehen, wobei er den Vorhang offenhielt, lauschte und blickte zurück. »Ich höre es«, sagte er. »Er holt uns ein, Nancy.«

»Nein, das ist es nicht!« protestierte sie. »Hier drinnen hört es sich anders an. Horch!«

Als er den Vorhang fallenließ, wurden sie von der üblichen leisen Musik des Zimmers begrüßt. Dem Mädchen schien es, als sei das Brüllen des Windes unendlich weit zurückgewichen, um sich mit anderen Klängen zu vermengen, und als würde es von den Füßen der Tanzenden aufgenommen und durch sie zu neuem Klang verwandelt. Sie blieb stehen; sie schaute; sie sagte zu Henry: »Hast du die Tarots, Liebling?«

Er streckte sie vor, die Farbe der Zepter, die Farbe der Leugner, die Hofkarten der Kelche und Stäbe.

»Ob wir wohl mit ihrer Hilfe allein«, meinte sie, »hineinfinden?«

Zum ersten Mal seit sich auf der Terrasse im Schnee ihre Augen getroffen hatten, blickte er ihr voll ins Gesicht.

»Das kann ich nicht sagen; so etwas ist noch nie passiert«, sagte er. »Mein Versuch ist gescheitert. Vielleicht war es besser so. Ich habe getan, was klug erschien –«

»Das weiß ich«, sagte sie. »Liebster Henry, ich weiß, daß du das getan hast. Das verstehe ich, auch wenn ich sonst so wenig verstehe. Nichts steht zwischen uns, überhaupt nichts. Du hast es getan – und ich –, und nun sind wir hier. Aber du hast immer so geredet, als gäbe es einen Weg zu den – wie nennst du sie? – Großen Trümpfen, und so, als würden die Großen die Kleinen beherrschen.«

»Das tun sie gewiß«, erwiderte er, »und deshalb sind die Farben auch geringer als die Trümpfe. Aber es könnte sehr gefährlich werden, uns unter sie zu mengen, so . . . so halbvorbereitet, wie wir sind.«

»Dennoch können wir nicht länger warten, nicht wahr?« sagte sie. »Und selbst wenn die Zeit es zuließe – mein Herz würde es nicht tun, dazu klopft es zu heftig. Küß mich, Henry, und falls wir voneinander getrennt werden sollten, denke daran, daß ich immer lieben wollte. Und nun zu den Karten. Sag mal, hältst du sie fest, oder soll ich das tun? Und was tun wir jetzt am besten?«

»Tu dasselbe wie neulich abend«, sagte er, »dann lege ich meine Hände um deine, und halte die acht hohen Karten, die uns übriggeblieben sind, empor. Und dann gehen wir auf den Tisch zu, wie du es getan hast, doch diesmal bleiben wir erst stehen, wenn wir dazu gezwungen werden. Gott helfe uns – sofern es einen Gott gibt –, denn ich weiß nicht, was wir tun oder sagen können, wenn wir erst einmal bewußt in den Rhythmus des Tanzes eintreten.«

»Alles ist gut, alles ist sehr gut«, murmelte sie und sie stellten sich in der von ihm bezeichneten Anordnung auf, wobei er allerdings mehr von Angst erfüllt war als sie. Und dann, die Tarots auf die Tanzenden ausgerichtet, taten sie ihren ersten langsamen gemeinsamen Schritt.

Als sie dies taten, strömte ihnen wieder der goldene Nebel entgegen und floß um sie herum, wie er Nancy vor gerade zwei Nächten schon einmal umhüllt hatte. So intensiv konzentrierte sich diesmal ihr Wille auf seine Aufgabe, daß sie ihn überhaupt nicht beachtete, und Henry war es, der erschrocken die scheinbare Verzerrung ihres Antlitzes unter seinem bemerkte, ihrer beider riesig gewordenen Hände, die gigantischen Blätter, die in ihrem Griff zitterten und bebten, vibrierten, bis ihre bloßen Farben schon zu Leben zu erwachen und sich zu bewegen schienen und die gemalten Figuren zu schweben begannen, als wollten sie aus eigener Kraft ihrem sterblichen Griff entweichen. Er wagte nicht innezuhalten, und er spürte auch keinerlei Zögern bei dem Mädchen, das, so nahe neben ihm, einen Fuß vor den anderen setzte; nur daß durch seinen Geist das ironische Bewußtsein schoß, daß er selbst nicht auf diese Weise, ganz gewiß nicht auf diese vorgehabt hatte, in den geheimen Tanz einzudringen. Er hatte siegreich hineinschreiten wollen, die vier Elementarkräfte beherrschend, dem – gehorsamen – Zwillingsherzen und dem Zwillingsgeist befehlend, die im Einklang mit seinem schlagen und arbeiten sollten, Geliebte und Freundin, aber auch Dienerin und Instrument.

Er hatte gehofft, durch ihre Hingabe an seinen Willen das Geheimnis der Beherrschung zu enthüllen und mehr – das Geheimnis des Hauses des Lebens, von wo aus Eroberer, Heroen und Erlöser ausgesandt wurden, um unter den Menschen das Mal ihrer großen Erzeuger zu tragen. Und nun war er es, der von ihr gezogen wurde. Sie war es gewesen, die ihm den Weg gezeigt hatte; der Gedanke daran war durch jene Katastrophe aus seinem Bewußtsein verdrängt worden, die dieses überwältigt hatte. Sie war es, die als erste voranschritt, nicht durch seinen Willen, sondern durch ihren eigenen – auch konnte er in diesem Augenblick nicht erraten, wieviel Zielbewußtheit und Kraft und Mut Nancys eigenes Herz wiederum aus ihm bezog. Seine Kraft war nutzlos gewesen, bis sie sie erschlossen hatte; sie arbeitete durch sie, doch er war es, aus dem sie noch immer auf verborgene Weise hervorströmte. Wenngleich sie es war, die an seiner Stelle am Ort des Nebels herrschte, war er es doch, der ihr diese Souveränität verliehen hatte, und nun schien es ihr, daß sie, wenngleich alle Gewalten des Himmels und der Erde sie leugnen mochten, diese tiefgründende Oberhoheit anerkennen würde, solange ihr Sein überhaupt noch irgendein Wissen um sich selbst besaß.

Sie drängte voran. Die großen Blätter bebten und trennten sich und trieben im Wind, der sich, wie schon einmal zuvor, in der goldenen Wolke zu regen schien. Als sie eines nach dem anderen davongetragen wurden, nahmen sie das Aussehen lebender Gestalten an; die Durchsichtigkeit, die von den scharlachroten und blauen Farbtönen der Königin der Kelche erleuchtet wurde, schwebte vor ihr davon, weiter und weiter, und war tatsächlich eine gekrönte, in eine Robe gekleidete Frau, die den scharlachroten Kelch trug; das Schwarz und das Purpur des Ritters der Leugner zeigte für einen kurzen Augenblick, bevor es von der Wolke verschlungen wurde, einen Negerjüngling in fremdländischer Kleidung, der eine schimmernde Bronzemünze emporhielt, und alle waren sie von einer Aureole aus Licht umhüllt, die einmal der Papyrus gewesen war, der die nun lebendige Gestalt getragen hatte. Ihre Hände unter ihr leuchteten im Nebel und sahen feurig aus; die goldene Wolke über diesen fahlen Gestalten, die von scharlachfarbenem Blutfeuer durchtränkt war, blendete und betäubte sie; sie waren noch herrlicher und entsetzlicher als die Visionen, die aus ihnen emporstiegen und im Wind davonwehten. Um sie herum, sie einschließend, sie stützend, waren andere mächtige Hände – seine. Ansonsten war sie sich seiner Gegenwart nicht mehr bewußt; abgesehen von diesen Händen hätte sie auch allein sein können. Doch diese vier Hände, die durch ein Unglück die Winde und die Wasser auf Erden entfesselt hatten, streckten sich nun aus, um die Kraft wiederzugewinnen, die sie ungewollt verschleudert hatten. Die Kraft in ihr, der Sproß ihrer verwandelten Liebe, sehnte sich, ihr eigenes Bewußtsein niederdrückend, nach einer jenseitigen Entdeckung, wo ihr eine mächtigere Kraft antworten würde. Sie drängte voran.

Es war beim vierten Schritt, daß Henry sie verlor. Noch immer der Ironie ihrer geminsamen Bewegung, noch immer seiner eigenen Stellung im Kontrast zu der ihren und ihrer beider im Vergleich zu dem Rätsel der Gemälde und Bilder bewußt, verlor er sich für den Bruchteil eines Augenblicks in Bedauern darüber, daß die Dinge sich derart entwickelt hatten. Dies war es nicht, was er beabsichtigt hatte; sein Verstand fügte die Feststellung hinzu, daß dies es nicht war, was hätte sein sollen, und fast bevor sein Vorwurf von seinem Herzschlag zu seinem Denken emporgewachsen war, war sie auch schon verschwunden. Seine Hände waren leer; die Wolke umwirbelte ihn, doch nun hatte er keine Gefährtin mehr. Er machte den einzigen, einsamen Schritt nach vorn, dann bewegte er sich nicht mehr. Er zögerte im Nebel; der Wind schlug ihm entgegen, als hätte er das Mädchen davongeweht und als wolle er ihn nun dem Verderben entgegentreiben. Er stemmte sich dagegen, kämpfte dagegen an, doch nun nicht so sehr um seiner selbst als um ihretwillen. Der Wind drückte gegen ihn, nicht mit plötzlichen Böen, sondern mit beständiger Kraft, so daß er sich gerade noch aufrechthalten konnte, indem er sich gegen ihn lehnte. Als befände er sich noch immer auf der Terrasse und würde gegen den Sturm ankämpfen, so stellte er sich gegen diesen Widerstand; als sei alles, was seitdem geschehen war, nicht gewesen, bis auf eine einzige unerkannte Veränderung. Auf der Terrasse war ihm seine eigene Gefahr und die ihre mit gleicher Dringlichkeit bewußt gewesen. Doch seitdem war tatsächlich viel geschehen. Seine eigenen Pläne waren zunichte gemacht worden; ihre Liebe zu ihm, ihre Liebe zu etwas Größerem, als er es war, hatte seine Finsternis erhellt; ihr Lachen hatte sie erschüttert, ihre Stimme hatte ihn daraus herausgerufen. Indem er ihr gefolgt war, war er so weit gekommen; nun durchflutete er seinen Geist mit dem Verlangen nach ihrer Rettung. Sollte er selbst doch verlorengehen, mochte doch die ganze Welt untergehen, solange *sie* wenigstens inmitten der Gefahren dieser übernatürlichen Welt in Sicherheit wandeln konnte. Er hatte ihre Furcht verhöhnt, und nun war Furcht um sie in seinem eigenen Herzen. Der Nebel drang ihm in Kehle und Nüstern, er erstickte darin. Seine Augen waren blind, sein Kopf schwindelte in dieser schrecklichen goldenen Wolke. Doch vor allem aber wußte er, daß ihre Hände fort waren und daß auch sie allein war.

In diesem Augenblick ergriffen ihn die Hände. Zunächst verstand er nicht, ja bemerkte nicht einmal, was da geschah. Bange Furcht um Nancy wegen der Gefahr, in der sie sich befinden mochte, sein eigenes Würgen und Tasten im Inneren dieser unerträglich leuchtenden Wolke und sein unentwegter Kampf um Halt in dem unerbittlich beharrlichen Wind ließen ihn den leichten Griff, der einen seiner Fußknöchel umfaßte, zunächst nicht bemerken. Doch als er seinen Fuß bewegen wollte, bemerkte er, daß er festgehalten wurde, festgehalten von etwas, das sich wie eine Hand anfühlte. Hastig blickte er hinab; in dem schwebenden Gold war nichts zu erkennen. Er versuchte seinen Fuß aus dem Boden zu reißen – es gelang ihm nicht. Schon wollte er sich vorbeugen, um seine Fessel zu befreien, als er plötzlich zögerte und innehielt: dort unten war der Nebel so dicht. Scharf riß er gegen den Druck; der Griff, wo immer er auch herrühren mochte, verstärkte sich, und nun glitt auch über seinen anderen Knöchel etwas und hielt ihn fest. Das waren mit Sicherheit Hände: Er spürte die Finger und Daumen. Als er dies erkannte, blieb er reglos stehen; es hatte keinen Sinn, gegen diese Widersacher wie ein verängstigtes Kind anzukämpfen. Sollte in dieser Welt tatsächlich etwas Feindseliges hausen, so konnte er es vielleicht überwinden – solange sein Wille ungebrochen blieb. Doch was sollte sein Wille unternehmen?

Seine Füße wurden zusammengezogen. Er stemmte seinen Willen dagegen, doch sie wurden durch Zwang bewegt. Er schlug mit einem Arm nach hinten aus, doch kaum befand sich dieser hinter seinem Rücken, als auch sein Handgelenk gepackt, der Arm gegen seinen Rücken gedrückt und dort festgehalten wurde. Der Griff war nicht grob, war sogar sanft, aber er war absolut unausweichlich. Derselbe, oder ein anderer wie er, packte sein anderes Handgelenk und zog auch dieses zurück. Der Wind legte sich; es schien fast, als wäre er nur geweht, um ihn aufzuhalten, bis seine Gefangennahme beendet war.

Stunden schienen zu vergehen, ohne daß etwas geschah, nur daß er festgehalten wurde. Seine starke und zornige Vorstellungskraft versuchte vergeblich, eine Möglichkeit der Befreiung zu ergründen, und versagte kläglich. Aus dem Nebel, der ein wenig vor ihm zurückgewichen war, klang ihm eine Musik entgegen; mal wurde sie lauter, mal leiser, als ob etwas an ihm vorbeiginge und wiederkehrte. Ein- oder zweimal glaubte er fast sprechende Stimmen zu hören, doch auch diese verstummten wieder. Gelegentlich leuchtete ein mattes Licht auf; der Nebel bebte wie von einem schnellen Durchstoß. Doch mehr als diese Spuren von Wesenheiten konnte er nicht ausmachen. Er stand da und sah nichts anderes. Sein Herz begann schwächer zu klopfen; vielleicht war dies das Ende. Reglos stand er am Ort der Tarots, so reglos wie der Narr der Tarots – und tatsächlich war er selbst ein Narr der Tarots. Und Nancy – wurde auch sie in diesem unveränderlichen goldenen Nebel festgehalten, mit ihrer jugendlichen Freude, ihrem unsterblichen Mut, ihrem Verlangen nach Liebe? »Falls wir voneinander getrennt werden sollten, denke daran, daß ich immer lieben wollte.« Hier war nichts, was es zu lieben gab, außer sich selbst – sofern er wirklich lieben wollte.

Aus Stunden wurden Tage, wurden Jahre. Unbemerkbar hatte sich der Griff verstärkt, die Knöchel waren enger zusammengepreßt worden und die Handgelenke ebenfalls. Noch immer war er unfähig, sich zu rühren, doch in seiner Unfähigkeit war er nun noch stärker beengt; kräftiger wurde er in die bloße aufrechte Gestalt seines umklammerten Körpers hineingezwungen, denn der Nebel umschloß ihn erneut und nahm seine Form an. Er wurde als er selbst umgrenzt und umrissen, ein Relief seiner selbst wurde dieser Wolke eingeformt, inzwischen beinahe plastischer Festigkeit; er konnte noch atmen, das war alles. Seine Gedanken begannen mit ihm gemeinsam zusammenzubrechen; er war sich lediglich seiner Sinne bewußt, und die waren nun auf das Sehen und Fühlen des Nebels beschränkt. Wäre da nicht das leise Prickeln überall gewesen, welches die goldene Unbestimmtheit zu erzeugen schien, wie sie gegen ihn preßte, und der kräftige Griff um seine Gliedmaßen, er wäre sich überhaupt nichts mehr bewußt gewesen – es wäre nichts dagewesen, dessen er sich hätte bewußt sein können. Er konnte nicht einmal mehr danach streben, sich selbst zu befreien, denn schon die bloße Vorstellung der Freiheit wich von ihm. Es gab keine Freiheit, weil es kein Wissen gab; er war von allem abgetrennt, was er gewesen war, nur daß ganz matt, innerhalb oder außerhalb dieser äonischen Einsamkeit gelegentlich etwas wie eine Erinnerung an den einen oder anderen der großen Trümpfe der Tarots erschien. Irgendwo, ganz vage, glaubte er vor sich, aus dem Nebel gebildet und sich doch vor dem Nebel abzeichnend, die hierophantische Frau zu erkennen oder die Liebenden oder den großen Turm, der beinahe aus dem Gesichtsfeld hinausragte, so hoch wuchs er empor, um dann immer wieder – kaum strengten sich seine ermatteten Augen an, die emporsteigenden Mauern genauer zu erkennen – taumelte und wankte, um dann in schrecklichem Schweigen auseinanderzufallen, doch nie vollständig. Er wurde von Händen wiedererrichtet, die aus dem Inneren der emporsteigenden Mauern hervorkrochen, sich selbst zu einem Turm aufbauten, die unter ihnen liegenden Händen an Ort und Stelle fest treibend, sie mit Fäusten niederhämmernd, so daß der ganze Turm aus Schichten von Händen bestand. Doch während er emporwuchs, veränderten diese sich; Mauerwerk in den unteren Partien, dünnere Mauerschichten darüber und noch weiter oben Mauerwerk, das sich zu Händen wandelte, einige wenige Schichten sich bewegender Hände und (ganz oben) die emsig werkenden Fäuste und Finger. Und dann fiel ein plötzlicher Funke Sonnenlicht von oben darauf herab, und die Fäuste wichen aus dem Gesichtsfeld zurück, die Hände lösten sich voneinander, schnell, aber zögernd, aneinander festhaltend, bis der Sturz sie auseinanderriß; und das scheinbare Mauerwerk verwandelte sich wieder, von einer unsichtbaren Kraft zerrissen, in greifende und sich trennende Hände. Auf unglaubliche Weise hielten sie zusammen; sie zitterten und wanden sich, um einem ihnen innewohnenden, in ihnen lauerndem Prinzip der Zerstörung zu entgehen, und während er dieses häßliche Verschlingen und Ausweichen spürte, verblaßten sie wieder im Nebel, aus dem sie hervorgekommen waren. Die Jahre verstrichen, und immer wieder einmal, alle vier oder fünf, wurde ihm der Turm erneut gezeigt, und jedesmal war er ein wenig näher als vorher.

Die Jahre wuchsen zu Jahrhunderten heran. Er blickte nicht länger auf irgend etwas, auch die Sicht war verschwunden. Sehr langsam hatte sich der Turm auf ihn zubewegt; er konnte ihn nicht mehr sehen, denn er war mit ihm eins geworden. Ein Zittern entstand an der Wurzel seiner Wirbelsäule, breitete sich durch seine Lenden aus, dann endete es, und er spürte eine wachsende Starre in seinem Inneren – höher, höher, bis er von den Lenden bis zum Kopf versteinert war, selbst zu einem Turm aus Stein geworden. Selbst noch in diesem Zustand wollte er irgend etwas unternehmen, einen großen Marmorarm heben und emporgreifen, um die Sterne vom Himmel zu pflükken und zu einer Krone zu verschlingen – zu einer harten, scharfen goldenen Krone –, für ein Haupt wie jenes des Nimrod, vielleicht für sein eigenes. Er errichtete ein gigantisches Bild seiner selbst, auf daß Himmel und Erde es verehrten. Er war stark und groß genug, um zu tun, was noch nie ein Mensch zuvor getan hatte, und um auf dem Gipfel eines hohen Orts zu stehen, der inmitten der kreisenden Lichter der Himmelswelt fest blieb. Und immer dann, als er gerade spürte, wie sich sein Wille fest und stark genug verdichtete, um den Arm zu heben und die Umklammerung jener kalten Hände zu durchbrechen, begann etwas in ihm einzustürzen. Er erzitterte schwindelnd; er wäre getaumelt, vermochte es jedoch nicht. Von oben liefen Wellen sein Fleisch hinab; sein Unterkiefer fiel herab; seine Knie bebten; seine Lenden zitterten; aus allen Richtungen wurde von innen heraus an ihm gezerrt; er war im Begriff, bis zur völligen Vernichtung zerrissen zu werden. Dann wurde er wieder langsam gefestigt, und wieder nahm seine lange Versteinerung ihren Lauf, und so wurde sein Wille in einem Jahresreigen nach dem anderen erschaffen und gebrochen, und langsam, nach vielen Wiederholungen, versagte der

Mut in seinem Herzen, und er gestand sich die Unmöglichkeit des Erfolgs ein. Die Sterne waren seinem Griff entzogen; Babel war für immer zum Einstürzen verdammt – in der letzten Minute, wenn die Ebenen des Himmels nur noch wenige Fuß oberhalb seiner emporsteigenden Struktur entfernt lag, drang die Verwirrung ein und machte sich breit, und die miteinander nicht verbundenen Arbeiter flohen, und die Elemente der Welt brüllten, jedes seiner Bahn folgend, heran und stießen in Kriegen und Tumulten, in Konflikten und Katastrophen wieder aufeinander. Doch nun vernahm er jedesmal, wenn der schreckliche Zusammenbruch in seinem Inneren seinen Lauf nahm, eine Stimme, die sich über diesen seltsamen und zerschmetternden Chor erhob und sagte: »Denke daran, daß ich immer lieben wollte.« Aus jedem Einsturz erscholl sie hervor, und mit jedem Einsturz klarer, deutlicher. Dies allein von seiner Vergangenheit war dringend; dies allein besaß Bedeutung in dem Nichts, zu dem sein Streben zerbrach.

Es geschah immer schneller; es wurde immer und immer aufs neue wiederholt; es wurde kürzer, die Worte fielen von ihm ab. Die Jahrhunderte fanden zu ihrem Ende; ein schnellerer Jahresstrom setzte ein; vehement erreichte ihn der Ruf, und als er versuchte, ihm mit einem einzigen Wollen zu antworten, lösten die Hände der übernatürlichen Mächte ihren Griff. Er bewegte sich und taumelte; Zeiten jagten um ihn herum; etwas strich gegen seine Beine; der Nebel wirbelte und brach, und als er unsicher weiterschritt, blickte er plötzlich in das Antlitz Joannas, und dann schoß die goldene Wolke wieder zwischen sie und trennte einmal mehr die beiden leidenschaftlichsten Tarotsucher voneinander.

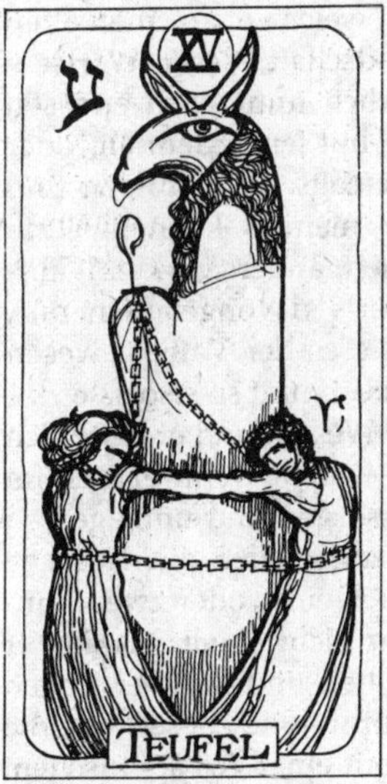

XIII Das Kapitel vom Hinausziehen in der Nacht

Mr. Coningsby lag schon seit geraumer Zeit im Bett, schlief jedoch nicht. Er war unruhig; sein Geist war unruhig. Dieses Zubettgehen war ja ganz schön, dieses Zubettgebrachtwerden, damit er sich nicht erkältete, aber – aber – vor seinem geistigen Auge sah er ständig Sybil vor sich. Sybil, so hatte er es ziemlich vage mitbekommen, lag nicht im Bett und hatte auch nicht die leisesten Anstalten gemacht, es zu tun. Und wenn sie auf war, warum lag er dann hier? Natürlich war das ein Beweis für ein sehr freundliches Wesen, weniger hätte er von dem alten Mann auch nicht erwartet, der anscheinend nicht das Geringste über Henrys einfältige Frechheit wußte, zu hoffen, ja eigentlich viel mehr als nur zu hoffen, sogar zu erwarten oder etwas Ähnliches, daß man ihm einen Satz Karten gab, die ein

Teil der einzigen Erinnerungen waren, welche er an einen alten und lieben Freund besaß, eine Freundschaft, deren Wert ein junger Hühnerdieb wie Henry natürlich unmöglich erfassen konnte. Zigeuner freundeten sich nie mit jemandem an, oder allenfalls mit Leuten ihres eigenen Schlags: Vagabunden und Bettler, die Sorte Leute, die Nancy niemals kennengelernt hatte; obwohl der Großvater wirklich sehr anders wirkte. Wahrscheinlich war die Mutter – die Tochter – davongelaufen; nur, der Name war der gleiche, also mußte es der Vater gewesen sein, aber sie, die Familie, das waren bestimmt so Asoziale . . . Doch Aaron Lee war ein ganz anderes Wesen, und er hatte sich sehr anständig verhalten. Trotzdem – auch wenn er sich im ersten Schock der Rückkehr hatte versorgen und umhegen, ja geradezu verhätscheln lassen – trotzdem blieb die Tatsache bestehen, daß ihm dieser Gedanke nach einer oder zwei Stunden Einsamkeit nicht behagte. Er war nicht so alt, als daß er nicht in einen Schneesturm hätte geraten und darüber lachen können. Er bedachte den Schneesturm, wie dieser um die verhangenen Fenster toste, wirklich mit einer Art spöttischem Lachen, worauf der Schneesturm mit einem solch heftigen Angriff auf das Haus antwortete, daß Mr. Coningsby sein Lachen ungewollt abbrach und beunruhigt auf die Vorhänge blickte. Wenn dieses Höllending das Glas zerbersten und ins Zimmer einbrechen sollte, würde er einen schönen Anblick abgeben, wie er dann durch den Raum tanzte und versuchte, sich in aller Eile anzukleiden! Einen Augenblick hatte er ein Bild vor sich, wie er auf einem schneebedeckten Toilettentisch nach einem Manschettenknopf tastete und versuchte, eine Krawatte zu binden, die wie ein zerfetztes Banner im Wind flatterte. Wirklich, es sprach doch einiges fürs Aufstehen! Außerdem war Sybil auf, und Sybil war kein kleines Mädchen mehr, und wenn er selbst sich auch länger im Sturm aufgehalten hatte als sie, so war er doch immerhin auch ein Mann und hatte doch immer darauf Wert gelegt, wie aktiv er eigentlich war, in einem nur halbbewußten Vergleich mit den anderen: Aaron, Sybil – er vermutete, daß Nancy und Henry ebenfalls auf waren – und er lag hier mit einer Wärmflasche im Bett. Mit einer Wärmflasche! Mehr wollten die Eltern, so glaubten die Jungen wohl, gar nicht. »Und wenn sie«, setzte Mr. Coningsby die Metapher fort, »wenn sie ins heiße Wasser fallen mit ihrem Umhergejage und -gejazze und ihren Negerbarden und Nachtklubs, zu wem gehen sie dann, damit er sie da wieder herausholt? Zu dem alten Knaben, der mit einer Wärmflasche ins Bett gesteckt wurde.« Es ließ sich kaum etwas Unwahrscheinlicheres vorstellen, als daß Nancy oder Ralph sich in einer Krise an ihren Vater gewandt hätten, doch diese tatsächliche Trennung blieb für ihn hinter der gefühlsmäßigen verborgen. Sie waren alle auf – aßen wahrscheinlich zu Abend. Niemand hatte ihm bisher etwas zu essen gebracht; aber vielleicht hatten sie ja auch noch nicht angefangen. »Ich bin ein fair denkender Mensch«, dachte Mr. Coningsby. »Ich würde sagen, das Abendessen ist ein bißchen spät dran. Um so besser. Ich werde aufstehen. Wenn meine Schwester auf sein kann, kann ich es auch.«

Das Gefühl, welches diesem letzteren Satz unterlag, war tatsächlich nicht ganz so schlicht, wie es den Anschein hatte – und das wußte er auch. Obwohl er ihr aus dem Wege ging, schwebte eine fürchterliche Frage durch sein Bewußtsein, ob er nämlich Sybil wirklich so sehr gerettet hatte, wie er glaubte. Lothair Coningsby war in mancherlei Hinsicht ein Fanatiker, aber er war kein Einfaltspinsel. Er bestand nie darauf, die Tatsachen falsch zu sehen, wenngleich er emsig sein Bestes tat, um die Tatsachen dazu zu bewegen, sich so anzuordnen, wie es seinen persönlichen Vorlieben entsprach. Doch manchmal weigerte sich eine Tatsache, dies zu tun – etwa Nancys Vereinbarung mit Henry und Ralphs entschlossene Abreise über Weihnacht –, und dann blieb ihm nichts anderes übrig, als sich darüber hinwegzutrösten oder sie anzusehen und zu verbannen. Das Erlebnis des Nachmittags gehörte auch in diese Kategorie. Er hatte Sybil retten wollen, er hatte geglaubt, es zu tun, er hatte sich große Sorgen um sie gemacht, doch jetzt, in seiner warmen, bequemen Ruhe mußte er erkennen, daß sie dabei höchst aktiv gewesen war; ihre Stimme hatte sehr frisch geklungen, und sie hatte . . . das hatte sie, mit Sicherheit . . . leise vor sich hingesungen, als sie darauf warteten, daß die Haustür geöffnet wurde. Er selbst dagegen hatte nicht gesungen, doch andererseits pflegte er auch sonst nicht zu singen; er zog es vor, den Mund nur zur passenden Gelegenheit zu öffnen, und vor einer verschlossenen Tür in einem heulenden Schneesturm zu stehen war keine solche gewesen. Sie war hinausgegangen, um ihm entgegenzugehen – ja, natürlich, aber wer von ihnen – oh, gütiger Himmel, *wer* denn nur von ihnen – war für die Anwesenheit des anderen *wirklich* dankbar gewesen? Vielleicht spielte es ja keine Rolle, vielleicht waren sie ja beide füreinander dankbar gewesen? Gegenseitige Hilfe. Sybil glaubte gerne an Gegenseitigkeit, insofern war das schon in Ordnung. Das tat er selbst auch, doch wie die Welt nun einmal war, schien er stets gegenseitiger handeln zu müssen als alle anderen. Doch an diesem Nachmittag?

Die Sache wurde langsam unerträglich. Der Wind schlug erneut gegen das Fenster und schreckte ihn zu einer Entscheidung auf. Er würde aufstehen. Es war Weihnachten – beim Himmel, so war es! Er hatte noch nie den Abend des ersten Weihnachtstags im Bett verbracht. Er nahm stets auf gutmütige Art an allen Vergnügungen teil, die geboten wurden. Vielleicht wäre es zuviel verlangt, in diesem Haus Vergnügungen zu erwarten, doch Gespräche fanden sicherlich statt, und vielleicht gab es ja auch – Aaron hatte etwas Ähnliches angedeutet – einen außergewöhnlichen Wein. Vielleicht auch ein bißchen Musik, oder was auch immer. Was auch immer oder was auch immer nicht – jedenfalls würde er hier nicht wie ein zurückgelassener Holzscheit herumliegen, während die anderen Holzscheite . . . na ja, unten waren. Sybil sollte merken, daß, wenn sie ihm schon geholfen hatte, dies nur vorübergehender Natur gewesen war; und wenn er es gewesen sein sollte, der ihr geholfen hatte, dann war es albern, wenn sie auf war und er nicht. Und sollte der Sturm sein Fenster tatsächlich noch eindrücken, so würde er dann leichter in ein anderes Zimmer umziehen können. So war es in jeder Hinsicht und unter allen Gesichtspunkten besser, aufzustehen. Zumal ihn alle anderen vergessen zu haben schienen: sein Gastgeber, Henry, Nancy, Sybil – alle. Na schön, er würde also nach unten gehen; er würde sich nicht beschweren, aber sollte irgend jemand sich überrascht zeigen, so würde er vielleicht ein Wort oder zwei einwerfen: »Na ja, so ganz allein im Bett . . .«; »Wenn man nicht gerade krank ist, hat man doch ganz gern etwas Gesellschaft . . .«; oder vielleicht, noch besser: »Ich dachte, ich würde euch lieber Gesellschaft leisten«, mit der allerleisesten Betonung auf »Gesellschaft« – nicht deutlich genug, daß sie ihn wie einen Invaliden behandeln konnten, aber gerade genug, um in Sybils und vielleicht auch Aarons Herzen ein leises Zucken der Reue entstehen zu lassen. Er rechnete nicht wirklich damit, daß er auch nur ein leises Zucken bei Nancy auslösen würde, und er hoffte geradezu, daß Henry sich ein wenig ärgern würde.

Während er sich ankleidete, ging er verschiedene Sätze durch. Ab und an erschien Mr. Coningsby die englische Sprache als nahezu untauglich, seine feineren Gefühlsnuancen auszudrücken. Doch schließlich war ja auch das Leben – andere Leute dazu zu bringen, genau zu verstehen, was man meinte und wollte und dachte und fühlte – eine ziemlich komplizierte Angelegenheit, und da er sich anderen nie gerne aufdrängte, gab er sich meistens damit zufrieden, wenn er leise andeuten konnte, was er empfand. Man durfte nicht selbstsüchtig sein – schon gar nicht an Weihnachten. Er ließ ein klagendes »Ich dachte, vielleicht hättet ihr nichts *dagegen*, wenn ich nach unten komme« fallen zugunsten eines fröhlichen: »Haha! Na, ihr seht ja selbst – hat nicht viel gebraucht, bis ich wieder auf dem Damm war! Ach, Sybil, du . . . dein . . . du hast nicht . . .« Ziemlich gereizt gab er diesen Angang auf. Es fiel ihm einfach nichts Fröhliches ein, das er Sybil hätte sagen können. Er beendete sein Ankleiden und schritt zur Tür. Die Hand auf der Klinke, drehte er das Licht aus, öffnete die Tür und trat hinaus. Sein Raum befand sich nahe dem oberen Treppenabsatz neben Aarons Schlafzimmer. Der Gang, in den er hinaustrat, verlief nach rechts und nach links und mündete zu beiden Seiten in einen kurzen Endkorridor. In der gegenüberliegenden fernen Ecke zur Rechten war die Tür zu Aarons Studierzimmer, hinter dem wiederum der seltsame, dem Wind von allen Seiten ausgesetzte Raum lag, wo sich die absurden kleinen Püppchen befanden. Es hatte ihm einige Freude gemacht, Henry gegenüber dieses Wort zu benutzen, und es fiel ihm wieder ein, wie er jetzt in diese Richtung starrte. Denn zu seiner großen Überraschung erblickte er eine kleine Prozession, die durch den

Korridor schlich. Sie war gerade an seinem Zimmer vorbeigekommen, als er leise die Tür geöffnet hatte, und hatte ihn nicht bemerkt. Tatsächlich war es der große, junge Männerrücken, den er soeben anstarrte, der ihn überraschte. Henry war es nicht; es war niemand, den er kannte. Er trug den Mantel eines Chauffeurs, doch da seine Arme mehrere Zoll aus den Ärmeln hervorstaken und der Hals hoch und dick weit oberhalb des Kragens ansetzte, war es höchstwahrscheinlich nicht der Chauffeur. Außerdem würde der Chauffeur wohl kaum auf diese Weise im Haus seines Herrn umherwandern. Mr. Coningsbys Augen streiften ihn, während er sich wunderte, um plötzlich auf jemanden zu fallen, an den er sich sehr lebhaft erinnern konnte. Dort, die Augen auf den Boden geheftet, eine Decke um sich gehüllt – »ungewöhnliche Kleidung!« dachte der erstaunte und ohnehin schon verärgerte Besucher –, ging die alte Verrückte, die ihnen auf ihrer Reise hierher begegnet war. Oh, das war sie, ganz zweifellos: das strähnige weiße Haar brachte die Erinnerung an jenen Abend vollends zurück, ebenso die gebeugte Gestalt und die krallende Hand, welche die Decke am Hals zusammenraffte. Sie schien irgend etwas zu verfolgen: der Kopf war tief nach unten und nach vorn geneigt. Mr. Coningsby beugte sich instinktiv zur Seite und reckte den Kopf, um zu sehen, was es war, bis er etwa einen Meter oder so vor ihr ein Kätzchen erblickte. Verständnislos starrte er auf die Szene, während der merkwürdige Zug weiterschritt – an der Spitze das Kätzchen, das sanft auftrat, gelegentlich haltmachte, um sich, wie es für kleine Katzen typisch war, zusammenzuducken, sich wieder erhob und weiterschlich, den Kopf von einer Seite zur anderen drehend; hinter ihm die alte Frau mit der erstaunlichen Decke; und danach der junge Mann in dem Mantel, der ihm mindestens drei Nummern zu groß war, wenn nicht noch mehr. Mr. Coningsby bekam schon von ihrem bloßen Anblick eine Gänsehaut. Warum ein Kätzchen? Warum sollte selbst eine verrückte alte Vettel so leise und vorsichtig hinter einer jungen Katze hergehen? Vielleicht war es ihre Katze, und sie versuchte, sie einzufangen; sie trieb sie nicht zur Eile an, hastete ihr auch nicht nach; blieb das Kätzchen stehen, tat sie dasselbe; ging es weiter, ging sie auch weiter. Und ebenso verhielt sich der dritte Teilnehmer der Prozession, der sie in allen Dingen nachahmte – mit ihr stehenblieb oder weiterging. Es war unheimlich; es war viel eher sogar grauenerregend. Die Hand noch immer auf die Türklinke gelegt, stand Mr. Coningsby eine Weile da und starrte ihnen mit aufgesperrtem Mund nach.

Aaron wußte vermutlich davon – doch tat er das wirklich? Diese unglückselige Frau schien Aaron nicht gemocht zu haben; was, wenn er nichts davon wußte? Es erschien nicht sehr wahrscheinlich, daß er es ihr gestatten würde, in eine Decke gehüllt hinter einer Katze durchs Haus zu streunen, ebensowenig einem jungen Grobian, der nur mit einem Mantel bedeckt war, der ihm nicht paßte – nicht solange Nancy und Sybil da waren. Sybil, das war wohl wahr, schien mit ihnen bemerkenswert gut zurechtgekommen zu sein, doch trotzdem. . . . Angenommen, Nancy war ihnen begegnet . . . wie um alles auf der Welt würde ein – trotz all ihrer Fehler – normales nettes junges Mädchen darauf reagieren? Angenommen, die alte Teufelin würde aus Versehen die Decke fallenlassen – oder sogar absichtlich? Mr. Coningsby rebellierte angewidert gegen diese Vorstellung – rebellierte angewidert gegen die ganze verrückte Angelegenheit. Er ließ die Klinke fahren und sagte mit erstaunlich fester Stimme: »Hallo, da!«

Niemand schenkte ihm auch nur die leiseste Beachtung. Inzwischen konnte er das Kätzchen nicht mehr erkennen, doch die Prozession näherte sich dem Ende des Korridors. Wenigstens müßte er sehen können, wohin sie gingen. Es war möglich, daß sie gebadet hatten oder so etwas, genau wie er selbst – nein, nicht wie er selbst. Die Vorstellung, daß er und die alte Frau ein Bad geteilt haben, daß sie überhaupt irgend etwas gemeinsam haben könnten – schon die bloße Vorstellung eines Bades – war außerordentlich abstoßend. Und abgesehen davon – was war dann mit der jungen Katze? Das Kätzchen hätte von seiner Art zu gehen her ebensogut ein Dienstmädchen sein können, das einen Besucher zu seinem Zimmer führte, doch das war es natürlich nicht. Wenn irgendein Kätzchen ihm jemals sein Zimmer zeigen sollte – Nun, er würde ihnen nachgehen, er würde sichergehen, daß sie nicht Nancy über den Weg liefen. Das würde ihr einen Schock verpassen. Und er würde es auch nicht zulassen, daß Sybil sich hinknien mußte, als befände sie sich in einer Kirche; schließlich war sie heute bereits einmal in der Kirche gewesen. Ein feiner Segen, wirklich! Mr. Coningsby folgte den anderen mit der festen Entschlossenheit den Gang entlang, in keinem vernünftigen Umkreis um seine Person irgendeine Art Segnung zu dulden, solange er noch am Leben und bei geistiger Gesundheit war. Außer, natürlich, in der Kirche.

Sie standen inzwischen an der Tür zu Aarons Studierzimmer; er hörte, wie das Kätzchen sie anmiaute. Joanna – wenn das ihr Name sein sollte – öffnete die Tür. Wieder rief Mr. Coningsby, diesmal sogar sehr laut: »Hallo! Sie da!« Doch die »Sie da« nahmen keine Notiz davon; sie waren im Begriff einzutreten. Mr. Coningsby setzte sich in Trab und bremste sich wieder – vielleicht hatte sein Gastgeber Joanna ja doch gestattet, sein Zimmer zu benutzen. Er überlegte sich diese Möglichkeit und verwarf sie. Aaron hatte offensichtlich eine völlig andere Meinung über Joanna gehabt. Nein, hier war mit Sicherheit irgend etwas faul.

Ein schrecklicher Gedanke kam ihm für einen Augenblick, daß sie nämlich das Kätzchen vielleicht einfach nur in den Garten hinauslassen wollte oder woandershin. Schließlich ließ man Kätzchen ja durchaus in Gärten hinaus, und wenn dem so sein sollte, würde er ganz schön als Trottel dastehen! Doch nein, nicht in einer solchen Nacht – und sowieso nicht im ersten Stock – und nicht in ein Arbeitszimmer. Er war über sich selbst schockiert: er wurde ja fast vulgär! Um einiges zorniger geworden, erreichte er die Tür des Arbeitszimmers.

Die anderen, die junge Katze eingeschlossen, befanden sich bereits im Raum. Als Mr. Coningsby eintrat, hörte er wieder das Miauen, klagend und beharrlich. Er sah das kleine Tier auf den Hinterbeinen stehend gegen die innere Tür gelehnt – nicht daß es wirklich so klein war; es fiel ihm auf, daß ihm zu einer richtigen Katze eigentlich nur ein oder zwei Zoll fehlten, und der Lärm, den sie machte, war weitaus lauter, als ihn Katzenjunge hervorzubringen pflegten. Joanna war bereits fast neben der Katze, doch sie mußte erst um Aarons großen Tisch schreiten, während die Katze unter ihm hindurchgejagt war. Und knapp hinter ihr, soeben die Tischecke umrundend, ging Stephen. Mr. Coningsby erinnerte sich, daß sich hinter der zweiten Tür die goldenen Figuren befanden. Hinter denen war sie natürlich her – Zigeuner – Figuren aus Gold – Diebstahl. Laut sagte er: »Also nun, also nun, was machen Sie da?«

Sie blieb stehen, denn diesmal hörte sie ihn, und blickte zu ihm hinüber. Ihre Augen blinzelten ihn aus dem gebräunten, verrunzelten alten Gesicht unter dem verfilzten Haar über der Decke an, die (wie er nun sah) von einem Gurt gehalten wurde. Sie sagte: »Bleiben Sie weg, Sie kommen zu spät.«

»Ich glaube, Sie werden wohl noch feststellen, daß ich im Gegenteil gerade noch rechtzeitig komme«, erwiderte Mr. Coningsby, schritt ins Zimmer und ging auf der Stephen gegenüberliegenden Seite um den Tisch herum. »Weiß Mr. Lee davon, daß Sie hier sind?«

Sie kicherte unangenehm, dann nickte sie ihn an. »Er wird's schon erfahren. Warten Sie nur, bis ich ihn herausbringe.«

»Heraus?« fragte Mr. Coningsby. »Was soll das heißen – heraus?«

Sie zeigte auf die Tür, und ihre Stimme wurde zu einem Wispern, als sie sagte: »Was er dort *drin* hat.«

»Was er dort hat«, sagte Mr. Coningsby, »ist seine eigene Angelegenheit. Ich habe mir schon gedacht, daß Sie da hinterher waren, und es ist nur gut für Sie, daß ich zufällig hier bin. Sie wollten ihn wohl berauben, nehme ich an? Nun, dieses Mal werden Sie das jedenfalls nicht tun. Und nun verschwinden Sie, und nehmen Sie Ihre verdammte Katze mit – sofern sie Ihnen gehört.«

Sie packte den Türgriff und begann zu sprechen, doch Mr. Coningsby fuhr in der vollen Freude seiner Befriedigung fort, zu reden.

»Lassen Sie diese Tür los. Kommen Sie, wir gehen zusammen nach unten. Ein hübsches Stück Arbeit, das will ich sagen! In Ihrem Alter sollten Sie es eigentlich besser wissen!«

Die Katze jaulte die Tür an. Joanna funkelte ihn böse an und sagte schließlich: »Sie – *Sie* wollen mich daran hindern, mein Baby zu suchen?«

»Ihr was?« rief Mr. Coningsby. »Ach, nun seien Sie doch nicht albern! Dort drin ist kein Baby. Nur ein Satz Figuren – hübsch, hübsch, aber nichts, was auch nur im entferntesten wie ein Baby aussähe. Und versuchen Sie nur nicht, mir solche Ausreden aufzutischen. Verziehen Sie sich.«

»Ah! Ah!« rief die alte Kreatur mit beachtlicher Kraft, »du bist einer von Ihnen, du bist einer der Söhne Sets!«

Die Katze jaulte lauter als je zuvor. Einen Augenblick fühlte sich Mr. Coningsby merkwürdig einsam, als das Geräusch durch den Raum hallte und er die Krallen an der Tür kratzen sah und hörte. Er dachte an die immerwährende Bewegung dahinter; er sah das sich abplagende Tier und die fauchende Frau; er sah das blöde Gesicht des Idioten hinter ihr; er hörte den Lärm des draußen heulenden Sturms – und er sehnte sich danach, daß doch jemand anders ihm zur Seite stünde. Es stimmte etwas nicht mit den Ebenbildern, dem Haus, ja dem bloßen Wind; Katze und Sturm heulten im Einklang, und die alte Frau gellte plötzlich: »Er ist über dir, er ist über dir! Weiche, bevor er zuschlägt. All seine Feinde sind dem Tode nahe. Die Katzen sind aufgestanden, der Gott naht.«

»Nichts ist über mir«, sagte Mr. Coningsby mit einer Stimme, die allen Anstrengungen zum Trotz ebenfalls hoch und schrill wurde. »Lassen Sie die Finger von dieser Tür!«

»Du wirst es nicht aufhalten«, schrillte sie zurück, »und wenn es Millionen deinesgleichen versuchen würden. Sie werden dich packen und in tausend Stücke schneiden. Sie werden dich bei lebendigem Leibe in den Pyramiden der Hölle einbalsamieren, sie werden dich den Krokodilen vorwerfen, die deinen Vater zerfetzten, sie werden dich mit den brennenden Dolchen des Anubis häuten, und dein Herz wird verzehrt werden am Ort der Gerechtigkeit.« Sie drehte sich wieder der Tür zu und drückte die Klinke. Einen Augenblick später stürzte sich Mr. Coningsby auf sie, schlug die Tür wieder zu und schleuderte dabei zufällig die Katze mit einem Tritt beiseite. Noch im Sprung wünschte er sich, daß er sie in Ruhe gelassen hätte; all das war schrecklich, und er verabscheute die alte Stimme, die ihm Verwünschungen ins Gesicht kreischte. Natürlich war das alles völliger Unsinn, aber irgendein winziges Atom seines

Geistes krallte sich in die Worte »bei lebendigem Leibe einbalsamiert«. Bei lebendigem Leibe einbalsamiert – ausgerechnet er!

»O nein, das werden Sie nicht«, sagte er. »Lassen Sie die Tür los. Ah! Au!«

Die Katze hatte ihn wieder angesprungen und schlug ihre Krallen in seine Beine. Mr. Coningsby trat nach ihr und verfehlte sie. Sie hing an seiner Hose, dann glitt sie ab und stürzte sich auf seine Fesseln. Sie war in einem Zustand rasenden Wahns, fast so wild wie Joanna, die ihre Decke losließ, so daß sie ihr von der Schulter rutschte, und nun ebenfalls mit gekrallten Fingern nach ihm griff. Mr. Coningsby wich ihr aus, trat erneut nach der Katze und hielt sich verzweifelt an der Tür fest. Doch plötzlich wurde er fortgerissen. Während sie ihm an die Gurgel ging, hatte Joanna ihrem Gefährten gellend etwas zugerufen, und Stephen sprang an ihr vorbei, packte Coningsby um die Taille und riß ihn mit einem gewaltigen Ruck von der Tür fort, um ihn hoch in der Luft festzuhalten. Mit Kopf und Füßen nach unten baumelnd, hing er zappelnd, tretend und Verwünschungen hervorkeuchend da.

»Was soll ich mit ihm machen, Großmutter?« fragte Stephen. »Soll ich ihn in den Sturm hinauswerfen?«

Die alte Frau warf einen Blick auf das Fenster, doch trotz ihres Hasses blieb sie umsichtig und erkannte, daß es zu klein war; einen voll ausgewachsenen Körper, der sich dagegen wehrte, dort hindurchzuschieben, würde nicht einmal Stephen leichtfallen. »Wirf ihn dorthin«, sagte sie und zeigte durch das Zimmer, worauf Stephen sofort gehorchte. Mr. Coningsby wurde in die gegenüberliegende Ecke des Zimmers geschleudert, wo er zunächst gegen die Wände prallte und dann zu Boden stürzte. Durch schieres Glück stieß er sich nicht den Kopf an; so stürzte er zwar zerschrammt, im Schock und benommen, aber immer noch mit einem gewissen intakten Bewußtsein. Eine brudermörderische Sekunde lang rangen Furcht und Stolz in seiner Brust miteinander, und schließlich gewann der Stolz die Oberhand. Einige Minuten lag er da, bis die Wut derart in ihm aufschäumte, daß er sich unter Schmerzen herumwälzte, unbeirrbar dazu entschlossen, sich davon zu überzeugen, was diese Kreaturen gerade anstellten. Er konnte sie nicht mehr sehen, denn die Tür zum inneren Zimmer stand offen, und sie waren verschwunden. Dann waren sie also dabei – er hatte recht gehabt –, sich an die goldenen Figuren heranzumachen; Raub – Raub unter Gewaltanwendung. Eine lange, lange, lange Haftstrafe für Stephen . . . und Joanna – Mr. Coningsbys Berufserfahrung vermittelte ihm ein sehr deutliches Bild von Joannas Zukunft. Doch das würde nicht geschehen, wenn sie entkamen, und wenn er nicht irgend etwas dagegen unternahm, würden sie vielleicht tatsächlich entkommen. Er war durch seinen Sturz zu verwirrt, um daran zu denken, wie ungeheuer unwahrscheinlich es war, daß Joanna nur mit einer Decke bekleidet, in deren Falte sie eine Sammlung kleiner Goldfiguren trug, in diesen Sturm hinausgehen würde; wäre ihm dieser Gedanke überhaupt gekommen, er hätte es Joanna durchaus zugetraut, und vielleicht hätte er damit sogar recht gehabt. Denn in dem Augenblick, da sie auf der Türschwelle zu dem inneren Zimmer stehenblieb und in die Wolke hineinspähte, die es erfüllte, und das reiche Mysterium erblickte, das die Symbole unserer Ursprünge umhüllte, rief sie einmal den Namen des Gottes an, und von diesem Augenblick an verlor sie den Kontakt zu den Tatsachen dieser Welt. Sie drängte weiter: Stephen machte hinter ihr heftige Bewegungen und gab ebensolche Geräusche von sich, um sie abzuhalten, doch sie warf ihm über die Schulter einen solch vernichtenden, bösartigen Blick zu, daß er zurückwich und sich an der Tür schützend zusammenkauerte und von dieser Stelle aus nur noch flüsterte: »Geh nicht, geh nicht!«

All dies blieb Mr. Coningsby verborgen, der sich mit wachsender Entschlossenheit, all dem einen Einhalt zu gebieten, langsam und stöhnend wieder erhob. »Ein Glück«, dachte er dabei, »ein Glück, daß ich meine zweite Brille mitgebracht habe! Nachdem ich die erste im Sturm verloren habe – hätte hier sonst gar nichts sehen können – hat nicht irgend jemand gesagt, daß Ralph vorbeigekommen sei? Ralph holen – nicht immer sehr aufmerksam – konnte es nicht ausstehen, wenn man seinen Vater durchs Zimmer schleuderte wie einen . . . wie einen *Diskus*. Besser, daß er es nicht mit angesehen hatte – bald diesem Unfug ein Ende setzen. Pfui! Was war das?«

Als er endlich wieder auf beiden Beinen stand und seine Ersatzbrille zurechtrückte, die durch ihre Goldkette zwar nicht am Platz geblieben, aber immerhin auch nicht verlorengegangen war, erblickte er die ersten feinen Nebelschwaden, die nun aus dem inneren Zimmer hervorquollen. »Was, zum Teufel, ist das?« dachte er erschrocken. »Kein Schnee, kein Rauch . . . oder doch? Hat diese vermaledeite Frau etwa das Zimmer in Brand gesteckt?« Er schritt vorsichtig ein Stück vorwärts, wobei er den großen Tisch zwischen sich und der anderen Tür hielt für den Fall, daß Joanna und Stephen wieder hervorkommen und sich auf ihn stürzen sollten, und dann sah er, wie sich der ganze Türrahmen mit dem Nebel füllte. Er hatte den Eindruck, als befände sich vor ihm eine große Anzahl von Leuten, eine ganze Menschenmenge, dort vorne in der Tür, doch das konnte ja wohl nicht sein, es sei denn, es hatten auch andere Wanderer hier im Haus Zuflucht vor dem Sturm gesucht, doch die würden sich dann wohl kaum hier aufhalten sondern in der Küche oder irgendwo anders. Das waren keine Menschen; es mußte Nebel oder Rauch sein. Plötzlich fiel ihm wieder ein, daß ein solcher feiner Nebel auch Nancy und den Tisch eingehüllt hatte, als Henry ihre Zukunft deutete, doch hatte er dies nicht weiter beachtet, weil er damals so ostentativ wie möglich in eine andere Richtung geblickt hatte. Wenn die alte Frau versuchen sollte, ihre *eigene* Zukunft zu deuten, so würde er ihr, dachte Mr. Coningsby, genau sagen können, wie die aussehen würde, nur daß sie nicht da war, um es zu hören. Nichts war da außer der Wolke und . . . wieder . . . ein undefinierbares Gefühl der Anwesenheit zahlreicher Leute, die sich alle bewegten und im Kreise drehten.

»Das sind diese verdammten Figuren«, dachte Mr. Coningsby. »Wahrscheinlich bringen sie alles zum Beben, dieser ganze kreiselnde Unfug. Gütiger Gott, der Nebel wird ja immer dicker!« Er machte kehrt, lief durch die Außentür hinaus und rief, so laut er nur konnte: »Feuer! Feuer!«

Als er wieder den Mund öffnete, um ein drittes Mal zu rufen, verstummte er mit einem »F-« Denn von unten war plötzlich ein Knall zu hören, ein Knall, dem aus dem ganzen Haus Krachen und Klirren antwortete, und plötzlich heulte der Wind noch lauter und näher als zuvor. »Jesus Christus!« rief Mr. Coningsby mit dem schieren Einfallsreichtum verwirrter Furcht, »was, zum Teufel, ist das?« Noch während er sprach, hatte er es erraten: Türen und Fenster konnten dem Druck des Schneesturms nicht mehr trotzen. »Der Schnee dringt ein, und das Feuer dringt hinaus«, dachte er und warf geistesabwesend einen Blick zurück über die Schulter. »O mein Vater im Himmel, was für eine Weihnacht!«

Unten im Eßzimmer blickte Aaron und Ralph noch immer einander an, als der Knall kam. Beide stießen gleichzeitig einen Schrei aus, doch Ralph war als erster in der Vorhalle. Er stellte mit einem Blick fest, daß die Haustür unter den unermüdlichen Angriffen des Sturms nachgegeben hatte, der, als verfolge er bewußt sein Ziel, wie ein Rammbock auf das Haus eingehämmert hatte, seit Sybil und ihr Bruder heimgekehrt waren. Es war fast so, als hätte er ihn verfolgt und gejagt; als seien die entfesselten Blätter der Beschwörung – über jede Absicht hinaus – von Henrys Zielen durchtränkt gewesen, und die vagen Gestalten, die Lothair Coningsby auf den schneeverwehten Straßen zu sehen vermeint gehabt hatte, hätten mit immer schrecklicherer Wucht gegen die Tür gehämmert, die sich hinter ihm geschlossen hatte. Endlich hatten diese tosenden Stöße Schloß und Riegel aus dem Rahmen gerissen; die Tür wurde aufgedrückt, und Schneemassen und Wind fegten ins Haus. Der Boden der Vorhalle war schon mit Schnee bedeckt, bevor irgend jemand auch nur einen Ton hatte sagen können. Der Wind – wenn es nicht eher der Tanz der suchenden Gestalten war – fuhr in jede Ecke. Ein paar Bilder, die an den Wänden hingen, wurden abgerissen und zu Boden geschleudert, für den Fall, daß sie den Flüchtigen verbergen sollten. Tische wurden umgeworfen; ein Schirmständer wirbelte in die gegenüberliegende Seite der Halle. Ein enttäuschtes Heulen – und der Schnee fegte über die ersten paar Treppenstufen, als würde die Jagd niemals enden, ehe das Opfer nicht aufgespürt worden war.

Einen Augenblick starrte Ralph fassungslos auf das Geschehen, dann stürzte er zur Tür. »Alle Mann herkommen!« schrie er. »Rufen Sie alle zusammen! Alle Mann hierher und die Tür schließen!« Er schob sie ein Stück vor und wurde mit ihr zusammen wieder zurückgeworfen. »Los!« schrie er Aaron mit einer Stentorstimme an. »Keine Zeit zu verlieren! Rufen Sie die anderen!«

Doch Aaron war wie betäubt. Die tröstlichen Beruhigungen, in die er sich gehüllt hatte, wurden von denselben Riesenhänden fortgerissen, die nun sein Haus zerstörten. Dies war kein unerwarteter Wintersturm, sondern ein mit übernatürlichen Mitteln herbeigerufener Tod, und dieser Ort war, gleich wie weit sein Wirkungskreis reichen mochte, sein Mittelpunkt. Sollte er, eschatologisch und ultimativ, über die ganze Welt hinwegfegen, so war diese Vernichtung nur ein Unglücksfall. Die Elementale, die aus ihren Symbolen hervorgerufen worden waren, gehorchten noch immer halbwegs dem Willen, der sie beschworen hatte. Sein Hirn drängte ihn, ihnen ihren Willen zu tun, den Fremden zu packen und ihn über die Türschwelle zu werfen, auf daß er dort geschlagen und geschunden und zermalmt und erstickt und begraben würde, zum Opfer nicht mehr nur dem magischen Wissen allein, sondern der gesamten Hoffnung des Lebens. Doch andererseits antwortete das selbige Hirn, indem es ihm mitteilte, daß er dies nicht tun könne, daß der Sturm selber dem Fremden einen Freund und ihm selbst zwei Feinde zugeführt hatte. Es gab niemanden im Haus außer Henry, der seinem Wunsch gehorchen würde, doch selbst wenn Henry in der Finsternis zu finden sein sollte, in der er sich versteckt hielt – was hätten er und Henry schon gegen Coningsby und seinen Sohn ausrichten können? Ein noch finsterer Gedanke tauchte in ihm auf – was, wenn man Henry selbst opferte? Könnte es nicht sein, daß diese tobenden Mächte sich mit dem Leib des Zauberers zufriedengäben, der sie beschworen hatte? Könnten nicht Coningsby und sein Sohn und er selbst dieses Opfer darbringen? Dann würde Aaron Lee wenigstens weiter am Leben bleiben, und nun war nichts mehr im gesamten Universum so wichtig wie die Sicherheit des Aaron Lee. Er blickte wirr um sich, und dann kam Ralph von der Tür zu ihm zurückgelaufen, packte ihn am Arm und schrie: »Rufen Sie jemanden! Wir müssen die Tür schließen und verbarrikadieren – und danach die Fenster! Hallo, alles mal herhören! *Hallo!* Herkommen! Es werden alle gebraucht! *Alles – hierher!*«

Die Dienstboten – die beiden Dienstmädchen und die Köchin – waren bereits aus ihren Quartieren in die Halle gestürzt und riefen schreiend, daß die Hintertüren eingedrückt worden seien. Eines der Mädchen war von dem ständigen Tosen des Schneesturms hysterisch geworden und kreischte und heulte ununterbrochen. Die andere, die fast ebenso aufgeregt war, verhielt sich leiser, und auf sie konzentrierte sich nun Ralphs Aufmerksamkeit.

»Hallo!« sagte er. »Kommen Sie her! Hören Sie, wir müssen versuchen, die Tür zu verbarrikadieren. Wir stemmen einen schönen großen Tisch dagegen, dann kann jemand anders einen Strick holen oder so etwas. Der Eßzimmertisch wäre wahrscheinlich das beste, meinen Sie nicht auch? Einen größeren habe ich hier noch nicht gesehen.« Er hatte sie bereits am Arm genommen und drängte sie zum Eßzimmer. »Herr'm Himmel, kann denn niemand dieses endlos leiernde Stück Elend dahinten abstellen? Nein, gehen Sie bloß nicht zurück, um Gottes willen! Hier – und jetzt schmeißen Sie alles einfach runter – so, genau! Nein, nicht wieder aufheben, Mädchen – wie heißen Sie überhaupt? Amabel? Also schön, Amabel, einfach runterschmeißen, so, sehen Sie? Und jetzt hier entlang – genau! Vorsicht! Vorsicht! Verdammtes Bein! – Zur Seite, glaube ich – so. Ja, so – sachte! Nicht aufregen. Vermaledeiter Lack!« als die Tischkante kreischend am Türrahmen schabte. Taumelnd kamen sie mit dem Tisch aus dem Zimmer.

»Kann ich euch helfen, Ralph?« fragte die Stimmer seiner Tante hinter ihm. Sybil war gerade die halbe Treppe emporgestiegen, als die Tür nachgegeben hatte. Sie war schnell wieder in die Vorhalle geeilt, doch war ihr der weibliche Aufruhr zuvorgekommen, so daß niemand sie bemerkt hatte.

»Hallo!« sagte Ralph atemlos, während sie sich abmühten, den Tisch mit der Breitseite dem Sturm entgegenzutragen. Nur eine zufällig vorhandene Nische hatte es überhaupt ermöglicht, daß sie ihn aus dem Eßzimmer hatten bringen können, und im Augenblick wurde er beständig der Treppe entgegengedrückt, während Ralph und Amabel sich jeweils an einem Ende festhielten wie die beiden Opfer, die in den Tarotgemälden als Gefangene in die Gewalt des Set geschleift wurden. Sybil ergriff den Tisch auf Amabels Seite, und durch ihr zusätzliches Gewicht wurde das andere Ende herumgedrückt; plötzlich wurde Ralph in einem Viertelkreis herumgewirbelt, dann drängten sie alle gemeinsam gegen die Tür. Über die Schulter gewandt schrie Ralph der Köchin und dem hysterischen Dienstmädchen zu: »Ein Seil! Ein möglichst langes Seil!«

»Wäre es nicht vielleicht leichter, zuerst die Tür zu schließen, Ralph?« sagte Sybil und blickte zu ihm zurück.

»*Besser* wäre es schon«, erwiderte Ralph, »aber leichter? Versuch's mal.«

Sybil sah Amabel an. »Können Sie den Tisch halten?« fragte sie. »Ich glaube, wenn wir erst einmal den Wind fernhalten . . .« Sie ließ den Tisch los, schritt durch die Halle, ergriff die Tür und drückte sie langsam zu. »So«, sagte sie, »das habe ich gemeint. Meinst du nicht auch, daß es so einfacher ist, Ralph?«

»Viel einfacher«, sagte Ralph; er war ein wenig erstaunt, entweder über den Vorschlag seiner Tante oder über ihre gekonnte Art, mit der Tür umzugehen, er wußte es selber nicht so genau. Doch er vermutete, daß der Sturm sich für einen kurzen Augenblick gelegt haben mußte. Zusammen mit Amabel stellte er hastig den Tisch mit der breiten Platte gegen die Tür, und als Ralph gerade sagte: »So, jetzt müssen wir uns noch um die Befestigung –«, gesellte sich eine weitere Stimme zu ihnen. Hoch über ihnen rief Mr. Coningsby: »Feuer! Feuer!«

In der Vorhalle brach das Chaos aus. Erschrocken ließ Amabel ihre Tischkante los, das nur wenige Zoll neben Sybils Fuß auf den Boden krachte. Das hysterische Dienstmädchen brach in Geräusche aus, die sich anhörten wie die gesammelten Stimmen eines kompletten zoologischen Gartens. Die Köchin, die langsam und etwas schwerfällig auf die Treppe zugeschritten war, blieb stehen, drehte sich zu Aaron um und fragte: »Mr. Lee, Sir, haben Sie das gehört?« Aaron rannte zur Treppe, hielt plötzlich am Absatz inne, rief irgendeine zusammenhanglose Frage. Ralph sagte mit durchdringendem Brüllen: »Was? Was?« und fügte mit wesentlich leiserer Stimme hinzu: »Na ja, wenn es brennen sollte, nützt es wohl nicht sehr viel, die Tür zu verbarrikadieren, was? Hören Sie, wir werden sie provisorisch mit einem Stuhl verkeilen, bis –«

»Feuer!« rief Mr. Coningsby erneut.

»Geh mal nachsehen, Ralph«, sagte Sybil. »Es könnte auch ein Irrtum sein.«

»Ist es auch wahrscheinlich«, meinte Ralph. »Also schön, aber laßt uns zuerst mal den Stuhl hier hineinkeilen. Amabel, meine Hübsche, reichen Sie ihn mir mal an, sind Sie so gut? Und dann können Sie dieses Nebelhorn da drüben mal dämpfen. So, gut, ja; noch einen Stoß, Tante – so!«

Irgendwie waren der Tisch und der schwere Stuhl aus der Halle nun vor der Haustür verkeilt. Ralph ließ los und musterte skeptisch seine Barrikade. »Hält kaum länger als eine Sekunde«, bemerkte er, »aber – ich springe eben mal nach oben und sehe nach, was ihn jetzt wieder gebissen hat. Wenn da oben wirklich was los sein sollte, sage ich Bescheid.«

Er schoß davon, holte Aaron ein, der inzwischen die halbe Treppe hinter sich gebracht hatte und gelangte gemeinsam mit ihm zu dem Treppenabsatz, wo sein Vater sie ruhelos erwartete.

»Es ist diese alte Frau«, platzte es sofort aus Mr. Coningsby heraus, an Aaron gewandt. »Sie ist in Ihr Privatzimmer eingedrungen, wo die Figuren sind, und jetzt kommt eine Menge Rauch daraus hervor. Ich glaube zwar nicht, daß sie bereits viel Schaden angerichtet hat, aber Sie sollten sie aufhalten. Komm, Ralph, mein Junge, könnte sein, daß wir dich brauchen. Sie ist in Begleitung eines bösartigen Schlägers, und ich bin nicht kräftig genug, um es allein mit ihm aufzunehmen.«

Als sie den Gang entlangrannten, hörte Ralph ein weiteres splitterndes Krachen aus einem der Zimmer. »Ein Fenster!« dachte er. »Sieht böse aus! Hoffentlich ist es kein Feuer! Eh?«

Die letzte Silbe war eine erstaunt-verwirrte Frage. Sie waren an der Tür zu Aarons Zimmer angelangt, und dort türmte sich die seltsame Erscheinung auf: vor ihnen wirbelte und waberte der goldene Nebel. Seine Bewegung war nicht sonderlich schnell, doch er hatte bereits die gegenüberliegende Wand mit ihrer Innentür völlig verhüllt und quoll sanft über den großen Schreibtisch. Er war von exquisiter Schönheit, und wenngleich Ralphs erster Gedanke der war, daß es mit Sicherheit kein Rauch sein konnte, wußte er aber doch auch nicht, was es statt dessen sein mochte. Er starrte ihn an; dann hörte er, wie Aaron neben ihm ein herzergreifendes, um Hilfe flehendes Quieken ausstieß. Im selben Augenblick sagte sein Vater: »Ich weiß nicht, warum sie nicht wieder *herauskommt*. Dieser Rauch hat eine komische Farbe.«

»Na ja«, meinte Ralph, »hat wohl wenig Zweck, ihn einfach nur anzustarren, nicht? Hört mal, das hier ist wichtiger als die Tür. Wir müssen eine Menschenkette zur – verdammt, Vater, das kann einfach kein Rauch sein!«

Mr. Coningsby fragte nur: »Was ist es dann?«

»Na schön, wenn sie drinnen ist«, rief Ralph, »gehe ich auch hinein. Hören Sie mal, Mr. Lee . . .«

Doch Aaron war bereits jenseits aller Sprechfähigkeit oder Ansprechbarkeit angelangt. In gelähmtem Entsetzen starrte er die Szene an, stieß nur noch ab und an ein leises Stöhnen hervor und hob gelegentlich die Hände, wie um die nahende Wolke aufzuhalten. Von außen und von innen umringten ihn die Gefahren, und Henry war nirgendwo zu sehen, und er war allein. In dieser Wolke war Joanna – Joanna allein mit den goldenen Abbildern des Tanzes, Joanna, die geglaubt hatte, daß er sie von ihnen ferngehalten hatte, die sich selbst als die Mutter einer mystischen Vergeltung begriff, die Tag und Nacht ihren göttlichen Sohn anrief, auf daß er die Einheit des Gottes wiederherstellte. Was war los? Was würde über ihn kommen? Welche Bedrohung und welche Erfüllung einer Bedrohung stand nun bevor?

Ralph dachte: »Der arme Kerl ist schrecklich durcheinander. Kein Wunder – ist ja auch ein ziemlich hektischer Tag«, dann trat er vor, dem Tisch ausweichend.

»Paß auf, mein Junge«, sagte Mr. Coningsby. »Ich komme mit dir – ich glaube, es ist doch kein Feuer. Nur dann – was ist denn los?«

Mit einem Ausdruck immer größer werdenden Erstaunens

wedelte Ralph mit Armen und Beinen vor dem Nebel, als würde er für einen Tanz vor einem Spiegel posieren. Er sagte in verwundertem Ton: »Ich komme nicht durch. Er ist zu dick.«

»Nun sei doch nicht albern«, sagte sein Vater. »Es ist doch ganz offensichtlich, daß er nicht *dick* ist. Das ist kaum mehr als ein dünner Schleier – gewissermaßen.« Er fügte das letzte Wort hinzu, weil das wogende Wunder, das auf sie zukam, sich hier und dort in gewaltige Tiefen seiner selbst zu öffnen schien. Abgründe und gebirgige Höhen offenbarten sich – ganze Wolkenmassen trieben in die Höhe. »Schleier« war vielleicht doch nicht so recht das passende Wort.

Ralph wurde davon zurückgedrängt; er versuchte mit Gewalt, seine Hand hineinzustecken, und es schien sich wie dicker Sirup anzufühlen – nur daß es nicht klebrig war. Es war nicht unangenehm, nur undurchdringlich. Er wich einen weiteren Schritt zurück, dann noch einen. »Verdammt will ich sein, wenn ich das verstehe«, sagte er.

Mr. Coningsby hob ziemlich zaghaft selbst eine Hand. Er streckte sie vor – noch weiter; sie schien den Nebel zu berühren, doch er konnte nichts fühlen. Er konnte weder seine Hand noch sein Handgelenk mehr erkennen, und doch fühlte er etwas: Weitab wurde seine Hand von irgend etwas ganz leicht ergriffen. Er stieß einen Schrei aus, riß die Hand wieder hervor und machte einen Satz zurück. »Was war das denn?« fragte er in scharfem Ton.

Aaron musterte mit wachsendem Entsetzen das beharrliche Nahen des Nebels. Doch es war nicht das Näherkommen allein, was ihn aufwühlte; es war die darin zu beobachtende Veränderung. Die Wolke begann, Gestalt anzunehmen – er konnte nicht sofort erkennen, was für eine Gestalt, doch dann begriff er plötzlich, daß er vor sich eine sich bewegende Hand erblickte, die von dem goldenen Nebel abgetrennt schien und an etwas arbeitete. Sie hatte die Größe einer gewöhnlichen Männerhand, und dann, noch während er hinsah, verlor er sie wieder aus den Augen, so wie ein Fleck auf einer Wand im einen Augenblick einen Katzenkopf darstellt und im nächsten nur eine unregelmäßige Markierung ist. Doch als er die Augen hob, erblickte er eine zweite Hand – eher wie die einer Frau, schmal und schlank –, die vom Handgelenk nach oben griff, nach . . . nach noch einer weiteren Hand, die von oben zu ihr hinabgriff; und dann hatten sich die aufeinandertreffenden Finger auch schon verschlungen und wurden zu einer dritten, die sich auf und ab bewegte, als würde sie hämmern, und während sie sich bewegte, wurde sie von dem Rücken einer vierten Hand bedeckt und verborgen. Sein Blick schweifte über die sich zusammenballende Wolke; überall bestand sie aus Händen, die ihr Gestalt verliehen, und doch war es nicht der Nebel, der sie formte, denn sie waren der Nebel selbst. Allenthalben quollen diese ruhelosen Hände hervor; Hände aller Größen, aller Bewegungsarten, einander greifend, sich verschränkend, schlagend, kämpfend, glättend, kletternd, hervorschießend, zurückweichend, sich verbindend und wieder trennend, in die Höhe drängend, nach unten zerrend, erscheinend und verschwindend, ein Schleier der Aktivität, der wiederum andere Aktivitäten bedeckte, Hände, Hände, überall Hände. Hier und dort stumpfte der goldene Schimmer ab und nahm die Farbtöne gewöhnlichen Fleisches an, dann verschwand auch dies wieder, und überall leuchtete die aureolische Herrlichkeit. Die Hände arbeiteten innerhalb des Stoffs, doch der Stoff, den sie bearbeiteten, bestand ebenfalls aus Händen, so daß ihr Ziel vereitelt wurde und die Arbeiter zu einem Teil dessen wurden, was bearbeitet wurde. Ober- und unterhalb des Tisches quoll der Schleier des Mysteriums hervor und sank wogend hinab – wenn das Wogen nicht sogar durch diesen geschah, denn er schien die Bewegung nicht zu trennen oder zu unterbrechen, und die Wolke schien aus seiner Aaron am nächsten befindlichen Seite hervorzuquellen, wie sie auch die ganze umgebende Luft ausfüllte. Der Raum dahinter blieb verborgen, und immer und immer näher trieb die goldene Wolke der Tür entgegen, und die drei wurden von ihr zurückgedrängt.

Oder, genauer gesagt: Ralph und sein Vater wurden es. Aaron hatte die Türschwelle nicht verlassen, und nun, als er die Zusammensetzung dieses Nebels verstand, rief er grauenerfüllt aus: »Sie ist lebendig!« kreischte er. »Sie lebt! Es ist die lebende Wolke! Laufen Sie, laufen Sie!« und drehte selbst um und trappelte so schnell er nur konnte zur Treppe zurück, wobei er mit einem qualerfüllten Schrei nach Henry rief. Die Wolke des Ursprungs der Dinge war über ihn gekommen; mit verzweifelter Anstrengung versuchte er, die Treppe hinab in die Vorhalle zu fliehen. Doch seine Glieder versagten ihm den Dienst; er kam ein halbes Dutzend Stufen weit, dann klammerte er sich, fahl und zitternd und überwältigt, am Geländer fest.

Mr. Coningsby blickte ihm nach, sah wieder auf den Nebel, der inzwischen fast den ganzen Raum ausfüllte, wich ein weiteres Stück zurück und sagte mit größerer Skepsis als sonst: »Eine lebendige Wolke? Hast du irgendwas Lebendiges an ihr bemerkt?«

»Viel zu fest«, sagte Ralph, »na ja, das eigentlich auch nicht gerade – ist mehr wie . . . Mörtel oder dicker Pudding oder so. Woher kommt die eigentlich?«

Als er gerade antworten wollte, wurde Mr. Coningsby wieder abgelenkt. Aus dem Nebel ertönte ein sausendes Geräusch, und plötzlich schoß das Kätzchen, oder die Katze, oder was immer es nun sein mochte, hervor, jagte zwischen ihnen hindurch durch den halben Gang, blieb dort abrupt stehen, warf einen Blick in die Runde, miaute wild, raste zurück und stürzte sich wieder in die Wolke. Bevor Mr. Coningsby oder Ralph auch nur ein weiteres Wort wechseln konnten, raste das Tier noch heftiger wieder hervor und rannte diesmal bis zum Treppenabsatz, wo es einen miauenden Heulanfall bekam und die Treppe hinabrannte, -sprang oder -stürzte, an dem sich festklammernden Aaron vorbei, und sich in voller Sichtweite der Vordertür zum Sprung duckte.

Sybil hatte ihr Bestes gegeben, um das hysterische Dienstmädchen zu beruhigen, nicht ohne einen gewissen Erfolg. Der Treppe den Rücken zukehrend, hatte sie zunächst nicht mitangesehen, was dort vorging, obwohl sie – wie jedermann im Haus – Aarons Schreie und das Geheul der Katze vernahm. Sie sagte zum Abschluß noch etwas Zärtlich-Ermutigendes zu dem Mädchen, ein letztes Tätscheln zuversichtspendender Symphatie, dann drehte sie sich schnell um. In diesem Augenblick gerieten die Katze und Aaron in Bewegung. Mit einem gewaltigen Satz sprang die Katze von der Treppe aus durch die ganze Vorhalle, landete auf Ralphs Barrikade, fiel zu Boden, glitt und fauchte umher und begann damit, den Tisch mit ihren Krallen zu bearbeiten. Gleichzeitig schritt Aaron ein paar Stufen hinunter, rutschte aus, verlor den Halt und stürzte hinab. Sybil lief auf ihn zu. »O, mein Lieber«, rief sie, doch er antwortete ihr wild und rasend: »Meine Füße tragen mich nicht mehr fort. Sie lassen mich nicht fliehen.«

»Haben Sie sich weh getan?« fragte sie und wollte ihm beim Aufstehen behilflich sein, doch er schüttelte den Kopf und stöhnte: »Mein Knöchel, mein Knöchel.« Sie kniete nieder, um ihn zu begutachten und beruhigte ihn selbst jetzt noch ein wenig durch die bloße Gegenwart einer furchtlosen und beherrschenden Gelassenheit. Das innere Gleichgewicht in ihr war kein Kompromiß, sondern eine Vereinigung, und die Elemente dieser Vereinigung, die in anderen getrennt existierten, hatten sich in ihr erkannt und darüber hinaus noch etwas anderes als Sybil selbst, was sie befriedigte. Jene Runde, die ihr Bruder, gleichzeitig empört und beruhigt, ständig abschritt; das, dem sich Nancy instinktiv um der Anleitung willen zugewandt hatte; das, was Henry weit über seine eigenen Zwänge und Begierden hatte herausragen sehen – das machte sich nun auch bei Aaron zu spüren. Im selben Augenblick befiel eine plötzliche, zufällige Stille das Haus; der Wind draußen ließ nach, und alles schien sich wieder in Ruhe zu ordnen. Es dauerte nur einen Augenblick. In dieser Sekunde herrschte Friede; dann heulte die Katze neben der Tür wieder auf, und wie als Antwort auf einen Ruf stürmte der Wind erneut dagegen an, und die schwache Barrikade gab nach. Tisch und Stuhl wurden beiseite gewirbelt, die Tür sprang auf, der Schnee wehte wieder ins Haus, und diesmal mit doppelter Heftigkeit. Er fegte durch die Halle, wehte die Treppe empor, und die Katze jagte wie eine Nachhut wieder zurück. Und von oben, sich selbst mit immer größerer Geschwindigkeit voranwälzend, wehte die Wolke der Mysterien ihm entgegen. Die beiden Mächte verschmolzen miteinander – goldener Nebel mit Wind und Schnee; die Flocken bekamen eine Aureole, der Nebel färbte sich weiß. Verwirrung beherrschte das Haus; die sterblichen Leben darin wurden jeweils von den anderen getrennt, und jedes von ihnen rannte geblendet und stolpernd in der Hoffnung, eine Zuflucht zu finden, welche immer diese auch sein mochte. Stimmen stießen Schreie des Entsetzens und der Verzweiflung und des Zorns aus; und das Heulen der Katze und das Pfeifen des Sturms übertönten sie alle; und ein weiteres Geräusch, die Musik des Raums der Bilder – doch nun in hoher Tonlage und laut und leidenschaftlich – beherrschte und vereinte alles. Tanzende Füße zogen vorbei; goldene Hände wurden ausgestreckt und zurückgezogen. Die Invasion der Tarots war vollendet.

Nur Sybil, die Aarons anschwellenden Fußknöchel musterte, sagte: »Ich glaube, Mr. Lee, wenn es Ihnen gelingen sollte, nur diese *paar* Treppen hinauf in irgendein Zimmer zu humpeln, könnten wir uns vielleicht besser darum kümmern.«

XIV Der Mond der Tarots

Nancy fand sich allein wieder. Der Nebel um sie herum wurde dünner, dahinter konnte sie eine klare Dunkelheit erkennen. Sie hatte einen kurzen Schmerz gespürt, als Henrys Hände von den ihren geglitten waren; dann hatte sie ihren Willen stärker darauf konzentriert, was sich tun ließ, um, was immer der Rettung bedurfte, vor dem Sturm zu retten, den sie inzwischen nicht mehr hören konnte. Doch die unglaubliche Mission, in der sie offenbar unterwegs war, lastete nicht auf ihr; ihr Herz bewahrte sich seine Leichtigkeit. Mit dem Mysterium der Tarots war ein neues Gefühl entzückenden Staunens in ihr Leben eingetreten; die Tarots selbst waren nicht wunderbarer als die gewöhnlichen Leute, die sie so lange auf unerleuchtete Weise gekannt hatte. Durch das leiseste Beben des Lichtes, in dem sie die Welt sah, sah sie auch alles zugleich anders: heilig und schön, wenngleich manchmal verwunderlich und verwirrend, schritten die Gestalten ihres Wissens daher. Sie alle »zogen über Meer und Land«, und sie selbst ebenfalls, in einem Tanz, der glücklich war, auch wenn er angsterregend wirkte. Nichts war gewiß, aber alles war sicher – das war Teil des Mysteriums der Liebe. Sie befand sich auf einer Mission, doch ob sie dabei Erfolg hatte oder nicht, spielte keine Rolle. Nichts spielte eine Rolle, außer des vollen, des erfüllten Augenblicks, in dem sie bis zum Äußersten in der Gewalt der Gesetze des Tanzes und im Einklang mit ihnen leben konnte. Der Tanz der Tarots, der Tanz ihres Blutes, der Tanz ihres Verstandes, und was immer das andere Taktmaß sein mochte, nach dem Sybil Coningsby so hoch hinaus kam und selbst Bewegung bestimmte. Das konnte ihr eigenes *noch* nicht sein, vielleicht niemals, doch sie konnte es verstehen und ihm antworten. Ihr Vater, Henry, Ralph, sie alle führten ihre jeweiligen Schritte durch, und sie ebenfalls – jetzt, jetzt, da die letzten Fetzen des goldenen Nebels verblaßten und sie bebend und froh in die dunkle Stille eintrat, die sie erwartete.

An ihrem Rand blieb sie stehen. Der Raum der Bilder war auf vage Weise in ihrer Erwartung gegenwärtig gewesen, doch wenn es tatsächlich hier sein sollte, wo sie nun stand, so konnte sie davon jedenfalls nichts erkennen. Um sie herum war völlige und kühle Nacht. Sie blickte hinab; es waren keine Karten mehr in ihren Händen, doch sie hielt sie erhoben, als hielte sie sie noch darin, und sie bemerkte, wie ihre Handflächen leise bebten und prickelten. Es war ähnlich wie eine Neuralgie – nur daß es nicht im mindesten wie Neuralgie war. Doch wenn es eine glückliche Neuralgie geben sollte, wenn irgendein Nerv ihrem Hirn die Nachricht von ständig schwingender Kraft und Freude senden konnte, dann war es das, wie sich ihre Hände anfühlten. Es hätte so leicht unangenehm werden können, doch es war nicht unangenehm; es war köstlich. Ein Teil seiner Köstlichkeit bestand tatsächlich aus dem Wissen, daß dieses Vergnügen, würde es überbetont oder nicht kontrolliert, unangenehm werden würde. Doch die Energie, die dort pulsierte, war genau richtig; ihre prickelnden Botschaften kündeten ihr von einem Zustand unbeschwerter Gesundheit, wie die pulsierenden Botschaften der erkrankten Menschheit so oft einen Zustand des Leidens verkündeten. Freude war selbst sinnlich; sie empfing ihre Botschaft durch die Erde, aus der sie erschaffen ward.

Sie hielt ihre Hände sehr still, bestaunte sie. Sie waren so beschäftigt gewesen, mit diesem und jenem, in der Welt, unablässig irgend etwas formend. Wie viele Gegenstände hatten an diesen Handflächen geruht – Stuhlrücken, Tassen, Tennisschläger, die Hände ihrer Freunde, Vögel, Bücher, Taschengriffe, Regenschirme, Kleider, Bettwäsche, Türgriffe, Stricke, Gurte, Messer und Gabeln, Schalen, Bilder, Schuhe, Kissen – ach, einfach alles! Und immer hatte sie irgendeinen Zweck verfolgt, hatten ihre Hände irgend etwas getan, irgend etwas erschaffen, das noch nie zuvor gewesen war – nicht einfach so. Immer bewegten sie sich auf die Leere der Zukunft zu, formten sie die Zukunft. In Henrys – Wahrheit und Schönheit austauschend; in denen ihres Vaters – was austauschend? . . . Das heiße Blut stieg ihr in die Wangen, als sie von Scham erfüllt an ihn dachte. In Sybils – erst vor kurzem, Kraft empfangend, die Nachricht ihrer eigenen Kraftlosigkeit vermittelnd. Voll der Erde der Tarots. Henrys festhaltend, um die Winde und Wasser der Tarots einzudämmen. Sie streckte sie zu beiden Seiten aus; was konnte sie nun tun, um das Unglück aufzuwiegen, das jetzt drohte? Was sollten ihre Hände innerhalb dieser Bewegung durch die in ihnen enthaltene mystische Kraft formen? Sie erinnerte sich an die Hände der alten Frau, wie sie über Sybils Haupt gewedelt hatten; sie erinnerte sich an die zur rituellen Segnung erhobene Hand des Priesters an diesem Morgen; sie erinnerte sich an Hände, die sie auf Gemälden gesehen hatte, die *Betenden Hände* Dürers, die Hände Christi am Kreuz oder bei der Abweisung der Maria Magdalena in irgendeinem Gemälde, welches die Begegnung im Garten darstellte, die Hände der Göttlichen Mutter, das Kind emporhebend, die kleine, zum Segnen erhobene Hand des Kindes selbst; sie erinnerte sich an die ausgestreckte Hand des Kaisers, der das Getümmel der Welt lenkte; die Hände des Gauklers, welche die Bälle emporwarfen, die Hand des Narren, wie er die letzte Gefahr aus ihrem Grab aufrief, die erhobenen Hände des

Gauklers und des Narren, wie sie zusammenkamen, bevor der goldene Regen sie an jenem Abend vor ihrem Auge verborgen hatte.

Zweifellos war sie etwas Bestaunenswertes, diese bedeutsame Macht der menschlichen Hand. Sie dachte an den unbekannten Philosophen, der die Tarotbilder geschaffen hatte; seine Hände waren von geistigem Wissen erfüllt gewesen; vielleicht hatten sie seinen Geist ebenso gelenkt, wie dieser seine Hände geführt hatte. Was hätte die schicksalsdeutende Handlesekunst, mit der sie gespielt hatte, in jenen passiven und aktiven Handflächen entdeckt? Die Zentren der Weisheit und Energie, die den Abbildern und den Gemälden elementare Kraft verliehen hatten? Lasse los und leite. Sie streckte die Arme vor, mit instinktiver Leidenschaft, den Sturm zu bändigen, von dem sie glaubte, daß er, außerhalb ihres gegenwärtigen Empfindens, auf dem Antlitz der Erde wütete; und als ihre Handrücken vor ihr in der Dunkelheit hell schimmerten, spürte sie auf ihnen aus der Ferne die kalte Berührung des Schnees.

Bei dieser Berührung versteifte sich ihre Aufmerksamkeit. Es war also an der Zeit; es würde etwas geschehen. Die Dunkelheit um sie herum veränderte sich. Dahinter konnte sie wieder ein goldenes Glitzern ausmachen; zuerst glaubte sie, es sei das Fundament, auf dem die Bilder getanzt hatten, doch das war es nicht, dazu war es nicht klar und scharf umrissen genug. Es war eher goldener Nebel, doch wurde er nun vom Eindringen weißer Flocken erschüttert. Zunächst befand sich die Konfusion weit unter ihr, doch nun stürmte sie empor, und als sie näher und näher kam, erkannte sie, daß sie tatsächlich noch in dem geheimen Zimmer stand, in der Dunkelheit, die einst einmal aus Vorhängen bestanden hatte; unter ihr erstreckten sich die weiten, offenen Flächen des Hügellands. Auch die Hügel waren mit Schnee bedeckt, doch hier war der Tumult weniger heftig und nicht mit jenem anderen seltsamen Glühen vermengt: sie lagen dort als eine Winterlandschaft, wie sie sie früher schon in Feldern oder Städten gesehen hatte. Weiß und schweigend boten sie sich ihrem Blick, und aus dem Getöse im Haus fuhr eine riesige Gestalt hervor, eine nur schwach umrissene Figur, die eine gewaltige Keule schwang, aus der der

Schnee in ständigem Fließen hervorwallte. Sie stieg auf, jagte auf sie zu, und sie streckte ihr die Hände entgegen – die spürten den Schlag, den eisigen Windstoß, und wurden taub, doch sofort prickelte das Leben wieder in ihnen auf, und die gespenstische Gestalt wurde von ihrem Weg abgelenkt, um in den Aufruhr zurückzufallen, aus dem sie entsprungen war. Andere Gestalten jagten hinter ihr empor; die beschworenen Elementale suchten, ihren Freiraum auszuweiten. Nachdem sie um das Haus und in seinem Inneren gewütet hatten, brachen sie aus, über die Downs, über die Welt, wo die Menschen auf die eine oder andere Weise das Weihnachtsfest feierten, ohne zu wissen, daß die ewige Vernichtung nahe war. Zwischen dieser Bedrohung und ihrer Erfüllung stand die schlanke Gestalt des Mädchens, und die warmen Hände der Menschheit in den ihren stellten sich der eindringenden Macht entgegen und zwangen sie zur Umkehr. Sanft bewegten sie sich im Sturm, wie in einem Tanzritual, mit dem sie auf die tanzenden Monstrositäten antworteten, die gegen sie anstürmten. Es war kein Kampf sondern eine Harmonie, die jeden Augenblick zum Chaos werden mochte. Die Säulen aus wirbelnden Gestalten standen auf und schlugen zu und wurden unter dem Einfluß dieser vorgestreckten Handflächen hinausgetrieben und stürzten in andere wirbelnde Säulen hinein; und so wurde der gesamte magische Sturm strömend an seinen Ursprungsort zurückgeleitet; und draußen in den Downs und den Grafschaften und Städten Englands, über Flüssen und Bergen, fielen nur die natürlichen Flocken einer verschneiten Weihnacht.

Die Weihnachtslieder, wo immer sie in dieser Nacht gesungen wurden, wurden in Unwissenheit um die Erlösung gesungen, die in ihnen überdauerte, oder zumindest in Unwissenheit um die vorläufige Erlösung, welche die Jungfrau-Mutter der Liebe enthielt und bewahrte. Doch der Schneefall hörte im Laufe der Nacht auf, und noch vor Mitternacht zog der Mond über einen klaren Himmel. Und doch war es ein anderer Mond, der über das Haus in den Downs schien, wie jener unter den einundzwanzig Illuminationen der Großen Trümpfe. Denn dort scheint der Mond hoch zwischen zwei Türmen, klar und vollkommen, und die Türme sind keine immerwährend aufsteigenden und untergehenden Türme zu Babel, sondern in ihrer Art vollständig. Unter ihnen wiederum, zu beiden Seiten eines langen und einsamen Wegs, sitzen zwei handlose Tiere – zwei Hunde, vielleicht auch ein Wolf und ein Hund – und heulen, als würde etwas, das Erfüllung suchte, doch nicht die Mittel zu dieser Erfüllung erlangt hatte, fruchtlos das sanfte Licht anrufen, welches von oben ausgegossen wurde; und wiederum darunter, in des Gemäldes geheimnisvollen Tiefen, regt sich eine andere Kreatur im Meer, in einem Panzerkleid, mit Krallen bewehrt, bewaffnet, in sich eingeschlossen, doch selbst dunkel einem Land entgegenkriechend, das es nicht begreift. Die Sonne ist noch nicht aufgegangen, und wenn der Narr sich dort bewegt, so kommt er auf unsichtbare Weise oder vielleicht in weitgestreuter Vereinigung mit dem Licht des Mondes, welches eine Widerspiegelung der Sonne ist. Doch wenn die Tarots, wie das Gesetz des Traumes es will, die Botschaft enthalten, welche allen Dingen an allen Orten und zu allen Zeiten dem Erträumen zufolge eignet, dann war in der Anordnung vielleicht ebenso ein Sinn enthalten wie in den Bildern selbst; danach findet dann die Geschichte der Karten zu der Zeit ihr Ende, da das Mysterium der Sonne sich anstelle des Mondes geöffnet hat, und hernach rufen die Trompeten in dem Bild, welches das Jüngste Gericht genannt wird, dann werden die Gräber aufgebrochen, und dann, im letzten Mysterium von allen, tanzt die Gestalt, die man die Welt nennt, freudig in einem Zustand jenseits von Mond und Sonne, und die Zahl der Trümpfe ist erfüllt. Bis auf jenen, der keine Zahl trägt und der Narr genannt wird; denn die Menschheit findet so lange zur Torheit, bis dieser erkannt ist. Er ist der Höchste, oder er ist ein Nichts, und wenn er nichts ist, so ward der Mensch tot geboren.

Sie stand über der Welt, und ihre ausgestreckten, nach unten gerichteten Handflächen spürten die Stöße, und sie lachte laut, als sie das Durcheinander der Keulen sah, die nach oben schlugen, ohne die kleinen Schilde durchbrechen zu können, die die Welt vor ihnen schützten. Als sie die Schläge spürte, lachte sie, wie sie einst Henry ausgelacht und geneckt hatte, als seine Finger auf ihre Handfläche schlugen; die Gefahr selbst wandelte sich zum Entzücken der Liebe. Als sei ihr Lachen ein geistiges Schwert, wich der letzte Ansturm schemenhafter Riesen vor ihm zurück: die zweischneidige Waffe des Gelächters sprang aus ihrem Mund hervor, wie eine ähnlich erobernde Macht aus dem Mund des mystischen Helden der Apokalypse entspringt. Das Lachen und der Schutz, die jenseits der Welt sind, drangen in sie, um die Welt zu erhalten, und immer noch lachend aus reiner Freude an der Berührung und am Konflikt, schritt sie weiter. Die gespensterhaften Elementale sprengten auseinander und flohen in wildem Chaos; ein grauer Schneestrudel nahm sie in Empfang. Und dann umhüllte der goldene Nebel sie wieder, und sie sank und bewegte sich durch ihn hindurch voran. Er drehte sich, wirbelte, bebte und kondensierte; Dunkelheit sprang durch ihn hervor. Sie stand am goldenen Fundament, auf dem keine Ebenbilder mehr standen, in dem Zimmer, dessen dunkle Vorhänge sie umgaben; dann erblickte sie, ihr gegenüberstehend, auf der anderen Seite des Tisches das wild verzerrte Gesicht Joannas und ihre grabschenden Hände und ihren Mund, der zähneknirschend zusammenhanglose Worte stammelte.

Nancy ließ die Arme sinken; die Freude, die sie beherrscht hatte, hatte sich beruhigt; es wurde still. Also war noch nicht alles getan. Der Sturm war abgewendet worden, doch sie wußte nicht, ob er gesättigt war, und diese wahnwitzige Verkörperung des Sturms tobte weiterhin, nur wenige Fuß von ihr entfernt. Joanna war in das innere Zimmer eingetreten, als der Nebel, durch das Werk der Liebenden bereits aus seinem Versteck unter oder in den tanzenden Figuren hervorgelockt, die ganze Kammer erfüllt hatte; sie war durch die Bresche hineingelangt, die sie in die zügelnde Kraft geschlagen hatte, welche die Ebenbilder an Ort und Stelle festgehalten hatte; oder, anders gesagt, sie war in den Dunst aufgenommen worden, den sie aus dem sich ausdehnenden Tanz gelöst hatten. So wie Henry sie für einen kurzen Augenblick geschaut hatte, so hatte sie auch ihn erblickt – sie ihn beim Eintreten, er sie bei der Rückkehr. Sein sterbliches Ziel war vereitelt worden, und sein Geist hatte es angenommen und sich unterworfen. Doch ihres, das schon lange zuvor vereitelt worden war, hatte den

Geist selbst beim Einsturz noch mitgerissen. Babel hatte ihr Sein überwältigt; sie schritt inmitten der Konzepte der Tarots auf der Suche nach der Liebe, die sie für ihr Recht hielt, ihren Besitz, ihren lebendigen Untertan. Irr, aber doch nicht irrer als die meisten Menschen, strebte sie danach, den Gott auf ihre Weise zu speisen, und es war die Weise des Traums von Horus und die Weise der Vergeltung und der Qualen. Erfüllt von dieser Hoffnung, vermengten sich Zärtlichkeit mit Grausamkeit, Hingabe mit Stolz, Herrschaft mit Tyrannei, Mutterschaft mit Lust, wütete sie unter den Symbolen des immerwährenden Tanzes, in wildem Wahn, daß sie durch die Kraft ihrer Gottheit darüber herrsche und daß sie mehr sei als nur ein Teil von ihm. Henry und sie hatten einander erblickt, dann war sie weitergestürmt. Sie stürmte in die Mitte des Raums, wo der Nebel nun in immer größeren Kreisen um das kahle Fundament wehte, und erblickte die Leere. Dort, wo alle Heilung, alle Wiederherstellung hätte liegen müssen, war nichts; dort, wo der gemetzelte Gott hätte leben müssen, waren selbst die leisesten Spuren seines Blutes verschwunden; denn in ihrer Hast war sie an den gefallenen Tarotbildern vorbeigestürmt, und sie lagen hinter ihr, verborgen und mißachtet, auf dem Boden. Doch sie erblickte Nancy und schaute sie nun an, und wirre Worte erfüllten ihren Geist. Einige Sekunden lang wurde das Schweigen nicht gebrochen; die alte Frau bewegte ihre Lippen, sprach über das leere Podest hinweg, doch es war nicht ein Ton zu hören. Nancy, furchtlos, doch ihrer Unwissenheit angesichts dieses suchenden Zorns bewußt, sagte nach dieser Pause mit halb stockender Stimme: »Sie . . . suchen noch immer?«

Das Gesicht der alten Frau erhellte sich mit schauriger Gewißheit. Sie nickte emphatisch. »Ah«, sagte sie, »noch immer auf der Suche, gütige Dame. Gütige Dame, ihn dort zu verbergen!«

Nancy bewegte leise die Hände. »Tatsächlich«, sagte sie, »habe ich ihn nicht verborgen. Sagen Sie mir, was Sie wollen, dann werde ich Ihnen bei der Suche helfen.«

Joanna erlitt einen Anfall ironischen Kicherns. »O ja, Sie werden mir helfen«, sagte sie. »Oh, wie Sie mir helfen werden! Sie haben mir ja schon die ganze lange Zeit geholfen, nicht wahr? Aber du warst es, die um das Zelt herumlief und unten hindurchspähte, um nachzusehen, ob das Kind dort sei! Hierhin spähen, dorthin spähen! Und endlich hineinzukriechen, um ihn fortzunehmen!«

»Was habe ich fortgenommen?« fragte Nancy, um den Wahnsinn wissend, halb von ihm überzeugt und ihn halb besänftigend. »Was könnte ich Ihnen denn fortnehmen? Ich werde es Ihnen zurückgeben, wenn Sie es mir sagen, oder ich werde überall mit Ihnen danach suchen.«

Joanna, die dicht am Tisch der Tarots stand, beugte sich plötzlich darüber und packte Nancys Hand. Das Mädchen spürte den Druck der alten Finger und den betäubend kräftigen Griff, so daß die Handlungsfreiheit, mit der sie sich während ihres Konflikts mit den Visionen bewegt hatte, nun eingegrenzt und passiv geworden war. Sie widerstand dem Impuls, sich zu wehren, und ließ ihre Hand ruhen.

»Ich werde danach suchen«, sagte Joanna. »Ich weiß, wo du ihn festhälst. Das Blut ist im Blut, und der Leib ist im Leib. Ich werde ihn aus dir befreien.« Sie zerrte das Mädchen näher zu sich heran und reckte sich über den Tisch, den Kopf auf Nancys Brust legend. »Ich kann ihn hören«, hauchte sie. »Er ist es, der in dir schlägt. Ich werde ihn freilassen.«

Nancy zitterte plötzlich. Das Lachen, das in ihr gewesen war, war erstorben; eine bizarre Frage tauchte in ihr auf, ob sie nun vielleicht für ihr Bezwingen des Sturms bezahlen mußte. Vielleicht wäre es besser gewesen, mit Henry im Schnee zu sterben, als . . . doch das war Unsinn: sie würde nicht sterben. Sie würde leben und Henry finden und ihm die Handflächen zeigen, die den Schnee bewältigt hatten, und sie würde sie als Belohnung von ihm küssen lassen, und ihre gegen die seinen legen – gegen die, welche die keulenbewehrten Elementarkräfte ausgelöst und direkt in ihre Hände gesandt hatte – und immer, auf jede Weise sich zum Mysterium der Liebe erheben. Das Mysterium der Liebe konnte nicht daraus bestehen, daß sie hier starb . . . in einsamer Gesellschaft mit der alten Frau. Tante Sybil würde kommen oder Mr. Lee oder ihr Vater . . . Bis dahin mußte sie versuchen, diese alte Frau zu lieben.

Wieder wurde sie nach vorn gezogen. Joanna richtete sich

mühevoll auf und zerrte Nancy damit über den Tisch. Dann beugte sie, das Mädchen eisern gestreckt haltend, ihren Kopf über sie und schnatterte los: »Die Hand, mit der du ihn hinweggenommen hast, die Hand der Macht, die Hand der Zauberei – da, da, da werden wir ihn hinauslassen. Die Handmitte – wußtest du das nicht? Da tritt der Gott herein und heraus.« Sie drehte die Hand des Mädchens aufwärts und kratzte mit den Nägeln ihrer freien Hand über die Fläche. »Ich werde ihn«, ging es weiter, »im ersten Blutstropfen schauen, dem Blut, das die Katzen wittern. Deshalb hat die Katze mich hierhergebracht, die Katze, die im Sturm lebt, der Tiger, der neben dem Narren läuft. Es wird kommen« – ihre Nägel rissen an der Hand – »und er wird daraus hervorkommen. Mein eigenes, mein kleiner, mein süßer Schnuck! Komm, komm schon, komm her!«

Nancy hatte das Empfinden, daß der Schmerz durchaus genüge; das gab ihr den Gedanken ein, zu schreien – laut zu schreien – um Hilfe zu rufen. Es würde, dachte sie, nicht viel schaden, um Hilfe zu rufen. Doch sie mußte diese alte Frau lieben – ihr Gutes wünschen – sie verstehen – das Gute in ihr erkennen. Aber die alte Frau war eins und sie war eins – und sie sah keinen eindeutigen Grund dafür, daß die alte Frau die Hände verunstalten sollte, von denen Henry gesagt hatte, sie seien schön. Sie machte einen letzten Versuch, sich loszureißen, doch es gelang ihr nicht; beinahe kopfüberhängend, wie sie sich fühlte, war das wohl auch kein Wunder. Also rief sie mit so gleichmäßiger Stimme wie möglich: »Tante! Henry! Vater! Tante Sybil!«

Plötzlich verstummte sie. Anstatt daß einer von diesen aus dem goldenen Nebel erschien, der die Türöffnung vor ihr verbarg, gab es plötzlich einen leisen, dumpfen Aufprall, und auf dem Tisch, dicht neben ihrem gestreckten Arm, erschien eine Katze. In den wenigen Minuten, die Nancy mit Sybil in der Vorhalle verbracht hatte, hatte sie die Katze nicht gesehen, und danach hatte sie keine Gelegenheit mehr dazu bekommen. Und sie hatte auch nie eine Katze im Haus oder in dessen Nähe bemerkt. Doch da kauerte sie nun miauend, blickte von Joanna zu ihr und wieder zurück, die Krallen aus- und wieder einfahrend, den ruhelosen Schwanz bewegend. Als Nancy sie sah, war ihr erster Gedanke: »Sie hat keine Hände.« Das erschien ihr so entsetzlich, daß sie beinahe die Beherrschung verloren hätte. Sie hatte keine Hände, sie hatte keine spirituellen Instrumente zur Verfolgung eines Ziels, nur Tatzen, die tätschelten oder kratzten, sanft gepolsterte Kissen oder reißende Eisennägel – alle vier, alle vier, und keine Hände. Die Katze legte ihr plötzlich eine Tatze auf den Arm, und sie schrie beinahe auf, als sie den weichen Bausch spürte. Sie versuchte, ihre Tatze zu heben, doch die Krallen hatten sich im leichten Stoff ihrer Bluse verfangen. Nach kurzem Kampf riß sie sie heraus, und Nancy meinte, das Geräusch des reißenden Materials zu hören – das war natürlich absurd, aber wenn sie es wirklich richtig zerreißen sollte und ihr Arm so nackt daliegen sollte wie ihr Handgelenk und ihre Hand, und wenn dann die Katze und Joanna beide rissen und kratzten . . . Liebe . . . Sie mußte Joanna lieben. Joanna wollte etwas, und wenn sie auch befürchtete, daß Joanna es nicht finden würde, so mußte sie doch selbst versuchen zu lieben.

Seit dem Tode ihres Kindes war Joanna der gesuchten Kraft, von der sie sich abstruse Legenden erzählte, nie so nahe gekommen wie in diesem Augenblick, als sich der kämpfende Wille des Mädchens wieder auf jenes Zentrum richtete. Anstelle der Ebenbilder bot sich der Gott seinen Suchenden selbst dar, durch das Bemühen seiner Kreatur. In der Tiefe von Nancys Augen, als diese sie auf Joanna richtete, im Klang ihrer Stimme beim Sprechen, gestattete er seinem Mysterium, sich auszuweiten, als sie sagte: »Es ist wirklich nicht hier. Ich würde Ihnen ja helfen, wenn ich könnte. Es wird es tun, wenn wir es lassen.«

Die alte Frau erwiderte ihren Blick nicht; sie schaute die Katze an. »Die Katze, die im Sturm lebt«, sagte sie. »Geh, mein Liebes, geh und zeig's mir. Du hast mich hierher geführt – zeig's mir; zeig's mir. Sie hat es in sich, nicht wahr? Geh und hol es heraus.«

Die Katze starrte sie an. Dann richtete sie ihre Augen auf Nancys Gesicht, fixierte ihren Blick und schien langsam ihren Körper herumzuwälzen. Nancy hatte einen schrecklichen

Gedanken: »Sie wird springen! Sie hat keine Hände und wird springen! Sie wird mich zerreißen, weil sie keine Hände hat!« In der letzten der Tarotkarten, in dem unnumerierten Bild, hatte sie so etwas gesehen – ein Tier, das sich gegen den Narren aufbäumte: Im Zentrum der Ebenbilder hatte sie es gesehen, starr in der Mitte des Fundaments hatte sie es erblickt, ein Tier, das sich gegen den Narren aufbäumte. Es hatte strenggenommen nicht so ausgesehen, als würde es wirklich angreifen; es schien eher mitten in einem geheimen Taktschritt eingefroren geworden zu sein, den es zusammen mit seinem ihn beherrschenden Gefährten inmitten des allgemeineren Takts, dem alle Gestalten folgten, unternahm. Der Narr und der Tiger, das vereinte und eine Mysterium – doch das Tier würde springen. Sie löste ihre freie Hand von der Tischkante, an der sie sich festgehalten hatte, um ihren Halt gegen Joannas starken Zug zu behaupten, und hob sie; und dabei glitt sie noch ein weiteres kleines Stück vor, was ihr Gesicht der geduckten Energie, die sich dort zusammenballte, zu nahe brachte . . . zu nahe, zu nahe. Ihre Hand fuhr empor, griff, verfehlte ihr Ziel, denn die Katze wich fauchend zur Seite aus, und dann, als ihre Hand auf den goldenen Tisch traf, kauerte sie sich wieder zusammen und wurde unerwartet am Nacken gepackt. Eine hohe, gereizte Stimme sagte: »Gütiger Gott, was ist *das* denn hier? Laß sofort los, du erbärmliche Kreatur! Hörst du mich nicht? Laß meine Tochter in Ruhe. *Verdammt, Weib, laß meine Tochter in Ruhe!«*

XV Die Wanderer im Anfang

Die Herabkunft des goldenen Nebels trennte die Bewohner des Hauses voneinander, so daß sie sich nicht mehr gegenseitig erkennen konnten. Die einzige Ausnahme bildeten Sybil und Aaron. Die Dienstboten, die in der Vorhalle davon überrascht wurden, klammerten sich aneinander fest und wagten es nicht, sich zu bewegen, und doch ängstigten sie sich zugleich davor, an Ort und Stelle zu bleiben. Die Nähe der Hände und Leiber war ihnen der einzige Hinweis auf Sicherheit, wie einst, vor langer Zeit, unsere kaum menschlichen Vorfahren sich vor der Nacht und vor den Gefahren der Nacht zusammendrängten. Die Köchin keuchte unablässig; ihre hysterische Gefährtin war nur noch ein zitterndes, stöhnendes Häufchen Elend; und selbst die stille Amabel bebte krampfartig am ganzen Leib, während sie die Arme ihrer unsichtbaren Arbeitsgefährtinnen umklammerte. Zwischen ihnen wogte und verharrte der Nebel. Oben im Gang war er, alle gesellschaftlichen Schranken ignorierend und die Menschheit auf eine Gleichheit verwirrter Atome reduzierend, zwischen Ralph und seinen Vater gefahren. Ralph, der sich von seinem unerklärlichen Erstaunen unleugbar matt gesetzt sah, wich in einem ähnlichen Stupor an die Wand zurück, wie er auch die Köchin befallen hatte. Eine Welt, auf die er sich sein ganzes Leben lang verlassen hatte, hatte einfach aufgehört zu existieren. Nebel auf Bergen, Brodem in Städten, davon hatte er schon gehört; Seenebel und Flußnebel. Doch hier gab es weder Meer noch Fluß, weder Berg noch Stadt. Die Existenz, wie er sie kannte, war einfach ausgelöscht worden. In ein oder zwei Minuten würde er sich zusammenreißen und irgend etwas unternehmen. Doch dieses Zeug war, wie er sich so gegen die Wand lehnte, verdammt unangenehm: Die Wand gab seinem Druck nach, und er richtete sich hastig wieder auf und tastete nach ihr. Er konnte sie nicht fühlen; er konnte zwischen nichts mehr einen Unterschied fühlen.

Er hob die Hand an die Oberschenkel, versuchte sich selbst zu berühren, konnte es nicht: wo er selbst hätte sein müssen, gab es nur diese dicke Konsistenz. Er schloß die Hand, und was sich wie Finger anfühlte, drückte sich noch tiefer in dieselbe wabernde und widerstehende Materie. Er konnte sich selbst durchaus fühlen, ja, solange er nicht definitiv versuchte, sich zu finden. Tat er es jedoch, war er nicht da. Das war doch albern: schließlich war er da! Er hob beide Hände an den Kopf – jedenfalls dorthin, wo sein Kopf hätte sein müssen, doch wenn er sich dort befinden sollte, konnte er auch ihn nicht erreichen. Diese breiähnliche Substanz quoll zwischen seinen Fingern hervor und klebte daran wie Porridge oder dünner Schlamm. Er hatte einmal einen Zahn gezogen bekommen, und danach hatte es sich angefühlt, als sei der Zahn noch da. Angenommen, man hätte seinen ganzen Körper gezogen und er hätte nur noch das Gefühl, er sei noch vorhanden? Aber der Rest der Welt? Der war auch verschwunden. Angenommen, alles war gezogen worden – und hatte nur die Stelle zurückgelassen, an der es sich befunden hatte, so daß er sie befühlte, manchmal voll, manchmal leer erscheinend? Einen Augenblick lang stellte er sich ein Loch in der Luft vor, aus der die Welt säuberlich und schmerzlos herausgezogen worden war – doch sein Geist, an metaphysische Visionen nicht gewöhnt, weigerte sich, diesen Gedanken weiterzuverfolgen und stellte sich wieder die schlichte Meinung her, daß er sich sehr komisch fühlte, wahrscheinlich ein bißchen übermüdet von diesem ganzen Schnee. Dennoch konnte er nicht vergessen, daß er noch nie in seinem Leben, ob er nun ausgeruht, müde oder übermüdet gewesen sein mochte, nach sich selbst gesucht und sich nicht gefunden hatte. Die Stabilität seiner geistigen Gesundheit wurde nur durch die Tatsache bedingt, daß die Finger seiner Hände sich manchmal bei Bewegungen gegeneinander rieben, wenngleich beide Hände nie wirklich aufeinandertrafen. Wenn sie es nur könnten, so würde er wieder zur Normalität zurückfinden; dann wäre etwas verbunden, angeschlossen worden. Dann hätte es eine Art Gestalt gegeben, einen neuen Ausgangspunkt, einen definitiven Fixpunkt inmitten dieses gräßlichen Durcheinanders, wo es im Augenblick nur zwei umherwandernde Fühler gab, Antennen, die sich in einer schlammigen Masse umherbewegten. Ganz plötzlich fragte er sich, wie sich sein Vater wohl fühlen mochte, aber kein Ton – doch, es gab einen Ton, vier Töne. Vier getrennte Musiknoten in aufsteigender Tonleiter erreichten ihn, leise und monoton wiederholt – la, la, la, la; la, la, la, la; la, la, la, la. Na ja, früher oder später würde dieser unglaubliche Albtraum vielleicht endlich *aufhören*.

Mr. Coningsby fand sich ebenso plötzlich und unverhofft von Ralph abgeschnitten wie dieser es selbst erlebt hatte. Doch anders als sein Sohn nahm er die ihn umhüllende und ihn einengende Wolke nicht als dicht und stofflich wahr. Gewiß, es war ein Ärgernis, aber eines der schockierten Bestürzung. Sie nahm ihm seine Welt, wie sie Ralphs Welt geraubt hatte, und wie Ralph und die Dienstboten streckte er instinktiv eine Hand aus, um Gesellschaft zu suchen. Er fand – gewiß keine Gesellschaft, aber was er zuvor schon gefunden hatte: eine andere Hand, die die seine ergriff, eine kräftige, sanfte, kalte, fremde Hand. Hastig riß er sich wieder los, und die andere ließ ihn fahren. Sie hatte ihn eher eingeladen als genötigt, und sie versuchte nicht, ihn zu beherrschen. Angewidert rieb er die

Finger aneinander und tat so, als sei es Joannas oder Stephens Hand gewesen. Etwas anderes – es konnte nichts anderes sein. Es hätte Henrys oder Aarons Hand sein können – es hätte sogar die von Ralph sein können. Nur daß er, sich selbst zum Trotz, sicher war, daß es weder Ralphs noch Aarons noch Henrys Hand gewesen war, und er glaubte auch nicht, sich selbst zum Trotz, daß es Stephens oder Joannas gewesen war; sie war zu kalt und zu kräftig für die Hand eines Sterblichen gewesen. Dann war es also – war es nicht, ganz bestimmt nicht. Oder wenn doch, dann konnte man nur diesen entfesselten Puppen aus dem Weg gehen. »Roboter!« dachte Mr. Coningsby empört, doch versuchte er erst gar nicht zu erklären, wie die Roboter von ihrem Tisch in den Gang gelangt sein konnten. Er würde das Haus sofort verlassen – doch draußen tobte der Sturm. Er schnitt ihn von seinem Zuhause ab, von London, von Eisenbahnen und Taxis; er sperrte ihn ein, und er mußte drinnen bleiben. Und drinnen war der Nebel. Im ganzen Universum, erkannte Mr. Coningsby, gab es keinen Ort, an den er sich hätte begeben können. Er war *da*, und *da* würde er bleiben.

Während er etwas entlangholperte, von dem er annahm, daß es der Gang war, rief er laut: »Wahnsinn!« Das erweckte in ihm alle möglichen dunklen Erinnerungen, nur daß er sich dabei auf ihrer falschen Seite zu befinden schien. Er hatte noch nie von einem Irren gehört, dessen Wahn darin bestand, zu glauben, daß ein wirbelnder Schneesturm ihn in einer goldenen Wolke einsperrte, wo kalte Hände nach den seinen griffen. Manche Irre waren gewalttätig und mußten von den Händen anderer festgehalten werden. Was, wenn er, gegen sein Grauen ankämpfend, gewalttätig würde und diese Hände ihn festhielten? Was, wenn sein Geist nach ihrem Urteil wahnsinnig war? Wahnsinn – Wahnsinn – was war das, Wahnsinn? Was war der wahnsinnige Geist, der mit verächtlichen und mächtigen Feinden rang? Was tat er eigentlich gerade? Wenn er gepackt und für alle Zeit in die Tiefen und Weiten davongetragen werden sollte, die sich ab und an vor ihm öffneten – der Nebel, der zu beiden Seiten zurückwich und sich zu einem meilenlangen Tal formte oder sich aufbäumte und einen gewaltigen

Abgrund zurückließ, um den er herumwirbelte, um ihn schließlich wieder zu bedecken. Hineingetragen . . . vorangehen, ach, für immer und ewig verlassen und wahnsinnig den älteren Söhnen der jüngeren Söhne von Peers bevorzugt. Sie würden immer hinter ihm bleiben; sie würden ihn niemals einholen. Wie auf ein großes Rad geflochten, das sich drehte, mit darangebundenen Leben – kein Wunder, daß ihn schwindelte; Nebel oder Rad hatten das bewirkt. Deshalb erblickte er die Tiefen – weil das Rad sich drehte; es drehte sich nicht sehr schnell, aber unablässig, und er war schon so lange daraufgebunden, so viele Jahre, und nun war er alt und sank immer weiter und weiter in die Tiefe. Doch die ältesten Söhne würden ihn niemals einholen; auch sie waren aufs Rad geflochten.

Dennoch schmerzte sein Schädel vom Schwindel der Umdrehungen; Räder innerhalb von Rädern – er hatte diesen Ausdruck schon einmal gehört. Die Naben drehten sich um sie, oder er drehte sich in ihnen: wie – was – war es nun? Räder innerhalb von Rädern – da hatte es irgendeinen Ausdruck der Herrlichkeit gegeben, Engel oder so was, Räder voller Augen, Zyklen in Zyklen, alle wachsam und intelligent, sich drehend. Das hier waren keine Augen; es waren Hände. Vielleicht waren ja Hände Augen; wenn das Auge des Körpers dunkel war, wenn die Hand keine Macht hatte – ein undeutliches Rad aus unzähligen Händen, alle ineinander verschränkt und verklammert und sich drehend, sich schneller und schneller drehend, aus dem Schlamm heraus in den Nebel, Hände, die davon abfielen, hilflos greifend . . .

In diesem Augenblick, da Mr. Coningsby sich blind durch den Gang bewegte und mit seinen eigenen Händen nervös die Wand entlangtastete, berührte er einen Türgriff, drehte ihn herum, trat ein, fand sich in seinem eigenen Zimmer wieder, das noch auf wunderbare und gnädige Weise frei von Nebel war, und schlug die Tür hinter sich zu. Im selben Augenblick sagte eine Stimme in seinem Inneren in einem Ton erschrockener Sorge: »Nancy? Sybil?« Wenn sie dort draußen sein sollten, was sie natürlich waren – er hatte Sybil in der Halle gesehen, als er die Treppe hinunter »Feuer!« gerufen hatte. Doch Sybil – er wußte es und gab es endlich auch zu – brauchte ihn nicht zu sorgen. In jeder ungewöhnlichen Variante normaler Dinge – in Schneestürmen oder bei Schiffsbrüchen oder Hausbränden – hätte er sich Sybil überlegen gefühlt. Doch dies hier war eine völlige Umkehr normaler Dinge, eine neue Welt, eine Welt des Wahnsinns, und in dieser war er ihr nicht überlegen. Mit einer gänzlich neuartigen Erfahrung konfrontiert, war er ihr unterlegen, denn er existierte nur in seinen Bezügen, und sie – sie existierte in sich selbst. Es hatte wirklich keinen Sinn, nach Sybil zu suchen.

All dies erkannte er in einer raschen Offenbarung; doch er erkannte auch, daß es mit Nancy etwas anderes war. Nancy war nicht einfach nur seine Tochter – sie würde seine Hilfe viel nützlicher finden als Sybil. Und er vertraute nicht darauf, daß Henry auf sie achtgeben würde; er hatte schon immer gedacht, daß Henry um sich selbst mehr besorgt war als um Nancy. Drei Schritte innerhalb des Raums stehenbleibend, drehte sich Mr. Coningsby um und blickte mit unglücklichem Gesichtsausdruck zur Tür. Mußte er wirklich in diesen Nebel hinaus, nur um vielleicht nützlich zu sein? Es sah so aus. »Verdammt!« sagte Mr. Coningsby laut in einem seltenen Ausbruch der Verärgerung. Sybil, Ralph, Henry – jeder von denen mochte bereits nach ihr sehen; ja, aber er *wußte* nicht mit Sicherheit, daß sie es auch wirklich taten. Außerdem war da noch Joanna. Sein Altruismus wurde durch diese opportune Abneigung zum Handeln angestachelt (wie es so oft geschieht: selbst die Liebe verdankt dem Haß oft viel mehr, als die vollkommene Liebe gänzlich gutheißen könnte), und so schritt er zur Tür zurück und bemerkte mißmutig, daß die goldene Wolke bereits hereinzuquellen begann. Doch inzwischen war er nicht einmal mehr überrascht; er versuchte nicht einmal, ob sie durch das Schlüsselloch oder sonstwoher eindrang, anstatt auf direktem Wege durch das Holz selbst. Da war sie nun und wurde immer dichter. Da war es ganz gut, daß er sich ohnehin schon dazu entschlossen hatte, den Raum zu verlassen, denn in Kürze würde es hier drin ebenso schlimm werden wie draußen. Also gut; nur daß er diesmal einen klaren Kopf bewahren mußte; wenn er die Fassung verlor, würde er Nancy nicht viel nützen. Keinen Unfug mit Rädern oder Händen, die Augen oder Entfernungen waren. Das hier war ein Haus, darin gab es Nebel; er war Lothair Coningsby, und er würde seine Tochter suchen gehen, für den Fall, daß eine häßliche alte Frau ihr Angst einjagen sollte. Also gut. Er öffnete die Tür.

Als er ein Stück den Gang entlanggeschritten war, gelangte er zu der Meinung, daß der Nebel eigentlich gar nicht so schlimm war. Er wagte es sogar den Mund zu öffnen und sagte mit merkwürdig gedämpfter Stimme: »Nancy!« Er gestand sich nicht ganz ein, daß er von keinem – von niemandem – mit nichtmenschlichen Händen gehört werden wollte, aber er wußte, daß es sehr ungemütlich werden könnte, wenn es doch geschehen sollte. Doch es passierte nicht das Geringste – welch ein Segen. Also machte er einige weitere Schritte und sagte noch einmal: »Nancy.« Diesmal trat ihm eine andere Gestalt entgegen – fast hätte sie ihn angerempelt –, und eine Stimme sagte: »Dann ist sie also nicht zurückgekehrt?«

Mr. Coningsby, der sich langsam von einer krampfhaften Befürchtung erholte, daß die neue Erscheinung die eines Nebelwesen war, blickte genauer hin, erkannte Henry und seine Furcht und sagte wütend: »Was soll das heißen – zurückgekehrt? Warum sind Sie nicht bei ihr?«

»Weil ich nicht hineinkomme«, sagte Henry. »Nur Gott weiß, wo sie ist, und wenn er es tut, dann weiß er auch, warum ich nicht dort bin.«

»Stehen Sie hier nicht rum und erzählen Sie nichts von Gott«, fauchte Mr. Coningsby. »Verraten Sie mir lieber mal, was Sie ihr wieder für einen teuflischen Streich gespielt haben?«

»Daß ich versuchte, Sie umzubringen«, begann Henry mit leiser, monotoner Stimme, als hätte er den Satz für sich schon oft wiederholt, »weil ich dachte, daß Sie dem Eintritt in –«

»Als Sie *was?*« rief Mr. Coningsby. »Als Sie versucht haben, *mich* umzubringen? Sind Sie verrückt geworden? Wann haben sie versucht, mich umzubringen?« Der Albtraum wurde immer schlimmer; es war doch wohl nicht wahr, daß er hier in diesem verfluchten Chaos von einer goldenen Wolke herumstand und sich mit dem Geliebten seiner Tochter über dessen Mordanschlag gegen ihn selbst unterhielt! Hatte man versucht, ihn umzubringen? Oder war er bereits umgebracht worden? Und war dieser Nebel die gespenstische Konsequenz des Todes? Er beherrschte sich gerade noch rechtzeitig, um Henry sagen zu hören:

»Als ich den Sturm aus den Tarots hervorgelockt habe. Ich habe die Wasser aus ihren Gefäßen auf Sie gegossen und die Winde mit den Stäben gegen Sie geknüppelt, weil Sie die Karten nicht hergeben wollten. Aber sie ist losgegangen, um es zu beenden.«

»Es zu beenden!« sagte Mr. Coningsby und klammerte sich an die ersten Worte, die er wirklich verstand. »Das möchte ich meinen, daß sie dem ein Ende setzt! Wovon auf Erden reden Sie eigentlich?« Er musterte Henrys Gesicht genauer und verstummte beim Anblick dessen, was er in den mattgewordenen Augen wahrnahm. Bleich und starr erwiderte das Gesicht seinen Blick; milde und schrecklich gab ihm die Stimme Antwort: »Ich wollte sie benutzen, und nun kann ich sie nicht mehr finden. Sie ist über mich hinausgelangt, und ich kann sie nicht einholen. Sie könnten es.«

»Das werde ich mit Sicherheit«, sagte Mr. Coningsby. »Ich . . . ich . . . Wo ist sie denn überhaupt?«

»Sie ist in den Tanz eingetreten«, erwiderte Henry, »und ich weiß nicht, ob selbst sie es schafft, darin ihre Vergangenheit aufrechtzuerhalten. Ich war einmal ein Narr und träumte, und ich versuchte, Sie umzubringen, weil Sie meinen Träumen im Wege standen.«

»Sie waren wirklich ein Narr«, meinte Mr. Coningsby, »und wenn dieser abscheuliche Quatsch, den Sie da erzählen, irgendwas zu bedeuten haben sollte, dann waren Sie noch etwas viel Schlimmeres als ein Narr. Reißen Sie sich gefälligst –«

Henry blickte ihn an, und er brach seinen Satz ab. Niemand mit einem Gesicht von solcher Farbe und Pein würde Unsinn reden – nicht wenn er bei Sinnen war. War der Sturm etwa – *aber so etwas waren Stürme nicht!* Und Nebel natürlich auch nicht. Nancy versuchte, den Sturm abzuwenden – soviel hatte er begriffen –, und sie war in den Tanz eingetreten. Das bedeutete, was immer es sonst noch heißen mochte, diese verdammten albernen Puppen in ihrer verteufelten Schwarzmagie von einem Raum – wo Joanna hineingegangen war. Er hatte die ganze Zeit gewußt, daß Joanna irgendwie hineingezogen werden würde.

Er drängte an Henry vorbei und war trotz seiner wütenden Erregung ziemlich froh darüber, Henrys zweifellos existenten Körper zu spüren, als er ihn beiseite schob. Er sagte: »Mit Ihnen beschäftige ich mich später. Wenn Sie sie nicht finden können, werde ich es eben tun.«

Unerwartet gefügig antwortete Henry: »Das könnten Sie vielleicht. Das könnte das Urteil sein. Tun Sie es, tun Sie es, sofern Sie es nur können!«

Mr. Coningsby war einige Schritte weitergegangen, als er, ohne genau zu wissen, warum, über die Schulter zurückblickte. Es war albern, das zu tun, das wußte er, bei all diesem gottverlassenen Nebel um ihn herum, und als er es getan hatte, wußte er es um so mehr. Denn zurückzublicken war, als würde man die Dinge auf den Kopf gestellt betrachten; er blickte auf zweierlei Weise zugleich zurück. Zwar sah er Henry, doch er sah ihn auf den Kopf gestellt – eine grausige Vorstellung. Aber dennoch, so war es: Henry hing, in den lächerlichen Spiegelungen des Nebels, im Nichts, mit dem Kopf nach unten; seine Hände waren irgendwo hinter ihm und nicht zu sehen, sein Bein – ein Bein – über das andere hochgezogen; es war das andere Bein, von dem er herabhing. Eine volle Minute lang starrte Mr. Coningsby gaffend über seine Schulter die Vision an, die sich ihm in einer Wolkenöffnung zeigte, dann fegte ein schnelles Gold wie im Sturm darüber hinweg, und er konnte nichts mehr sehen. Er drehte den Kopf zurück, doch nun blieb er stehen. Er fühlte sich schlecht und krank; er fühlte sich sehr alt; er wünschte sich, daß Sybil bei ihm wäre. Doch das war sie nicht, und so krank und alt er auch war, war doch Nancy noch immer irgendwo in Gefahr, von dieser widerlichen Vettel Joanna in Angst und Schrecken versetzt zu werden, wenn nicht gar noch Schlimmeres. Er ging weiter, und zum ersten Mal seit seiner Kindheit betete er, betete darum, daß er sich nicht mehr umsehen möge, betete, daß Nancy, wenn er sie fand, wenigstens heil und gesund sein möge, betete, daß Sybil, wenn sie zu irgend etwas taugen sollte, möglichst bald auftauchen möge, betete, daß er sich seinen Verstand bewahren und das, was er zu tun hatte, zum Besten tun möge. Der Nebel tat sich vor ihm mit einer seiner weitschweifigen Entfaltungen auf, und er bemerkte Gestalten, die sich darin bewegten, große Gestalten, die daraus hervortraten und wieder darin verschwanden, und der Nebel bedeckte sie wieder, und wieder umklammerten diese kalten Finger seine eigenen. Mr. Coningsby sagte, mit einer Stimme, die trotz aller Anstrengung zittrig klang: »Wer sind Sie?« Die Finger wurden plötzlich warm und wurden zu einem Griff; eine Stimme erwiderte ihm rufend: »Hallo, Vater!« und er erkannte, daß es Ralph war, obwohl er hätte schwören können, daß die Berührung zu Anfang nicht die seines Sohnes gewesen war. Anscheinend hatte er sich wohl geirrt. Mit gewaltiger Erleichterung sagte er: »Hallo, mein Junge! Froh, dich wiederzusehen.«

»Ich bin verdammt froh darüber«, entgegenete Ralph, und sein Kopf erschien nahe vor dem seines Vaters. »Wenigstens bist du etwas Handfestes.«

»Wo sind wir eigentlich?« fragte Mr. Coningsby.

»Wo wir vorhin schon waren, nehme ich an«, meinte Ralph. »An der Tür zu dem Studierzimmer oder was das nun gewesen sein mag. Hab mich seitdem nicht mehr sehr viel bewegt, das kann ich dir sagen. Merkwürdige Sache, das.«

»Eine üble und gefährliche Sache«, rief Mr. Coningsby. »Ich suche Nancy. Dieser Unhold hat sie im Stich gelassen, nachdem er erst versucht hat, mich umzubringen.«

»Welcher Unhold?« fragte Ralph noch verwirrter. »Wer hat versucht, dich umzubringen?«

»Dieser Teufelsbastard Henry«, sagte Mr. Coningsby und fühlte sich beim Sprechen ungewollt davon berührt. »Hat er selbst gesagt. Er hat behauptet, er habe den Sturm heraufbeschworen, um mich umzubringen.«

»Henry!« rief Ralph. »Einen Sturm heraufbeschworen. Aber ich meine – ach, komm, einen Sturm!«

»Hat er selbst gesagt«, wiederholte Mr. Coningsby. »Und er hat Nancy mit seiner sabbelnden Vettel von einer Tante alleingelassen. Komm mit, wir müssen sie da herausholen.«

»Verstehe«, erwiderte Ralph. »Ja, na gut, dann tun wir das.

Mir ist alles recht, solange es feste Konsistenz besitzt. Aber einen Sturm heraufbeschwören – also, weißt du! Er hat wohl einen leichten Hau weg. Hab schon immer gedacht, daß er ein bißchen viel Quatsch erzählt.«

»Ach, in diesem verdammten Haus sind doch alle verrückt«, sagte Mr. Coningsby. »Ich hoffe doch, daß wir in die richtige Richtung gehen?«

»Na ja, viel sehen kann ich nicht«, antwortete Ralph, »aber vielleicht gehen wir ja richtig. Ich meine – wenn nicht, werden wir es bald merken. Was ist das denn?«

Sie waren gegen irgend etwas geprallt. Mr. Coningsby, dessen Sprache von Mal zu Mal ungezügelter wurde, stieß einen Fluch aus, und er tastete danach. Doch es war Ralphs weniger erzürntes Hirn, das die Antwort fand. »Das ist der Tisch«, sagte er plötzlich. »Der große Tisch, den wir von der Tür aus gesehen haben.«

»Dann sollten wir wohl besser um ihn herumgehen«, meinte Mr. Coningsby. »Das Zimmer mit diesen Dämonenfratzen liegt drüben auf der anderen Seite. Ich wünschte, ich könnte jede einzelne von ihnen in tausend Stücke schlagen und ihm jedes davon seine gierige Kehle hinunterrammen.«

Immer noch Hand in Hand gehend, tasteten sie sich um den Tisch, und als sie ihrer Einschätzung nach ungefähr gegenüber der inneren Tür standen, schritten sie darauf zu. Nach zwei bis drei vorsichtigen Schritten bemerkte Mr. Coningsby: »Er wird dünner.«

Ralph war da zwar skeptischer, antwortete aber, pflichtbewußt ermutigend: »Vielleicht hast du recht«, als er plötzlich erschrak, weil sein Vater beinahe gestürzt wäre. Mr. Coningsbys erhobener Fuß trat auf etwas, das unter ihm zuckte und dagegendrückte. Er stieß einen Schrei aus, wankte, fing sich wieder und blieb stehen, als das Ding sich vor ihnen erhob. Es war eine Männergestalt; es war ein Mann; es war der Bursche, der die Hexe begleitet hatte; es war Stephen. Er mußte auf der Türschwelle zu dem inneren Zimmer gelegen haben. Mit stumpfsinniger Feindseligkeit blickte er sie an.

»Gehen Sie weg«, sagte er. »Hier dürfen Sie nicht rein. Sie ist dort drin.«

»Ach, dort drin ist sie, ja?« fragte Mr. Coningsby. »Komm mal her, Ralph, und schieb ihn beiseite.«

Ralph schickte sich an zu gehorchen. Er legte Hand an Stephen und begann: »Hören Sie, Sie müssen uns durchlassen«, als Stephen ihn ansprang und die beiden sich in einem heftigen Kampf verkeilten. Mr. Coningsby entging mit knapper Mühe ihrem ersten Zusammenstoß und schlüpfte an ihnen vorbei, als sie zu wanken begannen. Beide torkelten unter Stephens Ansturm ringend und klammernd in das äußere Zimmer hinaus; alle Gefühle der Furcht und des Zorns, die sich in ihrer jeweiligen Einsamkeit aufgestaut hatten, brachen nun durch diese feindselige Umarmung in eine feindselige Aktivität aus. In der geheimnisvollen Verflüssigung aller Dinge, die Ralph so viel zu schaffen gemacht hatte, im Ausbruch der Mysterien der wandernden Göttin, der Stephen Entsetzen eingeflößt hatte, fand jeder der beiden etwas Erkennbares, Natürliches und Menschliches wieder, das er nun angriff. Die Wesen, die die Wolke beherrschten, waren durch sie vor beiden verhüllt. Wie Urmenschen von unentwikkelten Fähigkeiten kämpften sie gegen das, was nahe war. So hatte einst ein finsterer Stamm gegen den anderen gekämpft – und sogar noch früher, bevor es Stämme gegeben hatte, vor den Tieren, aus denen die Stämme erwuchsen, als die Substanz, die unser aller Ursprung ist, nur halbbewußte Gestalten hervorgebracht hatte, hatte es bereits solche Kämpfe gegeben. Das Wesen aller Schlachten der ganzen Welt war in ihnen enthalten; vorbeizukommen oder nicht vorbeizukommen – wenngleich keiner genau wußte, warum, nur daß dieser gewaltige Befehl ihren Geist aufs stärkste bewegte – war der Mittelpunkt ihrer einander bekämpfenden Willen. Das Tor war tabu, denn die Göttin war eingetreten; mystisches Alter, nährende Weisheit, hatte das Heiligtum betreten und mußte unverletzlich bleiben. Das Tor mußte erzwungen werden, denn die Sippschaft war in Gefahr; mystische Weiblichkeit, ungeschützte Hilflosigkeit, war dort drinnen verlassen und mußte gerettet werden. Die Religion hatte befohlen und das Nest: die unwissenden Vorkämpfer beider Richtungen keuchten und kämpften im äußeren Vorhof der Mysterien miteinander. Der Nebel wogte in sie hinein und über sie hinweg. Er machte sie besessen und trieb sie in den Wahn. Leben kämpfte gegen Leben, und Leben verströmte sich selbst in sie hinein, um den Kampf aufrechtzuerhalten. In solch blindem Gehorsam, im selben Augenblick, strömten (in der äußeren Welt) Armeen in die Schlacht, für Ziele, die ebensowenig erkennbar blieben. Sie hämmerten und schlugen; sie hatten keine Hofffnung außer der Zerstörung und keinen Ort außer dem Krieg. Nur um die einfachsten Gesetze wissend, trafen sie aufeinander und trennten sich wieder, schlugen zu und trennten sich wieder, und die Kraft der Erde kämpfte in ihnen um die Vorherrschaft.

Doch von dieser Manifestation primitiver Gewalt bemerkte Mr. Coningsby nichts: Er hatte die innere Tür erblickt und schritt eilig hindurch. Drinnen war alles klar: klar, damit er, unwissend, ein weiteres Mysterium der Menschheit erkennen konnte. Denn dort, in dem Zimmer mit den dunklen Vorhängen, durch welche oder in welchen dem Eingeweihten die Vision der gemalten Welt erschienen war, erkannte er die feierliche Absicht der Opferung, die versuchte Hingabe des Opfers an den Gott. Das Schicksal hatte die Gottheit befallen, und nur durch das Sprengen der Tore des menschlichen Lebens konnte die Gottheit erlöst werden. Die Menschheit, in Verderben und Schmerzen befangen, die noch größer waren als ihre eigenen, versuchte wildlings, sie zu lindern, und sich selbst mit ihnen. Auf dem goldenen Altar des Blutes lag ausgestreckt der Leib des Mädchens; auf einer Seite packte die Hierophantin ihr Handgelenk und riß an dem Mysterium ihrer Hand, die in ihrer sanften und schrecklichen Macht so viel bedeutet; und auf dem Altar selbst, als sei ein Gott hinabgestiegen, um der Opferung beizustehen und sie zu beschleunigen, kauerte die Katze in wunderschöner und schrecklicher Spannung vor ihrem Sprung. So weit die draußen ringenden Körper vom heiligen Streben freuderfüllter Vorstellungen entfernt waren, so weit war die groteske Gruppe im Innern von dem heiligen und unabdingbaren Opfer entfernt, welches (wie das Zeugnis der Mythen es verkündet) auf geistige Weise die Kräfte der Götter freisetzt. Doch waren sich beide nicht gänzlich fremd; und was ihnen beiden gemein war, das war das Ziel des Todes.

Als er in den verzauberten Kreis eintrat, erblickte Mr. Coningsby die Priesterin, die Katze und den Leib des Opfers. Auf den letzteren konzentrierte sich seine Aufmerksamkeit, und er rief etwas in einer Stimme, die eher von Einwand als von Protest kündete, doch das war das Ergebnis fünfzigjähriger Einwände und nicht der Proteste gegen das Leben. Er eilte vorwärts, packte die Katze, hob sie empor und schleuderte sie heftig in Richtung Tür, ganz wie Stephen ihn vor nicht allzu langer Zeit fortgeschleudert hatte. Joanna kreischte ihn an, und er konterte mit Flüchen. Zum ersten Mal in seinem Leben dominant, zum ersten Mal bewegt von den beiden großen Tugenden Kraft und Gerechtigkeit, beherrschte er sie, und für einen Augenblick zuckte sie vor ihm zusammen. Die Hand, die ihre Schulter packte, lenkte sie von der Hand ab, die sie selbst in ihrer hielt – bevor der Besitzer jener Hand Zeit hatte, um zu erkennen, wie sehr ein solcher Griff seinem gewöhnlichen Verhalten widerstrebte. Im selben Augenblick drehte Nancy ihr Handgelenk um und riß ihre eigene zerkratzte Hand fort, um sich wieder auf der anderen Seite des Tisches zu erheben. Mr. Coningsby rannte um den Tisch auf sie zu. Sie legte den Arm um ihn und erkannte plötzlich, wieviel sie ihm schuldete – schuldete, weil sie eine unbeholfene Dienerin der Liebe dieses anderen unbeholfenen Dieners der Liebe war, schuldete aus ihrem eigenen, sich mühenden guten Willen heraus gegenüber seinem guten Willen; und wie sehr sein sich mühender Geist doch von gutem Willen erfüllt war! Er war ein Weggefährte, und wie schwer hatte sie ihm doch den Weg gemacht! Sie drückte seinen Arm, weniger aus Dankbarkeit für seinen augenblicklichen Dienst, als vielmehr aus Reue über ihre ungeduldige Vergangenheit.

»Ach, danke, mein Lieber«, sagte sie. »Du bist genau im richtigen Augenblick gekommen.«

»Bist du in Ordnung?« fragte Mr. Coningsby. »Bist du in Ordnung? Hat sie dir weh getan? Was hatte sie eigentlich vor?«

»Sie hat nach etwas gesucht«, erwiderte Nancy, »und sie hat geglaubt, ich hätte es. Aber ich hab's nicht. Wenn ich nur genau wüßte, was es ist! Vielleicht könnte Tante Sybil es herausbekommen, wenn wir die beiden zusammenbrächten. Bitte sie doch, mit nach unten zu kommen, ja, Vater?«

»Ich werde sie gewiß bitten, mit nach unten zu kommen«, antwortete Mr. Coningsby. »Ich werde sie in die Kellergewölbe hinunterbitten, und ich werde sie fragen, ob sie etwas dagegen hat, wenn wir die Türen hinter ihr verriegeln und ob sie sehr viel dagegen hätte, wenn wir sie festbänden, als die tanzende, tobende Monstrosität einer häßlichen Hölle, die sie ist. Nach etwas gesucht!«

Das würde ihnen wenigstens, dachte Nancy, die Chance geben, unterwegs Sybil zu begegnen, und dann würde sich vielleicht etwas Befriedigenderes eröffnen als Kellertüren. Trotz ihrer schmerzenden Hand hatte sie nicht das Gefühl, daß es sehr viel nützen würde, Joanna in einen Keller einzusperren. Das einzige, was etwas nützen würde, war, daß man Joanna entweder gab, was sie begehrte, oder daß man sie dazu brachte, ihr Begehren zu ändern. Sie drückte ihre Hand aufs Herz. Sie schmerzte entsetzlich, das Blut der Kratzer war geronnen. Sie wollte sie nicht vorzeigen für den Fall, daß dies ihren Vater noch mehr erzürnte, doch je früher sie Henry finden würde oder die Hand (wenn es denn sein mußte) badete, um so besser. Sanft begann sie Mr. Coningsby um den Tisch herumzumanövrieren. Sie sagte: »Dann gehen wir wenigstens mit ihr zusammen hinunter. Ich bin sicher, daß Tante Sybil helfen kann. Sie weiß, was das verlorene Ding ist.«

Die Wahrheit traf ihn wie ein Schock: Sybil schien – Sybil hatte die alte Vettel beruhigt – das verlorene Ding zu kennen. Er machte ein paar mechanische Schritte vorwärts. Joanna war bereits ein paar Schritte zurückgewichen und warf wütende Blicke durch den Raum. Sie wich noch weiter zurück, und als Nancy sich ebenfalls in Bewegung setzte, wogte die Wolke hinter der alten Frau zurück und gab den Boden zu ihren Füßen frei, wo die Tarotgemälde lagen, die den Liebenden an diesem Abend aus den Händen gefallen waren. Dort lagen sie, pulsierend und bebend. Mit einem Schrei der Wut und des Entzükkens ging sie in die Knie und kratzte sie zusammen.

»Was –« begann Mr. Coningsby überrascht und endete mit

veränderter Stimme: »Sind das etwa meine Karten? Was um alles auf der Welt haben meine Karten hier zu suchen?« Er rannte um den Tisch herum, und Nancy folgte ihm.

Doch sie kamen zu spät: Joanna war bereits wieder aufgesprungen, hatte sich umgedreht und lief, die Bilder an sich drückend, davon. Auch die anderen rannten weiter, und als sei ihre Bewegung selbst ein Wind, wich der Nebel wogend zu beiden Seiten und zu ihren Füßen vor ihnen zurück und schwebte über ihren Köpfen. Doch im Laufen befingerte Joanna die Karten und stieß einen ekstatischen Ruf aus.

Sie stürzten in das äußere Zimmer hinaus, und beim Klang der schrillen, verzückten Stimme stellten die beiden Kämpfenden ihre Tätigkeit ein. Sie hatte sie bereits erreicht, und die beiden ließen, von dem Nahen einer solchen Hohepriesterin in solcher Entzückung erstaunt, voneinander ab. Doch Stephen rief ihr etwas zu, und sie antwortete ihm: »Ich finde ihn, ich finde ihn. Erst werde ich sie verbrennen, und dann wird er kommen. Er wird im Feuer kommen: Das Feuer ist für Horus, Horus ist im Feuer.«

Sie lief an ihm vorbei aus dem Zimmer, und noch immer bearbeitete sie den Zauber in ihren Händen, und inzwischen war ihr Wahn so schnell und sicher geworden, daß sie die Farbe der Schwerter schon von den anderen Karten getrennt hatte und sie in einer seltsamen Reihenfolge anordnete. Sie machte eine Reihe kleiner spitzer Dreiecke daraus, drei lebende Symbole für jedes Dreieck, und den König der Schwerter, dessen Waffe zitterte und glühte wie vor Feuer, steckte sie obenauf und legte ihre Hand darauf, um ihn zum Leben zu erwärmen. Und als sie in den langen Gang kam, umsprühten sie bereits die Funken, und sie rief: »Kleiner, Kleiner! Ich komme. Sie werden dir nicht mehr weh tun. Ich werde sie vertreiben – deine Mutter wird dich retten. Ich höre dich – ich komme.«

Hinter ihr wurden ihre Verfolger voneinander getrennt. An der Tür zum äußeren Zimmer verließen Mr. Coningsby die Kräfte. Er taumelte und wäre gestürzt, hätte Nancy ihn nicht aufgefangen, und Ralph, neben dem sie stehenblieben, sprang ihr zu Hilfe. Nancy warf ihrem Bruder einen schnellen reizenden Blick zu und rief: »Kümmere dich um ihn, das ist lieb. Ich muß gehen.«

»Wird gemacht!« sagte Ralph und nahm seinen Vater am Arm, als Nancy ihn losließ. Stephen musterte sie unsicher, dann ließ er sie stehen und folgte Nancy. Sie gelangte in den langen Korridor und erblickte Henry, der vor ihr am oberen Treppenabsatz gegen die Balustrade lehnte. Joanna, die kurz innehielt, als sie bei ihm vorbeikam, hatte die Schwerter erhoben, die zwischen ihren Fingern kleine Flammen hervorzüngeln ließen, und stieß sie unentwegt mit ruckartigen, krampfähnlichen Bewegungen in seine Richtung. Und um sie herum ballte sich die Wolke zu Gestalten und Formen, und im ganzen durchscheinend gewordenen Haus erblickte Nancy goldene Figuren, die sich unablässig im Takt des schicksalhaften Tanzes miteinander verwoben.

XVI »Sonne, stehe still über Gibeon«

Mit großer Mühe, wenngleich es ihr nicht in den Sinn gekommen wäre, dies als solche zu bezeichnen, war es Sybil gelungen, Aaron nach unten ins Gesellschaftszimmer zu befördern. Sie hatte ihn eigentlich in sein Schlafzimmer bringen lassen wollen, doch er hatte sich strikt geweigert. Er würde diese Treppe nicht hinaufsteigen; er würde nicht in den dichteren Nebel zurückkehren; er würde hinuntergehen; er würde fortgehen, wenn er konnte. Sie sollte ihn nicht verlassen – alle anderen hatten ihn verlassen –, und *sie* würden über ihn kommen.

»*Sie?*« fragte Sybil, als sie ihm vorsichtig beim Gehen half. »Wunderbar, Mr. Lee. Sie könnten *doch* beinahe ebensogut die Treppen hinaufsteigen, wissen Sie? Das wäre sogar leichter. Nein, schon gut – wenn es Ihnen so lieber ist. *Sie?*«

»*Sie*«, stammelte Aaron. »*Sie* sind überall um uns. Das sind *sie* immer, aber nun werden wir *sie* auch sehen. Ich wage es nicht, *sie* zu schauen. Ich wage es nicht. Ich kann nichts sehen, es ist zu hell.«

»Es ist wirklich sehr hell«, meinte Sybil. »Wenn es nicht so spät wäre, ich würde glauben, die Sonne schiene. Aber ich habe noch nie davon gehört, daß die Sonne um zehn Uhr in der Weihnachtsnacht scheint. Sachte – ja, ausgezeichnet.«

»Die Sonne!« sagte Aaron. »Die Sonne ist auf immer ausgelöscht. Wir sind alle blind. Lahm und blind, so daß wir *ihnen* nicht entkommen können.«

Sybil lächelte ihn an. »Na, dann würde ich mir auch keine Sorgen über die Flucht machen«, sagte sie. »Überlassen Sie es Nancy und Henry, es sei denn, die sind so vernünftig, sich ebenfalls keine Sorgen zu machen. Als ich in ihrem Alter war, war ich nicht so vernünftig. Ich versuchte, auf Fluchtversuchen zu beharren. Zum Glück habe ich es dann doch nicht getan. Jetzt sind wir unten.«

»Woher wollen Sie das wissen?« rief Aaron. »Können Sie denn sehen? Können Sie durch den Nebel und den Schnee sehen?«

»Einigermaßen«, sagte Sybil. »Ob Amabel wohl – Amabel, könnten Sie Mr. Lee wohl auf der anderen Seite Ihren Arm reichen?«

Die Worte erreichten Amabel dort, wo sie in enger Fühlung mit ihren Gefährtinnen stand. Sie erreichten sie aus der hellen Wolke; sie hob den Kopf, spürte sie vor ihren Augen und schloß sie prompt wieder. Sybil blickte sie durch die Halle an – durch die Halle, die in diesem merkwürdig goldgetönten Schnee schöner, aber auch verwüsteter aussah, als sie es bei einem sterblichen Ding für möglich gehalten hatte; sie dachte kurz nach, dann rief sie wieder, diesmal mit festerer Stimme: »Amabel!« Schneestürme waren ja gut und schön, aber es war albern, sich ihretwegen hysterisch in einer Ecke zusammenzukauern. Amabels gegenwärtige Aufgabe bestand darin, sich nützlich zu machen. Normalerweise scheuchte man zwar nicht die Dienstboten anderer Leute herum, und so sagte sie zwischen zwei Rufen: »Sie verzeihen mir doch, Mr. Lee? Vielleicht, wenn Sie sie riefen . . .?«

Doch es war klar, daß Aaron keinerlei Absicht hegte, dergleichen zu tun, die Worte schienen für ihn keine Bedeutung zu haben. Sybil rief zum dritten Mal, diesmal mit herrischer Bestimmtheit: »Amabel, würden Sie mal bitte herkommen?«

Amabel hörte die Stimme und hob wieder den Blick. In der schrecklichen Unschärfe der Halle, in der Wolke und Sturm wüteten, sah sie Gestalten, die sich bewegten. Ein gemischtes Gefühl aus Pflichtbewußtsein und wilder Abenteuerlust erfüllte sie. Sie löste sich von der Köchin und dem anderen Dienstmädchen; sie sagte, schwach aber deutlich: »Ich komme.«

»Na, dann kommen Sie aber auch«, sagte Sybil, noch immer in etwas herrischem Ton. »Mein gutes Mädchen, beeilen Sie sich. Ich weiß ja, daß es sehr ungewöhnlich ist, aber wir könnten uns trotzdem ruhig nützlich machen.«

Amabel rannte durch den Nebel, entsetzt, aber entzückt. Er wirbelte um sie herum; er trug sie fort; fieberhaft keuchend, wurde sie an die Seite der fremden Dame getrieben, die in der Wolke herumging wie andere es bei hellem Tageslicht taten, und die den Sturm anlachte wie andere den Frühling und die Türen schloß, die von der ganzen Gewalt der Welt aufgesprengt worden waren, und die einen alten Mann sicher durchs Chaos geleitete, in –

»Wohin, Madam?« fragte sie, wieder zur aufmerksamen Gehilfin geworden.

Ruhig und heiter lächelte Miss Coningsby sie an – ein Lächeln, das Amabel noch heller erschien als der goldene Schimmer, der sie umgab; so viel heller, daß der Schimmer einen Augenblick lang nur eine Widerspiegelung des Lächelns war.

»Wie lieb von Ihnen!« sagte Miss Coningsby. »So – ja. Ich dachte an das Gesellschaftszimmer. Sie und mein Neffe haben das Gesellschaftszimmer ja ziemlich übel hergerichtet, was?«

Amabel erwiderte das Lächeln, etwas, das sie für gewöhnlich nicht sonderlich oft tat, nachdem sie einige Monate bei einer Dame gearbeitet hatte, die daran geglaubt hatte, daß man seine Dienstboten nur anzulächeln brauchte, damit sie alles für einen taten – und die noch dazu der Auffassung gewesen war, daß man ein Recht darauf hatte, daß sie einen ebenfalls anlächelten.

Langsam schritten die drei in das Gesellschaftszimmer, wo Aaron so bequem wie möglich auf ein Sofa plaziert wurde. Sybil kniete neben ihm nieder, legte den Fußknöchel frei und musterte ihn.

»Es sieht nicht sehr schlimm aus«, meinte sie. Sie legte die Hand darauf und dachte daran, wie charmant Aaron Lees höfliches Verhalten gewesen war, und selbst nur zu bereit, nun ihrerseits höflich und aufmerksam zu sein. Er blickte sie an, ihre Augen trafen sich, und sein besorgtes Gemurmel verstummte.

Ihre Hand schloß sich um den Knöchel; ihr Geist kehrte sich einwärts in das Bewußtsein der Macht, die sie beide umfaßte; sie liebte und verehrte sie: Mit ihren eigenen Gedanken an Aaron in seiner unmittelbaren Not, seiner Furcht, seinem Schmerz verehrte sie sie. Ihr eigener Knöchel schmerzte und pulste aus Sympathie mit, nicht der Sympathie eines unverbindlichen Entbietens milden Bedauerns, sondern die eines Lebens, das solcher Fürbitten gewohnt war. Sie bat für ihn; sie in ihm und er in ihr, wurden sie miteinander vertraut; das gesellige Element aller erschaffenen Wesen wallte in ihnen beiden auf. Ihre Augen tauschten Nachrichten aus. Einen Augenblick bebte sie, nicht aus Schmerz, sondern aus Furcht, als seine eigene Furcht durch ihr Wesen strömte. Sie strömte nur hinein; sie wurde in ihr gebannt, starb in der nährlosen Atmosphäre ihrer Seele ab, und mit der Furcht schwand auch der Schmerz. Ihre Hand hatte ihn fest umklammert; sie lächelte ihn an, und dann löste sie mit dem Verblassen des Lächelns vor ihrer wiedergewonnenen Ruhe und Gelassenheit die Hand. Sie sank auf ihre Fersen zurück und sagte mit einer Stimme voll tiefem Entzücken: »O nein, gar nicht so schlimm.«

Sie wußte kaum, wovon sie sprach, doch er antwortete ihr im umfassenderen Sinne. »Sollen sie kommen«, sagte er. »Ich war ein Narr, jemals zu glauben, daß ich etwas wüßte.«

»Aber nicht doch«, sagte sie. »Sie haben sich lediglich den Knöchel verstaucht – weil Sie es so eilig hatten.«

Ohne auf seine vermeintliche Verletzung zu achten, stellte er die Füße auf den Boden. Dann zuckter er zusammen, wie von dem Gewicht, mit dem er sie belastete. »Aber die Wolke! Die lebende Wolke!« rief er. »Und Joanna ist da!«

In einer komplexen Bewegung der Harmonie kam sie auf die Füße. »Ja,« meinte sie nachdenklich, »Joanna wird möglicherweise ein wenig aufgeregt sein. Sollen wir versuchen, sie zu finden?«

»Müssen wir sie denn finden?« fragte er unentschlossen. »Soll sie doch dagegen ankämpfen, wenn sie will. Müssen wir wirklich wieder in den Nebel zurück?«

»Was ist denn das für ein Nebel, den Sie da sehen?« fragte Sybil. »Warum nennen Sie ihn eine lebende Wolke?«

»Es ist die Wolke, aus der die ersten Ebenbilder erschaffen wurden«, erklärte er beinahe flüsternd. »Sie verbirgt sich in allem. Es sind die goldenen Hände, die uns und unser Leben gestalten und formen. Sie zu erblicken ist der Tod. Das erträgt niemand.«

»Sind unsere eigenen Hände denn so viel anders?« fragte Sybil.

»Sie sind um unzählige Grade geringer an Leben und an Macht«, erwiderte er. »Es gab Menschen, deren Handfläche bei ihrer Geburt von Figuren berührt wurden, die sich über ihre Krippe beugten. Manche wurden von der einen, manche von der anderen berührt.« Die Worte strömten schneller aus seinem Mund, als wollte er Sybil an Ort und Stelle festhalten, sie durch sein Reden die draußen drohenden Gefahren vergessen machen. »Napoleon . . . Caesar. Es gab einen, der in der Nacht, da Alexander gezeugt wurde, zu Olympias kam und zur Mutter Samsons. Große Priester – der Hierophant hat ihre Hände berührt, als sie noch klein und winzig waren. Manchmal der Tod – Joannas Kind etwa und die unschuldigen Kinder zu Bethlehem. Und andere, die wir nicht sehen können, andere, die jenseits der achtundsiebzig Grade sind.«

»Und doch«, entgegenete Sybil, »weint Joanna noch immer um ihr Kind.«

Er packte ihren Arm. »Lassen Sie sie allein«, rief er. »Vielleicht kehrt sie die Magie gegen die Hohen, dann wird sie sterben, dann wird die Vernichtung sie zerschmettern. Lassen Sie die Hände von ihr.«

»Aber sie hat mich mit ihren Händen einmal gesegnet«, versetzte Sybil. »Und ich kann Ihren Nebel nicht erkennen, obwohl ich zugebe, daß den Dingen eine neue Schönheit eignet. Gehen wir.«

»Wenn Sie in die Wolke eintreten, kehren Sie niemals zurück«, rief er wieder. »Die Hände werden Sie in die Tiefe hinabziehen, die Hände des Ursprungs.«

»Gehen wir und sehen wir selbst«, meinte sie. »Die anderen sind auch noch da, und durch jeden Nebel führt ein Weg.« Sie blickte Amabel an, die mit verwirrtem und angsterfülltem Schweigen zuhörte. »Danke, meine Liebe«, sagte sie. »Gehen wir jetzt zurück?«

Sie schritt voran, in die Halle hinaus. Aaron folgte ihr halb willig, halb unwillig, vor Schmerz oder Furcht humpelnd, sofern sich die beiden überhaupt voneinander trennen ließen. Amabel, in der sich die Gewißheit verstärkte, daß es in der Nähe von Miss Coningsby am sichersten war, folgte ebenfalls, achtete aber darauf, hinter ihrem Herrn zu gehen. Irgendwie glaubte sie, daß Miss Coningsby, sollte sie sich umdrehen, es nicht gerne sehen würde, wenn sie das Zimmer fluchtartig verließ. So biß sie sich nervös auf die Lippen und zupfte ebenso nervös ihre Ärmel an den Handgelenken zurecht und beherrschte den Drang, sich dicht an die fremde Dame zu drängen; sie gab sich damit zufrieden, den Blick auf die hohe, selbstsichere Gestalt zu heften, die durch die Tür des Gesellschaftszimmers trat und hinaustrat zu . . .

Zu den hohen Mächten des Tanzes. Denn als Amabel selbst in die Halle kam, hatte sie eine höchst bestürzende Vision von einer Schar von Eindringlingen. Sie konnte nicht alles mit einemmal erfassen, doch als sie hinsah und japste, stellte sie fest, daß sich das ganze Haus verwandelt hatte. Die Wände, die Treppe, die Türen, die Decke waren alle zum Leben erwacht. Sie wurden – alles, was sie durch Schnee und Nebel von ihnen erkennen konnte – von zahllosen Gestalten gebildet, die ständig über- und zwischeneinander glitten. Sie wiesen eine Unzahl von Farben auf, hauptsächlich Schwarz, wie sie sah, aber auch Wellen aus Grau und Silber und Feuerrot, die sie überfluteten. Dunkle Erdsäulen standen in den Wänden, und durch sie stießen flammende Schwerter; riesige alte Kelche verstömten ihr Wasser bis zur Neige, und graue Keulen wurden geschwungen. Einmal stieß sie einen verzweifelten Schrei aus, und Miss Coningsby drehte sich über die Schulter zu ihr um. Doch schon diese bloße Bewegung, die wohl in gewisser Weise etwas Beruhigendes hatte, war noch furchteinflößender, denn sie schien selbst diese einsame Gestalt des Trostes zu teilen, und plötzlich erblickte sie zwei Gestalten vor sich: die eine war die fremde Dame, die andere ein Mann in einem weiten weißen Mantel und einem goldenen, von einer Krone umfaßten Helm. Als tanzten sie zusammen, schritten die beiden voran – und der König oder Kaiser, oder was immer er sein mochte, blickte ebenfalls über die Schulter zurück. Amabel war der Ohnmacht nahe, doch als ihr Blick die furchtbaren Augen sah, die sie anfunkelten, sammelte sie sich wieder und schöpfte neue Kraft. Sie hatte ihre Pflicht zu erfüllen, erinnerte sie sich; wenn der Sturm sich legte, würde man die Halle aufräumen müssen. Im Banne dieser Notwendigkeit vergaß sie die Augen, die sie riefen, und der Herr der weltlichen Arbeit verschwand aus ihrem Blickfeld, denn sie war selbst Teil der Hierarchie, die ihn ausmacht. Sie blieb stehen, konzentrierte sich auf diesen Gedanken: »Wenn der Sturm sich legt, muß die Halle aufgeräumt werden – aufgeräumt – aufgeräumt.« Mit plötzlicher Erregung wünschte sie sich, daß diese plötzlich erschienenen leuchtenden Gestalten sich nicht zwischen sie und Miss Coningsby stellen würden, und beschloß, früh im neuen Jahr ihre Augen untersuchen zu lassen. Inzwischen, wenn der Sturm sich legte . . .

Hoch über ihnen stand Nancy am Treppenabsatz und blickte hinab. Sie sah Sybil unten in der Mitte der Halle stehen; sie sah den Sturm, wie er in seinen Elementalgestalten des Windes und des Wassers um sie herumtanzte. Dieser Anblick lenkte ihre Aufmerksamkeit sogar kurz von Joanna ab, die vor ihr stand, und im selben Augenblick sah sie, wie Sybil mit befehlender Geste die linke Hand ausstreckte.

Sie erinnerte sich an diese Bewegung: Einmal, es war nicht allzu lange her gewesen, war ihr Vater müde und ziemlich durchgefroren nach Hause gekommen, während sie und Ralph einen ziemlichen Lärm veranstaltet hatten, weil sie zu den Klängen des Grammophons tanzten oder etwas ähnliches – sie erinnerte sich an die genaue Geste, mit der Sybil ihnen eine Hand entgegengereckt hatte, während sie irgend etwas erledigen ging. Sie hatte nichts zu sagen brauchen: irgendwie hatte die Hand sie gebändigt. Ralph und sie hatten ihr Treiben recht belämmert abgebrochen und statt dessen eine Plauderei – eine ruhige Plauderei – begonnen. Nancy lächelte, als die Erinnerung sie im Wiedererkennen der Geste berührte, und sie lächelte wieder, als sie sah, wie der weiße Wirbelwind ermattete. Sybil stand da, eine Hand vorgestreckt, und blickte in die Höhe, und Nancys Augen richteten sich wieder auf die beiden, die unmittelbar vor ihr standen: Henry und Joanna, die sich nun gegenseitig ins Gesicht blickten.

Ihre Augen wandten sich wieder Henry zu. Er blickte an Joanna und an der flammenden Drohung, die von ihren wendigen, haßerfüllten Händen hervorging, vorbei; er blickte, wie er es noch nie zuvor getan hatte, das Mädchen an, das aus dem Mysterium der Ebenbilder wieder hervorgetreten war. Sie erwiderte seinen Blick und lachte und winkte ihm, indem sie ihm die Hände entgegenstreckte; und in gleichzeitiger Bewegung liefen Henry und sie einige Schritte aufeinander zu und blieben zu Joannas Linken stehen.

»Du bist unversehrt«, sagte er abrupt und drückte sie dabei an sich.

»Und du, Liebling?« hauchte sie besorgt.

»Ich?« fragte er. »O ja, ich bin auch unversehrt.« Und dann, als würde er die neue Gefahr erkennen: »Aber lauf jetzt, lauf schnell davon. Sie hält die Magie in ihren Händen und ist zu allem fähig. Flieh, Liebste und Beste, ich werde mich um sie kümmern.«

»Weil du das so gut kannst, nicht wahr, Liebling?« spottete sie. »Ach, Schatz, du solltest dich nie mit jemandem befassen außer mit mir.«

Die bebende Stimme lenkte ihn von der nahen Gefahr ab. Er fragte: »Und du?«

»Ach, ich«, sagte sie. »Das ist es, was dir gegeben wurde, das ist dein einziges Geschenk. Willst du mehr?«

»Hast du das nicht auch – du, die du alles andere besitzt?« fragte er.

Lächelnd antwortete sie: »Wenn du es mir gibst. Aber gib es mir nicht zu früh. Die Liebe ist nicht ganz so einfach – nicht einmal bei dir. Liebling, deine Tante ist sehr zornig. Laß uns zusammen mit ihr reden.«

Er gehorchte ihrem Vorschlag und drehte sich zusammen mit ihr um. Zwischen ihnen und dem Treppenabsatz stand die halbnackte Kreatur und ließ aus ihren vorgestreckten Händen Funken und Flammen hervortreten. Die Bilder in diesen Händen stießen aus eigener Kraft vor, wie sie einige Nächte zuvor in Nancys Händen umhergeglitten und aneinandergerieben waren. Doch die alte Frau blickte sie nicht an, sie schien Henrys Bewegung nicht einmal bemerkt zu haben. Sie warf einen funkelnden, vernichtenden Blick in die Runde, ohne etwas zu sehen, oder vielmehr über Feindseligkeit hinaus irgend etwas erblickend. Sie schrie und beschuldigte die ganze Welt der Dinge, die ihr ihr Opfer fortgenommen hatte, das auch das Gefäß des verborgenen Gottes war, und die ihr nur diese einzige Waffe magischen Feuers gelassen hatte. Auf dem Gipfel dieser Höhe, zwischen den Liebenden auf der einen und Sybil unter ihr auf der anderen Seite, erlitt sie einen Anfall von Verzweiflung und Begierde, zugleich flehte sie das verlorene Kind zugleich an und beruhigte es, wobei sie die Feinde schmähte, die es von ihr fernhielten. Zwischen den jungen Liebenden, die Hand in Hand auf einer Seite standen, und der auf der anderen Seite stehenden einsamen Gestalt Sybils, deren Hand noch immer über den Gestalten ausgestreckt war, die, wie Nancy sie sah, zusammengewehte Schneehaufen waren oder Formen, wie sie aus dem Zentrum des Sturms hervorgeprescht waren, sich nun aber still verhielten und sich duckten – zwischen diesen versöhnten Geistern fuhr Joannas verwirrte Stimme fort zu jammern. Nancy hatte etwas sagen wollen, wollte versuchen, zu trösten oder zu beruhigen, doch sie wagte es nicht. Wenn sie es täte, wenn sie Frage stellte und Antwort erhielte, so wäre es keine Antwort gewesen, die sie verstanden hätte. Hexen am Pfahl hätten, als das Feuer bereits nach ihnen züngelte, auf solche Weise kreischen können, mit ebenso geringer Wahrscheinlichkeit, daß die bestürzten Zuhörer die Namen verstanden hätten, die sie da beschworen. Doch Nancy dachte nicht an Hexen, trotz der Schreie und der Flammen; sie vernahm einen menschlicheren Schrei. Sie hörte das Klagen hinter den Flüchen, und es war eine Klage, die aus den Tiefen der Welt entsprang. Heftig drückte sie Henrys Hand, denn der Klang dieses univeralen Leidens stürzte ihre junge Seele ins Entsetzen. Am Rande eines Abstiegs stand ein uraltes Leid, und von dem Abstieg aus, aus dem Haus, aus der Erde klagte ein unaussprechliches Leid und jammerte – zu Menschen, die nicht helfen konnten, zu Göttern, die keine Zeichen gaben, denn es waren die Götter selbst, die verschollengegangen waren. »Ah! Ah! Ah!« – Etwas Endgültiges war verloren, etwas über alle Maße Kostbares: »Ah! Ah! Ah!« – das kleine Kind war tot. Überall wurde darum getrauert, wie es schon immer geschehen war. Sie, die dort stand, schrie und stach aus der Qual des Verlustes und des Hasses heraus um sich, und alles Verlangen, das in Sümpfen und Städten noch nicht seine eigene Aussichtslosigkeit erkannt hatte, erhob sich und schwoll in ihr an. Die Litanei der Qual strömte hervor, als sei sie das Geräusch der Erde selbst, wie diese durchs All raste, und ungetröstet wirbelte der Globus weiter, drehte sich um seine Achse, weinte vor sich hin; und der Raum war das Echo seiner Klage, und die Zeit war das Maß seines Schluchzens. Doch da erwachte in Nancy mehr als nur die Ehrfurcht und das Erstaunen vor solch fruchtloser Trauer und Begierde: In ihrem Herzen berührte sie kalt eine persönliche Furcht. Es war eine Furcht vor dem gegenwärtigen Augenblick, doch trug sie lebendige Zukunft in sich. Eine Hand ruhte in Henry, doch die andere wurde von Joannas Nägeln zerfetzt. Joanna stand im Weg; dahinter führte der Weg zu Sybil. Sie konnte Sybil sehen – ganz weit entfernt, in jenem Abstieg, zu dem sich die großen Stufen öffneten. Doch Joanna stand ihr im Weg, überragte ihn wie ein Torbogen, ließ ihre Stimme hervorströmen wie der Weg selbst. Sie wollte zu Sybil gehen, und diese Stimme war im Weg – O Narretei der Feigheit! Diese Stimme war der Weg. Warum bewegte Sybil sich nicht? Warum kam Sybil nicht? Um sie herum, vor ihr, glimmernd im roten Leuchten, das Ungewißheit war, die aus diesen immeremsigen Händen hervorbrach, sah sie die mächtigen goldenen Gestalten emporragen. Sie ragten aus der Wolke hervor, die zugleich ihr Hintergrund und sie alle selbst war. Es war schwer auszumachen, doch sie erkannte die Form der Bilder, die sie studiert hatte – die einundzwanzig Offenbarungen der großen Trümpfe. Das rote Glühen sprang auf und verblaßte; doch die Krone des Kaisers, doch die Vorderseite des von Sphinxen gezogenen Wagens, doch die vorgestreckte Sichel des Todesbilds, doch die Sandalen der beiden miteinander spielenden Kinder unter einer ungeformten Sonne, die selbst das Licht verströmten, in dem sie spielten, doch die Schärpe der allein tanzenden Frau – all diese und andere Teilgesichte trafen ihre angestrengten Augen. Das Leuchten verblaßte; ihre geblendeten Augen konnten in diesen Nebelwänden keine weiteren Einzelheiten mehr erkennen. Doch als sie sie schloß, hörte sie Sybil rufen, und dann hörte sie dicht neben sich ein Dahinjagen. Hastig öffnete sie die Augen, gerade noch rechtzeitig, um – ausgerechnet! – die Katze zu erblicken, die auf dem Altar gekauert hatte und nun, die Treppe hinab, Sybil engegenjagte. Dieses wilde und fremde Ding, das Sybil in dem magischen Sturm gefunden hatte, das Joanna in ihr Zimmer gefolgt war und sie von dort zum Raum der Ebenbilder geführt hatte, das es dem Sturm beinahe ermöglicht hätte, sich einen Zugang zum Haus zu erzwingen, das aus dem Schnee in den Nebel und aus dem Nebel in den Schnee gejagt war, als sei es selbst das lebende Geheimnis unbeherrschter Macht, das instinktiv bei der versuchten Opferung zugunsten der unbeherrschten Begierde Beihilfe geleistet hatte, das selbst nicht formte, da es der Instrumente des Formens gebrach, rannte nun die Treppe hinab, um abrupt zu bremsen und dann mit hoher katzenhafter Grazie durch die Halle zu Sybils Füßen zu stolzieren.

Sybil ließ ihre Hand auf das Tier sinken und ließ ihm ein sanftes Wort zuteil werden; die Katze sprang behutsam ihre Hand an und spielte mit ihrem Fuß, um erneut emporzuspringen. Als sie dahinjagte, als sie zur Ruhe kam, verstummte auch Joannas Schrei. Die Kraft war ihm entzogen worden: alle Kraft, aller Laut war ihm genommen. Das unerwartete Schweigen war noch schrecklicher als das Geheul, denn es war kein Schweigen der Erleichterung, sondern der Hinfälligkeit. Der Schrei der Welt war erstickt worden; der Ball, aus der Hand des Gauklers emporgeworfen, drehte sich in unausgesprochener Qual. Die Verrückte taumelte einmal, als hätte man sie auf den Mund geschlagen; dann faßte sie sich wieder und wandte ihre stechenden Blicke Sybil unten in der Halle zu. Durch das Schweigen hindurch rief Sybil ihr zu: »Das Kind ist gefunden, Joanna; das Kind lebt und ist wunderschön. Alles ist gut, das Kind ist gefunden worden.« Joanna versuchte zu sprechen, doch es gelang ihr nicht. Sie schlurfte zur Treppe; sie drehte ihre zeigenden Hände, die ihre feurige Waffe trugen, als trüge sie selbst das Schwert des gekrönten Herrn des Feuers, nach unten, auf die andere, sich ihr entgegenstellende Gestalt. Sybil trat einen Schritt vor, wobei die Katze an ihr emporsprang, und rief wieder: »Er ist hier. Komm und huldige ihm.«

Mit einem gequälten und gräßlichen Krächzen, wie gegen einen mächtigen Befehl und eigene Beherrschung, sprach Joanna: »Du bist es also die ganze Zeit gewesen. Ich werde ihn erst wiedersehen, wenn du tot bist. Wenn du tot bist und die Welt vernichtet ist, dann werde ich die Erfüllung meines Verlangens erleben.«

Amabel, die neben der Tür zusammengeduckt kauerte, sah die fremde Dame, deren Linke sich im Tanz mit der springenden Katze hob und senkte, und die die Rechte wie als Einladung hob. Die geöffnete Handfläche, die gekrümmten Finger, der emporgebogene Daumen, sie alle nahmen eine Widerspiegelung der Wolke auf, die alles überhing: es erschien Amabel, als hielte Miss Coningsby der Treppe, die Joanna hinunterzuschleichen begann, eine goldene Hand entgegen. Die Hand, die Lothair beigestanden, Nancy getröstet und Aaron geheilt hatte, die das Kätzchen aufgenommen und die Haustür geschlossen und dem Sturm Einhalt geboten hatte, war ausgestreckt, um auch diesen letzten atavistischen Menschenwahn einzusammeln. Dort lag sie, sehr still, die Mitte aller Dinge, die Macht und die Herrlichkeit, die Handfläche von einer Leidenschaft gerötet, die von dem strahlenden Fleisch verschleiert wurde – die Hand aller Märtyrer, erleidend; aller Liebenden, willkommen heißend; aller Herrscher, herbeizitierend. Und wie herbeizitiert jagte die goldene Wolke tatsächlich auf sie zu, doch sie bewegte sich in Formen und Figuren, die Hände aller Symbole der einen Hand entgegengereckt, die, da sie menschlich war, soviel mehr war als ein Symbol. Nancy und Henry schauten sie von oben, kaiserliche und priesterliche Hände, einzeln und verbunden, die arbeitenden Hände, die den Turm erbauten, die hilflosen Hände, die das Rad bildeten, weiße Hände, die sich aus dem Schnee hervorstreckten, feurige Hände, die zwischen Joannas Fingern hervorragten, die abwärts loderten und verschwanden, alle Aktivität jener Ruhe entgegeneilend, durch welche Aktivität in dem Blut pochte, das sie durchströmte. So hatte sich die Hand des Gauklers ausgestreckt, um die Bälle der Existenz zu werfen und aufzufangen; so hatte die Hand des Narren endlich die ewige Verheißung erfüllt und ihre Geheimnisse zur erwarteten Stunde preisgegeben. Die Wolke umwirbelte einmal diese geöffnete Handfläche, als die sich verwebenden Gestalten einen letzten im Kreis des Tanzes taten, alle anderen Formen verbergend, so daß die Hand selbst alles war, was noch zu sehen war, als die verzückten Kräfte einwärts in sie hineinwirbelten. Eine unendlich winzige Zeitspanne lang hielt der unsterbliche Tanz inne, um die Erinnerung, die erneuerte Sammlung jener immerbeweglichen und niedurchbrochenen Ruhe des höchsten Seins zu empfangen. Dann plötzlich waren sie verschwunden, und die Wolke war verschwunden, und allenthalben, aus Sybils aufrechter Gestalt hervorbrechend, schimmerte ein goldenes Licht wie aus der Fülle der Sonne in ihrer Pracht und dehnte sich zu einer reichen Entfaltung aus. Über den verstreuten und ausgebreiteten Schnee, über Aaron und die anderen neben ihm, über die Stufen und den Treppenabsatz und jene, die sich darauf befanden, und weiter durch und über das ganze Haus ergoß sich das Licht, köstlich und voller Verheißung, strahlend und voller Vollkommenheit. Das Chaos der Halle war ein Wunder an neuer Form und Farbe; die Gesichter jener, die dort umherstanden, wurden von innen heraus erleuchtet. Es war Weihnacht, doch im Sonnenlicht, zwischen Sybil und Joanna, spielten, ernst in ihr Tun vertieft, zwei Kinder. Das Mysterium, welches der Seher vergangener Zeiten in die Großen Trümpfe hineingewirkt hatte, hatte sich erfüllt, zu dieser Zeit und an diesem Ort, zu einer solch hohen Stufe des Wissens. Sybil stand dort, und von ihr ausgehend herrschte die Sonne des Tarots, und die heiligen Kinder der Sonne, die Gemeinschaft der Gesegneten, wurden wenigstens von einigen Augen derer erblickt, die zusahen. Denn Amabel schaute sie und fand unwissend zum Frieden; und Aaron schaute sie und war von Scham erfüllt; und Nancy und Henry schauten sie, und Nancy lachte aus reiner Freude am Anblick, und als er es hörte, da spürte Henry, wie es in seinem Herzen arbeitete wie niemals zuvor, von Berufung und Kraft; und Sybil schaute sie und erhob sich zum Mysterium und sah hinter ihnen, wie er zwischen ihr und Nancy die Stufen hinunterlief, als sei er ihre Vereinigung, und zugleich reglos hinter Joanna stand, als stütze und beschütze er sie, die schillernd lebendige Gestalt des Narren. Er war von allen Seiten auf einmal erschienen, und doch war er nur einer. Allversöhnend und vollkommen, war er da, lief die Stufen hinunter, wie er den Sturm hinabgelaufen war. Und als er vorbeikam, Licht gebend und empfangend, drehte sich Nancy, einem Impuls folgend, um und küßte Henry – eh daß das Licht verschwinden mochte, auf daß sie es getan hatte, es getan haben mochte, sollte sie sich in späteren Tagen jemals als Teil jenes schrecklichen Schreis wiederfinden, der von der Welt emporgestiegen war. Doch noch im Kuß spürte sie, wie ihre schmerzende Hand bebend antwortete, mit einer Antwort und einem Eid, von dem die Jahre bezeugen würden, daß sie ihm tapfer Folge leistete. Als sie zurückblickte, war die Gestalt des Narren verschwunden; sie hörte Joanna mit natürlicher Stimme einen Schrei ausstoßen, und sie sah die Kinder ihr Spiel einstellen, um aufzublicken, und dann rannte Joanna die restlichen Stufen hinunter, und als sie unten eintraf, schrie sie einmal mehr wie vor Schmerz und stolperte und fiel.

Der Schrei erschütterte das goldene Licht; es verschwand. Amabel, die auf das Geschehen starrte, sah Miss Coningsby in der Halle und die alte Frau, die am Fuß der Treppe zu einem Häuflein zusammengesunken war, und bevor sie Zeit fand, sich in Bewegung zu setzen, sah sie die anderen Besucher, die zu ihnen hinabeilten. Sie trafen sehr schnell ein, doch auch, als würden sie eine bestimmte Ordnung einhalten: an erster Stelle die Liebenden, noch immer Hand in Hand, und nach ihnen Mr. Coningsby, der noch immer besorgt Nancy beobachtete und so schnell, wie er nur konnte, dachte, daß er mit ihr in Berührung bleiben müsse, was immer auch geschehen mochte. Und hinter ihm wiederum kamen Ralph und Stephen, von ihrer gegenseitigen Feindseligkeit abgelenkt, doch mit all ihrer Kraft bereit und wachsam. Die drei großen Ordnungen der Anmut und des Intellekts und der körperlichen Kraft scharten sich in ihren unreifen Dienern ihrer unterschiedlichen Grade um den Ort, wo Sybil neben Joanna kniete, und die innere und die äußere Suche vereinten sich miteinander.

Mr. Coningsby spähte über Henrys Schulter. »Ist sie ohnmächtig?« fragte er hoffnungsfroh.

Nancy kniete ebenfalls nieder, und Sybils Hände und die ihren waren damit beschäftigt, zu helfen und zu lindern. Amabel, endlich aus etwas befreit, was ihr als köstlich aufregender Albtraum erschienen sein mußte, lief aus eigenem Antrieb fort, um Wasser zu holen. Aaron gesellte sich zu den anderen. Joanna öffnete die Augen, und ihr Blick fiel auf Nancy. Sie blickte, zuerst unsicher, dann begierig, in das ernste junge Gesicht, das sich über sie neigte, dann leuchtete eine große Freude in ihrem eigenen Antlitz auf. Sie streckte eine bebende Hand aus, und Nancy ergriff sie. Sie murmelte etwas, und Nancy antwortete in ebenso unverständlichen Worten. Sybil stand auf, und Mr. Coningsby arbeitete sich langsam zu ihr vor.

»Was macht sie da?« fragte er, ohne genau zu wissen, weshalb er eigentlich flüsterte. »Entschuldigt sie sich, oder was?«

Sybil antwortete nicht sofort. Sie blickte ihn lächelnd an; dann musterte sie mit demselben Lächeln die Halle, und ihr Blick heftete sich auf einen kleinen Haufen, der dort lag, wo sie kurz zuvor noch gestanden hatte, ein kleiner Haufen aus Goldstaub, mit verkohlten und zerbrechlichen Stückchen übersät, so leicht, daß ein paar von ihnen bereits im leisen Hauch der Luft emporschwebten. Die Vorstellung des Tanzes war für immer beendet. Sie musterte sie zärtlich; dann drehte sie sich zu ihrem Bruder um und sagte: »Sie hat ihr Kind gefunden.«

»Hat sie?« fragte Mr. Coningsby. »Wo denn?« Und er blickte sich ebenfalls in der Halle um, als erwartete er, daß Joannas Kind wahrscheinlich nur neuen Ärger bringen würde.

»Sie glaubt, daß Nancy ihr Kind sei«, erklärte Sybil.

Mr. Coningsby starrte sie an, versuchte zu verstehen, rührte sich ein wenig, wurde mit einem »Entschuldigen Sie, Sir« von Amabel aus dem Weg gedrängt, blickte ihr wütend nach und fragte: »Nancy?«

»Das glaubt sie«, erwiderte Sybil.

»Aber . . . aber, ich meine . . . was ist denn dann mit ihrem Alter?« protestierte ihr Bruder. »Sie kann doch nicht denken, daß ein Mädchen von zwanzig . . . vierzig, vielleicht, wenn sie denken sollte, daß sie inzwischen erwachsen geworden ist, oder vier, wenn nicht. Aber doch nicht zwanzig.«

»Sie schaut etwas Unsterbliches«, sagte Sybil. »Das Alter . . .« Sanft beseitigte sie es mit einem Achselzucken.

Mr. Coningsby starrte sie an, dann merkte er, daß er sich ein wenig vor ihr fürchtete, wenngleich er sich nicht vorstellen konnte, warum. »Aber«, fing er wieder an und entsann sich plötzlich einer schlichten Einzelheit, »aber ich dachte, ihr Kind wäre ein *Junge.* Ich bin sicher, daß mir irgend jemand erzählt hat, es sei ein Junge. Sie glaubt doch wohl nicht, daß Nancy ein Junge ist, oder? Meinst du nicht vielleicht Henry?«

»Nein«, sagte Sybil, »ich meine Nancy. Ich glaube, es ist nicht sonderlich wichtig, ob es ein Junge oder Mädchen ist. Sie glaubt, ihr Kind sei der Messias.«

»Oh!« sagte Mr. Coningsby. »Und ist Sybil der Messias?«

»Nahe dran genug«, erwiderte Nancy. »Es wird noch viel Schmerz und Herzweh geben, aber für den Augenblick, nahe dran genug.«

ENDE

FANTASY

Band 20 078

M. John Harrison

Die Götter der Pastell-Stadt

Deutsche Erstveröffentlichung

Mit den international viel beachteten und mit dem englischen Fantasy-Preis ausgezeichneten Romanen um die Pastellstadt Viriconium unternimmt Harrison den Versuch, eine neue abenteuerliche Form des Endzeitthemas in der Fantasy zu schaffen.

BASTEI LÜBBE

Sie erhalten diesen Band im Buchhandel, bei Ihrem Zeitschriftenhändler sowie im Bahnhofsbuchhandel.